ARNE DESSAUL

Bauernjäger

ARNE DESSAUL

Bauernjäger

Helmut Jordans zweiter Fall

GMEINER SPANNUNG

Bisherige Veröffentlichungen im Gmeiner-Verlag:
Trittbrettmörder (2016)

Im Buch verwendeter Liedtext:
Terry Jacks: Seasons in the Sun
Vom Album *Seasons in the Sun*
1974, Bell Records
Songwriters: BREL, JACQUES ROMAN / BREL, JACQUES ROMAN
Published by Lyrics © Warner / Chappell Music, Inc., CARLIN AMERICA INC, S D R M

Besuchen Sie uns im Internet:
www.gmeiner-verlag.de

Im Ehnried 5, 88605 Meßkirch
Telefon 07575/2095-0
info@gmeiner-verlag.de

1. Auflage 2017

Lektorat: Claudia Senghaas, Kirchardt
Herstellung: Mirjam Hecht
Umschlaggestaltung: U.O.R.G. Lutz Eberle, Stuttgart
unter Verwendung eines Fotos von: © mareczko / photocase.de
Druck: GGP Media GmbH
Printed in Germany
ISBN 978-3-8392-2107-5

Personen und Handlung sind frei erfunden.
Ähnlichkeiten mit lebenden oder toten Personen
sind rein zufällig und nicht beabsichtigt.

PROLOG

6. Juli 1974, gegen 23 Uhr, Winnigstedt Hauptstraße / Teichstraße

Mit jedem Schritt wird der Druck größer. Es ist kaum auszuhalten. Wäre er mal im Dorfkrug zur Toilette gegangen, bevor er aufgebrochen ist. Aber da hat er vorhin diese unerfreuliche Begegnung gehabt.

Nun ja, so schlimm ist es gar nicht gewesen, ehrlich gesagt. Abgesehen von der Spucke in seinem Gesicht. Die hat er in Kauf genommen für den Gesichtsausdruck seines Gegenübers: Fassungslosigkeit und Entsetzen. Dabei hat er sein kleines Geheimnis allenfalls angedeutet. Den Teufel wird er tun, jemandem die ganze Geschichte zu erzählen. Dieses Geheimnis wird er mit ins Grab nehmen.

Gerade mal den halben Heimweg hat er hinter sich gebracht, er wird es nicht schaffen bis zum Hof. Er krümmt sich beim Gehen und fummelt an seinem Glied herum. Es hilft garantiert kein bisschen, denkt er, und fummelt trotzdem weiter.

Er muss unbedingt pinkeln, jetzt, das steht fest. Hier ist es allerdings denkbar ungünstig. Überall stehen Häuser mit hell erleuchteten Fenstern. Alle sitzen vor dem Fernseher und sehen sich irgendwelche Wiederholungen an; um diese Zeit läuft ja nichts anderes. Bei ihm wird ausschließlich die Tagesschau geguckt. Das muss reichen. Die Kinder brauchen überhaupt kein Fernsehen. Allenfalls morgen Nachmittag könnte es eine Ausnahme geben, wenn das Weltmeisterschaftsfinale übertragen wird. Da können die Kinder mitgucken, wenn sie sich still verhalten. Sonst können sie auf ihren Zimmern bleiben und sich auf die nächste Schulwoche vorbereiten.

Und überall brennen Straßenlaternen. Alle paar Meter. Früher war das anders. Da hat es drei, vier Laternen im Dorf gegeben und jeder hat nach Hause gefunden, ohne sich zu verlaufen. Eine Verschwendung ist das!

Vielleicht geht es da hinten beim Tiefenbach, da sind keine Häuser in Sichtweite, da leuchtet auch nur eine Laterne. Gleich ist er da. Scheiße, tut das weh! Verdammte Blase! Verdammtes Bier! Dazu der Scheißschnaps, der verlangsamt zusätzlich den Schritt.

Und natürlich diese verdammte Schlesische Lotterie. Über 20 Mark hat er verloren. 20 Mark! So gut wie nie wurden die Karten aufgedeckt, die er gekauft hat. Pech. Die andern haben alle abgesahnt. Gustav, Heinrich, Anton, Karlheinz, Wilhelm.

Was kann man auch von einem Spiel erwarten, das so heißt: Schlesische Lotterie? Von dort kommt nur Mist. All die Flüchtlinge nach dem Krieg! Katholiken! Das ist alles Pack! Fremde. Sprechen sogar anders. Und ordentlich arbeiten kann niemand von denen. Das sind praktisch Polacken. Kinder auf die Welt bringen, das können sie, diese Asozialen. Nur was für welche! Was ihr Papst wohl sagen würde, wenn er sehen könnte, wie die kleine Marchowitz herumläuft? Den Rock bis knapp über die Muschi. Bluse offen bis zum Bauchnabel. Ohne BH. Die Möpse wippen bei jedem Schritt.

Der Gedanke an die mächtigen Möpse lenkt seine Blase für einen Augenblick ab und stimuliert vorübergehend etwas anderes. Aber hinterher ist der Druck nur umso stärker.

Er geht am kleinen Lebensmittelladen der Schusters vorbei, passiert das Haus der Pahlkes und erreicht endlich den Tiefenbach. Er biegt links auf den Bahndamm ab, wo seit vielen Jahren keine Eisenbahn mehr verkehrt. Verdammt! Fast wäre er über die nutzlosen Schienen gestolpert. Jetzt schnell ins Gebüsch. Mann, ist das matschig, das suppt ja sofort in die Schuhe. Bäh. Den ganzen Sommer Regen.

Regen, Regen, Regen.

Wenn er Pech hat, stehen weiter hinten Pfützen. Das kann er allerdings nur erahnen, denn das Licht der Laterne reicht nur schwach bis hierher an den Bahndamm – alles dahinter liegt im Dunkeln. Besser vorsichtig einen Fuß vor den anderen setzen.

Platsch, Platsch, Platsch.

Der Mond versteckt sich hinter den Wolken. Jeden Moment kommt der nächste Regen. Wenn es so weiter regnet, wird die Ernte darunter leiden. Und wer zahlt ihm den Ausfall? Weder die in Bonn, noch die in Brüssel.

Er rutscht aus. Scheiße, voll in den Matsch. Er landet auf dem Hintern. Jetzt noch nach hinten umfallen, das wäre die Krönung!

Er bleibt sitzen. Immerhin das ist geschafft.

Dafür läuft es jetzt. Er kann nicht mehr dagegen ankämpfen. Lässt es raus. Pisst sich die Hose voll. Verdammter Mist!

Tut dennoch irgendwie gut. Endlich ist der Druck weg. Nass ist sowieso alles. Kann die Alte waschen.

Aufstehen und ab nach Hause.

Er schafft es auf die Knie und hört mit einem Mal Schritte hinter sich. Muss das sein? Nee, ich drehe mich jetzt nicht um, ich bleibe so knien. Ist mir scheißegal, wer das ist.

He, was soll das …

KAPITEL 1

8. Juli 2014, etwa 22.30 Uhr

»Ja, los!«

»Nein!«

»Doch!«

»Ja!«

»Ja!«

»Ja!«

»WM-Rekordtorschütze!«

Während sich sechs der sieben vor der Leinwand versammelten Fußballfans einfach über Kloses Tor gegen Brasilien freuten, musste Kriminalhauptkommissar David Armbruster den Sachverhalt umgehend fußballgeschichtlich einordnen. Ein paar Sekunden früher als ZDF-Reporter Béla Réthy, der zunächst über die schnelle 2:0-Führung jubelte, ehe er sich über Miro Kloses Rekord ausließ. Immerhin war dieses im Nachschuss erzielte Tor sein 16. Treffer in einem WM-Spiel. Damit hatte Klose einen Treffer mehr erzielt als Ronaldo, der ausgerechnet 2006, bei der WM in Deutschland, Gerd Müller als Rekordhalter abgelöst hatte.

Für David war dieser Rekord Anlass genug, »ein donnerndes Hipp-Hipp-Hurra auf den Sportkameraden Klose« anzustimmen – nachdem alle Umarmungen und alles Anstoßen mit Bier, Wein, Wasser und Schnaps beendet waren.

Doch diese Huldigung blieb dem Miro leider verwehrt, denn in dem Moment, als David die anderen auf seinen Spruch eingestimmt hatte, jagte Toni Kroos den Ball in die Maschen. Und das gleich zweimal innerhalb von 90 Sekunden. Bevor jemand fragen konnte, ob es das jemals gegeben hatte, 4:0 in einem WM-Halbfinale nach 25 Minuten, schob Sami Khedira den Ball ins Tor.

»5:0 gegen Brasilien. In Brasilien. Im WM-Halbfinale. Unglaublich.« Kriminaloberkommissar Jonas Sager fasste die Stimmungslage betont sachlich zusammen, trank in zwei großen Schlucken seine Bierflasche leer und wandte sich an seinen Kollegen. »David, hat es so was schon mal gegeben?«

David war ein wandelndes Sportlexikon. Man konnte ihn um 3 Uhr nachts anrufen und fragen, wer Tabellenführer in der türkischen Süper-Ligue war, wer in den Play-offs der NHL vorn lag oder wer 1973 im Viertelfinale von Wimbledon gestanden hatte – David wusste es. Natürlich konnte er auch Jonas' Frage beantworten: »1954 hat Deutschland im WM-Halbfinale Österreich mit 6:1 besiegt und 2000 hat Holland im EM-Halbfinale mit 6:1 gegen Jugoslawien gewonnen.«

»Österreich und Jugoslawien? Willst du die in einen Topf mit Brasilien werfen?« Kriminalhauptkommissar Helmut Jordan, Leiter der Wolfenbütteler Ermittlungsgruppe und somit der Vorgesetzte von Jonas und David, blickte seine beiden Kollegen empört an.

»Um Himmelswillen – nein! Österreich, ich bitte dich!« David grinste breit und zwinkerte seinem Chef sogar zu. David war offensichtlich glücklich. Das lag einerseits am überaus erfreulichen Verlauf dieser Fußballweltmeisterschaft – und es lag daran, dass David endlich die richtige Frau gefunden zu haben schien. Seit der Trennung von seiner Freundin Vanessa in der Silvesternacht

2013/2014 war er monatelang Single und damit unausgeglichen und automatisch unausstehlich gewesen. Bis er vor sechs Wochen Rabea Kramer kennengelernt hatte.

Rabea saß in ihrem Korbsessel, der direkt neben Davids stand, hielt dessen Hand, lächelte glückselig – und schien bei all dem gar nicht Davids Typ zu sein. Solange Helmut ihn kannte, war sein Kollege mit sportlichen, schlanken und vor allem blonden Frauen zusammen gewesen. Rabea hingegen brachte augenscheinlich vier, fünf Kilo zu viel auf die Waage, aß in atemberaubender Geschwindigkeit Chips, rauchte und war brünett.

Helmut mochte Rabea. Er hielt außerdem ihren Körper (der ihn im Übrigen sehr an den seiner verstorbenen Ehefrau Marianne erinnerte) für nahezu perfekt – zumindest das, was er und der Rest der Welt davon zu sehen bekamen. Rabea kleidete sich für gewöhnlich so, dass vor allem ihr oberes Drittel zur Geltung kam. Heute trug sie eine sehr weite und sehr lange weiße Bluse zur Jeans, hatte aber einige Knöpfe geöffnet, sodass ihr weißer Spitzen-BH zu erkennen war. Um ihre unteren Regionen zusätzlich zu verhüllen, knotete sie sich meist einen Pullover um die Hüften, der fast bis zu den Kniekehlen reichte.

Rabea hatte ein hübsches, oval geschnittenes Gesicht und wunderschöne braune Augen. Ihr braunes Haar trug sie, wie heute, meist zu einem Pferdeschwanz gebunden. Sie war 28 Jahre alt und arbeitete als Lehrstuhlsekretärin an der Ostfalia, der Wolfenbütteler Fachhochschule.

David war vier Jahre älter als seine Freundin. Er hatte schwarze Haare, die er seit Mai (und seinem 32. Geburtstag) wesentlich kürzer trug als in den Jahren zuvor. Die Art, sich zu kleiden, hatte er allerdings beibehalten: Er trug tagein, tagaus verwaschene Jeans, Turnschuhe, ein T-Shirt und eine Funktionsjacke. Dieses nachlässige Outfit, durchaus bewusst angelehnt an den legendären Tatort-Kommissar Schimanski, passte mehr schlecht als recht zu seinem großen Ehrgeiz und seiner Position als stellvertretender Leiter der Wolfenbütteler Ermittlungsgruppe.

Helmut nahm es, wie es war. Er wusste letztendlich, was er an seinem Kollegen hatte. David konnte mit seiner lockeren Art und seinem Charme vor allem weibliche Zeugen und Verdächtige locker zum Reden bringen. Bislang hatte es in diesem Sommer jedoch so gut wie keine Zeugen und Verdächtige zum Befragen gegeben, Wolfenbüttels Unterwelt verhielt sich außerordentlich still.

Jonas Sager war der Gastgeber dieses Abends, bereits zum dritten Mal während des Turniers. Der 36-Jährige war zugleich das dritte Mitglied der Ermittlungsgruppe. Dass er als Kriminaloberkommissar einen Dienstgrad unter dem vier Jahre jüngeren David war, lag daran, dass er weniger Ehrgeiz besaß als sein Kollege. Er absolvierte selten Lehrgänge oder Fortbildungen und nahm stattdessen für seine Triathlon-Wettkämpfe ab und zu längere Auszeiten, was einer schnellen Karriere bei der Kripo wenig zuträglich war. Immerhin förderte der Sport Jonas' Gesundheit. Außer für Triathlon interessierte er sich für Parkour. Er gehörte zu einer Gruppe von jungen Frauen und Männern, die in den Innenstädten der Umgebung stundenlang Hindernisse wie Zäune, Bänke oder Mauern überwanden: kletternd, springend, abrollend. Jonas sah auch aus wie ein Ausdauersportler. Er war 1,75 Meter groß und extrem schlank. Anders als David war Jonas eher unattraktiv. Sein dunkelblondes Haar war strähnig und schütter. Sein Gesicht war blass, er hatte kleine

Augen von einem unscheinbaren, verwaschenen Graublau, Sommersprossen und eine mehrfach gebrochene Nase – Zeugnis einer wilden Jugend, die weit entfernt von einer Zukunft als Kripobeamter verlaufen war.

Im Gegensatz zu Davids waren Jonas' Beziehungen wesentlich beständiger. Mit Franziska Brunstein war er seit knapp neun Jahren zusammen und es lag schon lange das Thema Hochzeit in der Luft. Einmal hatte Franziska Helmut gefragt, ob er sich vorstellen könnte, im Falle eines Falles Trauzeuge zu sein. Das könnte er und er würde sich riesig für die beiden freuen, wenn sie heirateten. Franziska war ein herzensguter Mensch. Mit ihrer stets guten Laune und ihrer Offenheit hellte sie jede Gesellschaft auf. Sie lachte viel, interessierte sich ernsthaft für die gerade aktuellen Lebensumstände aller anderen Anwesenden, freute sich über gute Nachrichten und zeigte Mitgefühl bei weniger guten Neuigkeiten. Ein Mensch, den man einfach mögen musste.

Warum Franziska ihn mochte, blieb Helmut ein Rätsel. Er war weder geistreich oder witzig, noch charmant oder charismatisch. Mit seinem schmalen Gesicht, der spitzen Nase, den blassen grünen Augen und dem stetig zurückgehenden graublonden Haar war er keineswegs der Typ Mann, den man allein aufgrund seines Äußeren mögen musste. Wenn er sich beschreiben müsste, würde er Begriffe wie »blass« oder »spröde« wählen.

Franziska war, rein äußerlich, ebenfalls ein blasser Typ. Sie hatte dunkelblondes, strähniges Haar, ihr Gesicht wurde nach unten hin immer breiter und ganz und gar von ihrem Mund dominiert, dem sie praktisch nie Lippenstift gönnte. Sie war zwar groß und schlank, ihr Körper hatte aber etwas Androgynes an sich. Weibliche Rundungen entdeckte man erst auf den zweiten Blick, was auch an ihrer Kleidung lag, die sie zum Teil in der Herrenabteilung kaufte. Franziska war 34 Jahre alt und Dozentin für Erziehungswissenschaft an der TU Braunschweig. Sie stecke mitten in ihrer Habilitation und hoffte anschließend auf eine Professur, möglichst in Braunschweig.

Franziska saß zusammen mit Lisa Bertram auf einer kleinen Gartenbank. Die 31-jährige Kriminaloberkommissarin war das jüngste Mitglied der Ermittlungsgruppe. So und so die Jüngste. Sie war ein Dreivierteljahr jünger als David und erst seit drei Jahren im Team; David begann vor sieben und Jonas vor sechs Jahren. Ähnlich wie Jonas lebte Lisa sehr gesundheitsbewusst. Sie aß selten Fleisch und durchweg Bio-Produkte. Auch sie trieb regelmäßig Sport; sie joggte und ging ins Fitnessstudio.

Lisa trug ihr glattes braunes Haar seit geraumer Zeit halblang. Sie hatte einen leichten Schmollmund, ihre Nase war gerade und ihre Augen hatten einen satten Grünton. Ausschließlich um die Augen herum trug sie bisweilen Make-up auf, an ihre Lippen ließ sie allenfalls Lipgloss. Lisa besaß eine weniger kurvenreiche Figur als Rabea, dafür waren ihre Beine auffallend lang – einer der Gründe, warum ihr viele Männer lange hinterher sahen. Selbst wenn die Beine meist in Jeans steckten. In Röcken oder Kleidern sah man Lisa selten.

Lisas Freund Björn Kirchstein hatte sich gleichfalls auf die kleine Bank gequetscht. Er wohnte im rund 40 Kilometer entfernten Wolfsburg, arbeitete dort als Polizist und war der Drogenfahndung zugeteilt.

Lisa genoss diese Art von Partnerschaft, die eher einer Fernbeziehung gleichkam und ihr viele Freiheiten ließ. So hatte sie es Helmut geschildert. Sie blieb auch nach Feierabend gern mit ihren Kollegen zusammen und besuchte zudem am Wochenende häufig ihre Eltern oder Freunde in ihrer Heimatstadt Uelzen. Sie konnte gut für sich sein und die Abende in ihrer gemütlichen Wohnung in der Frankfurter Straße verbringen.

Apropos »gern mit ihren Kollegen zusammen«: Mit David war Lisa ein paar Wochen lang sogar sehr gern zusammen gewesen. Die beiden hatten, kurz nachdem Lisa ins Team gekommen war, eine Affäre gehabt. Sie hatten versucht, die Sache geheim zu halten. Im Büro hatte man dennoch ständig gespürt, wie es zwischen den beiden knisterte. Zu Beginn musste man sich Sorgen machen, dass sie jeden Moment übereinander herfielen und sich gegenseitig die Kleider vom Leib rissen. Gegen Ende der Beziehung musste man befürchten, dass sie jeden Moment übereinander herfielen und sich gegenseitig die Augen auskratzten. Dann war auf einmal Schluss gewesen und Lisa und David hatten es geschafft, gute Kollegen zu bleiben.

Jetzt hing Lisas Beziehung zu Björn am seidenen Faden. Vor sechs Monaten, bei der Ermittlung zu einer Mordserie, die sich neben Wolfenbüttel auf das Ruhrgebiet erstreckt hatte, hatte Lisa den Bochumer Kripobeamten Henning Schmitt kennengelernt. Seitdem trafen sich die beiden alle paar Wochen.

Im Gegensatz zu Jonas, David und Björn wusste Helmut von Lisas Seitensprung. Auch er hatte Henning kennengelernt. Henning stellte rein vom Äußeren her genau das Gegenteil von Björn dar. Während der Wolfsburger Drogenfahnder eine Größe von weit über 1,90 Meter, eine massige Figur und ein sehr gemütliches Wesen hatte, war Henning schlank und knappe 1,80 Meter groß. In ihm vereinigten sich die besten Eigenschaften ihrer beiden Kollegen: sportlich und zäh wie Jonas, dazu charmant und gutaussehend wie David. Darin lag wohl einer der Gründe, dass Lisa drauf und dran war, ihr Herz zu verlieren.

Helmut konnte über Lisas Verhalten bloß den Kopf schütteln. Zwei Männer gleichzeitig! Er hingegen war nach dem Tod seiner Frau Marianne vor neun Jahren Single geblieben – mit allen Konsequenzen. Dass er wie ein Mönch lebte, stieß allenthalben auf Unverständnis. Seine Söhne Nils und Matthias, die in Mexiko beziehungsweise Neuseeland lebten, waren der Meinung, dass ihre verstorbene Mutter es gutheißen würde, wenn er sich wie ein normaler Mann benahm. Doch diese, in schöner Regelmäßigkeit über Skype vermittelten Botschaften wurden von ihm geflissentlich überhört.

Dasselbe galt für identische Ratschläge aus seiner weiblichen Bekanntschaft, die streng genommen exklusiv aus seiner Kollegin Lisa bestand. Mit ihr verband ihn eine Beziehung, die zwischen Freundschaft und Verwandtschaft angesiedelt war. Helmut hätte rein vom Alter her Lisas Vater sein können und häufig suchte Lisa in der Tat seinen »väterlichen« Rat. Als liebende und fürsorgliche »Tochter« war ihr aber auch an seinem Wohlergehen gelegen.

Na gut, mittlerweile gehörte auch die Gastwirtsfrau Jutta Langner zu seinem weiblichen Umfeld. Er ließ sich an den Wochenenden gern von ihr bekochen, während Juttas Mann Werner ihm Bier zapfte. In letzter Zeit hatte Jutta ihn manches Mal in Gespräche verwickelt, in denen es um seine vermeintliche Einsamkeit ging. Er hegte den Verdacht, dass Jutta eine alleinstehende Freundin hatte, mit der sie ihn gern verkuppeln wollte. Doch das war aussichtslos, er hatte in seinem Leben zweimal sein Herz verloren. Das reichte ihm. Bis ans Ende seiner Tage. Amen.

So viele Tage würden es womöglich nicht mehr werden, denn seit Freitag war er 60. Vor exakt 60 Jahren, an jenem berühmten 4. Juli 1954, war er praktisch zeitgleich mit Helmut Rahns entscheidendem Tor im WM-Endspiel gegen Ungarn auf die Welt gekommen. Dem Boss hatte er seinen Namen zu verdanken. Wer konnte es seinen Eltern verdenken?

An seinem 60. Geburtstag hatte wieder ein wichtiges Fußballspiel stattgefunden, das Viertelfinale gegen Frankreich, das er gut in seine Geburtstagsfeier integrieren konnte. Er hatte den runden Geburtstag, für seine Verhältnisse, groß gefeiert. Zur Gartenparty waren seine drei Kollegen plus Anhang gekommen, darüber hinaus sein Vorgesetzter und Freund, Polizeipräsident Karl Breimer, sowie ein paar Freunde aus dem Dorf, unter anderem seine Skatbrüder Thomas und Atze.

Die Feier hatte – wegen des frühen Anpfiffs in Rio – bereits um 17 Uhr begonnen. Deshalb hatte Jutta eine Weile mitfeiern können, bevor sie um 20 Uhr in den Dorfkrug musste, um zu kochen. Werner hatte leider schon ab 16 Uhr hinter dem Tresen stehen müssen. Extra für die WM hatte der Wirt einen riesigen Fernseher ausgeliehen, auf dem er die Deutschlandspiele zeigte und stets 30 bis 40 Fußballfans anlockte. Während der Spiele interessierte sich niemand für etwas anderes als Pils und Schnaps. Erst nach dem Schlusspfiff (und dem jeweiligen deutschen Sieg) kam der große Hunger. Dann wirbelte Jutta in der Küche.

Vor 20 Uhr war an diesem warmen Freitagabend auch in Helmuts Garten feste Nahrung tabu. Alle fieberten ab 18 Uhr mit der deutschen Mannschaft, die das frühe 1:0 durch Hummels (nach einem Foul, wie Jonas mehrfach bemerkte) geschickt über die Zeit brachte. »Zum vierten Mal hintereinander im WM-Halbfinale – das hat bisher keine Nation geschafft«, lautete Davids Kommentar zu diesem wenig spektakulären Match.

Direkt nach dem Schlusspfiff stellte sich Helmut zusammen mit Atze Hoier an den Grill und versorgte seine Gäste mit Bratwurst, Lammsteaks und Bauchfleisch. Jutta hatte ein paar Salate beigesteuert, auf die sich die Damen eifrig stürzten.

Helmut kannte Atze seit Kindheitstagen. Die beiden waren zusammen zur Schule gegangen und hatten Anfang der 70er-Jahre gemeinsam bei Malermeister Henri Arnold gelernt. Im Gegensatz zu Helmut war Atze dem Malergewerbe treu geblieben, und er würde es mit Sicherheit auch die nächsten sechs Jahre noch bleiben, bis zur Rente. Atze war glücklich verheiratet und erst vor wenigen Wochen zum zweiten Mal Großvater geworden.

Helmuts anderer Skatfreund, Thomas Reckmann, war bereits während des Deutschlandspiels betrunken. Zum Glück gehörte Thomas zu den Leuten, deren beste Seiten im Suff zutage traten. Entweder war er noch liebenswürdiger als sonst – oder er schlief ein. An diesem Freitag schlief er gegen 23 Uhr auf dem Sofa ein und verpasste den Beginn der zweiten Halbzeit des Spiels Brasilien gegen Kolumbien. Für dieses Spiel interessierten sich außer ihm nur Karl Breimer und David. Alle anderen hatten den milden Abend im Garten genossen. Jonas bildete mit seinen Geschichten vom Triathlon den Mittelpunkt einer Gruppe, die aus Franziska, Rabea, Björn, Karls Frau Eleonore und Atzes Frau Daniela bestand.

Helmut blieb am Grill stehen, obwohl es nach 22.30 Uhr praktisch nichts mehr zu tun gab. Alle waren längst satt und die letzten drei Bratwürste, die dort lagen, brutzelten nutzlos vor sich hin. Mechanisch wendete er sie trotzdem alle paar Minuten. Lisa leistete ihm Gesellschaft, nachdem Atze ins Wohnzimmer gegangen war, um sich anzusehen, auf wen die deutsche Mannschaft im Halbfinale treffen wird. Sie schien zu spüren, dass er angesichts des neuen, prägnanten Lebensjahres in einer melancholischen Stimmung war, und ließ ihn weitgehend in Frieden. Beide tranken schweigend Bier, betrachteten den klaren Himmel oder die Gruppe um Jonas.

Nur einmal sprach Lisa ihn an, natürlich auf ihr Lieblingsthema. »Willst du wirklich deinen ganzen, in Anführungszeichen, Lebensabend allein verbringen?«

Er flüchtete sich in Ironie. »Willst du mir einen Antrag machen? Mittlerweile könnte ich dein Opa sein!«

»Blödmann!« Damit beendete Lisa das Thema; wahrscheinlich verdrehte sie theatralisch die Augen, während sie sich von ihm abwandte.

Schließlich brachen die Breimers auf und Thomas wurde wach, als sich rund um den Fernseher Unruhe ausbreitete. Neymar war schwer gefoult worden und wurde nun mit schmerzverzerrtem Gesicht vom Platz getragen. Thomas nutzte diese wache Phase und ging nach Hause. Dafür kehrte praktisch im selben Moment Jutta zurück und fragte, ob sie helfen könne.

Helmut nahm ihre Hilfe gern an und begann zusammen mit ihr und Lisa mit den groben Aufräumarbeiten. Während er sich weiterhin aufs Schweigen verlegte, quatschten Lisa und Jutta so unbefangen und vertraut miteinander, als würden sie sich seit Adam und Eva kennen.

Frauen, dachte er und trug Teller und Gläser in die Küche. Lisa drehte sich zu ihm um und warf ihm einen verschwörerischen Blick zu. Er zuckte mit den Schultern. Lisa schüttelte den Kopf.

Wenig später fuhren die Ermittler samt Lebenspartner in einem Großraumtaxi zurück nach Wolfenbüttel und um 1 Uhr verabschiedeten sich die restlichen Winnigstedter. Mit seinen Söhnen hatte er im Laufe des Tages geskypt, um sich gratulieren zu lassen. Es war alles aufgeräumt. Also setzte er sich gemütlich aufs Sofa, trank ein letztes Bier, sah sich im Fernsehen ein weiteres Mal das Tor von Hummels an und ging anschließend schlafen.

Vernehmungsprotokolle in Sachen Heinz Schrader, Winnigstedt. Befragender Beamter in allen Fällen: Kriminalhauptkommissar Richard Albrecht, Protokollantin für alle Vorgänge: Fräulein Waltraud Reiter; Ort: Gemeindebüro Winnigstedt.

8. Juli 1974, 9.30 Uhr, Zeuge: Otto Geis, 54 Jahre, Gastwirt aus Winnigstedt.

KHK Albrecht: Guten Tag, Herr Geis. Danke, dass Sie sich die Zeit nehmen, mit uns zu sprechen.

Zeuge Geis: Das tu ich gern.

KHK Albrecht: Wie Sie wissen, versuchen wir, den Mord an Heinz Schrader aufzuklären. Können Sie sich daran erinnern, wann er am Samstagabend den Dorfkrug verlassen hat?

Zeuge Geis: Das war so um elf.

KHK Albrecht: Hat er Ihnen gesagt, ob er nach Hause gehen will?

Zeuge Geis: Hat er. »Mach's gut, Otto, ich geh dann mal heim«, hat er gesagt, wie er seinen Deckel bezahlte. Ich hab mich gewundert, weil er so früh dran war. Sonst geht Heinz selten als Erster.

KHK Albrecht: Also hat Herr Schrader seinen Deckel bezahlt?

Zeuge Geis: Ja, sicher. Was denn sonst?

KHK Albrecht: Nun, manche Wirte lassen anschreiben.

Zeuge Geis: So weit kommt's noch! Und dann lauf ich hinter der Kohle her oder was?

KHK Albrecht: Hatte Herr Schrader also seine Brieftasche dabei?

Zeuge Geis: Ja, klar.

KHK Albrecht: Haben Sie zufällig gesehen, wie viel Geld er darin hatte?

Zeuge Geis: Nein.

KHK Albrecht: Sie sagten, dass Herr Schrader selten als Erster geht. Diesmal tat er es aber?

Zeuge Geis: Ja. Und er ist allein gegangen. Sonst geht er oft mit Gustav nach Hause.

KHK Albrecht: Hm. Da er nach unserem Erkenntnisstand auf dem Weg vom Dorfkrug nach Hause ums Leben gekommen ist, interessiert uns, was sich vorher dort abgespielt hat.

Zeuge Geis: Das kann ich Ihnen sagen: Die Leute haben Bier getrunken, Karten gespielt und gequatscht.

KHK Albrecht: Wer war denn an diesem Abend alles da? Am besten sagen Sie jeweils dazu, wie alt die Person ist, welchen Beruf sie ausübt, wann sie die Kneipe verlassen hat und ob allein oder in Begleitung. Wenn ich da gewesen wäre, könnten Sie sagen: Richard Albrecht, um die 50, Bulle, ist um halb elf gegangen, ohne Begleitung.

Zeuge Geis: Bulle?

KHK Albrecht: Oder Polizist oder Kommissar oder Kripobeamter. Egal.

Zeuge Geis: Meinetwegen. Also, da ist zunächst mal Gustav Wettenstedt. Gustav ist Anfang 50. Wie eigentlich die meisten Leute, die den Abend bei mir waren. Mich eingeschlossen. Die jungen Leute, die sonst schon mal kommen, die Fußballer vom TSV, die sind am Wochenende alle im Harz gewesen. »Trainingslager« nannten die das. War wohl mehr so ein Besäufnis zum Saisonabschluss. Ich gönn es denen aber, die sind ja fast aufgestiegen. Ähm, soll ich trotzdem immer das Alter sagen, auch wenn die alle gleich alt sind?

KHK Albrecht: Nein. Machen Sie bitte weiter. Sie haben gerade mit Herrn Wettenstedt losgelegt.

Zeuge Geis: Genau. Gustav, der ist Bauer. Der größte Bauer im Dorf. Häufig ist einer aus der Familie zugleich Bürgermeister, zuletzt war das der Vater vom Gustav, der Theo. Gustav selbst hat aber mit Politik nichts am Hut. Er hat den Abend mit Heinz und ein paar anderen am Stammtisch gegessen und Karten gespielt, Schlesische Lotterie. Er ist kurz nach Mitternacht gegangen, mit Heinrich Ackermann. Der Heinrich, der ist jünger als die anderen, so Anfang 40. Der *heißt* Ackermann und der *ist* auch einer.

KHK Albrecht: Hm?

Zeuge Geis: Das war ein Witz. Der Heinrich ist Bauer. Er hat auch am Stammtisch gesessen und Karten gespielt. Er ist dann zusammen mit Gustav aufgebrochen. Zwei Drittel der Strecke nach Hause können sie gemeinsam gehen, dann trennen sich die Wege.

KHK Albrecht: Von der Kneipe aus betrachtet vor oder nach dem Tiefenbach, also dem Tatort?

Zeuge Geis: Nach dem Tiefenbach.

KHK Albrecht: Danke. Fahren Sie bitte fort.

Zeuge Geis: Das mach ich. Anton Hoier hat ebenfalls mitgespielt. Der Anton ist unser Bürgermeister. Er war der Letzte, der den Abend gegangen ist. Das ist so um dreiviertel eins gewesen.

KHK Albrecht: Waren Sie beide zu diesem Zeitpunkt folglich unter sich?

Zeuge Geis: So war das gewesen. Der Anton hat mir beim Aufräumen zugeguckt und ein letztes Bier getrunken. Wir haben uns wegen dem Endspiel unterhalten.

KHK Albrecht: Ist Herr Hoier allein gegangen?

Zeuge Geis: Ja.

KHK Albrecht: Er betreibt diese Gärtnerei an der Ausfallstraße nach Roklum?

Zeuge Geis: Richtig. Ziemlich großer Laden, läuft gut. Ähm, ich mach dann mal weiter mit den Leuten. Zwei haben noch mit am Stammtisch gegessen und Karten gespielt. Karlheinz Rethmann, der arbeitet bei VW am Band. Und Wilhelm Reckmann, der arbeitet bei MAREM in der Härterei. Die beiden sind ein paar Minuten nach Gustav und Heinrich aufgebrochen. Die wohnen hier in Klein-Winnigstedt, die müssen einen ganz anderen Weg gehen als Gustav, Heinz, Heinrich und Anton.

KHK Albrecht: Den Stammtisch hätten wir dann. Sechs Männer haben dort Schlesische Lotterie gespielt?

Zeuge Geis: Das waren sechs gewesen, richtig. Wenn man den Heinz mitzählen tut.

KHK Albrecht: Waren das Ihre einzigen Gäste an diesem Abend?

Zeuge Geis: Nein. Am Nebentisch haben Ludwig Jordan, Hans-Werner Neubauer und Horst Wesselt Skat gekloppt.

KHK Albrecht: Ludwig Jordan? Ist der zufällig mit Helmut Jordan verwandt, dem jungen Mann, der den Toten gefunden hat?

Zeuge Geis: Helmut ist der Sohn vom Ludwig. Ludwig arbeitet bei der Ziegelei in Mattierzoll. Hans-Werner ist bei Schering im Lager, der wohnt in Mattierzoll. Genau wie der Horst. Der Horst arbeitet mit Karlheinz Rethmann bei VW. Hans-Werner und Horst sind jünger als die anderen, die sind knapp unter 40, glaube ich. Die haben bis halb eins mit Ludwig Skat gespielt. Dann sind die nach Hause gefahren.

KHK Albrecht: Gefahren? Mit dem Auto?

Zeuge Geis: Ja, klar. Bis Mattierzoll, das sind ja über drei Kilometer. Der Horst, der trinkt auch nur vier, fünf, höchstens mal sechs Bier. Er hat wie üblich den Josef Thomalla und den Gerhard Kruggel mitgenommen. Die saßen den Abend die ganze Zeit bei mir an der Theke. Da sitzen die eigentlich immer. Die sind beide an die 70 und Rentner.

KHK Albrecht: Wenn ich es richtig in Erinnerung habe, führt der Weg nach Mattierzoll an der Brücke über den Tiefenbach vorbei?

Zeuge Geis: Das passt.

KHK Albrecht: Wissen Sie, wo die Männer aussteigen mussten, die aus Winnigstedt sind?

Zeuge Geis: Natürlich. Der Ludwig wohnt in der Teichstraße, Josef am Ganterplatz und Gerhard in der Feldstraße.

KHK Albrecht: Und ist das diesseits …

Zeuge Geis: Das ist alles hinter dem Tiefenbach, vom Dorfkrug aus.

KHK Albrecht: Ich komme auf elf Männer, die vorgestern bei Ihnen waren.

Zeuge Geis: Das kommt hin. Ich hatte aber auch ein paar Damen da. Der Frauengesangsverein. Die haben im Nebenzimmer geprobt.

KHK Albrecht: Am Samstagabend?

Zeuge Geis: Das war eine Ausnahme gewesen. Die treffen sich eigentlich am Mittwoch. Am Mittwoch der Frauengesangsverein und am Donnerstag der Männergesangsverein. Die Damen haben für ihren Auftritt am Sonntag in der Kirche geprobt.

KHK Albrecht: Wie viele Damen gehören dem Frauengesangsverein an?

Zeuge Geis: So um die 20.

KHK Albrecht: Und bis wann haben sie an diesem Abend geübt?

Zeuge Geis: Die haben um sieben angefangen, und das ging dann bis kurz nach neun. Die meisten von den Damen sind dann gleich nach Hause. Aber ein paar sind geblieben.

KHK Albrecht: Und wer?

Zeuge Geis: Das war einmal die Renate, also Renate Junker, das ist unsere Gemeindesekretärin. Renate ist die Chorleiterin. Dann die Christine Rethmann, die Gaby Reckmann und die Heide Wettenstedt.

KHK Albrecht: Und wie lange waren diese Damen da?

Zeuge Geis: Unterschiedlich. Die Christine, die Gaby und die Heide, die sind mit ihren Männern gegangen. Wie immer eigentlich. Die Renate ist um kurz nach zehn nach Hause gegangen, glaube ich.

KHK Albrecht: Ohne Begleitung? Als Frau?

Zeuge Geis: Das ist ja eigentlich ungefährlich, wenn man nachts durch unser Dorf geht. Die Renate ist das sowieso gewohnt, die ist Witwe.

KHK Albrecht: Ich habe sie kennengelernt, als wir ins Gemeindebüro gezogen sind. Eine ausgesprochen attraktive Frau.

Zeuge Geis: Das können Sie laut sagen!

KHK Albrecht: Ein andermal. Wie lange führen Sie den Dorfkrug eigentlich schon?

Zeuge Geis: Seit knapp 25 Jahren.

KHK Albrecht: Das heißt, dass Sie die meisten Ihrer Gäste ganz gut kennen?

Zeuge Geis: Das will ich meinen.

KHK Albrecht: Dann wissen Sie also, ob es da Konflikte gab?

Zeuge Geis: Das weiß ich in der Tat: Es gab null Konflikte. Was für Konflikte meinen Sie überhaupt?

KHK Albrecht: Beispielsweise Streitereien unter den Bauern?

Zeuge Geis: Das gibt es bei uns nicht.

KHK Albrecht: Hm. Und sonst? Jemand hat einem anderen Geld geliehen und wartet vergeblich auf die Rückzahlung? Jemand hat einem anderen die Frau ausgespannt? Etwas in der Art.

Zeuge Geis: Nein. Bei uns ist alles friedlich. Wieso fragen Sie das?

KHK Albrecht: Irgendjemand muss einen Grund gehabt haben, Schrader einen Stein über den Kopf zu ziehen.

Zeuge Geis: Das war doch ein Raubüberfall gewesen! Dem Heinz wurde seine Brieftasche geraubt! Und Sie haben vorhin extra danach gefragt.

KHK Albrecht: Der Funk funktioniert also bestens im Dorf. Die Sache mit der Brieftasche hat sich jedenfalls rasch herumgesprochen. Kann sein, dass es ein Raubmord war. Wir müssen aber zunächst alle anderen Alternativen überprüfen. Doch offenbar haben sich in Winnigstedt alle lieb.

Zeuge Geis: Das ist übertrieben. Aber nur, weil ich wen weniger lieb habe, schlag ich den nicht gleich tot.

KHK Albrecht: Einverstanden! Und am Samstagabend ist wirklich nichts Ungewöhnliches im Dorfkrug passiert? Streitereien oder so?

Zeuge Geis: Das war wie immer.

KHK Albrecht: Können Sie mir überhaupt irgendetwas erzählen, was aus Ihrer Sicht ein Motiv sein könnte?

Zeuge Geis: Vielleicht. Es ist aber keine von den Sachen,

die Sie vorhin gesagt haben. Streit unter den Bauern oder wegen Geld oder wegen Frauengeschichten.

KHK Albrecht: Sondern?

Zeuge Geis: Das bleibt aber unter uns. Wegen meinem Ruf. Zum Glück geht's um keinen von meinen Stammgästen.

KHK Albrecht: Sondern?

Zeuge Geis: Das war im letzten Krieg gewesen. Der Heinz und sein Vater, der heißt auch Heinz, die waren ja beide in der Hitler-Partei gewesen. Als einzige aus dem Dorf. Das waren jetzt aber keine richtigen Nazis gewesen. Die haben nur gedacht, ihnen bringt die Sache mit der Partei irgendwelche Vorteile.

KHK Albrecht: Opportunisten?

Zeuge Geis: Hä?

KHK Albrecht: Egal. Welche Vorteile waren das konkret?

Zeuge Geis: Das meiste habe ich vergessen, bis auf die eine Sache: Die Bauern konnten ja Kriegsgefangene als Erntehelfer anfordern, und da war das mit der Partei ein Vorteil. Schraders haben zwei Russen bekommen, 1942 war das.

KHK Albrecht: Was ist aus denen geworden? Sind die bis Kriegsende im Dorf geblieben?

Zeuge Geis: Nein, die sind 1944 bei einem Unfall gestorben.

KHK Albrecht: Unfall?

Zeuge Geis: Ein Unfall, ja. Das Scheunendach ist eingestürzt. Und die Russen waren gerade in der Scheune. Boris und Pawel hießen die. Nette Kerle waren das gewesen, die beiden. Schraders haben die gut behandelt. Die wollten gar nicht wieder weg von hier.

KHK Albrecht: Und diese Sache soll was mit Schraders Tod zu tun haben?

Zeuge Geis: Nein.

KHK Albrecht: Und warum erzählen Sie mir das?

Zeuge Geis: Das ist nur wegen Ihrer Frage mit der Partei! Ich wollte auf was anderes raus.

KHK Albrecht: Worauf denn?

Zeuge Geis: Das hat was mit diesem Widerstand zu tun. Es gab da im Dorf einen Mann, der war da dabei. Alle hatten das gewusst und wie gefährlich das gewesen war. Für alle. Aber man ließ den Kerl machen. Doch dann kommt im Februar '45 die Gestapo und will ihn holen. Theo hat ihn aber rechtzeitig versteckt.

KHK Albrecht: Gustavs Vater?

Zeuge Geis: Ja. Theo, der war im Krieg Bürgermeister. Und vor dem Krieg und nach dem Krieg. Der Theo wollte verhindern, dass die Gestapo einen aus seinem Dorf zu fassen kriegt. Der hat lieber die Gefahr auf sich genommen und den Kerl drei Monate versteckt. Bis der Scheißkrieg zu Ende war.

KHK Albrecht: Wusste Wettenstedt von der geplanten Verhaftung?

Zeuge Geis: Puh. Das müssen Sie ihn schon selbst fragen.

KHK Albrecht: Und wo ist jetzt der Zusammenhang?

Zeuge Geis: Das liegt doch auf der Hand. Hier haben wir den vom Widerstand, dort den aus der Hitler-Partei – und dann kommt die Gestapo ins Dorf.

KHK Albrecht: Sie wollen damit sagen, dass Schrader diesen Widerstandskämpfer denunziert, also an die Gestapo verraten hat?

Zeuge Geis: Das wäre immerhin möglich.

KHK Albrecht: Wie heißt denn dieser Widerstandskämpfer?

Zeuge Geis: Karl Liedke. Er wohnt in Groß-Winnigstedt.

KHK Albrecht: Warum soll er nach 30 Jahren plötzlich auf die Idee kommen, sich für diesen Verrat zu rächen?

Zeuge Geis: Woher soll ich das wissen?

KAPITEL 2

8. Juli 2014, etwa 23.30 Uhr

Vier Tage nach Helmuts Geburtstag hatten sich die Ermittler erneut zum gemeinsamen Fußballgucken verabredet und eine erste Halbzeit erlebt, die sie nie wieder vergessen würden. 5:0! Sie hatten sich bei Jonas und Franziska getroffen, die in einem kleinen Reihenhaus am Tannenweg wohnten. Auf den drei Etagen war genug Platz für Küche, Wohnzimmer, Badezimmer, Schlafzimmer, Arbeitszimmer und ein Kinderzimmer. Für den Fall, dass die beiden sich tatsächlich zu Hochzeit und Familiengründung entschieden.

Beamer und Leinwand standen in dem kleinen Garten hinterm Haus, genau wie der Grill. Sie hatten wegen der späten Anstoßzeit, 22 Uhr, bereits vor dem Spiel gegrillt. Gerade begann die zweite Halbzeit. Helmut nahm unterbewusst ein paar wahnsinnige Paraden von Manuel Neuer wahr, ließ aber ansonsten seinen Gedanken freien Lauf. Schnell landeten diese bei Kalle Neubauer und dessen wahnsinniger Idee, sich in seinem Haus aufzuhängen und einen Abschiedsbrief zu hinterlassen, in dem er die Alleinschuld am Unfalltod von Hanno Ackermann auf sich nahm.

Dabei hatte Helmut ihn am Rosenmontag soweit gehabt, dass Kalle seine Komplizen Gregor Pahlke und Jochen Wettenstedt ans Messer liefern wollte. Aber nein, in seinem Abschiedsbrief beschrieb Kalle haarklein, wie er vor 15 Jahren auf einem Militaria-Markt in Oschersleben illegal eine Landmine gekauft und diese im Dezember 2013 auf Hannos Feld deponiert hatte. Mit Bedacht ganz am Rand, um Hanno zu erschrecken. Dass Hanno dann durch einen blöden Zufall mit dem Trecker (statt mit dem Pflug) die Mine ausgelöst hatte, war eine Tragödie, die Kalle letztlich in den Selbstmord getrieben hatte.

Gregor und Jochen waren nun fein raus, dachte Helmut grimmig. Dabei wusste er von Kalle, dass Gregor, Kalle und Jochen das Attentat auf Hanno gemeinsam geplant und durchgeführt hatten. Dummerweise fehlten ohne Kalles Aussage die Beweise.

Gregor war nach einer schweren Kopfverletzung, dem anschließenden künstlichen Koma und einem langen Krankenhausaufenthalt inklusive Reha ein anderer Mensch geworden. Er war weniger aggressiv als früher, als er sich den Ruf, der Dorfschläger zu sein, durch jahrzehntelanges gewalttätiges Verhalten absolut verdient hatte. Jetzt lebte er weitgehend zurückgezogen und verbrachte vermutlich die meiste Zeit mit seiner riesigen Militaria-Sammlung, die Helmut ausschließlich vom Hörensagen kannte.

Jochen hingegen benahm sich wie eh und je, großspurig und selbstgefällig; Chef der örtlichen CDU, Bürgermeister, größter Bauer des Dorfes und Windparkbesitzer. Mit Jochen hatte Helmut seit den turbulenten Wintertagen kaum ein Wort gewechselt. Guten Tag und Auf Wiedersehen. Manchmal fragte er sich, ob Jochen etwas mit Kalles Freitod zu tun haben könnte, inklusive Abschiedsbrief? Doch solch einen vagen Verdacht würde der mit allen Wassern gewaschene Bauer und Kommunalpolitiker kurzerhand beiseite schieben.

Helmut hatte es ersatzweise bei Gregor versucht und an einem Freitagabend auf gut Glück bei ihm angeklingelt. Gisela Pahlke hatte ihm aufgemacht. Ausgerechnet. Sie war der einzige Mensch im Dorf, der ihm die Sache mit Gregors Kopfverletzung übel genommen hatte, an der er in der Tat indirekt beteiligt gewesen war. Logisch, dass Gisela ihm jetzt die Tür vor der Nase zuknallen wollte. Unvermittelt stand Gregor neben ihr und fixierte Helmut mit seinen schwarzen Augen.

»Ich tät dich reinbitten, aber dann krieg ich Ärger mit Gisela.«

Giselas böser Blick unterstrich diese Bemerkung.

»Lieb von dir, Gregor. Wir können uns ja draußen unterhalten.«

»Okay. Aber das sag ich dir vorher: Ich red mit dir nicht über Kalle oder Jochen. Selbst, wenn du mich vorladen tust.«

Damit hatte sich die Angelegenheit eigentlich erledigt. Er wollte allerdings den Eindruck vermeiden, dass er nur mit Gregor sprechen wollte, um weiter an dem Fall zu arbeiten. Also erklärte er sich einverstanden, dieses Thema auszuklammern. Sie liefen eine halbe Stunde lang durchs Dorf und tauschten Belanglosigkeiten aus. An Tiefe gewann ihre Konversation allenfalls, als sie über Gregors Gesundheitszustand sprachen, der sich merklich gebessert hatte. Einzig die wöchentlich jeweils für einige Stunden auftretenden Kopfschmerzen hielten sich hartnäckig. Wenn er Pech hatte, wurde Gregor sie nie wieder los.

Im Zusammenhang mit Hannos Tod gab es nur eine erfreuliche Entwicklung. Nach langem Hin und Her (wegen Kalles Schuldeingeständnis, das aus dem ursprünglichen Unfall eine fahrlässige Tötung machte) hatte Rolf Kramers Versicherungsgesellschaft endlich die

Lebensversicherung an Hannos Ehefrau Melanie ausbezahlt. Kramer war der örtliche Repräsentant der Versicherung und hatte sich wirklich ordentlich ins Zeug gelegt für die Ackermanns.

»Hallo! Erde an Major Jordan!« Lisa fuhr mit ihrer Hand direkt vor seinem Gesicht rauf und runter.

Er blickte seine Kollegin irritiert an.

Lisas folgende Frage irritierte ihn noch mehr. »Wo bist du denn? Bei der schönen Köchin oder was?«

»Lisa, was willst du?«

»Ich wollte herausfinden, ob du mitbekommen hast, dass gerade das 6:0 gefallen ist. Es jubelt ja niemand mehr über deutsche Tore, da kann einem das durchaus entgehen.«

»Was?«

»6:0 für Deutschland. Schürrle.«

»Klasse!«

»Ja, das merkt man, dass du das klasse findest. Sag mal ehrlich jetzt, wohin du dich mit deinen Gedanken gerade verkrochen hast! Ich schätze, es geht mal wieder um deinen Spezi.«

Seine Kollegen hatten sich längst daran gewöhnt, dass er ständig an Jochen dachte. Zum Glück gab es, außer der WM und ein paar Routinedingen, zurzeit in der Ermittlungsgruppe nur wenig zu tun, denn mit Kalles Geständnis per Abschiedsbrief waren die sieben Todesfälle des Winters endgültig aufgeklärt. Zwei der Verantwortlichen waren tot, zwei waren im Gefängnis. Blieben …

Nein, Jochen und Gregor vergessen wir jetzt! Besser an Jonas denken! Jonas hat kürzlich vorgeschlagen, die Zeit, die ihnen dank der offenkundigen Antriebslosigkeit der Wolfenbütteler Gewaltverbrecher momentan blieb, nicht damit zu vergeuden, jede neue Dienstanweisung dreimal zu lesen oder Akten von der linken auf die rechte Schreibtischhälfte umzuschichten. Stattdessen sollten sie ungelöste Altfälle wieder aufrollen, um sie mithilfe neuer Techniken und Verfahren und etwas Glück nachträglich zu lösen. In der Asservatenkammer dürften sich, hatte Jonas gehofft, haufenweise Haare, Hautschuppen, Kleidungsstücke und Gegenstände befinden, die man auf DNA-Spuren untersuchen konnte.

Die Quelle von Jonas' Inspiration war wie üblich ein kürzlich gelesener Krimi, in dem eine Spezialeinheit gebildet wurde, die sich auf solche Fälle stürzte. Krimis waren nun einmal Jonas' große Leidenschaft. Es war ihm bei vielen ihrer Fälle gelungen, Parallelen zur Kriminalliteratur zu ziehen; oft lenkten diese Parallelen die Ermittler in die richtige Richtung.

Das Archiv in Wolfenbüttel reichte zurück bis in die Weimarer Republik. Jonas verzichtete jedoch auf die 20er-, 30er-, 40er- und 50er-Jahre. Er wollte von vornherein eine reelle Chance haben, mit lebenden Zeugen oder früheren, mit dem Fall betrauten Kollegen zu sprechen und im Idealfall endlich den Mörder überführen.

Neulich hatte Jonas die erste erfolgversprechende Akte aus dem Archiv nach oben gebracht, einen ungeklärten Todesfall aus dem Jahr 1967. Ausgerechnet mitten im Sommer der Liebe und ein paar Wochen nach der sensationellen deutschen Meisterschaft von Eintracht Braunschweig wurde auf dem Sportplatz des Wolfenbütteler Vorortes Ahlum die Leiche einer 17-Jährigen gefunden. Doris Erlemann war erwürgt worden, zuvor hatte ihr Mörder sie vergewaltigt. Schnell hatte es einen Verdächtigen gegeben, den 20-jährigen Schlosser Bernd Rademacher. Bernd war laut einiger Zeugen monatelang hinter Doris her gewesen und stets abgeblitzt. Dann hatte er sich scheinbar mit Gewalt genommen, was ihm freiwillig nicht gegeben wurde. Und hinterher hatte er Doris umgebracht.

Während die Motivlage gegen Bernd Rademacher sprach, konnte er andererseits ein Alibi für die Tatzeit vorweisen. Es beruhte auf der Aussage seines jüngeren, geistig zurückgebliebenen Bruders Jürgen. Der behauptete steif und fest, den gesamten fraglichen Abend mit seinem großen Bruder verbracht zu haben. Er konnte minutiös berichten, was die beiden getrieben haben. Jürgens Schilderung deckte sich haargenau mit Bernds Ausführungen.

Sagten beide die Wahrheit oder hatten sie ihr Lügengebilde perfekt abgestimmt? Jürgens geistige Behinderung schien solch eine Absprache auszuschließen. Deshalb gingen die damals ermittelnden Kriminalisten davon aus, dass die Brüder die Wahrheit sagten, und ließen Bernd laufen. Die Beamten fanden keinen anderen Verdächtigen und legten den Fall zu den Akten. Sehr zum Unwillen von Doris' Eltern und vieler weiterer Ahlumer.

Jonas wollte den Fall nach 47 Jahren endlich lösen. An der Aussage von Jürgen Rademacher konnte er nicht mehr rütteln und ihn erneut befragen, Jürgen war 1969 gestorben. Es gab aber Spuren vom Tatort, die sich vielleicht mit heutiger Technik auswerten ließen, unter anderem ein paar Haare, Kopfhaare sowie Schamhaare. Jonas ließ diese Haare nun in der Rechtsmedizin in Hannover untersuchen. Eine Freundin seiner Schwester arbeitete dort und half Jonas halboffiziell.

Sie wollte in ihrer Mittagspause oder nach Feierabend zunächst herausfinden, ob alle Haare zur selben Person gehören, mutmaßlich dem Opfer. Falls ja, hätte sich die Sache erledigt. Falls die Haare von zwei verschiedenen Personen stammten, schien es denkbar, dass sie sich auf Täter und Opfer verteilten. Dann würde Jonas sich auf die Suche nach Bernd Rademacher machen. Schwieriger dürfte die Suche nach dem Mörder werden, falls die Haare mehr als zwei Personen gehörten. Doch noch musste Jonas sich gedulden, die Haare waren erst unterwegs nach Hannover.

Helmut war ebenfalls längst wieder unterwegs, weit weg von diesem WM-Halbfinale. Unvorstellbar, dass man hier mit sieben Leuten zusammensaß, ohne mit der deutschen Mannschaft fiebern zu müssen. Was gab es beim Stand von 6:0 großartig zu fiebern? Pardon, 7:0. Gerade traf Schürrle erneut. Björn jubelte, aber offenbar nur aus Spaß. Außer Helmut dachten mittlerweile alle an das Finale am Sonntag.

»Die Käseroller können kommen«, rief Rabea.

»Nix da Käseroller. Die haben ihre guten Spiele hinter sich. Ich wette auf die Gauchos«, antwortete David.

»Die wer?«, fragte Franziska.

»Uups!« Das kam von Jonas, der als Einziger in diesem Moment auf den Bildschirm sah und den Ehrentreffer der Brasilianer bemerkte.

»Na, die Argentinier«, sagte Björn.

»Wer hat es gemacht?«, fragte David Jonas.

»Oscar.«

»Wo gucken wir denn das Endspiel?«, wollte Lisa wissen.

»Ich habe jede Menge Grillsachen und Bier von Freitag über«, sagte Helmut. »Ihr könnt gern wieder zu mir kommen, wenn euch die Fahrt nicht zu weit ist.«

»Solange Taxis fahren, ist mir keine Fahrt zu weit.« David sah Rabea an. »Oder willst du gern fahren, Schatz?«

Da die Frage bar jeder Ironie war, antwortete Rabea ernsthaft: »Nö, ich will feiern, egal, ob wir gewinnen.«

»Lisa? Jonas? Franziska? Björn? Was ist mit euch?«, fragte Helmut in die Runde.

»Gern. Kommt die hübsche Köchin wieder?« Lisa lächelte ihn an.

Lisa hatte durchaus recht. Jutta war in der Tat eine hübsche Frau. Sie war 14 Jahre jünger als er und rein äußerlich ein Typ wie Rabea. Sehr weiblich, sehr sinnlich. Ihr Haar war schwarz, durchzogen von wenigen grauen Strähnen, die Jutta erst gar nicht zu kaschieren versuchte. Ihr ovales Gesicht zeigte meist ein freundliches Lächeln, das ehrlicher zu sein schien als das übliche Lächeln von Gastwirten. Wenn sie kochte, band sie ihr Haar zusammen oder versteckte es unter einem Kopftuch. Als sie am Freitag zu Helmuts Gartenparty gekommen war, hatte sie es offen getragen. Es reichte ihr bis zu den Schultern, die an diesem Abend in einem sommerlichen Kleid gesteckt hatten. Das Kleid war tief ausgeschnitten, und ähnlich wie Rabea hatte Jutta ihren Spitzen-BH gezeigt, allerdings einen dunkelblauen.

Jutta kochte, wie gesagt, hervorragend, jedoch nur am Wochenende kümmerte sie sich im Dorfkrug um die Zubereitung der Speisen; in der Woche kam unter Werners kompetenter Führung ausnahmslos die Fritteuse zum Einsatz, während Jutta, wie viele andere Winnigstedter, ihrer Arbeit im rund 30 Kilometer entfernten Wolfsburger VW-Werk nachging.

Helmut verzog keine Miene wegen Lisas Bemerkung, er wartete auf die Reaktion der anderen. Alle waren einverstanden, sich das WM-Finale bei ihm anzusehen. Er überlegte, zusätzlich ein paar Freunde aus dem Dorf einzuladen, Atze und Thomas. Ja, okay, er könnte außerdem Langners fragen. Ob Werner überhaupt kommen könnte? Er würde das Spiel in seiner Kneipe zeigen und dort sein müssen, oder?

Das alles wollte er sich in Ruhe überlegen. Jetzt musste er zunächst ein Taxi rufen, das ihn die 20 Kilometer zurück nach Winnigstedt fuhr. Morgen würde er mit dem Linienbus zur Arbeit fahren. Sein Auto stand an der Dienststelle am Grünen Platz. Auf der 45-minütigen Busfahrt könnte er darüber hinaus ein wenig Schlaf nachholen.

Vernehmungsprotokoll

8. Juli 1974, 11.30 Uhr, Zeuge Anton Hoier, 55 Jahre, Gärtnereibesitzer aus Winnigstedt, Bürgermeister des Dorfes

KHK Albrecht: Herr Hoier, ich grüße Sie. Schön, dass Sie sich heute Vormittag kurz freinehmen konnten. Für Sie als Bürgermeister ist das ja sozusagen ein Heimspiel. Vielen Dank, dass Sie uns das Gemeindebüro zur Verfügung stellen. Es ist ungemein praktisch für die Zeugenbefragung.

Zeuge Hoier: Das mache ich gern, Herr Kommissar. Mir ist sehr daran gelegen, dass Sie dieses feige Verbrechen möglichst bald aufklären können. Was kann ich für Sie tun?

KHK Albrecht: Ich möchte ein paar Dinge mit Ihnen erörtern, Herr Bürgermeister. Zum einen geht es um die Nacht vom 6. auf den 7. Juli. Sie gehören zu den Männern, mit denen Heinz Schrader im Dorfkrug Karten gespielt hat. Ist Ihnen an diesem Abend irgendetwas an ihm aufgefallen?

Zeuge Hoier: Er hatte Pech mit den Karten und hat deswegen gegen elf aufgehört zu spielen.

KHK Albrecht: Und sonst?

Zeuge Hoier: Das ist alles, woran ich mich erinnere.

KHK Albrecht: Gab es Streit an Ihrem Tisch oder in der Gaststätte?

Zeuge Hoier: Nein, da war alles friedlich.

KHK Albrecht: Denken Sie bitte gründlich nach, es ist wichtig.

Zeuge Hoier: Tut mir leid, Herr Kommissar, es bleibt dabei. Ich habe den ganzen Abend mit Heinz am Tisch gesessen. Abgesehen von seiner schlechten Laune wegen seiner Verluste, war alles wie immer.

KHK Albrecht: Hm. Lassen wir das. Sie waren laut dem Wirt Otto Geis der letzte Gast an diesem Abend.

Zeuge Hoier: Ja, das stimmt.

KHK Albrecht: Wissen Sie, wie spät es da war?

Zeuge Hoier: Gegen eins, würde ich sagen. Ich habe mit Otto ein letztes Glas getrunken. Das ist so eine Art Ritual. So lange er zapft, verzichtet Otto aufs Bier, erst beim Spülen und Aufräumen, da trinkt er gern was und ich leiste ihm dabei Gesellschaft.

KHK Albrecht: Und dann sind Sie nach Hause gegangen?

Zeuge Hoier: Ja, es war spät genug.

KHK Albrecht: Führt Ihr Heimweg am Tiefenbach vorbei?

Zeuge Hoier: Ja, ich muss vom Dorfkrug aus praktisch durch das ganze Dorf gehen, um nach Hause zu kommen.

KHK Albrecht: Ist Ihnen am Tiefenbach etwas aufgefallen?

Zeuge Hoier: Nein. Ich muss aber zugeben, dass ich kaum drauf geachtet habe, was links und rechts des Weges passiert. Nur, als das Auto kam, da habe ich nach rechts gesehen. Da war ich schon hinter dem Tiefenbach.

KHK Albrecht: Ein Auto? Haben Sie erkannt, wer es war?

Zeuge Hoier: Das war Jochen Wettenstedt. Jochen ist der Sohn von Gustav und meine rechte Hand.

KHK Albrecht: Ihre rechte Hand?

Zeuge Hoier: Ja, ich bin in der CDU und Jochen in der Jungen Union. Er engagiert sich in der Lokalpolitik und hilft mir hier und da bei der Arbeit.

KHK Albrecht: Hat er angehalten, um Sie nach Hause zu bringen?

Zeuge Hoier: Nein. Wahrscheinlich hat er mich komplett übersehen.

KHK Albrecht: Ist es denn normal, dass da jemand so spät nachts durchs Dorf fährt?

Zeuge Hoier: Ach, ich denke, das passiert häufiger. Die jungen Leute sind ja ständig unterwegs, fahren hierhin und dorthin und am Ende wieder nach Hause.

KHK Albrecht: Sie meinen, er war auf dem Heimweg?

Zeuge Hoier: Nein, er fuhr in die entgegengesetzte Richtung, weg vom Hof seiner Eltern. Meinen Sie etwa, dass das mit dem Mord zu tun hat?

KHK Albrecht: Nein. Die Tat war um diese Zeit offensichtlich längst vollbracht. Und, wie Sie es darstellen, fuhr Herr Wettenstedt Richtung Tiefenbach. Ich werde ihn bei Gelegenheit fragen. Etwas anderes, Herr Hoier. Wir wissen bislang zu wenig über Heinz Schrader. Wir wissen nur, dass er 52 Jahre alt war, in vierter Generation einen mittelgroßen Bauernhof führte und dort zusammen mit seinen Eltern, seiner Frau und seinen drei Kindern wohnte. Das Leben auf dem Hof scheint weitgehend konfliktfrei gewesen zu sein. Behauptet seine Familie. Das könnte daran liegen, dass Schrader das Kommando hatte und alle widerspruchslos auf ihn hörten. Das haben meine Leute zwischen den Zeilen herausgehört, als sie dort gewesen sind. Wie sehen Sie das?

Zeuge Hoier: Ich sage mal so: Heinz, der hatte seine Leute gern im Griff, das schließt seine Familie mit ein. Er hätte auch gern für alle den Wahlzettel ausgefüllt, damit die das Richtige ankreuzen. Glücklicherweise wählt Heinz heutzutage die CDU und ist dort Mitglied.

KHK Albrecht: Heutzutage? Spielen Sie auf seine Mitgliedschaft in der NSDAP an?

Zeuge Hoier: Oh, das wissen Sie schon?

KHK Albrecht: Ja. Ich habe außerdem von dieser Geschichte mit der Gestapo gehört, die im Februar '45 einen gewissen Karl Liedke verhaften wollte.

Zeuge Hoier: Da sind Sie wirklich gut informiert, Herr Kommissar.

KHK Albrecht: Was genau hat dieser Liedke denn gemacht?

Zeuge Hoier: Flugblätter geschrieben? Sich mit anderen Widerständlern getroffen? So etwas in der Art. Sabotageakte gab es bei uns in der Gegend meines Wissens nach keine.

KHK Albrecht: Und wie kamen die Geheimen dahinter? Könnte es sein, dass der junge Schrader der Gestapo was gesteckt hat?

Zeuge Hoier: Da bin ich überfragt. Es gab da wohl so ein Gerücht. Heinz hat das stets bestritten und Liedke hat ihn deswegen niemals angeklagt. Fragen Sie ihn das am besten persönlich.

KHK Albrecht: Das werde ich tun. Ich habe das Gefühl, dass Herr Liedke im Dorf recht unbeliebt ist?

Zeuge Hoier: Der Eindruck täuscht. Der hat seinen Freundeskreis. Meine Sekretärin gehört dazu, ein paar Arbeitskollegen, hauptsächlich so Leute, die der SPD oder der Gewerkschaft nahestehen.

KHK Albrecht: Und Sie?

Zeuge Hoier: Ich habe nichts gegen ihn. Kann aber gut sein, dass er was gegen mich hat.

KHK Albrecht: Warum?

Zeuge Hoier: Weil ihm die CDU zu nahe an dem ist,

was damals war? Zu konservativ. Zu weit rechts. Für Liedke ist beinahe alles zu weit rechts. Vor Willy Brandt und Herbert Wehner war ihm sogar die SPD zu weit rechts gewesen.

KHK Albrecht: Dann hat er an Kanzler Schmidt wohl nur wenig Freude?

Zeuge Hoier: Da könnten Sie recht haben.

KHK Albrecht: Lassen Sie uns auf Schrader zurückkommen. Und auf seinen Charakter. Er war also ein kleiner Haustyrann. Ist das alles?

Zeuge Hoier: Man soll ja nur Gutes über die Toten reden.

KHK Albrecht: Es könnte uns helfen, diesen Fall aufzuklären. Falls es kein Raubmord war! Gibt es da was?

Zeuge Hoier: Nun gut, Heinz konnte schlecht seine Finger bei sich behalten, wenn Frauen in der Nähe waren.

KHK Albrecht: Früher oder auch noch in letzter Zeit?

Zeuge Hoier: Früher war es heftiger, aber so ganz es hat nie aufgehört.

KHK Albrecht: Was heißt das konkret? Hat Schrader die Frauen unsittlich berührt?

Zeuge Hoier: So kann man es nennen.

KHK Albrecht: Und was haben diese Frauen gemacht?

Zeuge Hoier: Manche haben es über sich ergehen lassen. Andere haben ihm die Meinung gesagt. Frau Junker hat ihm mal eine geknallt, glaube ich.

KHK Albrecht: Ach, die gehörte dazu?

Zeuge Hoier: Ja. Viele gehörten dazu. Eigentlich alle, die unverheiratet waren. Bei den Ehefrauen hat er sich zum Glück zurückgehalten.

KHK Albrecht: Und was hat seine eigene Ehefrau dazu gesagt?

Zeuge Hoier: Die hatte wenig zu sagen, wie Sie bereits wissen. Ich schätze, das schließt diesen Punkt ein. Wenn Sie es genauer wissen möchten, müssten Sie sie fragen.

KHK Albrecht: Wir haben mit der Familie gesprochen, wie gesagt. Da wurde dieser Punkt verschwiegen.

Zeuge Hoier: Das kann ich mir gut vorstellen.

KHK Albrecht: Glauben Sie denn, dass eine von diesen Frauen, die von Schrader belästigt wurden, ihn so sehr hasste, dass sie …

Zeuge Hoier: Ihn erschlägt? Nein, das kann ich ausschließen. Nun gut, diese ganz jungen Dinger, mit denen habe ich selten was zu schaffen. Da müsste ich mal meinen Sohn Atze fragen.

KHK Albrecht: Atze?

Zeuge Hoier: Er heißt eigentlich Albert. Hier nennt ihn aber jeder Atze.

KHK Albrecht: Und er kennt ein paar von diesen jungen Dingern, wie Sie sie nennen?

Zeuge Hoier: Atze kennt sie alle, glaube ich. Er feiert regelmäßig diese Feten in unserem Keller und da lädt er praktisch alle jungen Leute aus dem Dorf ein.

KHK Albrecht: Hat er auch letzten Samstag gefeiert?

Zeuge Hoier: Nein, da war er ausnahmsweise mal eingeladen. Er war zusammen mit seiner Freundin auf einer Fete – in Semmenstedt, glaube ich.

KHK Albrecht: Gut. Ich sollte mal mit Ihrem Sohn sprechen. Es könnte ja sein, dass nicht eines dieser jungen Dinger zum Stein gegriffen hat, sondern deren Freund.

Zeuge Hoier: Puh. Sprechen Sie mal mit Atze. Ich werde ihn vorwarnen.

KHK Albrecht: Sehr freundlich, Herr Hoier. Fällt Ihnen noch was zu Schrader ein, das für die Aufklärung wichtig sein könnte?

Zeuge Hoier: Nein. Ich fürchte, dass ich mehr als genug Schlechtes über ihn gesagt habe.

KHK Albrecht: Hauptsache, es bringt uns weiter.

Zeuge Hoier: Hoffentlich tut es das.

KHK Albrecht: Auf Wiedersehen, Herr Bürgermeister!

Zeuge Hoier: Auf Wiedersehen, Herr Kommissar!

KAPITEL 3

13. Juli 2014, vormittags

Auf der Fahrt zur Arbeit am Morgen nach dem Halbfinale hatte Helmut sich den Bus mit Dutzenden von Schulkindern teilen müssen. Sie waren weitaus weniger verschlafen als er, obwohl auch sie das Fußballspiel am Abend zuvor gesehen hatten, wie er ihren lauten Gesprächen entnehmen konnte. Dadurch war es unmöglich gewesen, Schlaf nachzuholen.

Anders als erhofft gestaltete sich auch die Wiederaufnahme des Falles aus dem Jahre 1967. Jonas hatte bis Freitag keine Neuigkeiten aus Hannover gehört. Er musste sich zunächst damit begnügen, die alten Zeugenaussagen ein zweites Mal zu lesen. Helmut beteiligte sich daran, außer Verwaltungsroutine hatte er herzlich wenig zu tun. Selbst die Feierlichkeiten nach dem Halbfinalsieg waren in Wolfenbüttel friedlich verlaufen. Lisa hatte sich den Donnerstag und den Freitag freigenommen und David besuchte ab Mittwochnachmittag einen Kurzlehrgang. Soweit Helmut wusste, ging es darum, zu lernen, wie man Verwaltungsroutine routiniert abspult.

Vielleicht hätte er mitfahren sollen? Doch für die paar Jährchen im Dienst, die ihm blieben, lohnte sich das kaum. Er empfand sich in diesen Dingen außerdem als routiniert genug und wusste, wann er eine Anweisung als gelesen abzeichnen konnte, ohne sie zu lesen.

Am Freitagnachmittag hatten Jonas und er die Dienstwoche mit einem spontanen Bummel durch die Fußgängerzone, einem Eis und einem Espresso beendet. Den Samstag hatte er mit ein paar Arbeiten im Garten, Einkäufen für den Sonntag und einer langen Runde durchs Dorf verbracht, bei der er ein paar Freunde zum Rudelgucken am Sonntagabend einladen wollte. Dabei stellte sich heraus, dass alle längst andere Einladungen hatten. Er war zu spät dran. Egal, dann sah er sich das Spiel eben ausschließlich mit seinen Arbeitskollegen an.

Heute war Sonntag, der Morgen vor dem großen Endspiel, und wieder sollte es bei einer Weltmeisterschaft gegen Argentinien gehen. Die letzten drei WM-Spiele gegen Argentinien hatten die Deutschen gewonnen, 2010 in Südafrika im Viertelfinale sogar mit 4:0. Alle, mit denen er sprach, sahen das als gutes Omen an. Er selbst, beim Fußball gern ein Pessimist, sah es genau andersherum: Irgendwann musste diese Siegesserie reißen – schlimmstenfalls heute Abend in Rio! Dann wäre das herrliche 7:1 gegen Brasilien umsonst gewesen. Wieder kein Weltmeister. Zweiter. Dritter. Dritter. Zweiter.

In seinen düstersten Horrorvisionen sah er den kleinen Messi, wie der sich durch die deutsche Abwehrreihe dribbelte, Höwedes tunnelte, Hummels stehen ließ, Neuer umkurvte und den Ball ins Tor stupste. Er sah Messi, wie er ein paar Meter parallel zum Sechzehner lief, dann plötzlich mit links abzog und das Leder flach in die kurze Ecke drosch. Er sah Messi, wie er einen Freistoß über die Mauer in den Torwinkel schlenzte. Er sah Messi …

Er sah Messi schlagartig nicht mehr, denn es klingelte an der Tür. Und er saß, tief in seine düsteren Visionen versunken, am Frühstückstisch, eine Tasse mit längst kaltem Kaffee vor sich, wenigstens angezogen, Jeans und Polohemd.

Kurz vor 10 Uhr am Sonntag. Reichlich früh für einen Besucher, dachte er. Vielleicht ging es um heute Abend? Atze, Thomas oder Jutta hatten es sich anders überlegt und nun klingelte einer von ihnen an, um Bescheid zu sagen? Im Dorf regelte man solche Dinge gern von Angesicht zu Angesicht. Falls man doch einmal telefonieren musste, dann vorzugsweise übers Festnetz. E-Mail, SMS, WhatsApp? Gott bewahre! Höchstens die Dorfjugend … Egal, jetzt erst mal gucken, wer da vor der Tür steht.

Der Blick durch den Spion zeigte ihm ein auf den ersten Blick unbekanntes Gesicht. Unrasiert, eine randlose Brille auf der spitzen Nase, graue, lockige Haare, in etwa so alt wie er …

Spitze Nase, graue, lockige Haare, in etwa so alt wie er? Wenn man sich die grauen Locken in Schwarz vorstellte? Nein, das war unmöglich!

»Fritz?«, fragte er, als er die Tür endlich öffnete.

»Schön, dass du mich erkennst. Wirklich!« Fritz strahlte und zeigte eine Reihe gelber, zum Teil bräunlich gefärbter Zähne. Das würde zu Fritz passen, den er als starken Raucher sowie Rotwein- und Kaffeetrinker in Erinnerung hatte. Vor, oh Gott, vor wie vielen Jahren eigentlich?

»Ist immerhin 40 Jahre her. Fast auf den Tag«, half Fritz ihm, ohne es zu ahnen, auf die Sprünge.

»Komm doch rein, Fritz!«

Kurz darauf saßen sich die beiden Männer am Küchentisch gegenüber. Helmut hatte frischen Kaffee aufgesetzt. »40 Jahre«, nahm er den Faden wieder auf. »Unfassbar! Bist du seitdem überhaupt mal wieder in Winnigstedt gewesen?«

»Nein. Das hat sich irgendwie nie so recht ergeben, obwohl ich vor allem dich und Karl wirklich gern wiedergesehen hätte. Doch meine Eltern sind damals ja auch weggezogen.«

»Wo sind die noch mal hin?«

»In die Husumer Gegend. Vater hatte da ein kleines Hotel geerbt, das meine Eltern dann übernommen haben. Das ist jetzt so lange her.«

»Sind wahrscheinlich längst gestorben, wie meine?«

Fritz nickte nachdenklich. »Ja, ist ewig her. Genau wie bei Karl. Ich wäre gern zu seiner Beerdigung gekommen, habe aber erst viel zu spät von seinem Tod erfahren.«

»Du bist damals nach Berlin gegangen, oder?«

»Ja, Berlin ist meine neue Heimat geworden. Erst Studium, dann Referendariat, dann Schuldienst«, zählte Fritz auf.

»Genau, du wolltest ja Lehrer werden. Geschichte, stimmt's?«

»Richtig, Geschichte und Deutsch.« Fritz sah sich in der Küche und im angrenzenden Wohnzimmer um.

»Unterrichtest du an einem Gymnasium?«

»Ja, am John-Lennon-Gymnasium in Mitte.«

»Wie bitte?« Helmut hatte bloß »John Lennon« und »Mitte« verstanden. Das erschien ihm vollkommen sinnlos.

»John-Lennon-Gymnasium in Berlin-Mitte – nie gehört?«

»Es gibt ein John-Lennon-Gymnasium in Deutschland?«

»Okay, das war seinerzeit durchaus umstritten. Vor 20 Jahren, weit vor meiner Zeit dort. Bis dahin hat der Laden August-Bebel-Oberschule geheißen. Tja, jetzt heißt sie nach dem guten alten Johnny. Yoko hat ihren Segen gegeben. Stell' dir vor!«

»Ich frage mich, ob ich das wirklich kann.«

»Gute Antwort! Wir haben sogar ein paar sehr bekannte Ehemalige. Sarah Kuttner, Tom Schilling, Mieze Katz und Andy Penn von der Band *Mia*, Nora Tschirner.« Fritz zählte die Namen voller Stolz und mithilfe seiner rechten Hand auf – für jeden Namen einen Finger. »Den Schilling habe ich eine Weile in Deutsch unterrichtet und die Kuttner ein Jahr lang in Geschichte.«

Helmut schüttelte den Kopf. »Davon kenne ich keinen.«

»Du kennst die Tschirner nicht, die Schauspielerin?«

»Ist das die, die so hektisch spricht, dass man sie praktisch nie versteht?«

»Puh. Ich verstehe sie ganz gut.«

Der Kaffee war fertig. Da Fritz rauchen wollte, gingen die beiden mit ihren Tassen nach draußen. Helmut rauchte nur abends und schlug Fritz' angebotene Zigarette aus.

»Und du, du hast das Malergewerbe aufgegeben.« Fritz nahm drei tiefe Züge kurz hintereinander. Erstaunlicherweise änderte sich dadurch automatisch seine Gesichtsfarbe: Die kränkliche Blässe wich einem gesünderen Rotton.

Das wäre vielleicht der perfekte Ansatz für eine Gegenoffensive der Tabakindustrie, überlegte Helmut: Rauchen verschönert Ihre Gesichtsfarbe! Laut sagt er: »War das eine Frage oder eine Feststellung?«

Fritz lächelte. »Na ja, eine Feststellung. Im letzten Winter hast du es ja in die bundesweite Presse gebracht. Eine Mordserie in Wolfenbüttel. Alle Opfer waren ehemalige Schlossschüler. Unfassbar! Und du hast den Kerl geschnappt. Klasse! Na ja, seitdem weiß ich, dass du Polizist geworden bist. Kriminaler statt Maler, sozusagen. Wie kam das, dass du umgesattelt hast?«

»Du wirst lachen, Fritz. Das kam durch die Ereignisse vor 40 Jahren.«

»Die Erinnerung an diese Ereignisse bringt mich eher zum Weinen. Ich war ein Mordverdächtiger, wie du dich bestimmt erinnerst.« Fritz drückte seine Zigarette aus.

»Na ja, ungefähr einen Tag lang.«

Fritz hob abwehrend die Hände. »Okay, okay. Und der Mord an Heinz Schrader, der hat dich auf den Geschmack gebracht?«

»Eher die Aufklärung. Oder besser: der Versuch, den Mord aufzuklären.«

»Also hat dieser Kommissar dich angefixt? Wie hieß der gleich?

»Albrecht.« Selbstverständlich erinnerte er sich an diesen Namen.

»Stimmt. Kriminalhauptkommissar Albrecht. Das war ein Fuchs.« Fritz stieß einen leisen Pfiff aus. »Hat viele schlaue Fragen gestellt. Einzig der Mörder, der ist ihm entwischt.«

»Es war wohl ein Raubüberfall, von einem Fremden verübt, der zufällig durchs Dorf gefahren ist.« Helmut wusste, dass dieser Satz wie auswendig gelernt klang.

Fritz hob in einer eindeutig ironischen Geste den Daumen. »Klar! Das ist genauso sehr an den Haaren herbeigezogen, wie Karl die Sache anhängen zu wollen. Aber lassen wir die alte Geschichte. Du fragst dich sicherlich, warum ich ausgerechnet jetzt, nach 40 Jahren, zu dir komme? In der Tat bin ich erst heute, in aller Herrgottsfrühe, in Berlin losgefahren.«

»Das stimmt! Also?«

»Ich wollte mit dir in deinen Geburtstag reinfeiern. 60, wow! Du feierst doch, oder? Das WM-Finale vorher, schätze ich mal?«

»Ach, Fritz! Du hast schon früher immer meinen Geburtstag mit dem französischen Nationalfeiertag durcheinandergebracht. Ich habe am 4. Juli Geburtstag.«

»Ach du Scheiße! Sorry. Ich Idiot.« Fritz schloss die Augen und biss sich auf die Lippen. Dann streckte er die Hand aus. »Nachträglich alles Gute!«

Helmut nahm die ausgestreckte Hand. »Du bist heute Abend trotzdem eingeladen. Ich sehe mir das Spiel zu Hause mit ein paar Kollegen an.«

»Noch mehr Bull… Verzeihung! Polizisten.« Fritz machte ein gequältes Gesicht.

»Die sind alle total nett. Und du wolltest doch den Abend mit mir verbringen, dann mach das bitte auch, ich würde mich sehr freuen.«

Fritz wirkte unschlüssig. »Mir ist das so peinlich, dass ich mich mit deinem Geburtstag vertan habe. Das möchte ich heute ungern vor deinen Kollegen ausbreiten. Das ist mir echt unangenehm. Ich könnte meinen anderen Besuch vorziehen.«

»Welchen anderen Besuch?«

»Ich wollte morgen weiter nach Göttingen, einen Studienfreund besuchen. Da kann ich bestimmt schon heute hin.«

»Nix da! Du bleibst bei mir. Ich habe mehr als genug Platz.« Mit einer übertrieben ausladenden Geste wies er auf die Hausfassade.

»Wohnst du allein?«

»Ja. Meine Frau ist vor neun Jahren gestorben und meine beiden Söhne sind längst ausgezogen.«

»Du lebst hier seit neun Jahren allein?« Fritz atmete überdeutlich aus.

»Was ist daran so schlimm?«

»Die bloße Vorstellung, in so einem Kaff zu leben, ist schlimm.«

»Wie sieht es denn bei dir aus?«

Fritz schlug mit der Faust durch die Luft. »Erwischt! Ich bin zurzeit ebenfalls Single. Wenigstens lebe ich mitten in einer Weltstadt!«

»Was heißt das: zurzeit? Wenn ich fragen darf?«

»Darfst du! Drei Ehen, die alle gescheitert sind. Die letzte Ehe vor anderthalb Jahren.«

»Kinder?«

»Ja, Herr Kommissar. Aus den ersten beiden Ehen insgesamt vier Kinder. Die letzte Ehe blieb zum Glück kinderlos. Und nein. Ich sehe weder diese Kinder regelmäßig, noch ihre Mütter. Diese Leben sind vorbei. Aus und vorbei.« Fritz steckte sich erneut eine Zigarette an.

Helmut sah dabei zu, wie sein Jugendfreund zunächst umständlich die Zigarette aus der Schachtel fingerte, sie sich in den Mund steckte und zu guter Letzt das Feuerzeug aufflammen ließ. Wieder nahm Fritz mehrere sehr schnelle Züge hintereinander. Die Glut leuchtete orange und wurde bei jedem Zug länger; Fritz' Gesichtsfarbe blieb diesmal allerdings unverändert.

Da saßen sie nun auf seiner Terrasse, an diesem Julimorgen, zehn Stunden vor dem WM-Finale. Zwei alte Männer, einer seit zehn Tagen 60 Jahre alt, der andere so gut wie 60. Beide allein auf der Welt. Nach 40 Jahren wiedervereint. Nachdem sie ihre ersten 20 Lebensjahre zusammen verbracht hatten.

In der Zeit zwischen dem sechsten und dem 13. Lebensjahr waren Fritz und er praktisch unzertrennlich gewesen. Sie waren in der Grundschule in dieselbe Klasse gegangen und hatten zusammen das ABC gelernt. Sie hatten Buden gebaut, Fußball gespielt und sich die Knie aufgeschlagen. Er war in Fritz' Elternhaus ein- und ausgegangen, Fritz in seinem Elternhaus. Sie hatten mit Ferngläsern die DDR-Grenzer auf ihrem Wachturm studiert und sich von ihnen beobachten lassen. Sie hatten gemeinsam angefangen zu rauchen und Bier zu trinken. Und einmal hatte Fritz verhindert, dass er von Gregor Pahlke Dresche bezog. Wie ihm das gelungen war, hatte Helmut vergessen.

Schließlich war die Grundschulzeit vorbei gewesen, er hatte auf die Hauptschule (beziehungsweise Volksschule, wie diese Schulform zunächst geheißen hatte) gewechselt und Fritz auf das Gymnasium. Zunächst war das egal gewesen, doch irgendwann hatten sich ihre Wege immer weiter voneinander entfernt. Fritz hatte sich zunehmend für Politik, Geschichte und Soulmusik interessiert. Helmut hatte Fußball gespielt, eine Malerlehre begonnen und Elke kennengelernt.

Elke Marchowitz.

Ja, es gab außer Marianne eine weitere Frau in seinem Leben. In einem Leben, das im Juli 1974 abrupt geendet hatte. Etwa zur gleichen Zeit, als der Bauer Heinz Schrader ermordet worden war, war Elke aus Winnigstedt und aus seinem Leben verschwunden. Ihr letztes Lebenszeichen war ein in Holland aufgegebener Abschiedsbrief gewesen.

»Lieber Helmut, bitte verzeihe mir, dass ich so einfach aus deinem Leben verschwinde. Ich bin in Holland und ich werde niemals in dein Leben zurückkehren …«

»Hast du mal was von Elke gehört?«

Fritz konnte anscheinend seine Gedanken lesen. Eigentlich hätte er jetzt seinerseits eine Frage stellen müssen. Dieselbe Frage, die er bereits in jenem Sommer 1974 hätte stellen müssen und nie gestellt hatte. Auch jetzt schüttelte er bloß den Kopf. »Seit ihrem Abschiedsbrief habe ich kein Wort mehr von ihr gehört.« Er sah Fritz eindringlich an.

Fritz drehte sich von ihm weg und drückte seine Zigarette aus. »Ich habe nie verstanden, dass sie einfach weggegangen ist.«

»Das geht mir ähnlich.« Wieder blickte er seinen Jugendfreund an und wieder blieb dessen Gesicht ausdruckslos. Bei einem Verhör hätte er an dieser Stelle nachgehakt. Bei einem guten alten Freund hoffte er auf weitere Informationen, auf weitere Fragen. Er hoffte vergebens.

Damit war dieses Thema durch. Fritz erkundigte sich nach ein paar Leuten aus dem Dorf, die früher sein Leben begleitet hatten. Karl Liedke, Fritz' väterlicher Freund aus Jugendtagen, war längst gestorben. Er wäre jetzt über 90 gewesen. Dieses Alter würde die frühere Gemeindesekretärin Renate Junker garantiert erreichen; es dürfte in spätestens zwei Jahren so weit sein und sie erfreute sich bester Gesundheit. Ebenso wie Thomas, Atze, Jochen und, mit Abstrichen, Gregor, nach denen Fritz des Weiteren fragte.

Fritz konnte nicht wissen, dass Jochen und Gregor in Hannos Tod verstrickt waren; darüber hatte keine Zeitung berichtet. Helmut erzählte ihm auch nichts davon, ebenso wenig von Kalle Neubauers Selbstmord. Es gab auch so genug zu erzählen. So verging der Vormittag, bis Fritz sagte, er müsse ein paar Dinge erledigen, bevor er gegen Abend zurückkäme.

Helmut blieb mit seinen Gedanken zurück. Natürlich führten ihn diese schnell zurück in den Sommer 1974. Diese Ereignisse haben ihn niemals losgelassen. Elkes Verschwinden. Schraders Ermordung und die wochenlangen Ermittlungen, die im Sande verlaufen waren. Er hatte es niemals so recht nachvollziehen können, warum Albrecht die Flinte ins Korn geworfen hatte. Der Kriminalhauptkommissar hatte einen sehr fähigen Eindruck hinterlassen und wahrlich viele schlaue Fragen gestellt, wie Fritz es vorhin ausgedrückt hatte. Unfassbar, dass dieser Mann sich letztlich damit zufriedengeben konnte, den Mord einem marodierenden Räuber in die Schuhe zu schieben. Hatte er zuvor tatsächlich jeden Stein im Dorf umgedreht und alle Geheimnisse gelüftet? Heinz Schrader war ein cholerischer Haustyrann gewesen, rassistisch und sexistisch, wie man es heute nennen würde. Darüber hinaus hatte es einige düstere Kapitel in der Vergangenheit des Bauern gegeben, die bis in die Nazizeit zurückreichten und die 1974 wesentlich präsenter waren als 2014. Es gab folglich durchaus Motive und Verdächtige, aber eben auch scheinbar wasserdichte Alibis, und es fehlten verwertbare Spuren …

Jonas, schoss es ihm mit einem Mal durch den Kopf. Jonas' Idee mit den unaufgeklärten Fällen. Der Fall Schrader würde perfekt passen! Jonas konnte sich weiter mit der Sache aus Ahlum befassen und Helmut in den Akten zum Mordfall Schrader stöbern – und auf seine eigene, durchaus tragende Rolle stoßen. Er hatte die Leiche entdeckt, am Morgen des 7. Juli 1974, wenige Stunden vor einem anderen WM-Finale; damals hieß es Deutschland gegen Holland. Ausgerechnet Holland! Aus Holland war wenige Tage später Elkes Brief gekommen. Das wusste er an jenem Sonntagmorgen noch nicht. Da war er auf dem Weg zu Elke, um …

Nein, diese Erinnerung wollte er sich aufheben, bis er mit Jonas gesprochen hatte und bis er die Akten in den Händen hielt: mit den Notizen von Kommissar Albrecht, mit den Zeugenaussagen, darunter seiner eigenen, mit den Vernehmungen von Verdächtigen, darunter Fritz und Karl Liedke, mit den Autopsien, mit den Berichten der Spurensicherung und so weiter.

Nachher, vor dem Endspiel, wollte er Jonas von seiner Idee erzählen.

Vernehmungsprotokoll

9. Juli 1974, 17.30 Uhr, Zeuge Helmut Jordan, 20 Jahre, Malergeselle aus Winnigstedt

KHK Albrecht: Hallo, Herr Jordan.

Zeuge Jordan: Guten Abend, Herr Kommissar.

KHK Albrecht: Nehmen Sie bitte Platz!

Zeuge Jordan: Danke.

KHK Albrecht: Ich weiß, dass Sie bereits am Sonntag Ihre Aussage zu Protokoll gegeben haben. Ich möchte sie aber gern persönlich hören. Einverstanden?

Zeuge Jordan: Ja, klar.

KHK Albrecht: Dann erzählen Sie mir bitte, was am Sonntagmorgen passiert ist.

Zeuge Jordan: Ich war auf dem Weg zu meiner Freundin Elke Marchowitz, als ich Heinz Schrader fand. Bei der Brücke über den Tiefenbach. Er lag zwischen Bahndamm und Tiefenbach, abseits des Fußwegs.

KHK Albrecht: Das ist gut zusammengefasst, könnte nur vielleicht ein wenig ausführlicher sein. Das kriegen wir aber hin. Wie spät war es, als Sie zu Ihrer Freundin gegangen sind?

Zeuge Jordan: Das war gegen halb zehn.

KHK Albrecht: Können Sie mir den Weg von sich zu Frau Marchowitz beschreiben?

Zeuge Jordan: Wir wohnen in der Teichstraße 2, das ist in dieser Linkskurve, falls Sie die kennen. Ich muss die Teichstraße Richtung Klein-Winnigstedt gehen, am Busdepot vorbei, am Spielplatz, über die Brücke am Tiefenbach. Ab da heißt die Straße Hauptstraße. Dann muss ich an der NORD/LB und an der Schule vorbei, bis zur

Tankstelle, wo ich die Hauptstraße verlasse und rechts in die Untere Straße biege. Nach knapp 200 Metern kommt das Haus, in dem Elke wohnt, das ist die Hausnummer 44.

KHK Albrecht: Wie lange dauert der Weg, wenn Sie zu Fuß gehen? Sie sind ja offenbar zu Fuß gegangen?

Zeuge Jordan: Das stimmt. Wenn ich schnell gehe, dauert es nur fünf Minuten.

KHK Albrecht: Und wie lange benötigen Sie bis zur Brücke über den Tiefenbach?

Zeuge Jordan: Höchstens zwei Minuten.

KHK Albrecht: Das heißt, Sie sind um kurz nach halb zehn zum Tiefenbach gekommen?

Zeuge Jordan: Richtig. Weiter bin ich nicht gekommen, denn auf dem Stück Wiese zwischen den Bahngleisen und dem Bach lag jemand.

KHK Albrecht: Was haben Sie da gemacht?

Zeuge Jordan: Ich habe mich erschrocken. Ich hielt es für unwahrscheinlich, dass dort jemand schläft. Es hat fast die ganze Nacht über geregnet.

KHK Albrecht: Stimmt, der Sommer lässt zu wünschen übrig. Und dann, was haben Sie gemacht, nachdem Sie sich von Ihrem Schock erholt hatten?

Zeuge Jordan: Da bin ich zu dem Menschen hingegangen und habe das Blut und die Wunde am Kopf gesehen. Ich habe mich gebückt und den Mann erkannt. Es war Heinz Schrader, einer der Bauern aus dem Dorf. Ich habe ihn berührt, er war ganz kalt, da war mir klar, dass er tot ist. War es falsch, dass ich die Leiche angefasst habe?

KHK Albrecht: Was heißt falsch? Stellen Sie sich vor, der Mann wäre am Leben gewesen, dann hätten Sie ihn womöglich retten können. Nee, das war in Ordnung. Was haben Sie als Nächstes gemacht?

Zeuge Jordan: Ich bin zu Doktor Seifert gelaufen. Der wohnt in der Feldstraße, fünf Minuten entfernt. Der Arzt war zum Glück zu Hause und ist mit mir zum Tiefenbach zurückgegangen. Er hat festgestellt, dass Schrader tatsächlich tot ist, dann hat er die Polizei angerufen.

KHK Albrecht: Kannten Sie den Toten näher?

Zeuge Jordan: Man kennt sich vom Sehen und vom Guten Tag sagen. Er ist 30 Jahre älter als ich und seine Kinder sind wesentlich jünger als ich.

KHK Albrecht: Wann haben Sie Schrader zuletzt gesehen? Lebend, meine ich.

Zeuge Jordan: Vielleicht vor einer Woche oder so.

KHK Albrecht: Und am Samstagabend?

Zeuge Jordan: Nein. Da bin ich zu Hause gewesen.

KHK Albrecht: Mit Ihrer Freundin?

Zeuge Jordan: Nein, mit meiner Mutter.

KHK Albrecht: Verstehe. Ich danke Ihnen, Herr Jordan. Das war's fürs Erste.

KAPITEL 4

13. Juli 2014, abends

Jonas war begeistert, als er von Helmuts Idee hörte. Die beiden kümmerten sich um den Grill, der reichlich belegt war mit Bratwürsten und Steaks. Jonas rief sofort Lisa und David zu sich. Die beiden saßen längst mit Björn, Franziska und Rabea vor dem Fernseher und verfolgten die Vorberichterstattung zum Finale. Dabei war es erst kurz nach 19 Uhr; das Spiel begann um 21 Uhr.

David hielt sich an einer Flasche Bier fest, als er nach draußen kam, Lisa schwenkte fröhlich ein Weinglas. Alle Wolfenbütteler wollten sich nach dem Spiel ein Großraumtaxi für den Rückweg teilen. Sie waren auch zusammen per Taxi gekommen.

Lisa schien recht angetan zu sein von der Idee, sich um den Fall aus dem Sommer 1974 zu kümmern, den Fall, durch den Helmut überhaupt erst Polizist geworden war. David reagierte eher verhalten. Er war bereits Jonas' grundsätzlicher Idee, sich um alte Fälle zu kümmern, wenig zugetan gewesen. Er hoffte stattdessen auf einen neuen Fall, auf den er sich stürzen und den er rasch lösen konnte. Er schätzte die Chancen, einen der alten Fälle aufzuklären, als gering ein. Aber er wollte helfen, immerhin. Lisa und David gingen nach dem kurzen Gespräch sofort zurück zum Fernseher; heute Abend war das Finale den beiden wichtiger.

Jonas blieb bei Helmut. Er versprach seinem Chef, am nächsten Morgen als Allererstes nach der Akte Schrader zu suchen. Anschließend wollten sie sich die Arbeit aufteilen.

Helmut ging davon aus, dass die Akte sehr dick war. Er erinnerte sich an die Zeugenbefragungen, die der leitende Beamte, eben jener Kriminalhauptkommissar Richard Albrecht, der Einfachheit halber im Gemeindebüro durchgeführt hatte. Zwei Wochen lang ließ Albrecht beinahe das halbe Dorf dorthin kommen, quasi im Stundentakt. Helmut war zweimal dort gewesen, einmal auf Vorladung und einmal freiwillig, um seine Aussage zu ergänzen – harmlos formuliert.

»Was war das denn für ein Typ, dieser Albrecht? War das einer von denen, die ihr Handwerk in der NS-Zeit gelernt haben?«, wollte Jonas wissen.

»Dafür war er zu jung. Und, wenn ich mich recht erinnere, stand der politisch eher links.«

»Ein Kommunist bei der Kripo? In den 70er-Jahren?«

»Eher Sozialdemokrat. Das galt aber damals in Deutschland als links.«

Jonas wendete die Bratwürste. »Verrückte Zeiten! Und als Ermittler, war er da gut?«

»In den Zeugenbefragungen war er gut, soweit ich es beurteilen kann. Ich hoffe, die Akten geben das wieder. Ansonsten waren die technischen Möglichkeiten in jener Zeit weniger ausgereift als heute, wie du weißt. Heute würde man DNA-Spuren am Tatort oder an der Mordwaffe finden und könnte Speichelproben nehmen. Man hätte das ganze Dorf antanzen lassen können. Dann hätte man den Mörder wohl gefunden.«

»War es denn jemand aus dem Dorf?«

Helmut hielt ebenfalls eine Grillzange in der Hand und kümmerte sich um das Fleisch auf seiner Hälfte des

Grills. »Jemand aus dem Dorf oder ein Räuber, der durchs Dorf fährt und zufällig ein Opfer findet, das er ausraubt und tötet.«

Jonas hielt mitten in der Bewegung inne. »1974 soll ein Räuber durch ein Kaff wie dieses gefahren sein, um einen Raubmord zu begehen? War das hier die Bronx oder was?«

Helmut wollte gerade antworten, als unvermittelt Fritz bei ihnen am Grill stand. Er war direkt in den Garten gekommen.

»Hallo!« Fritz sah die Männer ungewohnt schüchtern an.

Helmut machte die beiden bekannt. »Fritz ist ein Jugendfreund von mir.«

»Ah! Wohnen Sie auch in Winnigstedt?«, fragte Jonas.

Fritz klärte ihn ausführlich auf. Dabei stellte sich heraus, dass Jonas das John-Lennon-Gymnasium in Berlin kannte. »Cool, eine Schule nach einem Beatle zu benennen. Klingt sogar besser als ›Gymnasium im Schloss‹, wo ich mein Abi gemacht habe.«

»Hoffentlich nicht 1989?« Fritz spielte auf die Mordserie des vergangenen Winters an, bei der sieben Absolventen des Jahrgangs 1989 getötet worden waren.

»Nein, das war 1995«, antwortete Jonas.

»Wo warst du?«, fragte Helmut seinen Jugendfreund.

»Ich wollte ein paar Leuten Hallo sagen. Atze, Jochen …«

»Jochen?«

»Ja klar.«

»Ich wusste gar nicht, dass ihr beide viel miteinander zu tun hattet.«

»Viel ist übertrieben. Er ist ein großer Radfahrer vor

dem Herrn gewesen. Wie ich. Dadurch hatten wir regelmäßig miteinander zu tun.«

Helmut erinnerte sich, dass Jochen vor 40 Jahren, wie Fritz, ein hochwertiges Rennrad besessen hatte. Und dass Jochen damit häufig unterwegs gewesen war. Mindestens so häufig wie mit seinem gelben, auffällig lauten BMW.

»Und, was sagt er so, der Jochen?« Natürlich interessierte ihn, ob sein Lieblingsfeind mit Fritz gesprochen hatte.

»Jochen war nicht da. Er ist wohl schon seit Freitag unterwegs. Schade. Sieht aber alles piekfein aus bei ihm. Respekt! Alle Gebäude frisch gestrichen und so. Und offenbar entsteht sogar ein weiteres Gebäude.«

Das hatte Helmut mitbekommen; wie üblich hielt Atze ihn über das Geschehen im Dorf auf dem Laufenden. Jochen expandierte mal wieder. Der vor ein paar Jahren ins Leben gerufene Verkauf von Spargel (im Frühjahr und Sommer) beziehungsweise von Kürbissen (im Herbst) hatte sich zuletzt derart ausgeweitet, dass man zusätzliche Verkaufsräume auf dem Hof benötigte. Deshalb sollte nun ein zusätzliches Gebäude errichtet werden. Es sollte demnächst ein kleines Ladenlokal beherbergen, in dem Jochens Frau Magda Spargel, Kürbisse und weitere landwirtschaftliche Produkte verkaufen wollte. Seit einigen Wochen fuhrwerkten die Bagger auf dem Gehöft. Das Kopfsteinpflaster war aufgerissen, die Baugrube ausgehoben; im Laufe des Monats sollten die Schalung gelegt und das Fundament gegossen werden.

»Ist schon was fertig?« Fritz deutete auf den Grill, wo Bratwürste, Lammlachse und Schweinesteaks einträchtig nebeneinanderlagen. Die Bratwürste sahen servierfertig aus. Jonas schnappte sich eines der aufgeschnittenen Brötchen, steckte eine Wurst hinein und reichte es Fritz.

Fritz bedankte sich und biss hinein. »Lecker. Bessere Würstchen kriegt ihr auch in Berlin nicht.«

Sofort waren sie bei den kulinarischen Besonderheiten der Hauptstadt und bei all ihren anderen Eigenarten. Jonas, der einige Male in Berlin gewesen war, lauschte Fritz' Erzählungen und überließ das regelmäßige Wenden von Fleisch und Wurst allein Helmut. Der freute sich, dass Jonas und Fritz sich auf Anhieb gut verstanden. Längst waren die beiden beim »Du« angelangt.

Nach und nach trudelten die anderen Gäste am Grill ein, um sich mit Essen zu versorgen. Franziska beteiligte sich rege an Jonas' Unterhaltung mit Fritz; sie hatte einen Teil ihres Studiums an der Berliner Humboldt-Universität absolviert.

Kurz vor Spielbeginn, als alle längst vor dem großen Fernseher versammelt waren, erreichte sie die Schreckensmeldung aus Rio: Sami Khedira hatte sich beim Warmmachen verletzt, Christoph Kramer sollte ihn ersetzen.

»Christoph wer?«, fragte Franziska.

»Christoph Kramer. Spielt bei Gladbach«, antwortete David. Wer sonst?

»War früher mal beim VfL Bochum«, ergänzte Lisa und biss sich im nächsten Moment auf die Zunge. Dieses Expertenwissen hatte sie garantiert einer ganz bestimmten Quelle zu verdanken. Henning Schmitt war mit Sicherheit VfL-Fan und hatte Lisa vorgeschwärmt, dass ein ehemaliger Bochumer Junge für den WM-Kader nominiert war. Selbstverständlich sollte diese Quelle geheim bleiben, vor allem gegenüber Björn. Und nun hatte Lisa sich verplappert.

Bevor jemand Lisas frisch erworbene Fußballkenntnisse kommentieren konnte, schaltete sich David ein: »Eigentlich gehört er zu Bayer Leverkusen. Gladbach hat ihn ausgeliehen.«

»Ausgeliehen?« Fritz wirkte konsterniert. Mit den Gepflogenheiten des modernen Fußballs war er nicht vertraut, da war sich Helmut sicher.

»Das ist heutzutage normal. Ein größerer Verein kauft einen jungen Spieler und lässt ihn erst mal woanders Spielpraxis sammeln.«

Bevor David weiter dozieren konnte, fragte Jonas: »Ist so ein WM-Finale die ideale Gelegenheit, einen jungen Spieler Praxis sammeln zu lassen? Hat der Typ annähernd die Qualität, einen Sami Khedira zu ersetzen?«

Diese Frage hatte sich um 21.30 Uhr erledigt. Da war Kramer gerade mit einer Gehirnerschütterung vom Platz gewankt. Andre Schürrle kam für ihn ins Spiel.

Jonas verfolgte die Auswechslung mit entsetztem Blick. »Das ist doch viel zu offensiv gewechselt!«

David sah die Sache weniger aufgeregt. »Ich schätze, Kroos rückt zu Schweinsteiger ins defensive Mittelfeld.«

»Und wer macht dann das Spiel? Özil von Linksaußen?« Björn klang fast hysterisch.

David blieb ruhig. »Schürrle geht auf links, Özil rückt in die Mitte.«

»Özil? Spielt der überhaupt?« Nach ihrem kleinen Fauxpas vorhin hatte Lisa sich rasch wieder gefangen und erntete mit ihrer ironischen Frage Gelächter.

Helmut hoffte, dass Lisa sich in absehbarer Zeit für einen ihrer Kerle entschied. Für welchen, war ihm egal. Er konnte sowohl Björn als auch Henning gut leiden. Eine Beziehung zu Henning brachte freilich die Gefahr mit sich, dass die beiden näher beieinander wohnen wollten. Dann bitte in Wolfenbüttel, flehte er und hätte fast verpasst, wie kurz vor dem Halbzeitpfiff Benny Höwedes' Kopfball an den Pfosten klatschte.

Zu diesem Zeitpunkt hatten sich seine Horrorvisionen vom Vormittag fast erfüllt. Messi hatte Mats Hummels einige Male sehr alt aussehen lassen und war dem deutschen Tor gefährlich nahegekommen. Doch im Gegensatz zu Hummels waren Manu Neuer und Jérôme Boateng in der idealen Form für ein WM-Finale, sie konnten bislang stets rechtzeitig klären.

In der Halbzeit standen die Raucher draußen: Helmut, Rabea, Björn und Fritz. Alle waren ungeheuer aufgeregt wegen des Spiels. Helmut bereiteten die beiden Gelben Karten gegen die deutsche Mannschaft die meisten Sorgen. Mit zehn Mann hätten sie heute keine Chance gegen die Argentinier, die ausgerechnet im Finale ihr bestes Spiel bei dieser WM machen mussten.

Ein paar Minuten nach der Pause lag eine Rote Karte gegen Neuer in der Luft, nachdem er Higuain weggerammt hatte. Der Schiedsrichter und sein Assistent hatten anscheinend einen verfälschenden Blickwinkel gehabt: Sie entschieden auf Freistoß für Neuer.

Alle schnauften hörbar durch.

Sie schnauften ein weiteres Mal deutlich vernehmbar durch, als zur Verlängerung der bei dieser WM bisher so blasse Mario Götze für Miro Klose eingewechselt wurde. In der 113. Spielminute hatten es natürlich alle schon vorher gewusst; irgendjemand sagte es sogar: »Götze, ich wusste es!« Das jedoch ging in dem Höllenlärm, der nun ausbrach, beinahe unter. 1:0 für Deutschland.

Dummerweise waren noch sieben Minuten zu spielen – zuzüglich Nachspielzeit. Ständig lag Bastian Schweinsteiger auf dem Boden oder wurde mit blutverschmiertem Gesicht vom Platz geführt und aufwendig behandelt. Erstaunlicherweise kam er jedes Mal zurück und haute sich in den nächsten Zweikampf. Bis tief in die Nachspielzeit. Dann gab es einen Freistoß für Argentinien. Messi lief an. Helmut dachte daran, dass er exakt diese Vision am Vormittag gehabt hatte. Doch Messi jagte den Ball weit übers Tor. Dann rammte erneut ein Argentinier seinen Ellbogen in Schweinsteigers Gesicht – und dann folgte der Abpfiff. Deutschland war Weltmeister!

Im Wohnzimmer herrschte Ausnahmezustand. Selbst Fritz beteiligte sich an Umarmungen, Küssen, Polonaisen und Gesängen. Auf dem Rasen von Rio tanzten die deutschen Spieler; überraschenderweise wimmelte es dort wenige Minuten nach Schlusspfiff von Spielerfrauen und Spielerkindern. Messi holte sich gesenkten Hauptes irgendeinen Pokal ab, Neuer grinsend einen anderen, dann endlich reckte Philipp Lahm den WM-Pokal in die Höhe.

Die Feier im Wohnzimmer ging einfach weiter. Allen letzten Bieren folgen allerletzte Biere und meist allerallerletzte. Helmut schielte ein paar Mal zum Weg rüber, der von der Straße zu seinem Haus führte, beinahe so, als erwartete er jemanden.

»Na, guckst du, ob Jutta kommt?« Lisa lallte zwar (wie mittlerweile alle in der Runde), sie war jedoch aufmerksam wie eh und je.

»Ich gucke, ob endlich die Polizei kommt – bei dem Krach, den wir fabrizieren.«

»Nee, ist klar: die Polizei.«

Als endlich alle Flaschen Bier und Gläser Wein ausgetrunken waren, dauerte es eine halbe Stunde, bis das Großraumtaxi eintraf, um die Wolfenbütteler abzuholen. Alle acht Anwesenden nutzten diese 30 Minuten, um aufzuräumen. So konnten Helmut und Fritz um 2.30 Uhr einfach ins Bett fallen. Bereits am Nachmittag hatte er Nils' früheres Zimmer für seinen Jugendfreund hergerichtet.

Trotz der fortgeschrittenen Uhrzeit dauerte es eine Weile, bis Helmut endlich einschlief. In der letzten Phase des Wachseins rasten Bilder von blutverschmierten Schweinsteigern und monströsen argentinischen Ellenbogen durch seinen Kopf. Ein kleiner, weiß gekleideter Junge ließ einen Fußball auf seiner Brust tanzen. Ein anderer kleiner, weiß gekleideter Junge spielte mit einem goldenen Pokal. Dann gab es drei Kloses, einen großen und zwei kleine, die dennoch wie eineiige Drillinge aussahen.

Doch in seinen Träumen wurden die schönen Bilder aus Rio durch Bilder aus seiner tiefsten Vergangenheit ersetzt. Es begann mit zwei kopulierenden Körpern, schwitzend, in rhythmischen Bewegungen vereint. Er stand in der Nähe des Bettes, schwebte möglicherweise darüber, so genau ließ sich das nicht feststellen, und musste den beiden zusehen, ohne es zu wollen. Die beiden Menschen waren gesichtslos, er sah nur die Körper. Junge Körper. Dann plötzlich unbändiges Stöhnen, das im Traum zu hören war und immer deutlicher wurde. Der Akt näherte sich seinem Ende. Ein letztes Aufbäumen, dann sanken die Körper in sich zusammen.

Er spürte, was nun folgen würde: die Zigarette danach, bei der Helmut die Gesichter der beiden erkennen würde. Das wollte er unbedingt vermeiden und rannte aus dem Zimmer, das eine frappierende Ähnlichkeit mit Nils' früherem Zimmer hatte. Er lief scheinbar endlos durch die Nacht, kam an bekannten Häusern vorbei und an solchen, die er niemals zuvor gesehen hatte. Bekanntes und Unbekanntes gingen fließend ineinander über. Er erreichte einen Bahndamm, er flitzte die Schienen entlang, ohne ein einziges Mal ins Stolpern zu geraten – und stolperte letztendlich doch. Doch nicht die Schienen brachten ihn zu Fall, sondern ein Körper, der halb auf, halb neben den Schienen lag.

Er lag nun über diesem Körper und wollte sich aufrichten. Er stemmte seine Hände in den Boden und schreckte zurück, denn rund um den Körper hatte sich eine riesige Blutlache ausgebreitet. Schlagartig war es taghell und er starrte entsetzt auf den Körper unter sich. Dort, wo einst das Gesicht gewesen war, sah er ein riesiges Loch, voller Maden und Fliegen. Er schrie auf …

Und war sofort wach. Er versuchte, sich zu orientieren. Alles klar. Er war in seinem Haus. In seinem Bett. Der Radiowecker zeigte 4.45 Uhr an. Draußen wurde es langsam hell. Er hatte höchstens zwei Stunden geschlafen. Das war entschieden zu wenig. Er wollte mindestens noch drei Stunden weiterschlafen. Den Dienstbeginn für diesen Montag hatten die Ermittler als letzte Amtshandlung gestern Nacht spontan auf 11 Uhr festgelegt. Da konnte er sogar locker vier Stunden weiterschlafen. Kurz überlegte er, aufs Klo zu gehen, doch im nächsten Moment war er eingeschlafen.

Der Wecker klingelte um 8 Uhr. Überraschenderweise konnte er augenblicklich aufstehen. Mit Fritz hatte Helmut vereinbart, ihn zu wecken, bevor er zum Dienst fuhr. Diese Vereinbarung war über Nacht bedeutungslos geworden. In der Küche fand er eine Notiz.

»Moin! War um 7 Uhr putzmunter. Wollte dich nicht stören. Denke, dass jetzt eine gute Uhrzeit ist, um weiter nach GÖ zu fahren. Werde unterwegs kurz was frühstücken. War super gestern. Fußball und sich wiederzusehen. Hoffe, wir wiederholen das bald. Ich melde mich! Fritz. PS: Keine Sorge wegen Restalkohol, ist alles raus!«

Das mit dem Alkohol war eher ein frommer Wunsch. Genau wie Fritz' Vermutung, dass kurz nach 7 Uhr eine günstige Zeit war, nach Göttingen zu fahren. Da wäre 11 Uhr eindeutig günstiger gewesen. Was soll's, dachte Helmut. Dann ist Fritz eben weg. Vielleicht sieht man sich ja in 40 Jahren wieder. Bis dahin werde ich ein paar alte Fälle lösen.

Wie er Jonas kannte, saß der um 11 Uhr längst im Büro, mit der Akte Schrader auf dem Tisch, und las Vernehmungsprotokolle, zum Beispiel die beiden Zeugenaussagen von Helmut. Er war einer der Ersten gewesen, die Albrecht befragt hatte. In jenem Sommer 1974, als es unaufhörlich geregnet hatte. Als niemand wusste, ob es am nächsten Tag Benzin gab. Als ABBA *Waterloo* sang und Terry Jacks *Seasons in the Sun*. Als Willy Brandt gerade von seinem Amt als Bundeskanzler zurückgetreten war. Und als ebenfalls eine Fußball-WM die Nation in Atem hielt – unter anderem mit einem grausigen Kick gegen die DDR.

Er konnte sich gut an jenen Samstagabend Ende Juni erinnern. Sein Vater war nach Sparwassers Tor aufgestanden und grußlos ins Bett gegangen. Er hatte den ganzen folgenden Tag über eisern geschwiegen. Erst am Montagmorgen hatte der alte Jordan wieder geredet, kurz bevor er zur Ziegelei geradelt und Helmut zu seiner Arbeitsstelle gegangen war, zu Malermeister Henri Arnold.

Kurioserweise erinnerte er sich sogar an den Auftrag, den er und Atze in der Woche nach dem DDR-Spiel zu erledigen hatten. Die Fassade am Haus der Familie Kaminski sollte einen neuen weißen Anstrich erhalten. Dazu hatten sie das große Gerüst aufgebaut. Und in der Mittagspause hatten sie darauf gesessen, ihre Stullen gegessen und Bier getrunken.

Vernehmungsprotokoll

9. Juli 1974, 18.30 Uhr, Zeuge Doktor Wolfram Seifert, 50 Jahre, Arzt für Allgemeinmedizin aus Winnigstedt

KHK Albrecht: Guten Abend, Herr Doktor!

Zeuge Seifert: Guten Abend!

KHK Albrecht: Ich denke, wir können es kurz machen. Der Malergeselle Helmut Jordan ist am Sonntagvormittag gegen halb zehn zu Ihnen gekommen. Er hat Ihnen erzählt, dass er an der Brücke über den Tiefenbach den leblosen Körper von Heinz Schrader gefunden hat. Soweit einverstanden?

Zeuge Seifert: Exakt. Der junge Mann war übrigens ziemlich außer sich.

KHK Albrecht: Kein Wunder, wenn er gerade eine Leiche entdeckt hat.

Zeuge Seifert: Eben, eben.

KHK Albrecht: Und Sie sind umgehend mit ihm zurück zum Tiefenbach?

Zeuge Seifert: Exakt. Vorher habe ich mir meinen Arztkoffer geholt. Ich konnte ja nicht ausschließen, dass Schrader eventuell am Leben ist und ich ihn ärztlich versorgen muss. Das ist schließlich meine Pflicht.

KHK Albrecht: Sehr umsichtig von Ihnen! Es war aber zu spät?

Zeuge Seifert: Exakt. Viel zu spät, möchte ich konkretisieren. Der Körper war eiskalt. Dazu die riesige Wunde am Kopf, durch die der Mann viel Blut verloren haben muss. Ich konnte leider Gottes nur seinen Tod feststellen und habe dann umgehend die Polizei verständigt.

KHK Albrecht: Das war vollkommen richtig, Herr Doktor! Wie gut kannten Sie den Toten?

Zeuge Seifert: Nun ja, er kam regelmäßig in meine Praxis. Wie die meisten Menschen aus dem Dorf. Ich kannte Heinz Schrader dadurch in erster Linie als Patient.

KHK Albrecht: Wie würden Sie seinen Gesundheitszustand beschreiben? Ich denke, Sie dürfen jetzt darüber sprechen, wo er tot ist.

Zeuge Seifert: Nun ja, ich bin nicht automatisch von der ärztlichen Schweigepflicht entbunden, sobald ein Patient gestorben ist. Andererseits gibt es in diesem konkreten Fall alles andere als große Geheimnisse. Heinz Schrader erfreute sich nach meinem Kenntnisstand bester Gesundheit. Abgesehen von leichtem Bluthochdruck, aber das war aus meiner Sicht zu vernachlässigen. Wenn er in die Praxis kam, ging es im Grunde genommen um leichtere Erkrankungen der Atemwege. Es würde mich wundern, wenn ich jemals etwas Gravierenderes als eine Grippe bei ihm diagnostiziert hätte.

KHK Albrecht: Hat er vielleicht andere Ärzte konsultiert? Ich denke da an Fachmediziner wie Urologen oder so.

Zeuge Seifert: Ich denke, falls ich mir dieses Urteil erlauben darf, dass eine urologische Erkrankung kaum mit seinem Tod zu tun haben dürfte.

KHK Albrecht: Da haben Sie völlig recht, Herr Doktor. Eine andere Frage, da Sie, wie Sie gerade gesagt haben, praktisch alle Dorfbewohner als Patienten kannten: Können Sie sich vorstellen, dass jemand aus dem Dorf einen Grund gehabt haben könnte, Herrn Schrader umzubringen?

Zeuge Seifert: Ich hatte angenommen, dass es sich bei dieser Tat um einen Raubmord handelt.

KHK Albrecht: Das ist bislang eine Vermutung. Also!

Zeuge Seifert: So weit ich weiß, war Heinz Schrader in Winnigstedt durchaus beliebt. Er war einer der kleineren Bauern, müssen Sie wissen, er führt praktisch einen reinen Familienbetrieb; nur in der Erntezeit beschäftigt er Aushilfen. Von diesen Betrieben existieren einige im Dorf. Es heißt zwar landläufig, dass sich die Landwirte untereinander kaum das Schwarze unter den Fingernägeln gönnen. Das scheint hier anders zu sein. Ich bin zwar erst vor 15 Jahren hierhergezogen, bin aber gleichwohl recht gut über die Vorgänge im Dorf informiert. Mir ist in der Tat niemals zu Ohren gekommen, dass es Schwierigkeiten irgendwelcher Art mit Heinz Schrader gegeben hätte. Das schließt meines Erachtens nach seine Familie mit ein. Sie kommt ebenfalls zu mir in die Praxis, das heißt: seine Eltern, seine Frau und seine drei Kinder, die allesamt auf dem Hof wohnen. Für mich ist es unvorstellbar, dass es innerhalb der Familie Schrader schwerwiegende Probleme gegeben hat oder gibt. Wenn Sie es genau wissen wollen, sollten Sie am besten mit Bürgermeister Hoier sprechen.

KHK Albrecht: Danke für den Rat, Herr Doktor! Das habe ich bereits getan. Der Bürgermeister hat eine Geschichte angedeutet, die sich vor 30 Jahren zugetragen hat, in die ein gewisser Karl Liedke sowie die Gestapo involviert gewesen sein sollen. Wissen Sie, welche Geschichte ich meine?

Zeuge Seifert: Vor 30 Jahren habe ich, wie gerade eben ausgeführt, woanders gewohnt. Grundsätzlich. Tatsächlich habe ich vor 30 Jahren an der Ostfront gelegen. Gegen meinen Willen, möchte ich hinzufügen.

KHK Albrecht: Ich lag im Westen.

Zeuge Seifert: Osten, Westen, Süden, Norden. Es gab viele Fronten. Zu viele. Sei es drum. Zu dieser von Ihnen angedeuteten Geschichte kann ich Ihnen leider nichts sagen. Sie sollten darüber mit Liedke sprechen.

KHK Albrecht: Er steht ganz oben auf meiner Liste. Da wird es dann um mehr Dinge aus der Vergangenheit gehen. Während Sie an der Ostfront lagen, waren im Gegenzug zwei russische Kriegsgefangene im Dorf. Zufällig mal davon gehört?

Zeuge Seifert: In diesem Fall ja. Mein Vorgänger, Herr Abels, hat mir davon berichtet.

KHK Albrecht: Die Russen sollen bei einem Arbeitsunfall ums Leben gekommen sein?

Zeuge Seifert: Da muss ich widersprechen. Der Arbeitsunfall war die offizielle Version, ausschließlich für die Gauleitung aufgeschrieben.

KHK Albrecht: Aha, und was ist die inoffizielle Version?

Zeuge Seifert: Laut Herrn Abels, der mir das unter dem Siegel der Verschwiegenheit anvertraut hat, haben sich die beiden Russen gegenseitig abgestochen. Herr Abels hat sie nach ihrem Tod untersucht und die tödlichen Stichverletzungen gesehen.

KHK Albrecht: Oha! Weiß man, warum?

Zeuge Seifert: Herr Abels wußte nur, dass man die Sache wegen der Gauleitung oder der Polizei unbedingt vertuschen musste. Man stelle sich vor: Zwei Russen, die im Sommer 1944 mitten in Deutschland mit Messern durch die Gegend laufen!

KHK Albrecht: Und Ihr Vorgänger hat da mitgespielt?

Zeuge Seifert: Im Sommer 1944 war das kein Spiel.

KHK Albrecht: Einverstanden. Und die Scheune, die angeblich eingestürzt war?

Zeuge Seifert: Laut Herrn Abels haben Schraders sie nachträglich zum Einsturz gebracht.

KHK Albrecht: Das ist ein starkes Stück! Doch kommen wir zurück zum Mordfall. Gehen Sie zufällig ab und zu mal in den Dorfkrug?

Zeuge Seifert: Selbstverständlich besuche ich regelmäßig das örtliche Gasthaus. Ich mische mich gern unter die Leute.

KHK Albrecht: Auch am Samstag?

Zeuge Seifert: Nein. An diesem Abend war ich mit meiner Frau in Braunschweig. Wir sind ins Theater gegangen.

KHK Albrecht: Ah, interessant. Was wurde denn gezeigt?

Zeuge Seifert: Shakespeare.

KHK Albrecht: Ah, Shakespeare. Der soll ja mehrere Stücke geschrieben haben! Welches war es denn?

Zeuge Seifert: Machen Sie sich über mich lustig?

KHK Albrecht: Warum sollte ich? Ich interessiere mich fürs Theater. Darum möchte ich gern wissen, welches Shakespearestück an diesem Samstag im Braunschweiger Staatstheater aufgeführt wurde.

Zeuge Seifert: *Viel Lärm um Nichts.*

KHK Albrecht: Oh, das ist fast mein Lieblingsstück von Shakespeare!

Zeuge Seifert: Ist es das? Mir war diese Version viel zu modern! Die haben das tatsächlich in die heutige Zeit versetzt und den Vietnamkrieg als Kulisse benutzt. So ein Schwachsinn!

KHK Albrecht: Ich liebe moderne Fassungen. Ich werde es mir ansehen. Danke für diesen Tipp!

Zeuge Seifert: Hm. War es das jetzt?

KHK Albrecht: Ja, ich denke, wir sind durch. Ich danke Ihnen sehr für dieses Gespräch, Herr Doktor Seifert.

KAPITEL 5

24. Juni 1974, vormittags

Es war im Grunde genommen vollkommen unnötig gewesen, an dieser kleinen Hausfassade das große Gerüst aufzubauen. Doch Malermeister Henri Arnold besaß ein großes Gerüst und darum musste es eingesetzt werden. Diese Anschaffung musste sich »amortisieren«, wie ihnen ihr Chef augenzwinkernd gesagt hatte. Und sie amortisierte sich am besten, wenn man sie nutzte und den Kunden diese Nutzung in Rechnung stellte. Folglich hatten Helmut und Atze das Gerüst mithilfe der beiden Lehrjungen aufgebaut, um die Fassade am Haus der Großfamilie Kaminski zu streichen.

Die Kaminskis wohnten zu zehnt in einem großen Haus, das in den 20er-Jahren an der Schöppenstedter Straße errichtet worden war. Drei Generationen unter einem Dach: zwei Großmütter, zwei Großväter, zwei Eltern, vier Kinder. Schlesier. Seit Ende 1945 im Dorf und zugleich die ersten Flüchtlinge aus Schlesien, die hier nach dem Zweiten Weltkrieg sesshaft geworden waren.

Die beiden Großväter arbeiteten zusammen mit Helmuts Vater in der Ziegelei in Mattierzoll. Vater Kaminski war bei VW beschäftigt, wie 50 oder 60 andere Männer aus dem Dorf. Die Kaminski-Frauen blieben zu Hause, die vier Kinder gingen auf verschiedene Schulen der Umgebung.

An diesem späten Montagvormittag im Juni waren nur zwei Frauen im Haus, eine der Großmütter und die Mutter. Sie unterhielten sich im Wohnzimmer und dachten offensichtlich, dass dic beiden Maler draußen sie nicht hören konnten. Doch das Wohnzimmerfenster stand offen. Helmut und Atze, in ihren strahlend weißen Maler-Overalls, packten gerade ihr Mittagessen aus, als sie drinnen die Stimmen hörten. Sie saßen auf dem Gerüst, nur anderthalb Meter vom geöffneten Fenster entfernt.

Großmutter Kaminski sprach ausgerechnet über Helmut. Da ist dieser Kerl jetzt seit vier Jahren mit der kleinen Marchowitz zusammen und noch immer sind sie nicht verlobt. Und wer weiß, was die beiden so treiben? Die Jugend heutzutage! Dabei ist die kleine Marchowitz eine von uns, eine gute Katholikin aus Schlesien. Sie geht einer anständigen Beschäftigung nach. Arbeitet beim Anwalt. Und so weiter. Mutter Kaminski hatte ein anderes Bild von Elke Marchowitz. Sie wies ihre Schwiegermutter darauf hin, dass Elke manchmal wie ein Flittchen herumlief. Viel zu kurze Hosen. Ohne BH. Geschminkt. Die Alte gab Helmut die Schuld, dass seine Freundin so herumlief. Als Nächstes wird sie wahrscheinlich schwanger, mutmaßte sie mit eisiger Stimme.

Atze schüttelte den Kopf und flüsterte. »Ausgerechnet die alte Schnepfe muss sich aufregen.«

»Wie meinst du das?« Helmut hatte seine Leberwurststulle ausgepackt und biss hinein.

Atze hatte ebenfalls seine Stullen herausgeholt. Er öffnete zwei Flaschen Bier – eine gab er Helmut –, bevor er leise antwortete. »Die Alte hat nach dem Krieg gedacht, ihr Menne ist hopsgegangen. Null Nachrichten von ihm. Lacht sie sich prompt einen Neuen an, als die Bande hergezogen ist. Lässt sich drei Kinder machen. Zwei Kinder hatte sie schon, auch den Alfons, der jetzt hier wohnen tut.

Dann lebt die Alte einfach mit dem Neuen weiter. Wie in einer richtigen Familie, mit allen fünf Kindern. Eine Heirat war nicht drin. Der Alte war nicht für tot erklärt worden. Jahrelang war das so gegangen. Dann steht ihr Alter vor der Tür. Der war in Kriegsgefangenschaft gewesen. Acht Jahre im Scheißsibirien.«

Atze trank einen kräftigen Schluck Bier und nickte ernst. Dass er sich so gut mit aktuellen und früheren Ereignissen im Dorf sowie den beteiligten Protagonisten auskannte, lag daran, dass sein Vater Bürgermeister war. Anton Hoier war über alle halbwegs interessanten und relevanten Vorgänge im Dorf informiert. Und offenbar erzählte er seinem Sohn davon.

»Oh, und dann?« Helmut fand diese Geschichte interessant, obwohl er ansonsten wenig mit der Familie Kaminski zu schaffen hatte. Sein Vater war allerdings gut mit den beiden Großvätern befreundet.

»Jede Menge Geheule. Die zwei älteren Kinder haben Papa zu dem Neuen gesagt. Die anderen drei Blagen sowieso. Den eigentlichen Vater hatten der Alfons und sein Bruder längst vergessen. Alfons senior, so heißt der Alte – die nennen sich ja alle gleich, die Katholiken. Weißte ja! Na ja, jedenfalls musste die Alte ihren Ersatzmann in die Wüste schicken und den Kriegsheimkehrer aufnehmen. War damals so gewesen.«

Helmut biss ein letztes Mal in sein Brot. »Für den alten Alfons war das bestimmt ziemlich beschissen. Hat seine Alte ihn Jahre lang nach Strich und Faden betrogen und sich drei Kinder andrehen lassen, für die er jetzt sorgen konnte.«

Atze warf ihm einen fragenden Blick zu. »War halt so gewesen. Was willste machen? Die hätten sich ja auch alle gegenseitig umbringen können. Das wär scheiße gewesen! Nee, lass mal, der Alfons senior, der ist schwer in Ordnung. Genau wie der Alfons junior. Ich kapier das eh nicht, dass so Leute wie der Heinz Schrader was gegen die Schlesier haben. Die tun doch keinem was.«

Das sah Helmut genauso. Er mochte Schlesier, besagte Elke Marchowitz sogar sehr: 19 Jahre alt, gerade fertig mit ihrer Ausbildung zur Rechtsanwalts- und Notargehilfin, seit vier Jahren seine feste Freundin, demnächst vielleicht seine Braut und die Mutter seiner Kinder.

Das erste Kind war möglicherweise unterwegs; damit hatte die alte Kaminski vielleicht sogar richtiggelegen. Elkes Regel ließ auf sich warten. Das konnte passieren. Elke hatte jedoch so ein Gefühl, dass sich etwas tat in ihrem Körper. Ein paar Tage wollte sie warten, dann zum Arzt gehen.

Helmut hoffte inständig, dass sich die Sache bald entschied, egal, in welche Richtung. Elke setzte diese Ungewissheit ziemlich zu. Sie benahm sich seltsam, wollte beispielsweise nur sehr selten mit ihm schlafen. Schlimmer noch, er konnte überhaupt froh sein, wenn sie sich trafen. Dabei wohnten sie gerade einmal einen knappen Kilometer entfernt voneinander. Fünf Minuten Fußweg, wenn er sich beeilte, was er meistens tat, wenn er auf dem Weg zu Elke war.

Elke wohnte in der Unteren Straße in einem der wenigen Mehrfamilienhäuser des Dorfes. Die meisten Dorfbewohner lebten in Einfamilienhäusern oder auf Bauernhöfen. Erst nach dem Krieg waren, hauptsächlich für die Flüchtlinge aus dem Osten, ein paar Mehrfamilienhäuser errichtet worden. An der Hauptstraße, oberhalb der Unteren Straße, war zudem ein großer Wohnblock entstanden, der über mehrere Eingänge verfügte. Dieser Neubau hatte freilich nichts mit den Flüchtlingen zu tun. Es handelte sich um das sogenannte Zöllnerhaus, errichtet für Angehörige des Bundesgrenzschutzes und deren Familien, die in der Regel ein paar Jahre im Dorf blieben, um diese Seite der innerdeutschen Grenze zu bewachen. Ihre Aufgabe bestand hauptsächlich darin, das Fernglas auf die DDR-Grenzsoldaten zu richten, die in ihrem wuchtigen Wachturm standen und mit dem Fernglas die Bundesgrenzschützer dabei beobachteten, wie sie das Fernglas auf den Wachturm richteten. Die DDR-Soldaten hatten allerdings eine weitere wichtige Arbeit. Zusammen mit ihren Landminen und den Selbstschussanlagen am meterhohen Grenzzaun sollten sie verhindern, dass jemand aus ihrer sogenannten Republik floh.

Elke wohnte in einem der ehemaligen Flüchtlingshäuser. Vier Parteien lebten dort auf zwei Etagen, außer Elke zwei Witwen sowie ein altes Ehepaar. Elke passte in dieses Haus in etwa so, wie Hammer und Sichel auf die weiße Fassade des Kaminski-Hauses gepasst hätten. Immerhin war die Wohnung nett und preiswert.

Dass Elke mit 19 in einer eigenen Wohnung lebte, hatte zuallererst mit einem Arbeitsplatzwechsel ihres Vaters zu tun. Dieser wollte eine neue Stelle in Hannover antreten, dort wohnen und seine Familie mitnehmen. Elke jedoch wollte bleiben. Sie steckte mitten in ihrer Ausbildung, war bei ihrem Rechtsanwalt und Notar Friedrich Conradi in Wolfenbüttel mehr als glücklich und wollte auch ihr Heimatdorf nicht verlassen. Diesen Punkt hatte sich Helmut an die Fahne geschrieben. Er ging davon aus, dass sie zum Teil seinetwegen hiergeblieben ist.

Über zwei Jahre war es nun her, dass Elkes Eltern und ihre Schwester nach Hannover gezogen waren. Ab und zu fuhr Elke dorthin, um ihre Familie zu besuchen; recht selten, wie es ihm vorkam.

Er hatte ihr seinerzeit natürlich beim Renovieren der Wohnung geholfen, tapeziert, gestrichen, Teppichboden verlegt, Installationsarbeiten erledigt und den Umzug organisiert, unter anderem, indem er Maler Arnolds Pritschenwagen ausgeliehen hatte.

Und er hatte in Elkes Wohnung ein zweites Zuhause gefunden. Vor allem im ersten Dreivierteljahr hatte er an den Wochenenden regelmäßig bei ihr übernachtet. Unter der Woche hingegen schlief er selten bei ihr; beide mussten sehr früh aufstehen, seine Arbeit begann um 7 Uhr und Elke musste um 6.45 Uhr im Bus sitzen, um pünktlich um 8 Uhr im Büro zu sein. Elke ging außerdem häufig nach der Arbeit mit ihren Kolleginnen in Wolfenbüttel ein Glas Wein trinken oder eine Kleinigkeit essen und kam oft erst mit dem letzten Linienbus zurück. Manchmal blieb sie über Nacht bei einer ihrer Kolleginnen.

Helmut wohnte bei seinen Eltern in der Teichstraße. Seit drei Jahren und dem Auszug seines großen Bruders Peter hatte er im Keller sein eigenes kleines Reich. Er musste zwar denselben Hauseingang benutzen wie seine Eltern, doch vom Flur aus führte eine Treppe in seine Quasiwohnung, die aus einem Wohnschlafraum mit einem kleinen Fenster und einem Badezimmer mit Dusche und Toilette bestand. Im Wohnschlafraum standen ein Bett, ein niedriger Tisch mit Marmorplatte sowie zwei hellbraune Kunstledersessel. Die Einrichtung wurde durch ein multifunktionelles Regal komplettiert, in dem er ein paar Bücher, Comics, Schallplatten, Musikkassetten sowie die Stereo-Anlage aufbewahrte.

Als er mit Elke zusammengekommen war, hatte er das kleine Zimmer direkt neben dem Schlafzimmer seiner Eltern gehabt. Wenigstens war es kein Durchgangszimmer gewesen. Dennoch litten die allerersten Erkundungen von Elkes Körper unter einer gewissen Anspannung, da er jeden Moment damit rechnen musste, dass seine Mutter »versehentlich« hereinplatzte; die Tür hatte sich nicht abschließen lassen und er musste sich auf das Schild »Lasst mich bitte in Ruhe!« verlassen.

Elke schien diese Gefahr nie etwas auszumachen; sie hatte ohnehin selten übertriebene Scham an den Tag gelegt, wenn es darum ging, ihren Körper zu zeigen. Bereits in der achten Klasse, gerade mal mit 14, sorgte sie an der Realschule im zehn Kilometer entfernten Schöppenstedt mit gewagt kurzen Jeanshosen, engen T-Shirts mit lässigen Jeanswesten und ihrem frechen, sehr selbstbewussten Blick für Aufsehen.

Die Länge ihrer Levis bestimmte Elke damals wie heute eigenhändig, indem sie die Beine ihrer abgetragenen Jeans mit der Schere abschnitt, gern bis zu den Taschen. Auch ihre Jeanswesten schneiderte sie sich im Nähzimmer ihrer Mutter zurecht, oft aus den alten Jeansjacken ihrer großen Schwester.

Elkes Schönheit war jedoch auch ohne aufreizende Kleidung augenfällig: schulterlanges, blondes Haar, lange, schlanke Beine, grüne Augen, eine gerade gewachsene Nase mit ein paar süßen Sommersprossen drum herum, volle Lippen, strahlend weiße Zähne. Trotz all dieser Vorzüge blieben die meisten männlichen Blicke an Elkes auffallend großen Brüsten kleben – egal, ob Elke sie in einen

BH zwängte oder darauf verzichtete. Wen wunderte es, dass sie den Jungs an ihrer Schule und im Dorf gehörig den Kopf verdrehte?

Irgendwann hatte Helmuts Kopf dran glauben müssen. Er war in die neunte Klasse der mit der Realschule benachbarten Hauptschule gegangen und hatte Elke jeden Morgen und Mittag im Schulbus zwischen Winnigstedt und Schöppenstedt bewundern können – und darüber hinaus regelmäßig im Dorf.

Das war Anfang der 70er-Jahre gewesen, als Atze Hoier begonnen hatte, den Partykeller seiner Eltern in Beschlag zu nehmen. An den Wochenenden hatten sich dort regelmäßig alle jungen Leute des Dorfes versammelt, die zwischen 15 und 20 Jahre alt waren. Bisweilen hatten sie nur zusammengesessen und Bier oder Whisky-Cola getrunken. Ab und zu hatten die Jugendlichen Feten gefeiert und bis zum Morgengrauen zur Musik der Stones, von Led Zeppelin oder Deep Purple getanzt.

Dann war es passiert, im September 1970. Helmut hatte im Sommer seinen Hauptschulabschluss erworben und gerade seine Malerlehre angefangen. Die Clique hatte sich an diesem Samstagabend wie gewohnt in Atzes Partykeller versammelt und es gab sogar einen richtigen Grund für eine Fete: Atze und seine Freundin Daniela feierten den tausendsten Tag ihrer Beziehung. Das Wichtigste jedoch war: Zum ersten Mal kam Elke in den Partykeller. Zuvor hatten ihre Eltern es verboten. Nun, da sie 15 geworden war, hatte sie erstmals dabei sein dürfen und umgehend im Mittelpunkt des männlichen Interesses gestanden, selbst bei den 20-Jährigen. Dabei hatte sich Elke an diesem Abend recht unauffällig angezogen. Sie hatte eine lange, dunkelblaue Levis mit Schlag und ein weit geschnittenes T-Shirt getragen, ein weißes mit einem riesigen gelben Smiley drauf.

Helmut hatte bis zu diesem Abend den Eindruck gehabt, dass sich die Realschülerin Elke für etwas Besseres hielt und ihn, den früheren Hauptschüler und frisch gebackenen Malerlehrling, links liegen ließ. Dann hatten die beiden plötzlich mit Cola-Whisky Brüderschaft getrunken und beim obligatorischen Kuss hatten sich ihre Zungen berührt. Am selben Abend hatte er erstmals Elkes sagenumwobene Brüste berühren dürfen, auf die alle Jungs aus dem Dorf scharf gewesen waren. Wenige Tage später hatte er von Elke alles bekommen, was er sich erträumt hatte, in seinem Jugendzimmer und zum Glück ungestört.

Jetzt war wieder Sommer. Zumindest auf dem Papier. Denn der Sommer 1974 war ein echter Rohrkrepierer. Er konnte sich an keinen regenlosen Tag seit Anfang Juni erinnern. Und das war überall in Deutschland der Fall. Zurzeit war man über die allgemeine Wetterlage zwischen Nordsee und Alpen bestens informiert, jeden Tag konnte man eine andere deutsche Stadt ausführlich im Fernsehen betrachten. West-Berlin, Hamburg, Hannover, Gelsenkirchen, Dortmund, Düsseldorf, Stuttgart, Frankfurt, München. Regen allenthalben. Schade für die Fußball-WM. Fußball war halt kein reiner Schönwettersport. Siehe Bern, 4. Juli 1954. Fritz-Walter-Wetter. Regen.

Was für ein Zufall! 1954, während der Fußball-WM in der Schweiz, war er auf die Welt gekommen, zeitgleich mit dem legendären Endspiel in Bern. Nun, 20 Jahre danach, fand erneut eine Fußball-WM statt, und es war gut möglich, dass sich bei dieser WM herausstellte, dass er Vater wurde.

Eine Sache schien sich nicht zu wiederholen: dass Deutschland Weltmeister wurde. Das war vorgestern in Hamburg deutlich geworden. Wie peinlich, 0:1 verloren. Gegen die DDR! Ausgerechnet. Die Zuschauer hatten laut gepfiffen. Netzer hatte nach seiner Einwechslung seine langen Haare spazieren getragen. Cullmann und Flohe hatten in der Startelf grundsätzlich nichts zu suchen. Bonhof, das war einer, den man bringen konnte, dachte Helmut, als Atze und er längst wieder auf dem Gerüst standen und die Fassade strichen. Gut, dass die Mannschaft bereits vor dem DDR-Spiel für die Zwischenrunde qualifiziert war.

Atze meinte, dass die Niederlage sogar einen Vorteil mit sich brachte, denn der zweite Vorrundengruppenplatz bedeutete eine wesentlich leichtere Zwischenrundengruppe. Während die DDR als Gruppensieger nun gegen Holland, Brasilien und Argentinien spielen musste, spielte Deutschland »nur« gegen Jugoslawien, Schweden und Polen. Auch Atze sprach sich vehement dafür aus, dass Bundestrainer Schön ein paar Spieler auswechseln musste.

Schließlich landeten die beiden Maler bei ihrem eigenen Fußballverein, dem TSV Winnigstedt, der in der Kreisliga spielte und in der gerade beendeten Saison knapp den Aufstieg in die Bezirksklasse verpasst hatte. Während es in den Herrenmannschaften ausnahmslos durchschnittliche Kicker wie Atze und ihn gab, wuchs in der Jugendmannschaft offensichtlich ein großes Talent heran.

»Der Kalle, das wird mal einer.« Atze sprach von dem 15-jährigen Kalle Neubauer, der in der B-Jugend des TSV spielte und längst von den großen Vereinen aus Wolfenbüttel beobachtet wurde.

»Als Linksfuß hast du sowieso gute Karten«, stimmte Helmut zu.

»Das ist der einzige Linksfuß, den ich kenn«, sagte Atze.

»Ich kenne da ein paar mehr. Mein Vater ist Linkshänder. Fritz. Der Liedke.« Helmut spielte auf Karl Liedke an, der als Betriebsschlosser im Braunschweiger VW-Werk arbeitete und seit einem Arbeitsunfall vor knapp 20 Jahren eine verkrüppelte rechte Hand hatte.

Atze nickte. »Beim Fritz ist mir das nie aufgefallen.«

»Liegt vielleicht daran, dass er so früh mit dem Fußball aufgehört hat und du lange nicht gesehen hast, wie er mit links schießt.«

Auch beim obligatorischen Feierabendbier auf dem Hof von Malermeister Henri Arnold drehte sich alles um Fußball und vor allem die WM. Der Chef vermisste den alten Modus mit Viertelfinale und Halbfinale. »Was soll das denn mit dieser komischen Zwischenrunde? K.o.-Spiele sind viel spannender. Erinnert ihr euch, vor vier Jahren, die Spiele gegen England und Italien?«

An das Halbfinale gegen die Italiener wollte sich allerdings niemand gern erinnern. 3:4 nach Verlängerung. Äußerst unglücklich. Zum Glück waren die Italiener diesmal in der Vorrunde ausgeschieden. England war bereits in der Relegation zur WM an Polen gescheitert.

»Die Polen sind extrem stark«, verkündete Henri Arnold, »die sind für uns eine Nummer zu groß. Die kommen bis ins Finale und verlieren erst da gegen Brasilien. Denkt an meine Worte, Jungs!«

Das versprachen die Jungs, obwohl sie insgeheim anderer Meinung waren.

Vernehmungsprotokoll

9. Juli 1974, 8.30 Uhr, Zeuge Gustav Wettenstedt, 52 Jahre, Landwirt aus Winnigstedt

KHK Albrecht: Guten Morgen, Herr Wettenstedt. Danke, dass Sie sich die Zeit genommen haben, zu uns zu kommen.

Zeuge Wettenstedt: Guten Morgen, Herr Kommissar. Es ist doch selbstverständlich, dass ich dabei helfen will, dieses Verbrechen aufzuklären. Wie man hört, war es ein Raubmord. Unfassbar, dass so was bei uns im Dorf passieren kann!

KHK Albrecht: Da haben Sie recht, Herr Wettenstedt! Wobei es unklar ist, ob es sich tatsächlich um einen Raubmord handelt. Wir ermitteln zunächst in alle Richtungen und müssen dabei die letzten Stunden im Leben von Heinz Schrader minutiös rekonstruieren. Sie und einige andere Männer haben an diesem Abend mit ihm Karten gespielt. Wann ging das los?

Zeuge Wettenstedt: Samstags treffen wir uns immer um acht im Dorfkrug.

KHK Albrecht: Bis wann spielen Sie?

Zeuge Wettenstedt: Bis Otto, also Otto Geis, der Wirt, die Kneipe schließt. Mindestens bis Mitternacht.

KHK Albrecht: Auch am letzten Samstag?

Zeuge Wettenstedt: Da haben wir in der Tat bis nach Mitternacht gespielt.

KHK Albrecht: Einschließlich Herrn Schrader?

Zeuge Wettenstedt: Nein, er ist gegen elf gegangen.

KHK Albrecht: Wissen Sie, warum?

Zeuge Wettenstedt: Er hatte eine echte Pechsträhne und offenbar aus seiner Sicht genug Geld verloren.

KHK Albrecht: Beim Skat?

Zeuge Wettenstedt: Nein, wir haben Schlesische Lotterie gespielt.

KHK Albrecht: Ständig sprechen die Leute von diesem Spiel. Was ist das eigentlich genau?

Zeuge Wettenstedt: Das ist so ein Glücksspiel mit Karten, ein bisschen wie Lotto. Daher der Name. Es gibt zwei Skatblätter. Jeder, der mitspielt, nimmt sich von dem einen Paket eine oder mehrere verdeckte Karten und bezahlt den Bankhalter. Bei uns sind es 50 Pfennig pro Karte. Der Bankhalter nimmt das andere Paket, mischt und zieht nach und nach neun Karten, die er vor sich hinlegt. Erst vier Paare, am Ende eine einzelne Karte. Wenn die Mitspieler eine oder mehrere der aufgedeckten Karten zuvor zufällig gezogen beziehungsweise gekauft haben, bekommen sie pro richtiger Karte einen Gewinn. Wie hoch der ist, hängt davon ab, zu welchem Zeitpunkt die Karte aufgedeckt wurde. Für jede Karte des ersten Paares zahlt der Bankier den einfachen, für jede des zweiten Paares den doppelten, für jede des dritten Paares den dreifachen, für jede des vierten Paares den vierfachen und für das große Los, die einzelne Karte am Ende, den neunfachen Einsatz zurück. Das heißt, wenn bei uns ein Spieler zufällig diese letzte Karte für 50 Pfennig gekauft hat, bekommt er 4,50 Mark ausbezahlt. Nach der neunten Karte fängt ein neues Spiel an. Dann wechselt meist der Bankhalter und alle können neue Karten kaufen.

KHK Albrecht: Das heißt, als Spieler hat man größere Gewinnchancen als der Bankhalter?

Zeuge Wettenstedt: Das ist unterschiedlich. Wenn der Bankhalter zum Beispiel alle 32 Karten verkauft, macht er auf jeden Fall einen Gewinn. Er nimmt dann 16 Mark ein und muss 14,50 Mark ausbezahlen. Das haben wir alles berechnet. Verlust macht er nur, wenn er auf ein paar Karten sitzenbleibt und trotzdem alle Gewinne ausbezahlt. Wenn er Glück hat, verkauft er nicht alle Karten und dann sind bei den übriggebliebenen Karten ausgerechnet die Hauptgewinne dabei. Dann fällt sein Gewinn höher aus. Als Spieler kann man viel Glück haben und mit wenigen Karten viel Geld verdienen. Man kann genauso gut Pech haben und kauft jede Menge Karten, von denen keine zu den neun Karten gehört, die der Bankhalter aufdeckt.

KHK Albrecht: Dann hätte man nur Nieten gezogen?

Zeuge Wettenstedt: So ist es.

KHK Albrecht: Und was hat das mit Schlesien zu tun?

Zeuge Wettenstedt: Was weiß ich? Nach dem Krieg sind eine Menge Flüchtlinge von dort zu uns ins Dorf gekommen. Vielleicht haben die das Spiel mitgebracht? Wobei, ich glaube, dass es das Spiel bereits vorher gegeben hat.

KHK Albrecht: Heinz Schrader hat an diesem Abend viel verloren?

Zeuge Wettenstedt: Was heißt viel? Zehn Mark? 20 Mark? Heinz war eigentlich ein vorsichtiger Spieler. Wenn er meinte, eine Pechsträhne zu haben, hörte er auf, ohne um jeden Preis zu versuchen, die Verluste zurückzuholen.

KHK Albrecht: Aus Angst, noch mehr zu verlieren?

Zeuge Wettenstedt: Ich nehme es an.

KHK Albrecht: Also, Herr Schrader ist um elf Uhr gegangen. Das wissen wir. Nach allem, was wir bisher gehört haben, benötigt man vom Dorfkrug an der Hauptstraße bis zu Schraders Bauernhof am Grandberg zwischen 15 und 20 Minuten.

Zeuge Wettenstedt: Nach ein paar Schnäpsen und Bieren möglicherweise ein paar Minuten länger.

KHK Albrecht: Hatte Schrader denn viel getrunken an diesem Abend?

Zeuge Wettenstedt: In der letzten Stunde hat er richtig Gas gegeben. Mehr als sonst.

KHK Albrecht: Warum?

Zeuge Wettenstedt: Ich schätze, er wurde wegen seiner anhaltenden Pechsträhne immer ungehaltener und trank deshalb schneller.

KHK Albrecht: Das wäre nachvollziehbar. Egal, ob er nun 15, 20 oder 25 Minuten für den Weg braucht: Die Brücke über den Tiefenbach liegt etwa auf der Mitte des Weges, oder?

Zeuge Wettenstedt: Ja, das kommt hin.

KHK Albrecht: Also müsste er dort zwischen zehn und 20 nach elf angekommen sein. Können Sie sich vorstellen, warum er den Fußweg verlassen hat, um zum Bach zu gehen?

Zeuge Wettenstedt: Kann sein, dass er dringend mal musste.

KHK Albrecht: Das sehen wir ähnlich, dass er auf dem Weg zum Gebüsch war, um Wasser zu lassen. Wir hatten kurz darüber nachgedacht, ob er dabei ausgerutscht und unglücklich gestürzt ist. Aber dort lag nirgendwo ein Stein, auf den er mit dem Kopf gefallen sein könnte. Außerdem war seine Brieftasche weg. Und wir haben diesen Stein im Bach gefunden und daran klebte Blut. Wir wissen mittlerweile, dass es sein Blut ist. Wir haben es folglich mit einem Verbrechen zu tun und suchen nach Augenzeugen.

Zeuge Wettenstedt: Haben Sie es bei Pahlkes und bei Hahns versucht? Die wohnen direkt neben dieser Stelle.

KHK Albrecht: Dort haben wir uns als Erstes erkundigt. In der fraglichen Zeit hat sich niemand in einem Raum aufgehalten, dessen Fenster in Richtung Tatort gehen. Bei Hahns ist zudem eine Hecke im Weg. Das Haus auf der anderen Straßenseite ist zurzeit unbewohnt.

Zeuge Wettenstedt: Ja, die Heidenreichs sind nach Kanada ausgewandert und bislang hat sich kein Käufer für das Haus gefunden.

KHK Albrecht: Kanada? Respekt. Diese Leute machen was aus ihrem Leben. Wo waren wir? Ah ja, zwischen zehn und 20 nach elf erreicht Schrader den Tiefenbach. Nach allem, was unsere Mediziner sagen können, ist Schrader zwischen halb elf und halb eins gestorben. Konkreter können wir das erst fassen, wenn der Leiter der Rechtsmedizin zurück aus dem Urlaub ist. Bis dahin müssen wir mit dieser Spanne leben, wobei ja die ersten rund 30 Minuten wegfallen und nur knapp anderthalb Stunden bleiben. Wir gehen davon aus, dass Schrader tatsächlich auf dem Heimweg ermordet wurde, also Pi mal Daumen Viertel nach elf am Tiefenbach. Sie gehörten an diesem Abend zu den letzten Gästen, soweit wir wissen?

Zeuge Wettenstedt: Das stimmt. Ich bin erst nach Mitternacht aufgebrochen.

KHK Albrecht: Allein?

Zeuge Wettenstedt: Nein, zusammen mit Heinrich Ackermann. Heinrich wohnt am Ganterplatz. Das liegt auf meinem Heimweg. Ich wohne am Bruchweg. Wir gehen oft gemeinsam nach Hause.

KHK Albrecht: Sind Sie am Tiefenbach vorbeigekommen?

Zeuge Wettenstedt: Ja, zwangsläufig.

KHK Albrecht: Ist Ihnen da was aufgefallen?

Zeuge Wettenstedt: Nein, andernfalls hätten wir das längst gemeldet. Es war mitten in der Nacht, es regnete. Und wir haben uns unterhalten, hauptsächlich über das anstehende Finale.

KHK Albrecht: Das ist immerhin gut ausgegangen. Lassen Sie uns kurz über Heinz Schrader sprechen. Sie waren ja gewissermaßen Kollegen.

Zeuge Wettenstedt: Wir waren beide Bauern, das stimmt. Kollege ist das falsche Wort. Wir waren befreundet.

KHK Albrecht: Ah, verstehe. Wie würden Sie Ihren Freund beschreiben?

Zeuge Wettenstedt: Wie ich ihn beschreiben würde? Wenn man sich so lange kennt, ist das ganz schön schwierig. Wir kamen sehr gut miteinander aus. Das kamen unsere Familien zu jeder Zeit.

KHK Albrecht: Wie steht es mit Rivalitäten? Der sprichwörtliche Neid unter Bauern?

Zeuge Wettenstedt: Nein. Der Markt verträgt schon mehr als einen Landwirt pro Dorf.

KHK Albrecht: Kommen wir zum Menschen Heinz Schrader! Wie war er? Ausgeglichen? Jähzornig? Geizig? Spendabel? Zurückhaltend? Gewalttätig? Friedliebend? Ein Weiberheld? Auf Harmonie bedacht? Rechthaberisch?

Zeuge Wettenstedt: Mir gegenüber war er stets freundlich.

KHK Albrecht: Und anderen gegenüber?

Zeuge Wettenstedt: Zu Hause und auf dem Hof, da wollte er die Hosen anhaben. Er war schließlich der Familienvorstand.

KHK Albrecht: Außerhalb des eigenen Hofes, hatte er da einen anderen Platz?

Zeuge Wettenstedt: Da fügte er sich ein. Wie wir alle. Wir versuchen an einem Strang zu ziehen, wir Bauern. In Bonn und in Hannover sitzen die Sozen und in Brüssel nur Idioten. Da muss man zusammenhalten.

KHK Albrecht: Fühlen Sie sich schlecht vertreten durch die aktuelle Bundesregierung?

Zeuge Wettenstedt: Vertreten? Die haben alle von Landwirtschaft keinen blassen Schimmer. Unsere Sorgen und Nöte interessieren die nicht die Bohne. Wir müssen beispielsweise zurzeit ein neues Gesindehaus bauen.

KHK Albrecht: So etwas gibt es heutzutage noch?

Zeuge Wettenstedt: Sicher. Irgendwo müssen die Leute untergebracht werden, die Erntehelfer und sonstigen Saisonarbeiter.

KHK Albrecht: Sie sprechen von einem *neuen* Gesindehaus. Hatten Sie schon vorher eines?

Zeuge Wettenstedt: Ganz richtig. Das war baufällig. Wir haben es vor ein paar Monaten abreißen lassen. Jetzt errichten wir an derselben Stelle ein größeres und moderneres Haus. Das Fundament wird die Tage gegossen. Wenn wir Glück haben, ist das Haus zum Herbst hin fix und fertig.

KHK Albrecht: Wenn das Gesinde kommt?

Zeuge Wettenstedt: Richtig, wenn die Saisonarbeiter kommen.

KHK Albrecht: Dann drücke ich Ihnen mal die Daumen, das alles so klappt, wie Sie sich das vorstellen, Herr Wettenstedt. Kommen wir zurück zu Schrader. Innerhalb der Männergemeinschaft im Dorf fügte er sich gut ein. Wie sah es mit den Frauen aus?

Zeuge Wettenstedt: Heinz war glücklich verheiratet.

KHK Albrecht: Nun ja, es gibt Männer, die glücklich verheiratet sind und sich dessen ungeachtet gern umsehen.

Zeuge Wettenstedt: Na ja, als junger Mann hat der Heinz durchaus mal der einen oder anderen Magd nachgestellt.

KHK Albrecht: Sie meinen Bedienstete auf dem Hof seiner Familie?

Zeuge Wettenstedt: Auf verschiedenen Höfen, wenn ich mich recht erinnere. Eventuell auch auf dem meiner Familie. Aber das ist 30 Jahre her, da vergisst man so einiges. Ich möchte Ihnen keineswegs zu nahetreten, Herr Kommissar, aber mir fehlt ein wenig der Glaube, dass diese Sachen etwas mit dem Mord zu tun haben. Ich kann gut verstehen, dass Sie alle Spuren verfolgen müssen. Ich kann mir nur nicht vorstellen, dass jemand aus dem Dorf einen Grund gehabt haben könnte, Heinz zu erschlagen.

KHK Albrecht: Sie stimmen mir aber zu, dass ein Raubüberfall auf dem Land sehr ungewöhnlich wäre?

Zeuge Wettenstedt: Ja, das hätte ich niemals für möglich gehalten.

KHK Albrecht: Das geht mir genauso. Gerade deshalb müssen wir die anderen Möglichkeiten überprüfen. Und hier und da ein Alibi.

Zeuge Wettenstedt: Das haben Sie ja bei mir gerade gemacht, schätze ich.

KHK Albrecht: Nur für die Akten.

Zeuge Wettenstedt: Sind wir fertig?

KHK Albrecht: Eine Sache noch: Könnten Sie Ihrem Sohn Jochen bitte ausrichten, dass wir ihn kurz sprechen möchten?

Zeuge Wettenstedt: Jochen? Darf ich wissen, warum?

KHK Albrecht: Reine Routine.

Zeuge Wettenstedt: Hm. Ich wüsste es gern.

KHK Albrecht: Ich würde es gern auf meine Art machen. Könnten Sie es ihm bitte ausrichten?

Zeuge Wettenstedt: Jochen ist unterwegs. Er besucht einen Schulfreund, der in Oldenburg studiert.

KHK Albrecht: Wissen Sie, wann er zurückkommt?

Zeuge Wettenstedt: Wie ich ihn verstanden habe, kommt er heute Abend zurück.

KHK Albrecht: Das passt gut. Sagen Sie ihm bitte, dass er übermorgen um neun Uhr ins Gemeindebüro kommen soll.

Zeuge Wettenstedt: Einverstanden.

KHK Albrecht: Danke, Herr Wettenstedt.

KAPITEL 6

29. Juni 1974, abends

Ein paar Tage später hatten sich ein paar Dinge zum Besseren gewendet. Deutschland hatte das erste Zwischenrundenspiel gegen Jugoslawien souverän mit 2:0 gewonnen und hatte in dieser Form sicherlich auch morgen gegen Schweden gute Chancen. Die Fassade des Kaminski-Hauses erstrahlte in frischem Weiß. Das Gerüst war längst abgebaut worden und stand seit Donnerstag an einer anderen Fassade, um sich zu amortisieren. Nur bei Elke waren die guten Nachrichten ausgeblieben. Helmut hatte sie ein einziges Mal kurz gesehen. Weiterhin war ungewiss, ob sie schwanger war. Ihre Regel ließ auf sich warten, der Arzttermin ebenfalls. Ansonsten hatte sie ihm wenig erzählt. Sie war nervös gewesen. Fahrig. Halb bei der Sache. Bei ihm.

Er fand sogar eine Erklärung dafür, warum sie nicht versuchte, die Sache ein für alle Mal zu klären: Sie hatte Angst vor der Wahrheit! Wenn die Wahrheit wirklich Schwangerschaft hieß, musste sie sich entscheiden: das Kind behalten oder …

Sie hatte so etwas angedeutet.

Ihm war der Schrecken in alle Glieder gefahren. Für ihn stand außer Frage, dass sie das Kind behielt. Er konnte für beide sorgen. Zur Not konnte er zusätzlich schwarzarbeiten. Für einen Anstreicher war das normal. Mitunter bot Henri Arnold seinen Kunden diese Variante offensiv an. Ohne Rechnung, ohne Mehrwertsteuer. Man musste

Henri nur Bescheid sagen, dass man zur Verfügung stand. Das würde Helmut ohne zu zögern tun, sollte es jemals erforderlich werden. Beispielsweise, um seine Familie zu ernähren.

Auf der anderen Seite wusste er, dass er Elke diese Entscheidung zu überlassen hatte. Er musste weder das Kind austragen, noch es zur Welt bringen, noch es in den ersten Monaten rundumbetreuen. Er konnte sein bisheriges Leben fortsetzen. Für Elke würde sich alles ändern. Und sie war erst 19! Das musste er akzeptieren, das musste er respektieren. Und er durfte ihr gerade jetzt nicht auf die Nerven gehen. Deshalb ließ er sie weitgehend in Ruhe und wartete darauf, dass alles so wurde wie früher. Am besten so wie in den ersten zweieinhalb Jahren, als sie sich beinahe täglich gesehen hatten.

Dann hatte Elke begonnen, sich ihre kleinen Freiheiten zu nehmen und ab und zu eine Nacht bei einer Arbeitskollegin in Wolfenbüttel oder einen Abend allein zu Hause verbracht. Alles okay. Er besaß gleichfalls seine Freiheiten, seinen Fußball und seine Kumpels. Den heutigen Abend beispielsweise wollte er mit seinem Freund Fritz verbringen.

Fritz war sein erster und bester Freund. Sie hatten im Kindergarten Freundschaft geschlossen und waren bis zum zwölften Lebensjahr beinahe wie Brüder aufgewachsen. Besonders intensiv war ihre Freundschaft in der Grundschulzeit gewesen. Sie waren morgens zusammen zur Schule gegangen, hatten im Unterricht nebeneinander gesessen, in den Pausen zusammen Fußball gespielt. Sie waren zusammen nach Hause gegangen und hatten sich nach dem Mittagessen und den Hausaufgaben sofort getroffen, um zu spielen: Spielzeugautos, Kicker, Quartett und so weiter. Häufig waren andere Kinder aus dem Dorf dabei gewesen, dann wurde Fußball oder Verstecken gespielt oder es wurden Butzen gebaut.

Dann war die Grundschulzeit zu Ende gegangen. Helmut hatte sich nie großartig für den Stoff in der Schule interessiert, abgesehen von Sachkunde und Sport. Er hatte die Hausaufgaben eher schlecht als recht erledigt, niemals mehr gelernt als unbedingt nötig, sich mit Dreiern und Vierern zufrieden gegeben und wegen einer Fünf in Deutsch oder Mathe nie die Nerven verloren.

Seine Eltern hatten sowieso nicht mit guten Schulnoten gerechnet. Im Dorf war es normal, dass die Kinder nach der Grundschule auf die Realschule oder die Volksschule beziehungsweise später Hauptschule wechselten. Der eine oder andere ging auf die Sonderschule, wo versucht wurde, lernschwache oder verhaltensauffällige Schüler zu unterrichten. Nur ein paar Exoten wechselten aufs Gymnasium.

Zu diesen Exoten gehörte Fritz. Er war der einzige Gymnasiast aus ihrer Grundschulklasse, die aus 25 Schülern bestanden hatte. Fritz war halt ein schlaues Kerlchen und er interessierte sich tatsächlich für die Dinge, die man in der Schule lernte.

Ab dem fünften Schuljahr fuhr Fritz jeden Morgen mit dem Linienbus nach Wolfenbüttel, um zur Großen Schule zu kommen, dem traditionsreichen Wolfenbütteler Gymnasium. Helmut blieb, wie die meisten anderen ehemaligen Mitschüler aus der Grundschule, zunächst im alten Schulgebäude, das außer der Grundschule auch eine Volksschule beherbergte. Erst in den letzten beiden Schuljahren, unmittelbar nach Auflösung der Volksschule (sowohl der Winnigstedter als auch der Schulform allgemein), fuhr er mit dem Schulbus nach Schöppenstedt, wo sich die Hauptschule befand, in direkter Nachbarschaft der anderen weiterführenden Schulen, der Realschule und der Sonderschule.

Damit fiel automatisch ein großer Teil der gemeinsamen Zeit weg: alles, was mit Schule und Schulweg zu tun hatte. Auch nachmittags trafen sich die Freunde seltener. Während Helmut wie gehabt seine Hausaufgaben lieblos und rasch erledigte, büffelte Fritz regelmäßig über Mathematikformeln und Lateinvokabeln.

Dennoch waren sie weiterhin eng befreundet. Fritz hatte am Gymnasium zwar neue Freunde gefunden, doch diese wohnten im 20 Kilometer entfernten Wolfenbüttel und waren nachmittags praktisch unerreichbar für ihn; die Fahrt in die Kreisstadt dauerte mit dem Linienbus eine gute Dreiviertelstunde und der Bus verkehrte nur einmal pro Stunde.

Andererseits war der schleichende Prozess, der ihre innige Freundschaft beenden sollte, längst in Gang gekommen. Fritz und er veränderten sich zusehends. Während sich Helmuts Leben wie gehabt um Spielen, Fußball und Müßiggang drehten, entwickelte Fritz mit der Zeit andere Interessen. Er fand früh Gefallen an der Beatmusik aus England: den Beatles, den Rolling Stones und The Who. Hingegen verlor er jegliche Lust am Fußballspielen und fuhr stattdessen Rad; Fritz besaß ein Rennrad mit superdünnen Rädern und einer Unzahl von Gängen. Vor allem aber begann Fritz sehr früh, sich für Geschichte und Politik zu interessieren – und sich eine eigene Meinung zu bilden. Beispielsweise verteufelte er schon als 14-Jähriger die in Bonn regierende Große Koalition, die Helmut herzlich egal war. Und Fritz jubilierte, als diese Große Koalition 1969 durch die SPD mit Willy Brandt an der Spitze abgelöst wurde.

Diesen Brandt vergötterte Fritz regelrecht. Er sammelte alle Zeitungsartikel, die sich mit dem Politiker beschäftigten. Um seine Sammlung möglichst abwechslungsreich zu gestalten, kaufte sich Fritz in Wolfenbüttel Zeitungen und Zeitschriften, die Helmut gänzlich unbekannt waren: *Süddeutsche Zeitung*, *Frankfurter Rundschau*, *Die Zeit*; nur vom *Spiegel* hatte er bereits gehört.

Rund um seinen 15. Geburtstag im Herbst 1969 sprach Fritz mit schöner Regelmäßig über die großen Reisen, die er plante. So wollte er demnächst im Sommer nach Frankreich fahren, um sich die Bergetappen der Tour de France in den Alpen oder den Pyrenäen anzusehen. Da gab es diesen belgischen Radprofi, der im Sommer 1969 die Tour gewonnen hatte, Eddy Merckx. Den wollte Fritz gern einmal live sehen.

Wenn er gedurft hätte, wäre er 1969 sogar nach Woodstock gefahren. 1969 hatte Fritz längst die Beatles, die Rolling Stones und The Who hinter sich gelassen. Seine neuen Helden hießen Jimi Hendrix, Pink Floyd und Led Zeppelin. Doch auch diese Phase ging rasch vorüber, bald sollte sich Fritz für Funk und Soul begeistern, allerdings nicht für bekannte Künstler wie James Brown. Für Fritz war eine Band nur dann gut, wenn sie unbekannt war – und natürlich nicht kommerziell. Im Idealfall kannte außer Fritz niemand diese Band, abgesehen vom Besitzer des Kellerclubs in Philadelphia, der sie ab und zu auftreten ließ. Aus purem Mitleid.

Während 1969 Helmuts letztes Schuljahr begann, hatte Fritz weitere fünf Jahre auf dem Gymnasium vor sich. 1969 war zugleich das Jahr, in dem beide sich langsam für Mädchen beziehungsweise Frauen zu interessieren begannen. Helmuts sexuelles Interesse galt zunächst der Gemeindesekretärin. Renate Junker war eine Frau Anfang 40, die in seiner Phantasie ganz aus dunklen Locken, Busen, Beinen und rauchiger Stimme bestand. Sie war dadurch die ideale Projektionsfläche für seine feuchten Wunschträume.

Die reale Frau Junker war verwitwet und lebte in einem kleinen Haus schräg gegenüber der Kirche von Groß-Winnigstedt und damit nur wenige Meter entfernt von ihrem Arbeitsplatz im Gemeindebüro. Ihr Mann war vor vielen Jahren gestorben, kurz nach der Eheschließung und lange, bevor das Paar überhaupt an Kinder gedacht haben konnte. So war Frau Junker nun vollkommen alleinstehend.

Helmut konnte sich vage an ein Gespräch zwischen dem Bürgermeister und seiner Mutter erinnern, das er als kleiner Junge heimlich im Gemeindebüro belauscht hatte. Demnach war der verstorbene Ehemann bereits der zweite tragische Verlust von Frau Junker gewesen. Mindestens ein anderer enger Freund oder Liebhaber war ihr zuvor sozusagen unter den Händen weggestorben. Angeblich ließ sie wegen dieser beiden Tragödien nun ganz und gar die Finger von den Männern – trotz einer gerüchteweise langen Schlange an Bewerbern. Einige von ihnen warteten seit 20 Jahren auf den Augenblick, dass die Junker sich die Sache anders überlegte.

Fritz himmelte 1969 seine Englischlehrerin an, die er hartnäckig »Miss Kirchheim« nannte, weil die Schüler sie im Unterricht so anreden mussten. Miss Kirchheim (sie hatte übrigens keinen Schönheitswettbewerb in einem der zahlreichen Orte namens Kirchheim gewonnen, sie hieß wirklich so) war folglich unverheiratet. Doch sie war über zehn Jahre älter als Fritz, und trotz seiner entzückenden schwarzen Locken und seines verträumten Blickes konnte Fritz ihr Herz nicht erobern.

Dafür schloss Fritz Freundschaft mit Karl Liedke, einem Mann, der etwa so alt war wie Helmuts Vater und der die Nazis bekämpft hatte. Es war fast schon zwangsläufig, dass Fritz sich zu ihm hingezogen fühlte. Fritz interessierte sich zunehmend für das Dritte Reich und begann, die Fragen zu stellen, die die Studenten in Berlin und anderswo erstmals formuliert hatten, allen voran die Frage an die eigenen Eltern: »Was habt ihr eigentlich in dieser Zeit gemacht?«

Helmut hatte keine Ahnung, was Fritz' Eltern geantwortet hatten, ebenso wenig, was seine Eltern geantwortet hätten. Er hatte sie natürlich nicht gefragt. Er wusste aber, dass sich Fritz nicht nur für seine eigenen Eltern interessierte, sondern praktisch für alle Eltern und Großeltern im Dorf. Mithilfe von Karl wollte er herausfinden, wie braun Winnigstedt zwischen 1933 und 1945 wirklich gewesen war.

Doch scheinbar hatte es im Dorf weniger Nazis gegeben, als Fritz es erwartet beziehungsweise erhofft hatte. Oder sein Freund Karl hatte ihm einige Gräueltaten verschwiegen. Auf jeden Fall wirkte Fritz meist unzufrieden, wenn er Helmut von seinen Recherchen und seinen Gesprächen mit Karl berichtete.

Das tat Fritz häufig, und er belehrte Helmut anschließend gerne, weil er wusste, dass dem »diese ganze Nazischeiße« viel zu lange her und viel zu unwichtig war. Fritz dagegen war bereits mit 15 ein halber Lehrer und offenkundiges Desinteresse schien ihn nur umso mehr anzuspornen. Er ließ sich von Helmuts regelmäßigen Versuchen, das Thema zu wechseln, niemals aus dem Konzept bringen. Helmut versuchte es mit Sport, in erster Linie mit Fußball. Doch wenn Fritz sich in diesen Jahren überhaupt auf das Thema Sport einließ, schaffte er es stets, rasch vom Fußball zum Radsport zu kommen und zu seinem Idol Eddy Merckx. Der Belgier hatte die Tour de France mittlerweile vier Mal gewonnen, meist mit großem Vorsprung vor seinen Konkurrenten.

Fritz hatte einige Jahre lang eifrig gespart, um sich ein Rennrad zu kaufen, wie Merckx es fuhr. 1972 war es endlich soweit – ausgerechnet in jenem Sommer, als Deutschland erstmals Fußballeuropameister wurde. In Belgien! Fritz war dieser Titel vollkommen egal.

An diesem Abend im Juni 1974 gelang es Helmut endlich wieder, Fritz in ein längeres Gespräch über Fußball zu verwickeln. Die WM im eigenen Land interessierte selbst Fritz. Typisch für ihn war, dass er statt der eigenen Mannschaft den Holländern die Daumen drückte. Fritz liebte deren offensive Spielweise und am meisten liebte er Johan Cruyff, den er für besser hielt als Pelé oder Beckenbauer. Von den deutschen Spielern konnte sich Fritz allenfalls für Paul Breitner erwärmen. Natürlich. Breitner galt als »links«, seitdem er mit einem Buch des chinesischen Kommunistenführers Mao in der Hand fotografiert worden war.

Eine knappe halbe Stunde lang redeten die Freunde über die WM, dann berichtete Fritz von seiner letzten Begegnung mit Liedke. Fritz war es endlich gelungen, ihm ein paar weitere Geheimnisse über das Dorfleben im Dritten Reich zu entlocken.

»Kannst du dir vorstellen, dass Anfang 1945 die Gestapo im Dorf gewesen ist, um Karl zu verhaften?« Fritz saß in dem hellbraunen Kunstledersessel in Helmuts Kellerloch und schnippte mit dem rechten Zeigefinger rhythmisch gegen seine Bierflasche. Wie üblich trug er ein Sakko und die dazu passende Weste (beides hatte sein Vater vor langer Zeit ausgemustert), darunter ein blauweiß gestreiftes Hemd sowie eine verwaschene Wrangler.

Helmut hätte sich gern weiter über die WM unterhalten. Er hörte sich aber Fritz' Wiedergabe dieser Episode schweigend an, immerhin war es äußerst dramatisch zugegangen. Liedke gehörte während der Endphase des Krieges einer kleinen Widerstandsgruppe an, die sich auf verschiedene Dörfer und Städte in der Gegend verteilte. Obwohl sie vollkommen ungefährlich für Hitler & Co. war, geriet die Gruppe ins Visier der Gestapo. An einem bitterkalten Februarmorgen im Jahre 1945 klopften dann drei Geheimpolizisten bei Liedke an, um ihn festzunehmen. Er war zum Glück nicht zu Hause. Theo Wettenstedt hatte Wind von dem Einsatz bekommen (er hatte nie verraten, auf welche Weise) und Liedke Unterschlupf gewährt. Liedke wohnte bis zum 8. Mai 1945 in einer Scheune auf dem Grundstück der Wettenstedts. Dann kehrte er in sein Haus zurück, und erst dann erfuhr der Rest des Dorfes von Wettenstedts Wohltat.

»Irgendwer muss ihn verraten haben«, sagte Fritz, dem Liedkes Schicksal wichtiger zu sein schien als Wettenstedts riskante Hilfe. »Karl hat ein paar Flugblätter verfasst und darin die Wahrheit über den Krieg geschildert, dass er längst verloren war. Als die Gestapo ihn hochnehmen wollte, mussten die Flugblätter erst noch verteilt werden. Trotzdem hat die Polizei davon erfahren. Karl traut keinem aus der Gruppe oder aus dem Dorf einen Verrat zu, denn eine Verhaftung durch die Gestapo wegen einer Tätigkeit im Widerstand war gleichbedeutend mit dem Tod. Ich glaube aber, dass Karl bloß zu nett ist, um jemanden anzuschwärzen. Ich will das jetzt auf meine Art herausfinden. Ich werde so lange im Dreck wühlen, bis ich den Typen gefunden habe, der Karl ans Messer liefern wollte.«

Das konnte Helmut sich sehr gut vorstellen: Dass sein Freund erst Ruhe geben würde, wenn er die Wahrheit herausgefunden hatte. Seit einigen Monaten schon versuchte Fritz, ein weiteres Rätsel aus Kriegstagen zu lösen: Ebenfalls mit Karls Hilfe wollte er das Schicksal der Kriegsgefangenen rekonstruieren, die 1942 ins Dorf gekommen und 1944 gestorben waren.

Helmut kannte das Grab dieser beiden Russen, da es sich nur wenige Meter entfernt vom Grab seiner Großeltern befand – ganz oben auf dem Hügel des Friedhofes von Groß-Winnigstedt, jenseits der Friedhofskapelle. Er hatte sich die Nachnamen der beiden Männer nie merken können, er wusste nur ihre Vornamen, die sehr geläufig waren: Pawel und Boris. Und er wusste, dass die Gemeinde sich viel Mühe gab mit der Pflege des Doppelgrabes. Häufig hatte er die Gemeindesekretärin gesehen, wie sie am Grab hantierte, pflanzte oder wässerte. Für Frau Junker war es ein Katzensprung vom Grab ihres Mannes zum Grab der Russen, sodass sie die Pflege beider Gräber gut miteinander kombinieren konnte.

Pawel und Boris hatten auf dem Hof der Schraders gearbeitet, der seinerzeit von Heinz senior geführt worden war. Laut Liedke waren Schraders die einzigen NSDAP-Mitglieder im Dorf gewesen und die einzigen Bauern, denen die Gauleitung Kriegsgefangene angeboten hatte. Liedke hatte Fritz erzählt, dass Pawel und Boris erstaunlich gut behandelt worden waren, von allen Dorfbewohnern, inklusive der Familie Schrader. Dubios hingegen waren die genauen Umstände ihres Todes. Die beiden Russen waren im Sommer 1944 ums Leben gekommen. In der Scheune, in der sie gearbeitet hatten, war die Decke durchgebrochen und beide wurden von herabfallenden Balken erschlagen.

Das war laut Fritz allerdings nur die offizielle Version des Vorfalls, den 1944 niemand eingehender untersucht hatte. Theo Wettenstedt, damals Bürgermeister, hatte die Angelegenheit zusammen mit Schraders und dem Dorfdoktor Josef Abels geregelt. Der Gauleitung wurde ein knapper Bericht über den Unfall geschickt. Sie gab sich damit zufrieden.

Neben der offiziellen Version existierte eine inoffizielle. Demnach waren Pawel und Boris vor dem Unfall in eine Messerstecherei verwickelt gewesen – ein pikanter Umstand, der womöglich von den Dorfoberen vertuscht werden sollte.

Mehr wusste Liedke nicht, obwohl er sich zu dieser Zeit im Dorf aufhielt, um eine Kriegsverletzung auszukurieren, die er sich beim Angriff der Alliierten in der Normandie zugezogen hatte und die ihm letztlich ermöglichte, im Widerstand tätig zu sein, statt an der Front zu kämpfen.

Fritz' aktuelle Nachforschungen setzten bei der inoffiziellen Version an. Falls die Gerüchte stimmten, stellte sich automatisch eine ganze Reihe von Fragen: Woher hatten Boris und Pawel die Messer? Was war der Grund für die Messerstecherei? War außer ihnen jemand darin verwickelt? Warum wurde die Angelegenheit vertuscht?

Fritz hatte als erstes die Akten im Gemeindebüro studiert. Dort war erwartungsgemäß die offizielle Version des Unfalls vermerkt. Frau Junker, mit der Fritz bei dieser Gelegenheit gesprochen hatte, hatte niemals von dem Gerücht mit der Messerstecherei gehört. Als 19-Jährige hatte sie die Geschehnisse immerhin unmittelbar miterlebt.

Fritz ließ sich davon nicht entmutigen, er fragte jeden im Dorf, der alt genug war, nach den beiden Russen. Seine erste Anlaufstelle waren Schraders gewesen. Dort war er »auf eine Mauer des Schweigens gestoßen«, wie Fritz es nannte. Das galt genauso für die anderen beiden Personen, die 1944 für die Untersuchung verantwortlich waren: Bürgermeister Wettenstedt und Dorfarzt Josef Abels, der mittlerweile im Ruhestand war.

Durch seine vielen Fragen zu diesem delikaten Thema machte sich Fritz einige Feinde im Dorf. Er wollte dennoch in den nächsten Wochen weitermachen.

Was dann geschehen würde, blieb ungewiss. Denn Fritz war, das erfuhr Helmut an diesem Abend, auf dem Sprung nach Berlin. Anfang des Monats hatte er sein Abitur gemacht und ab Herbst wollte er an der Freien Universität studieren, Geschichte und Deutsch, um anschließend Gymnasiallehrer zu werden. Zuvor wollte er eine ausgiebige Reise durch Südeuropa machen, Frankreich, Spanien, Italien. In Frankreich wollte er sich einige Etappen der Tour de France ansehen und Eddy Merckx zujubeln. Ob und wann er jemals zurückkehrte, war offen, zumal auch seine Eltern drauf und dran waren, das Dorf zu verlassen. Fritz' Vater hatte ein Hotel in Nordfriesland geerbt, das er fortan leiten wollte.

Fritz' Pläne wirkten auf Helmut in diesen Junitagen sehr abstrakt. Es war unvorstellbar, dass sein Freund vollkommen aus seinem Leben verschwinden könnte. Sie hatten sich Jahr für Jahr ein kleines Stück weiter voneinander entfernt, doch es blieb ihnen eine gemeinsame Basis. Und wenn es nur die Erinnerungen an die gemeinsame Kindheit waren. Die Situation erinnerte ihn an die erste Strophe des aktuellen Sommerhits *Seasons in the Sun*, den der NDR seit Monaten praktisch zu jeder Tages- und Nachtzeit spielte und den er, ohne es so recht zu wollen, auswendig kannte.

In der ersten Strophe wendet sich der Sänger an seinen besten Freund, mit dem er die gesamte Kindheit verbracht hat. Nun gilt es offenbar, Abschied zu nehmen.

Helmut betrachtete Fritz nach wie vor als Freund – obgleich vieles von dem, was Fritz tat und dachte, für ihn unverständlich blieb: Fritz' Musikgeschmack oder sein Desinteresse an der deutschen Fußballnationalmannschaft. Vor allem irritierte Helmut, dass Fritz ständig in der Vergangenheit herumstocherte. 30 Jahre war das jetzt her, egal ob es der vermeintliche Verrat an Liedke war oder der rätselhafte Tod der Kriegsgefangenen. Wie viele Millionen Russen und Deutsche waren denn in diesem Scheißkrieg gestorben? 20 Millionen? 30 Millionen? Kam es da auf diese beiden an? Und Liedke? Der war sogar ungeschoren davongekommen.

Zum Glück endete dieser Samstagabend trotz allem sehr harmonisch mit einem Ritual, das sich die beiden vor etwa anderthalb Jahren angewöhnt hatten. Sie klauten sich ein paar Flaschen Bier aus Vaters Kiste, steckten sie in eine Plastiktüte und gingen nach draußen. Wie üblich regnete es. Es war jedoch diesmal nur ein feiner Nieselregen, den man kaum spürte. Sie gingen zum Spielplatz, der sich mitten im Dorf befand, etwa auf Höhe der früheren Grenze zwischen Groß-Winnigstedt und Klein-Winnigstedt. Mitten auf dem Spielplatz erhob sich ein Hügel, der im Winter zum Schlittenfahren genutzt wurde. Auf dem Hügel befand sich eine riesige Kuhle; niemand wusste, ob sie natürlichen Ursprungs war – oder ob Außerirdische sie in den Hügel gestanzt hatten.

Dort oben, in der Kuhle, legten sich die Freunde ins feuchte Gras. Sie sahen in den bewölkten Nachthimmel, erahnten die Sichel des abnehmenden Mondes, ignorierten den Nieselregen, redeten wenig, tranken das ganze Bier aus und rauchten die Selbstgedrehten von Fritz, verfeinert mit einer afghanischen Spezialität, die Fritz an der »Stange« in der Wolfenbütteler Fußgängerzone erworben hatte. Die »Stange«, eigentlich ein öffentlicher Fahrradständer, war ein beliebter Treffpunkt der Wolfenbütteler Jugend und ein bekannter Handelsplatz für Spezialitäten aus Afghanistan und ähnliche Dinge, über die man ungern öffentlich sprach. Man genoss sie still und heimlich.

6. Juli 1974, gegen 22.30 Uhr, Winnigstedt, Untere Straße

Mann, war das schön! Zusammen zu kommen, das ist im wahrsten Sinne des Wortes das Höchste der Gefühle. Mit ihm klappt das meistens. Der hübsche Junge hat den Bogen raus. Naturtalent. Dabei hätte sie schwören können, dass sie die Erste gewesen ist, mit der er es gemacht hat. Vor etwa einem Dreivierteljahr war das. Der Süße spricht ungern darüber. Ist ihm wohl peinlich. Sie findet das alles andere als peinlich. Muss ja nicht jeder mit 19 so viele Erfahrungen gesammelt haben wie sie. Und was für welche!

Gut, dass niemand davon weiß. Es wird auch nie jemand erfahren. In ein paar Tagen ist sie nämlich weg. Für immer. Das Geld für die Reise liegt bereit. Der Abschiedsbrief an ihren, in ganz großen Anführungszeichen »Freund« ist geschrieben. Als Grund für ihren endgültigen Aufbruch führt sie diese nette kleine Notlüge an, die sie ihm und dem anderen Idioten aufgetischt hat. Das klingt dramatisch und zugleich glaubwürdig. Sie hat diese Lüge Stück für Stück aufgebaut. Seit Wochen macht sie Andeutungen, laviert herum, was sie machen würde, falls es so wäre. Und so weiter. Für diese beiden Kerle ist das alles sowieso zu hoch. Es wäre sogar für den Süßen in ihrem Bett zu abstrakt.

Auch der Brief an die Eltern ist geschrieben. Da muss dieselbe Lüge herhalten. Für sie wird es eventuell weniger plausibel klingen, so ganz ohne Vorwarnung. Papa und Mama werden es schwerlich verstehen. Ein wenig tun ihr die beiden leid. Aber nun ist es zu spät, alle Vorbereitungen sind längst getroffen.

Die Briefe wird sie erst in Holland einwerfen. Muss schließlich alles passen. Inklusive Poststempel.

Der hübsche Junge liegt im Bett und raucht. Sie steht am Fenster und raucht. Betrachtet den wolkenverhangenen Himmel. Den ganzen Sommer ist der Himmel voller Wolken. Tag und Nacht. Der Sommer fällt aus in diesem Jahr. Genau wie letztes Jahr. Der Sommer wird abgeschafft. Und niemand fährt mehr nach Italien, um ihn zu suchen. Wer weiß denn, ob es morgen überhaupt Benzin gibt? Letztes Jahr, die autofreien Sonntage, die waren vielleicht nur der Vorgeschmack auf ein grundsätzlich benzin- und autofreies Leben. Sagt ihr Süßer zumindest, und der weiß Bescheid.

Alles egal, sie braucht zurzeit keinen Sommer. Sie braucht ihn. Und er sie. Sie werden zusammen weggehen. Erst Holland, dann Frankreich, dann Spanien. Dann Berlin. Irgendwo wird er schon Benzin auftreiben, wenn es mal wieder knapp wird, ihr Süßer.

Er wird ja wohl irgendwann darüber hinwegkommen, dass sein geliebter Willy weg ist. Wird sich mit dem Neuen arrangieren, mit diesem Schmidt. Mit ein bisschen Glück treffen sie ihn ja in Berlin, seinen Willy. Der war da mal Bürgermeister, oder? Dann kann er ja dahin zurück.

Holland, Frankreich, Spanien, Berlin – jetzt sagt sich das so leicht. Vor zwei Jahren, als ihre Eltern und ihre Schwester nach Hannover gezogen sind, da wollte sie um jeden Preis hierbleiben. Das Dorf war ihr Leben! Sie hatte ihren Freund, den sie sehr lieb hatte und noch nicht in große Anführungszeichen setzen musste. Sie hatte gerade die Ausbildung angefangen. Das war oft sehr lustig gewesen dort. Die ganzen Idioten, die tagein, tagaus in die Kanzlei kamen und über die sie sich mit ihren Kolleginnen schlapp lachte. Meistens waren es Leute, die sich scheiden lassen wollten. Oder Leute, die verhindern wollten, dass ihre Kinder ihr Vermögen erben. Oder Leute, die Häuser verkaufen wollten. Oder Leute, die Häuser kaufen wollten. Oder Leute, die meinten, was Tolles erfunden zu haben. Höchst selten waren es Leute, die richtig Dreck am Stecken hatten. Betrüger, Diebe, Räuber, Mörder. Mit denen hätten sie andererseits weitaus weniger Spaß gehabt als mit diesen lächerlichen Figuren, die mit ihren fetten Ärschen auf ihrer Kohle saßen.

In der Kreisstadt hatte sie also diesen manchmal lustigen Job und ihre netten Kolleginnen. Im Dorf hatte sie ihren Freund und die Aussicht auf ein Leben ohne Kontrolle der Eltern. Deswegen war sie geblieben. Hatte sich diese Wohnung genommen. War unabhängig, glücklich und zufrieden. Mit einem einzigen Freund. Dann war sie auf den Geschmack gekommen, war abends mit den Kolleginnen durch die Stadt gezogen, hatte getrunken, hatte sich ansprechen lassen, hatte sich anfassen lassen, hatte es irgendwie schön gefunden. Sie hatte Dinge gelernt, die sie hier nie erfahren hätte. Dinge, die ihr Spaß machten. Viel Spaß!

Ihr Freund dachte, sie wäre mit Kolleginnen unterwegs und übernachtete bei einer von ihnen. Falsch gedacht! Hätte sie ihm die Wahrheit sagen müssen? Puh. Sie mochte ihn, mag ihn noch, wie gesagt. Er tut ihr leid. Im Bett war es ganz zu Anfang nett mit ihm. Er hat sie immerhin entjungfert. Dann ist es zur Routine geworden. Mit den anderen war es immer wieder anders und neu. Gemein. Gefährlich. Gewagt. Geil. So ähnlich hatte sie es neulich in ihrem Tagebuch ausgedrückt. Alles mit »G« vorne. »G« wie »Geoffrey«. Mit dem hatte alles angefangen.

Der hübsche junge Mann, der auf ihrem Bett liegt und verträumt raucht, hatte bereits länger auf ihrer Liste gestanden. Zwischen Betrügen und Betrügen gibt es allerdings bisweilen einen Unterschied. Er kann einen davon abhalten, zu betrügen. Zumindest vorübergehend. Vor einem Dreivierteljahr war die Schonfrist vorbei.

Auch da wäre ein ehrliches Gespräch angebracht gewesen. Dringend. Sie hatte geschwiegen. Jetzt schweigt sie erst recht, da ein weiterer, regelmäßiger Bettgenosse hinzugekommen ist. Von dem hat selbst der Junge in ihrem Bett keinen blassen Schimmer. Das soll so bleiben, das ist ohnehin so gut wie vorbei. Jetzt will sie mit diesem hübschen Kerl ihr Leben genießen. Europa und Berlin. Der Hübsche ist nicht nur im Bett gut. Er kann sie außerdem gut unterhalten. Er erzählt ihr beispielsweise viel von diesen Dingen, die man so wissen sollte, Politik, Geschichte, so Zeugs halt. Brandt, Adenauer, Hitler, Nixon, Strauß, Schmidt. So Leute halt. Er erzählt anders als ein Lehrer, obwohl er mal einer werden will, er erzählt wie jemand, der sich für eine Sache begeistert. Er wird mal ein guter Lehrer. Und mit ihm wird das Leben richtig Spaß machen.

Sie raucht eine zweite Zigarette und bleibt am Fenster stehen, hinter sich das dunkle Schlafzimmer, unter sich die menschenleere Straße … Von wegen, da schleicht jemand herum, versteckt sich im Schatten der Straßenlaterne und scheint sich das Haus anzusehen. Sieht aus wie … Nein, unmöglich, der ist doch gerade ganz woanders.

Was ist, wenn dieser Mensch schon länger dort unten steht? Sei's drum! Selbst dann dürfte sie am Fenster stehen und rauchen. Sogar nackt! Für den anderen Fall, dass dort unten ein alter Sack steht, der sich aufgeilen will. Das hat es häufiger gegeben. Zum Beispiel der dämliche Bauer vom anderen Ende des Dorfes. Der Rassist, wie ihr Süßer ihn nennt. Den hat er echt gefressen, den hasst er wie die Pest.

Sie drückt die Kippe aus. Dreht sich um und sieht, wie sich gerade ein junger Sack aufgeilt. Na, der darf das, doch er kann seine Hände ruhig da wegnehmen. Das können wir anderweitig erledigen.

KAPITEL 7

30. Juni bis 7. Juli 1974

Seit dem letzten Samstag und dem Treffen mit Fritz war allerhand passiert. Als Erstes hatte Helmut am Sonntagmorgen, nach dem Ausflug zum Spielplatz, den Kater seines Lebens. Er wurde ihn erst am späten Nachmittag los. Am Sonntagabend fand im Düsseldorfer Regen ein episches Spiel gegen Schweden statt, das die deutsche Mannschaft mit 4:2 gewann. Noch mehr Regen gab es am Mittwochnachmittag in Frankfurt. Das Spiel gegen Polen war die reinste Wasserschlacht, der Ball blieb einige Male in den riesigen Pfützen hängen. Deutschland ging glücklich mit 1:0 als Sieger hervor, wie so oft durch ein Tor von Müller.

Atze hatte also richtiggelegen: Die andere Zwischenrundengruppe war deutlich stärker besetzt. Die DDR war sang- und klanglos ausgeschieden; Holland war mit drei Siegen durchmarschiert, im letzten Spiel hatten die Käseroller Brasilien mit 2:0 geschlagen, obwohl ein Unentschieden gereicht hätte. Brasilien hatte gestern zu allem Überfluss das Spiel um Platz drei gegen Polen verloren.

An diesem Nachmittag sollte in München das große Finale Deutschland gegen Holland steigen. Doch Helmuts Vorfreude war getrübt. Das lag in erster Linie an den Dingen, die nicht geschehen waren; allen voran die Treffen mit Elke. Einzig am Donnerstag hatten sie sich kurz gesehen, um auf seinen 20. Geburtstag anzustoßen. Für mehr als einen kurzen Kuss hatte Elke die rechte

Stimmung gefehlt – wie zuletzt üblich. Ihre Tage hatte sie immer noch nicht bekommen und beim Arzt war sie ebenso wenig gewesen. Um 21 Uhr hatte sie ihn hinausgeworfen, weil sie müde war.

Fritz hatte seinen Geburtstag sogar komplett vergessen. Das war jedoch nichts Neues. Seit einigen Jahren kam Fritz stets erst am 14. statt am 4. Juli, um zu gratulieren, da er Helmuts Geburtstag mit dem französischen Nationalfeiertag durcheinanderbrachte. Seit ein paar Jahren war Fritz ein großer Frankreichfan, er liebte französischen Käse, französischen Wein, die französische Sprache, die Tour de France – und neuerdings französische Musik. Sie war ihm mittlerweile genauso sehr ans Herz gewachsen wie Funk und Soul, seine Lieblinge der frühen 70er-Jahre.

Ähnlich wie bei den Themen Politik und Geschichte, machte Fritz um seine musikalischen Vorlieben ein großes Gewese. Fritz wusste selbstverständlich, dass die ursprüngliche Fassung von *Seasons in the Sun* von einem französischen Chansonnier stammte. Wenigstens lebte dieser Jacques Brel in Frankreich, er stammte allerdings aus Belgien. Wie Eddy Merckx! Und natürlich wollte Fritz gern andere Leute für seine Musik begeistern. Manchmal nervte ihn Fritz' missionarischer Eifer, beispielsweise wenn Fritz erklärte, wie schlecht die Musik von Sweet oder T-Rex war und dann die Vorzüge der Musik von Charles Aznavour, Edith Piaf oder Jacques Brel aufzählte.

Helmut kannte zumindest diesen Jacques Brel. Er hatte in einem Film mitgespielt, den Helmut zusammen mit Atze im Frühjahr im Autokino gesehen hatte: *Die Filzlaus*. Dieser Brel hatte in diesem Film an der Seite von Lino Ventura gespielt. Atze liebte Lino Ventura.

Leute, die auf die Stones, auf Sweet, T-Rex, Slade, Suzi

Quatro oder gar auf deutsche Schlager standen, hielt Fritz für Idioten. Elke fiel als Anhängerin von T-Rex und Sweet in diese Kategorie. Fritz konnte sowieso nur wenig mit Elke anfangen, sie war ihm »zu bürgerlich«.

Sie hatten sich einige Male zu dritt getroffen. Fritz hatte bei diesen Gelegenheiten sehr zurückhaltend, manchmal regelrecht abweisend gewirkt. Er hatte sich nie Mühe gegeben, mit Elke ins Gespräch zu kommen. Er sprach auch so gut wie nie mit Helmut über Elke. Elke hingegen redete gern über Fritz. Mal behauptete sie, Fritz »ganz nett« zu finden, mal nannte sie ihn einen »neunmalklugen Schnösel«.

Irgendwann hatten sie diese Treffen zu dritt eingestellt. Das war knapp ein Dreivierteljahr her und es hatte unter anderem damit zu tun gehabt, dass Fritz sich auf seine Abiturprüfungen hatte vorbereiten müssen. Die meiste Zeit hatte Fritz in seinem Zimmer verbracht und für seine Klausuren in Deutsch, Geschichte, Mathematik und Latein gebüffelt.

Über seinen Lernstoff hatte Fritz natürlich nicht mit ihm, dem Anstreicher, reden können. Dazu hatte er sich an seine Mitschüler von der Großen Schule wenden müssen. Bei den wenigen Treffen, die es zwischen September '73 und Mai '74 gegeben hatte, hatte Fritz regelmäßig von seinen Lerngruppen berichtet. Fritz hatte sein Abitur insgesamt sehr ernst genommen, wohl noch ernster als die Aufklärung des Unfalltodes von Pawel und Boris; er hatte eben klare Ziele.

So nachvollziehbar das langsame Verschwinden von Fritz aus Helmuts Leben war, so wenig zu erklären war Elkes Abwesenheit. Wann war es eigentlich zu dieser Art Bruch gekommen? Er hatte viele Male versucht, die Angelegenheit zu rekonstruieren. Da war zum einen Elkes mögliche Schwangerschaft. Sie stand seit einigen Wochen zwischen ihnen. Doch bereits in den Monaten zuvor hatte Elke sich bisweilen anders verhalten als früher. Sie hatte beispielsweise auffallend oft knapp an ihm vorbeigesehen, wenn sie miteinander sprachen. Das war ihm als Erstes aufgefallen. Dazu die wenig leidenschaftlichen und rasch beendeten Küsse, ihre beharrliche Weigerung, mit ihm zu schlafen, abgesehen von zwei, drei Ausnahmen Anfang Mai. Parallel dazu blieb sie abends häufiger in Wolfenbüttel und übernachtete bei einer ihrer Freundinnen. Angeblich, wie er manchmal nach kurzem Zögern ergänzte.

Vielleicht war es normal, dass es diese Phasen in einer so langen Beziehung gab? Mal sah man sich häufiger, mal seltener. Ihm fehlten die Vergleiche, Elke war seine erste Freundin.

So richtig bergab ging es erst, seit die Schwangerschaft im Raum stand. Das erschien ihm naheliegend – und war letztlich die bequemste Lösung: Meine Freundin liebt mich. Sie will mich zurzeit nur nicht so oft sehen, weil sie möglicherweise schwanger ist und sie diese Situation überfordert. Unsere Liebe ist trotzdem so groß, so rein, so klar wie am ersten Tag – und sie wird in eine ewige Partnerschaft münden.

Doch es gab Momente, in denen ihm bewusst wurde, dass er sich selbst belog. Schließlich hatte dieses Auseinanderdriften, wie gesagt, früher begonnen. Wesentlich früher. Vor einem halben Jahr? Vor einem Jahr? Vor anderthalb Jahren?

Warum?

Seit gestern Nacht könnte es eine Antwort geben.

7. Juli 1974, 1 Uhr morgens, Winnigstedt, Teichstraße / Hauptstraße / Untere Straße

Es ist weit nach Mitternacht. Er sitzt in seinem Kellerloch und malträtiert sein Gehirn mit den immer gleichen Fragen. Wie oft hat er sich in den letzten beiden Stunden beispielsweise gefragt, warum um alles in der Welt er die Fußballfreizeit vorzeitig abgebrochen hat? Wäre er im Harz geblieben, ginge es ihm nun definitiv besser.

Eigentlich hat er diese Nacht zusammen mit den anderen Fußballern der 1. Mannschaft des TSV im Harz verbringen wollen. Der Trainer hatte nach der erfolgreichen Saison mit dem knapp verpassten Aufstieg in die Bezirksklasse spontan ein Trainingslager für alle Spieler angesetzt, aus dem erwartungsgemäß ein »Trinklager« geworden war.

Der Verein hatte zwei Nächte in einem Hotel in Braunlage gebucht. Den ersten Abend und die erste Nacht konnte er durchaus genießen. Wie zu erwarten war, ließen es einige seiner Mitspieler nicht dabei bewenden, Bier und Schnaps in sich hineinzuschütten. Sie suchten zusätzlich den Kontakt zur weiblichen Bevölkerung des Harzstädtchens. In zwei Fällen verlief diese Kontaktsuche so erfolgreich, dass die Spieler erst zum gemeinsamen Frühstück am nächsten Morgen auftauchten.

Er begnügte sich mit dem Trinken und flachste beim Frühstück am Samstagmorgen mit den anderen über diese beiden Mitspieler. Nach dem Mittagessen erfasste ihn eine plötzliche Unruhe. Unentwegt musste er an den Ring denken, den er vor ein paar Tagen gekauft hatte und den er seitdem in seiner Brieftasche aufbewahrte. Er wollte ihn unbedingt sofort Elke geben. Er meldete sich beim Trainer und seinen Mitspielern ab und organisierte sich selber die umständliche und langwierige Rückfahrt mit verschiedenen Zügen und Bussen. Er setzte sich in Braunlage in einen Bummelzug nach Braunschweig, fuhr von dort mit dem nächsten Bummelzug weiter nach Wolfenbüttel und dann mit dem Bus in sein Heimatdorf. Mal eben vier Stunden unterwegs und über 20 Mark verplempert.

In der Haustür traf er seinen Vater. Dieser war, wie jeden Samstag, auf dem Weg zum Dorfkrug, um Schlesische Lotterie oder Skat zu spielen, Bier und Kurze zu trinken. Mutter saß im Wohnzimmer, löste Kreuzworträtsel und wartete auf die Tagesschau und die Samstagabendshow danach.

Er verzog sich in sein Zimmer und feilte an der kleinen Rede, die er Elke halten wollte. Der grobe Inhalt stand längst fest: Egal, was der Arzt feststellte, er wollte den Rest seines Lebens mit ihr verbringen. Sozusagen ein Heiratsantrag. Dazu der Verlobungsring. Besiegelt.

Die passenden Worte zu finden, das war das Problem. Um 20 Uhr, um 21 Uhr und um kurz vor 22 Uhr. Dennoch ging er um 22 Uhr los. Mutter hörte ihn nicht. *Am laufenden Band* steuerte gerade auf den Höhepunkt zu. Ball, Toaster, Fragezeichen, Gummiente, Spielzeugauto und so weiter. Auf diesen spannenden Moment musste sie sich konzentrieren.

Er lief; die kleine Schachtel mit dem Ring klemmte fest in seiner Hand. Er vergaß vor lauter Aufregung, sich die Kapuze seines Parkas über den Kopf zu ziehen und bemerkte gar nicht, wie der Regen auf sein Haar fiel und ihm von dort in Gesicht und Nacken tropfte.

Nach fünf Minuten erreichte er das Haus. Außer Atem stemmte er die Hände in die Hüften. Er stand vor dem Hauseingang, der ein paar Meter um die Ecke lag, die Hand schnellte in Richtung Klingel. Dann streifte sein Blick das Fahrrad, das an der Hauswand lehnte und mit einer schweren Kette an einem Fallrohr befestigt war. Es war das Modell, mit dem Eddy Merckx 1971 die Tour de France gewonnen hatte. Eddy Merckx, das große Idol von Fritz, der sich deswegen vor zwei Jahren dieses sündhaft teure Rennrad gekauft hatte. Niemand sonst im Dorf oder den Nachbardörfern fuhr solch ein Rad.

Seine Hand verharrte einen Moment lang über der Klingel, sein Kopf suchte Erklärungen und gute Gründe, Alternativen. Wer wohnte in diesem Haus, den Fritz am Samstagabend besuchen konnte? Es gab drei Mietparteien außer Elke – und keine davon kam infrage. Kannte Fritz jemanden, der im Nachbarhaus wohnte? Oder ein Haus weiter? Das war denkbar. Aber warum sollte Fritz sein Rad an Elkes Haus abstellen, wenn er jemanden in einem der Nachbarhäuser besuchte? Nein, Fritz war bei Elke. Und warum? Sie machte sich Sorgen wegen ihrer Schwangerschaft und suchte Rat bei Fritz.

Da gab es jedoch ein Problem: Elke mochte Fritz nur bedingt. Hielt ihn für einen Schnösel, für einen typischen Studenten, der Fritz bald tatsächlich sein sollte. Warum sollte Elke sich ausgerechnet bei ihm Rat holen? Und außerdem …

Er ging zurück auf die Straße, um zu Elkes Wohnung hinaufzusehen. Nirgendwo brannte Licht. Das galt für alle Zimmer, die von der Straße aus zu erkennen waren; übrig blieben das Badezimmer und die Küche. Während er darüber nachdachte, ob Fritz und Elke in der Küche saßen und angeregt plauderten, fiel ihm auf, dass er direkt unter der Straßenlaterne stand, wie auf einer Bühne. Er ging ein paar Meter nach links, in den Schatten, ohne dabei Elkes Fenster aus den Augen zu lassen. Dann sah er am rechten Fenster das Glimmen einer Zigarette. Das rechte Fenster gehörte zu Elkes Schlafzimmer. Kurz erhellte das Glimmen Elkes Gesicht.

Er wich zurück.

Im selben Moment verschwand Elkes Schatten in der Dunkelheit des Schlafzimmers, die nicht zwingend notwendig war, wenn man mit dem besten Kumpel seines Freundes sprechen wollte und mit dem man ohnehin eher in der Küche oder im Wohnzimmer gesessen hätte.

Falls Fritz tatsächlich oben bei Elke war.

Zunächst wollte er im Schatten stehenbleiben und warten. Auf Fritz. Egal, ob er nun bei Elke war oder anderswo in der Unteren Straße, irgendwann musste er sein teures Fahrrad holen. Dann wollte er Fritz zur Rede stellen. Er suchte fieberhaft nach Worten, wollte sich auf diese Konfrontation vorbereiten. Er hatte die nächste Zigarette zwischen den Lippen, verzichtete aber darauf, sie anzustecken. Er hatte Angst, hier unten aufzufallen. Sein Magen zog sich zusammen, zudem hatte er einen Kloß im Hals, der ihn würgen ließ. Immer wieder schielte er nach oben zu den dunklen Fenstern oder zum Hauseingang. Nichts passierte. Er wartete auch vergeblich auf die richtigen Worte. Also beschloss er, nach Hause zu gehen.

Er verkroch sich erneut in seiner kleinen Kellerwohnung, trank Bier, eins nach dem anderen. Nach drei Flaschen fielen ihm endlich ein paar Menschen ein, die Fritz in der Unteren Straße kannte. Nach fünf Flaschen war er sich nicht mehr sicher, ob an Elkes Hauswand tatsächlich ein Rennrad gestanden hatte.

Er machte sich erneut auf den Weg, den Ring fest umschlossen. Diesmal hörte Mutter ihn gehen, trotz Fernsehen. Rudi Carrell hatte Feierabend gemacht, jetzt lief ein Film.

Mutter rief ihn.

Verdutzt blieb er stehen.

Wohin er wolle, fragte sie.

Kurz an die frische Luft, antwortete er, endlich habe der Regen aufgehört. Er erkundigte sich, wie der Film sei.

Ganz gut, obwohl es nur eine Wiederholung sei, sagte Mutter.

Er ging nach draußen. Selbst ohne Regen war alles trüb. Diesmal schlich er. Nahm bewusst Umwege in Kauf. Sah zwei Gestalten, die von der Teichstraße kommend den schmalen Weg zur Kirche nahmen. Ein Mann und eine Frau. Sie schienen in Eile zu sein. Die Frau blickte sich kurz um. Aber er sah ihr Gesicht nicht und konnte sie nicht am Gang erkennen. Ebenso wenig den Mann, der knapp vor der Frau blieb und geduckt ging.

Auf halbem Weg steckte er sich eine Zigarette an, blieb in Höhe der Grundschule stehen und nahm ein paar tiefe Züge. Den Rest rauchte er im Gehen.

Dann stand er vor Elkes Haus, entdeckte die Straßenlaterne, unter der er vorhin gestanden hatte, dann die Fenster von Elkes Wohnung. Dunkle Höhlen. Er ging einen Umweg, um der Straßenlaterne auszuweichen, erreichte die Hausecke, sah das Rad.

Eddy Merckx.

Nannten seine Konkurrenten ihn nicht »Kannibale«, weil er sie mit Haut und Haaren gleichsam auffraß, während er die Alpengipfel hinaufstürmte – und seinen Gegnern keinen einzigen Etappensieg gönnte?

Fünf Minuten starrte er abwechselnd auf das Rad und auf die düsteren Fenster. Unschlüssig. Schließlich ging er. Fast schmiss er die Schachtel mit dem Ring weg.

Auf dem Rückweg redete er sich wieder ein, dass es eine Erklärung geben könnte. Eventuell sprachen sich die beiden wirklich endlich aus, begruben – ihm zuliebe – das Kriegsbeil. Das konnte länger dauern. Durchaus.

Er ist zurück in seinem Zimmer und fasst einen Entschluss: Morgen wird er zu Elke gehen und sie fragen. Er wird auch zu Fritz gehen. Alles wird sich klären. Bis dahin wird er ein paar Flaschen Bier trinken und den Rest der Schnapsflasche, die schon so lange in seinem Regal steht, zwischen den Büchern und den Schallplatten. Es ist der berühmte Kräuterschnaps aus Wolfenbüttel, ein Geschenk von seinem Onkel, der in der Schnapsfabrik arbeitet.

Nein, das sind keine Tränen in seinen Augen, es ist bloß der Regen von vorhin.

KAPITEL 8

7. Juli 1974, vormittags

Sein Schädel dankte ihm am Sonntagmorgen den Schnaps und das Bier sehr herzlich – obwohl dieser Kater harmloser war als der am Sonntag zuvor. Das galt freilich nur für den durch Alkohol verursachten Kater, keineswegs für den, den das Rennrad an Elkes Hauswand hervorrief.

Doch noch während Helmut sein Marmeladenbrötchen hinunterwürgte, schwarzen Kaffee in sich hineinzwang und halbherzig mit seinen Eltern das gemeinsame Fußballgucken am Nachmittag besprach, fiel ihm plötzlich etwas ein. Vielleicht war alles ein großes Missverständnis und völlig harmlos. Bislang hatte ihm am meisten zu denken gegeben, dass Elke und Fritz sich ausgerechnet an diesem Samstagabend getroffen hatten, als er im Harz war. Genau das entpuppte sich nach längerem Nachdenken als total logisch. Sie hatten sich womöglich tagsüber zufällig im Dorf getroffen, sich spontan für den Abend verabredet und konnten ihm nichts davon erzählen, da sie ihn im Harz vermuteten. Nun würden sie es ihm natürlich mitteilen. Es gab überhaupt kein Geheimnis. Es gab nur eine unglückliche Abfolge der Ereignisse. Das war alles.

Er hatte ja bereits in der Nacht beschlossen, an diesem Vormittag zu Elke zu gehen und sie zu überraschen. Er konnte sie dann so ganz nebenbei fragen, was sie gestern Abend gemacht hatte. Sie würde ihm berichten, dass Fritz kurz da gewesen sei. Die beiden wollten sich endlich aussprechen. Sie war seine feste Freundin und Fritz war sein bester Freund. Und jetzt, da Verlobung, Eheschließung und Familiengründung kurz bevorstanden, war es irgendwie deplatziert, dass Fritz und Elke eher schlecht als recht miteinander klarkamen. Bis gestern Abend. Doch nach dieser sehr erfreulich verlaufenen Aussprache war nun alles bestens: Fritz und Elke akzeptierten und respektierten einander – ganz zu seinem Wohle.

Dann würde Elke ihn in den Arm nehmen und er ihr den Ring geben. Und alles wäre gut. Verliebt, verlobt, verheiratet.

Gegen 9.30 Uhr brach Helmut auf, in der Gewissheit, dass seine Welt in zehn oder 15 Minuten wieder vollkommen in Ordnung wäre.

Zunächst musste er sich durch den Regen kämpfen. Wie am Samstag vor einer Woche (als er spätabends mit Fritz auf dem Spielplatzhügel gelegen hatte), fiel ein feiner Nieselregen. Dennoch zeigte das Thermometer fast 20 Grad und er war für diese Temperatur viel zu dick angezogen. Er trug wie gewöhnlich eine hellblaue Mustang, ein schwarzes T-Shirt, seinen Bundeswehr-Parka und die weißen Adidas mit den schwarzen Streifen. Viel mehr Abwechslung bot sein Kleiderschrank nicht, dort lagen beziehungsweise hingen einige T-Shirts, ein paar Pullover, zwei weitere Mustang-Hosen sowie die Jeansjacke derselben Marke, deren Blau deutlich dunkler war als das Blau seiner Hosen.

Eigentlich ein Witz, dass man sich im Juli über 20 Grad freute, dachte er, als er nach rund einer Minute Fußweg den Spielplatz passierte, anschließend über die Brücke am Tiefenbach ging und eher zufällig nach rechts Richtung Bahndamm blickte. Er sah ein zweites Mal hin und rieb sich die Augen. Dort lag jemand auf der Wiese zwischen Bahnschienen und Bach. Und schlief? Im Regen? Letzte Nacht betrunken eingeschlafen? Der musste doch längst wach geworden sein …

Er bog nach rechts ab. Je näher er dem Menschen kam, desto bewusster wurde ihm, dass etwas Schlimmes passiert war. Der Mann (es war eindeutig einer) lag dort vollkommen reglos, komisch verdreht, halb auf der Seite, halb auf dem Bauch, auch das Gesicht halb zur Seite, halb nach unten gedreht und dadurch unkenntlich. Dennoch konnte er aufgrund der Kleidung und der Statur erkennen, dass es sich um Heinz Schrader handelte.

Von Heinz Schrader hatte Fritz erst kürzlich erzählt, fiel ihm ein. Dass er früher ein Nazi gewesen war und dass Fritz die Wahrheit über den Verrat an Karl suchte. Hoffentlich war es Zufall, dass Schrader dort vollkommen reglos im nassen Gras lag …

Mit größter Mühe verdrängte Helmut die Assoziationen, die sich daraus ergeben konnten, und suchte händeringend einen anderen Anknüpfungspunkt zu Schrader. Er fand ihn. Schrader war einer der Zechkumpane von seinem Vater. Regelmäßig saßen die beiden, sowie einige andere Männer aus dem Dorf in der Gaststätte und spielten bis tief in die Nacht Karten. 17 und 4, Schlesische Lotterie, Skat. Dieser Schrader war ein unsympathischer Mensch, jemand, der leicht aus der Haut fuhr, der grundsätzlich einen hochroten Kopf und zweifellos einen erhöhten Blutdruck hatte, der seine Kinder drangsalierte und Schlesier hasste und der beim Kartenspielen Unmengen an Bier und Schnaps in sich hineinschüttete. Und der deshalb auf dem Rückweg vom Dorfkrug gestürzt war und seinen Rausch ausschlief? Seine knapp 1,70 Meter auf dem sumpfigen Gras ausgestreckt, die beige Cordhose komplett durchnässt, genau wie der dunkelbraune Blouson. Der rote Quadratschädel im Matsch, die rotblonden Haare …

Als er direkt über dem Körper stand, sah er die tiefe Wunde und das Blut an Schraders Kopf. Der Regen hatte es zum Teil vom Kopf gewaschen. Einige, teilweise verkrustete Reste hielten sich hartnäckig. Auch um Schraders Kopf herum war Flüssigkeit, die anders als Regen aussah.

Er verharrte über dem leblos wirkenden Bauern, während der stärker werdende Nieselregen seine Haare und seine Kleidung nasser und nasser werden ließ. Wieder vergaß er, seine Kapuze zu benutzen. Er dachte stattdessen an *Der Kommissar*, an *Tatort*, an *Columbo* und einige andere Krimis, die er aus dem Fernsehen kannte. Durfte er Schrader anfassen, um festzustellen, ob dieser überhaupt lebte? Würde er dabei wertvolle Spuren vernichten? Oder tat er das längst, indem er über die schlammige Wiese trampelte und Fußspuren unkenntlich machte? Konnte man in diesem Morast und bei all dem Regen überhaupt Fußspuren identifizieren? Doch was wäre, wenn Schrader lebte und dies praktisch die letzte Chance war, ihn zu retten? Besser einen Fehler gegenüber der Polizei machen, als ein Menschenleben auf dem Gewissen haben!

Und, vor allem: Warum stellte er sich überhaupt all diese Fragen nach wertvollen Spuren und dachte als Erstes an Krimiserien? Warum fiel ihm umgehend Fritz ein, als er die Wunde an Schraders Kopf entdeckt hatte? Warum ging er nicht einfach davon aus, dass Heinz Schrader unglücklich gestürzt war und sich den Kopf an einem Stein gestoßen hatte? Beispielsweise, weil dort weit und breit kein Stein lag.

Er bückte sich und fasste an Schraders Schläfe. Sobald er die eiskalte Haut berührte, war ihm klar, dass es unnötig war, auf einen Pulsschlag zu warten. Der Mann war tot.

Er fuhr zurück, fast hätte er geschrien. Das WM-Finale war blitzartig weit weg, ebenso sein geplanter Besuch bei Elke. Kurz streifte erneut Fritz' Suche nach der Wahrheit seine Gedanken, dann rannte er los – und drückte fünf Minuten später auf die Klingel der Privatwohnung des Dorfarztes Wolfram Seifert, der direkt über seiner Praxis wohnte. Er musste ein zweites Mal klingeln, bis der Arzt ihm endlich öffnete.

»Ich hoffe, es ist was Wichtiges«, begrüßte ihn Seifert und blickte demonstrativ auf seine Armbanduhr. Es war vor 10 Uhr. Offenbar eine Uhrzeit, zu der der Arzt an einem Sonntag ungern gestört wurde.

Helmut ignorierte die Unfreundlichkeit des Arztes, in dessen Sprechstunde er ging oder gebracht wurde, seitdem er vor 20 Jahren und drei Tagen geboren wurde. »Sie müssen mitkommen, Herr Doktor«, begann er und schilderte dem Dorfarzt in schnellen Worten, was er entdeckt hatte.

Tatsächlich ließ Seifert sich von der Ernsthaftigkeit seines jungen Besuchers und der Erwähnung des vielen Blutes überzeugen. Er holte seine Arzttasche und die beiden liefen zurück zum Tiefenbach.

Seifert schien sich keinerlei Gedanken zu machen wegen Fußabdrücken oder sonstiger Spuren. Er eilte zu Schraders leblosem Körper, kniete sich neben ihn, berührte den Körper und schüttelte umgehend den Kopf. »Du hast recht«, sagte er, ohne sich umzudrehen. »Er ist tot.« Dann richtete der Arzt sich auf und sah Helmut an, als er weitersprach: »Ich muss rasch zurück nach Hause gehen, um die Polizei anzurufen. Es wäre gut, wenn du so lange hierbleibst.«

Helmut war sich unschlüssig darüber, was er machen sollte, falls ein anderer Dorfbewohner käme. Sollte er verhindern, dass jemand sich dem Tatort näherte? Und wie? Er hoffte, dass der Arzt und die Polizei bald kämen. Er steckte sich eine Zigarette an und entfernte sich ein paar Meter von der Leiche, bis er den Bahndamm erreichte. Er wollte vermeiden, eine falsche Fährte zu legen. Beispielsweise »Der Mörder hat HB geraucht«, oder so.

»Tatort«, »Mörder«, da war sie wieder, diese instinktive Gewissheit, dass hier ein Verbrechen geschehen war. Ein Mord! Jemand hatte Heinz Schrader totgeschlagen. Fritz?

Er war mittlerweile total durchnässt. Er musste nachher dringend nach Hause gehen, um sich trockene Sachen anzuziehen, bevor er zu Elke ging, diesmal wirklich.

Konnte er überhaupt ohne Weiteres weggehen? Mit Sicherheit wollte zunächst die Polizei mit ihm sprechen. Schließlich hatte er den Toten gefunden und die Polizei benötigte seine Aussage. Er überlegte, was er sagen sollte, wenn er gefragt wurde, wohin er unterwegs gewesen war. Sollte er sagen: »Zu meiner Verlobten«, oder sollte er sagen: »Zu meiner Freundin«? Und wenn die Polizei Elke befragte? Woher sollte sie wissen, dass er an diesem Vormittag zu ihr wollte? Ganz im Gegenteil: Elke ging davon aus, dass er im Harz war, dass er erst gegen Mittag zurück im Dorf wäre und sich am Nachmittag mit seinen Fußballkumpeln oder mit seinen Eltern das WM-Endspiel ansehen wollte. Und überhaupt, hörte er Elke sagen, von einer Verlobung könne nun wirklich keine Rede sein.

Er spürte einen leichten Stich im Herzen, als er sich diese Worte vorstellte – eben weil er sie sich überhaupt vorstellen konnte!

Erneut gelang es ihm umgehend, die schlimmen Gedanken zu verdrängen. Diesmal half ihm der Fußball. Das WM-Finale. Anstoß um 16 Uhr. Jetzt war es 10.15 Uhr. Aussage, nach Hause und umziehen, zu Elke, Aussprache, zurück nach Hause. Das Endspiel wollte er auf jeden Fall sehen. Trotz Elke und trotz der Leiche, über die er gestolpert war.

Er schnippte die Kippe in hohem Bogen über den Bahndamm, fast bis zu Pahlkes Garten, so weit weg wie möglich vom Tatort. Dann sah er hinüber zu Schrader. Selbst auf die Entfernung war das Blut an seinem Kopf deutlich zu erkennen. Ihn schauderte – und er wunderte sich, warum er vorhin so ruhig geblieben war, als er den Körper dort hatte liegen sehen und festgestellt hatte, dass er es mit einer Leiche zu tun hatte. Hatte es daran gelegen, dass er mit seinen Gedanken ganz woanders gewesen war? Oder war er so abgehärtet, dass es ihn kalt ließ, wenn er eine Leiche am Wegesrand liegen sah? Das konnte er ein andermal herausfinden, beispielsweise, wenn er die nächste Leiche fand.

Die nächste Leiche? Na klar, Malergeselle Jordan begab sich fortan auf Leichensuche. Was sonst? Er schüttelte lächelnd den Kopf und hätte fast die Rückkehr von Doktor Seifert verpasst.

»Die Polizei kommt jeden Moment.« Der Arzt stellte sich in Helmuts Nähe und steckte sich eine Zigarette an. Er sah weder Helmut an, noch die Leiche. Er ließ sich einfach nur nass regnen und erwachte erst zum Leben, als sich die Martinshörner näherten und verschiedene Polizeifahrzeuge auf der Brücke hielten, zwei Käfer und ein VW-Bus. Direkt hinter ihnen parkte der Notarztwagen.

Augenblicklich herrschte zwischen Bahngleisen, Tiefenbach und Straße hektisches Treiben. Absperrband wurde entrollt und weiträumig um Schraders Leiche gespannt. Polizisten schwärmten aus und suchten die Umgebung ab. Der Notarzt wechselte kurz ein paar Worte mit Doktor Seifert und kniete sich neben der Leiche nieder.

Dieser professionelle Großeinsatz konnte nur bedeuten, dass die Polizei ein Verbrechen vermutete. Möglicherweise hatte Seifert bei seinem Anruf angedeutet, dass er davon ausging, dass Schrader erschlagen worden war.

Das nächste Auto kam angefahren. Ein weiterer Käfer, diesmal ohne den Schriftzug »Polizei«. Ein Mann um die 50 stieg aus. Statt einer Uniform trug er einen dunklen Mantel und einen Hut. Er hatte einen roten Vollbart und eine Zigarette im Mundwinkel.

Das dürfte ein Kriminalkommissar sein, dachte Helmut. Dem Kommissar folgte, ebenfalls in Zivil, ein jüngerer Mann, der einen Fotoapparat in der Hand hielt und sofort zur Leiche marschierte. Der Kommissar sprach mit einem der Polizisten, die zuvor eingetroffen waren. Der Polizist deutete Richtung Bahndamm, wo Doktor Seifert und Helmut standen, mittlerweile jenseits der rot-weißen Absperrung.

Von hinten näherten sich die ersten Dorfbewohner, angelockt durch die Martinshörner. Er erkannte den alten Rethmann und ein paar andere ältere Männer.

Der Kommissar sprach weiterhin mit dem Polizisten, beide blickten zu ihm und Seifert. Bestimmt hatte der Dorfarzt am Telefon erwähnt, dass Helmut die Leiche entdeckt hatte. Deshalb würde die Polizei nachher gewiss ihn und den Arzt befragen. Er hoffte, dass der Kommissar höchstpersönlich zu ihm käme, um seine Aussage aufzunehmen.

Doch statt des Kommissars platzierte sich kurz darauf ein uniformierter Polizist vor ihm und ein anderer vor Seifert. Der rotbärtige Kommissar stand über der Leiche, sprach mit dem Notarzt und mit einem der Polizisten, die die Gegend absuchten. Die Spurensicherung beziehungsweise die Kriminaltechniker, dachte Helmut.

Schon schwärmten die Kriminaltechniker wieder aus und erweiterten das Gebiet, das sie absuchten. Einer von ihnen stieg sogar in den Tiefenbach, der aufgrund des Regens zurzeit sehr viel Wasser führte und ausnahmsweise seinem Namen Ehre machte – falls man einen knappen halben Meter wirklich als tief bezeichnen wollte.

»Sie haben also den Toten entdeckt?« Der Polizist hatte einen kleinen Notizblock und einen extrem kurzen Bleistift in der Hand.

Helmut musste ihm zunächst seinen Namen und seine Anschrift nennen und dann haargenau schildern, wann und wie er die Leiche gefunden hatte. Wenigstens wurde er nicht gefragt, wohin er unterwegs gewesen war. Nach wenigen Momenten war die Sache durch. Zu guter Letzt erklärte ihm der Polizist, dass Kriminalhauptkommissar Albrecht in den nächsten Tagen ebenfalls mit ihm sprechen wollte.

Er unternahm einen halbherzigen Versuch, Informationen aus dem Polizisten herauszubekommen und zu erfahren, ob die Polizei von einem Verbrechen ausging. Der Polizist ignorierte ihn und wandte sich ab. Das lag daran, dass auf der anderen Seite des Absperrbandes plötzlich große Betriebsamkeit herrschte. Der Kriminaltechniker, der in den Tiefenbach gestiegen war, hielt einen Gegenstand in die Höhe. Helmut kniff die Augen zusammen, um schärfer sehen zu können und erkannte, dass es sich um einen Stein handelte.

Der Kommissar, der also Albrecht hieß und den Rang eines Kriminalhauptkommissars innehatte, lief Richtung Tiefenbach und ließ sich den Gegenstand zeigen. Er nickte.

Mittlerweile standen mehrere Dutzend Menschen an der Absperrung, darunter Bürgermeister Hoier. Neben ihm standen sein Sohn Atze sowie Jochen Wettenstedt, der persönlicher Assistent des Bürgermeisters war und deshalb ständig hinter Anton Hoier herlief. Heute wirkte Jochen allerdings weniger eifrig als sonst; er schien gerade erst aus dem Bett gefallen zu sein. Atze sah keinen Deut besser aus; er war gestern auf eine Fete eingeladen gewesen, daran erinnerte sich Helmut, und offensichtlich spät zu Hause gewesen.

Bürgermeister Hoier sprach mit Doktor Seifert und ließ sich sicherlich über das Geschehen informieren. Alle paar Sekunden schüttelte Hoier ungläubig den Kopf. Jochen stand hinter ihm, machte sich Notizen und schüttelte gleichfalls den Kopf, stets ein, zwei Sekunden nach dem Bürgermeister.

Atze hatte Helmut entdeckt und kam herüber. Er war beeindruckt, als er hörte, dass ausgerechnet Helmut die Leiche gefunden hatte.

»Die haben gerade einen Stein im Tiefenbach gefunden und waren ziemlich aufgeregt deswegen. Vielleicht wurde Schrader ermordet und der Stein ist die Mordwaffe«, erklärte Helmut seinem Freund.

»Mord?« Atze riss die Augen auf.

»Sieht so aus. Kripo, Fotograf, Spurensicherung, Arzt. Warum sollten die solch einen Aufriss machen, wenn es ein Unfall war?« Er zeigte auf Kriminalhauptkommissar Albrecht. »Siehst du den Mann dahinten mit dem dunklen Mantel und dem Hut?«

»Ja, klar. Wer ist das? *Der Kommissar* oder was?«

»Wohl kaum der aus dem Fernsehen, sondern ein echter Kommissar. Kripo Wolfenbüttel, nehme ich an. Der hat alles super im Griff. Kam als Letzter an, hat sich schnell einen Überblick verschafft; seitdem leitet er alles. Ganz unaufgeregt.«

»Hat der dich schon verhört? Du hast ja den Heinz gefunden.«

Helmut überspielte seine Enttäuschung. »Nee, das ist unüblich. Zunächst mal ein anderer Polizist. Der meinte aber, dass sich Kriminalhauptkommissar Albrecht, so heißt der Chef, in den nächsten Tagen mit mir unterhalten wird.«

»Wie im Krimi! Du bist übrigens ganz schön nass, Alter.«

»Klar, ich stehe ja hier schon eine ganze Weile.«

»Was machste überhaupt hier? Ich dachte, ihr kommt erst mittags zurück.« Atze spielte in der 2. Mannschaft des TSV; ausschließlich die 1. Mannschaft war in den Harz gefahren.

»Ich bin seit gestern Abend zurück. Mir ging es irgendwie schlecht.« Er hatte keine Lust, seinem Freund die Wahrheit zu sagen. Es war zu kompliziert. Zumal Atze bereits vor einigen Monaten aufgefallen war, dass er sich wesentlich seltener mit Elke traf als früher. Er hatte Atze damals mit ein paar Allgemeinplätzen abgespeist.

Dass beide es eine Zeit lang lockerer angehen wollten und solche Sachen. Dazu passte die Geschichte mit der Schwangerschaft und der Verlobung ungefähr so wie ein Bild von Johan Cruyff auf der Kapitänsbinde von Franz Beckenbauer. Darüber hinaus hatte er gegenüber seinen Mannschaftskameraden und seinem Trainer ein leichtes Unwohlsein als Grund für die vorzeitige Abreise genannt. Seinen Eltern hatte er eine ähnliche Geschichte erzählt.

»Geht's dir heute besser?«, fragte Atze.

»Ja. Ich brauchte vorhin unbedingt frische Luft und bin kurz raus. Dabei habe ich die Leiche entdeckt.« Er war stolz auf sich, dass er die erfundene Krankheit als Grund für seinen Spaziergang anführen konnte. Diese Version der Geschichte konnte er auch gegenüber der Polizei verwenden.

Kommissar Albrecht und der Kriminaltechniker standen noch immer nebeneinander. Mittlerweile hatte sich der Notarzt zu ihnen gesellt und begutachtete den Stein. Die Männer nickten und der Stein, der längst in einer durchsichtigen Plastiktüte steckte, wurde einem anderen Mann übergeben, der ihn zum VW-Bus brachte.

Dann erschien Else Schrader und sorgte für Unruhe an der Absperrung. Nach einigem Hin und Her wurde sie von den Polizisten, die am rot-weißen Band standen, durchgelassen und konnte zu ihrem Mann gehen. Als sie den blutverschmierten Kopf sah, schlug sie sich die Hände vors Gesicht und schüttelte schluchzend den Kopf.

Albrecht fasste sie sanft an der Schulter und sprach ruhig mit ihr. Das schien zu helfen, Else Schrader nahm die Hände vom Gesicht und sprach mit Albrecht.

»Hat wohl ein Händchen für solche Situationen, dein

Kommissar.« Atze hatte sich eine Zigarette angesteckt und blies Rauch in den Nieselregen.

»So was erlebt er häufiger, schätze ich.« Langsam wurde Helmut die Nässe an seinem Körper unangenehm. Er musste sich dringend trockene Kleidung anziehen. Er sprach den Polizisten an, der ihn vorhin befragt hatte und wenige Meter entfernt stand, und erkundigte sich, ob er die ganze Zeit über warten musste oder ob er zwischendurch nach Hause gehen konnte.

Der Polizist rief einen Kollegen heran und gab die Frage weiter. Der Kollege wandte sich an den jüngeren Polizisten in Zivil, der zuvor die Leiche fotografiert hatte. Danach lief die ganze Meldungskette in die entgegengesetzte Richtung und ihm wurde mitgeteilt, dass er gehen konnte, dass man ja seine Personalien hatte und sich bald bei ihm melden würde.

»Damit haben Sie erheblich mehr Glück als ich, junger Mann. Ich darf wegen dieser Scheiße hier aufs Finale verzichten.« Der Polizist drehte sich weg von ihm.

»Ich gehe mich mal eben umziehen«, sagte er zu Atze. »Wir sehen uns nachher.« Dass er zunächst bei Elke vorbeischauen wollte, verschwieg er.

Nachdem er sich rasch eine trockene Jeans und ein anderes schwarzes T-Shirt angezogen hatte, musste er natürlich zunächst seinen Eltern erzählen, was passiert war. Sie hatten zwar die Martinshörner gehört, waren aber nicht neugierig genug gewesen, um im Regen nach draußen zu gehen und nachzusehen. Zudem hatte Mutter längst am Herd gestanden, um das Mittagessen zu kochen, das im Hause Jordan sonntags um Punkt 12 Uhr mittags auf den Tisch kam.

Die Eltern waren geschockt, als Helmut ihnen von Schraders Tod erzählte, dass es sich unter Umständen um einen Mordfall handelte und dass ihr Sohn die Leiche entdeckt hatte. Seine Aussage vor dem uniformierten Polizisten musste er Wort für Wort wiederholen und Kommissar Albrecht in blumigen Worten beschreiben. Ein echter Kommissar! Und der würde jetzt ihren Sohn verhören!

Mittlerweile war es 12 Uhr und Mutter wollte ihn nicht ohne Mittagessen aus dem Haus lassen. Überraschenderweise hatte er Appetit; es gab Rouladen, Rotkohl und Stampfkartoffeln, sein Lieblingsgericht, das einmal im Monat sonntags serviert wurde.

Um 13 Uhr machte er sich endlich auf den Weg zu Elke, zum zweiten Mal an diesem Sonntag. Er passierte zwangsläufig den Tatort, ging diesmal jedoch auf der anderen Straßenseite. Er wollte weder von Atze, noch von einem anderen Bekannten gesehen und aufgehalten werden. Gleichzeitig wollte er einen Blick auf die mittlerweile knapp 100 Schaulustigen werfen. Allerdings drehten ihm die meisten Zuschauer den Rücken zu, um die Arbeit der Polizei zu beobachten. Elke hätte er natürlich auch von hinten erkannt, doch sie schien zu Hause geblieben zu sein.

Der Nieselregen hatte ausgesetzt und Helmut erreichte trockenen Fußes Elkes Haus. Das Rennrad war weg. Stattdessen stand eine halb volle Flasche Haake Beck neben dem Hauseingang. Wahrscheinlich waren letzte Nacht ein paar Jugendliche durch die Straßen gezogen, auf dem Rückweg vom Ganterplatz in diesen Teil des Dorfes, mutmaßte er. Wenn gerade mal keine Fete in Atzes Partykeller stieg, so wie gestern Abend, traf sich die Clique der 15- bis 17-Jährigen abends auf dem zentralen Platz des Dorfes. Dort standen zwei Bänke, auf denen sie saßen, quatschten, rauchten, Bier tranken und ab und an eine Runde mit ihren Mofas drehten. Er hatte dort früher ebenfalls häufig gestanden, mit 20 war er definitiv zu alt dafür.

In der Clique trank man allerdings vorzugsweise Braunschweiger Bier. Vielleicht war die Flasche gerade deshalb am Hauseingang zurückgelassen worden, weil das Bier aus Bremen schlechter schmeckte als Wolters und Feldschlößchen, überlegte er und drückte endlich auf die Klingel. Keine Reaktion. Er wartete eine halbe Minute. Drückte erneut. Wartete wieder vergeblich.

Er ging über die Straße zum gegenüberliegenden Gehweg, ungefähr dorthin, wo er letzte Nacht gestanden hatte, um Elkes Fenster im Obergeschoss sehen zu können. Wie vor zwölf Stunden waren die Vorhänge im Schlafzimmer und im Wohnzimmer offen. Elke verzichtete auf Gardinen, das schloss Küche und Badezimmer mit ein. Die Fenster dieser beiden Räume konnte man ausschließlich vom Gelände der benachbarten, längst stillgelegten Brausefabrik aus sehen; vorher musste man über einen hohen Zaun klettern. Auf dieses Abenteuer hatte er in der Nacht verzichtet und er tat es auch jetzt. Was würde das schon bringen?

Er ging zurück zur Haustür. Klingelte ein drittes Mal. Wartete eine Minute. Umsonst. Er war drauf und dran, bei einer der anderen Mietparteien zu klingeln. Doch was sollte er den Leuten sagen? Dass er seine Freundin suchte? Was war, wenn sie Fragen stellten? Ob er denn mit ihr verabredet war? Ob er nicht wisse, was seine Freundin machte?

Das war ihm zu kompliziert. Er klingelte erneut bei Elke. Während er wartete, kippte er die Bierflasche aus und sah sich nach der Mülltonne um. Er entdeckte sie ein paar Meter entfernt, ging hinüber und warf die leere Flasche hinein.

Dann fiel ihm ein, dass Elke manchmal sonntags auf den Friedhof von Klein-Winnigstedt ging, um das Grab ihrer Großmutter zu besuchen, an der sie als Kind sehr gehangen hatte. Der Friedhof war nur etwa 400 Meter entfernt. Er machte sich auf den Weg. Schon von Weitem konnte er sehen, dass der Friedhof leer war. Trotzdem ging er zum Grab von Elkes Oma. Es sah vernachlässigt aus.

Er überlegte, was er nun tun sollte. Sollte er ein weiteres Mal an Elkes Haus vorbeigehen und bei ihr klingeln? Möglicherweise hatte sie vorhin geduscht und deswegen die Klingel überhört? Aus eigener Erfahrung wusste er jedoch, dass die Klingel in ihrer Wohnung sehr laut tönte und dass es unmöglich war, sie zu überhören.

Außerdem wurde es ihm langsam peinlich, ständig an der Haustür zu stehen und zu warten. Bald würde einer der anderen Mieter auf ihn aufmerksam werden und Fragen stellen.

Sollte er zurück zum Tiefenbach laufen und sich in die Menge einreihen? Nein, für heute hatte er genug Polizeiarbeit gesehen. Er blickte auf die Uhr. Kurz vor 14 Uhr. Zwei Stunden bis zum Anpfiff. Er hatte seinen Eltern versprochen, sich das Spiel mit ihnen anzusehen. Dieses Versprechen wollte er einhalten. Er hatte jedoch keine Lust, auch die Zeit davor zu Hause zu verbringen. Es war endlich einmal trocken, das ideale Wetter für einen kleinen Spaziergang!

Die Straße, die am Friedhof vorbeiführte, mündete direkt in einen der Zufahrtswege zum Großen Bruch, einem trockengelegten und sehr fruchtbaren Sumpfgebiet, das sich über knapp 50 Kilometer erstreckte und je zur Hälfte zur Bundesrepublik und zur DDR gehörte. Auf der bundesdeutschen Seite war es von Landwirtschaft geprägt. Feld reihte sich an Feld, von Gräben durchzogen. Die meisten Äcker gehörten den Wettenstedts, Getreide und Zuckerrüben in erster Linie. Die ostdeutsche Seite war weniger harmlos. Jenseits des unüberwindbaren Grenzzauns lag der Todesstreifen, vermint und bei Dunkelheit von den wuchtigen Scheinwerfern der Wachtürme ausgeleuchtet.

Wenn er durchs Bruch bis nach Mattierzoll ging und dann über den Grandberg zurück nach Winnigstedt, hätte er einen Weg von rund fünf Kilometern vor sich. Er wäre etwa eine Stunde unterwegs und würde automatisch einen großen Bogen um die Brücke am Tiefenbach schlagen.

Ja, so wollte er es machen, so konnte er die Zeit bis zum Endspiel am besten totschlagen … Er schüttelte den Kopf ob dieser unsensiblen Wortwahl. Er hatte erst vor wenigen Stunden Heinz Schrader gefunden, der anscheinend totgeschlagen worden war.

Er ging zunächst einen knappen Kilometer geradeaus, den Blick stets auf den Grenzzaun gerichtet, der mit jedem Schritt deutlicher und bedrohlicher wurde. Dann bog der Weg nach rechts ab und der Grenzzaun lag nun links von ihm. Um seinen Anblick zu vermeiden, musste er nur nach rechts aufs Dorf schauen. Oder stur geradeaus. Dort traf sein Blick bald darauf auf den DDR-Wachturm, der in Höhe des sogenannten Grenzübersichtspunktes in

Mattierzoll stand und rund um die Uhr von einem Trupp Grenzsoldaten besetzt war.

Gegen 14.45 Uhr erreichte er die kleine Kreuzung, an der er nach links bis zum Grenzübersichtspunkt oder nach rechts nach Mattierzoll gelangen konnte. Er entschied sich für einen kurzen Abstecher zum Grenzübersichtspunkt, er hatte genügend Zeit.

Der Weg endete an einer Schranke, an der ein unmissverständliches Schild stand. »Halt! Hier Grenze!« Dies war eine andere Grenze als die Grenzen nach Dänemark oder Holland, die einzigen beiden Länder, die er bisher besucht hatte. Seine Eltern waren mit ihm und seinem Bruder je einmal dorthin in den Urlaub gefahren. Wesentlich häufiger war die Familie Jordan in den Ferien in Deutschland geblieben, an der Ostsee oder im Harz. Es hatte auch einige Sommer gegeben, in denen man zu Hause geblieben war, um Geld zu sparen. Vaters Lohn in der Ziegelei war gering, Mutter war Hausfrau und ferner musste das Haus abbezahlt werden.

Er sah hinüber zum Wachturm. Anhand der Reflexionen hinter der Glasscheibe, die den oberen Teil des Wachturms umfasste, schloss er, dass die Grenzer ihn mit Ferngläsern beobachteten und ihn fotografierten. Beides taten sie, sobald sich jemand der Schranke näherte.

Wie viele Fotos mochten sie mittlerweile von ihm gemacht haben? Es müssten Dutzende sein, denn er hatte häufig an der Schranke gestanden, um die Grenzanlagen und den Wachturm zu betrachten. Zweifellos hatten die DDR-Grenzer sein Heranwachsen lückenloser dokumentiert als seine Eltern, die höchst selten Fotos machten. Das letzte Foto von ihm war vermutlich auf seiner Konfirmation entstanden, kurz bevor er mit den anderen durchs Dorf gezogen war, um im Elternhaus eines jeden Konfirmanden Station zu machen und Bier und Schnaps zu trinken.

Sie waren knapp 20 Konfirmanden gewesen, niemand hatte die letzte Station erlebt. Alle waren lange vorher betrunken gewesen. Ihn hatte es nach der vierten Bier-Schnaps-Kombination erwischt. Er hatte sich in den Flur dieses Hauses gelegt und war eingeschlafen. Als man ihn geweckt hatte, musste er sich heftig übergeben. Wie alle anderen Konfirmanden hatte er sich an diesem späten Nachmittag im Mai 1969 geschworen, nie, nie wieder Alkohol zu trinken. Wie alle anderen Konfirmanden hatte er den Schwur binnen weniger Tage gebrochen.

Kurz vor der Schranke stand ein Holzhaus mit einer großen Glasscheibe. Dahinter war ein Modell der Umgebung zu sehen, ähnlich gestaltet wie die Landschaft bei einer Modelleisenbahn. Er sah sich zum 100. Mal den kleinen Zaun und den kleinen Wachturm an, bevor er nach Mattierzoll weiterging.

In Mattierzoll gab es einen Bahnhof, der auf der Strecke zwischen Schöningen und Braunschweig als Haltestelle für den Personenverkehr diente und zusätzlich für den Güterverkehr genutzt wurde. Während seiner Hochzeit war dieser abgelegene Ortsteil von Winnigstedt industriell geprägt gewesen. Es hatte eine Ziegelei gegeben, eine Molkerei, eine Niederlassung der Raiffeisen-Hauptgenossenschaft, dazu im Bahnhof eine Verladestation für die Ziegel sowie für Zuckerrüben, die in die Rübenfabrik von Schladen gebracht worden waren, einem zwölf Kilometer entfernten Dorf.

Die Molkerei hatte vor sechs Jahren ihre Produktion nach Wolfenbüttel verlegt und stand jetzt leer. Die Zukunft der Ziegelei lag gleichfalls im Ungewissen. Der Bauboom nach dem Zweiten Weltkrieg war längst versiegt und es wurde weitaus weniger Baumaterial benötigt, vor allem im Zonenrandgebiet, einen Kilometer entfernt vom Eisernen Vorhang und den Truppen des Warschauer Paktes, die jeden Moment die Bundesrepublik überfallen konnten.

Mattierzoll war seit Schließung der Molkerei von über 100 auf unter 80 Einwohner geschrumpft; auch im restlichen Winnigstedt schien ein Ende des Bevölkerungswachstums erreicht worden zu sein. Die Zahl der Einwohner stagnierte bei knapp 1.500.

Besonders das Schicksal der Ziegelei belastete die Jordans, da Vater dort arbeitete. Er war jetzt 53 Jahre alt und hatte noch zwölf Arbeitsjahre vor sich. So lange würde die Ziegelei in Mattierzoll auf keinen Fall in Betrieb bleiben, zumal außerdem der Fortbestand des Bahnhofs gefährdet war. Es gab Gerüchte, wonach er 1975, spätestens 1976 schließen sollte.

Wenn es gut lief, konnte sein Vater in der Ziegelei im Nachbarort Roklum unterkommen, wobei ungewiss war, wie lange dort die Produktion aufrechterhalten werden konnte. Im schlimmsten Fall müsste Vater Jordan umschulen – oder arbeitslos werden.

Er wunderte sich, dass seine Gedanken ihn derart weit von Heinz Schrader und von Elke davongetragen hatten. Er hatte ganz vergessen, darüber zu grübeln. Dummerweise hatte er dabei ebenso die Zeit vergessen. Es war 15.40 Uhr und er hatte einen Weg vor sich, für den er mindestens 20 Minuten benötigte. Er musste sich sputen, um pünktlich zum Anstoß im Wohnzimmer seiner Eltern zu sitzen.

Tatsächlich kam er eine Minute zu spät. Er musste beim Hinsetzen mitansehen, wie Johan Cruyff durch das deutsche Mittelfeld dribbelte und sich dem Strafraum näherte. Wie auf Kommando kamen von der Seite Berti Vogts und von hinten Uli Hoeneß herangeflogen – prompt lag die Nummer 14 der Holländer.

Cruyff lag im Strafraum. Helmut hätte schwören können, dass das Foul (wenn es überhaupt eines war) außerhalb des Strafraums passiert war. Der englische Schiedsrichter sah das anders. Er pfiff Elfmeter. Neeskens drosch das Leder frech in die Mitte des Tores, während Sepp Maier in die Ecke hechtete.

»So eine Scheiße!« Vater Jordan warf gern vorschnell die Flinte ins Korn. Beim DDR-Spiel war er direkt nach dem Gegentor ins Bett gegangen. Und am letzten Wochenende hatte er fast kapituliert, nachdem zunächst die Schweden in Führung gegangen waren. Mit Mühe hatte Helmut ihn davon abhalten können, den Fernseher auszumachen. Auch jetzt war der Senior dabei, sich zu erheben.

»Lass mal, Vater, da sind noch 88 Minuten zu spielen.« Was für ein Irrsinn, dachte er, da kauft man extra einen Farbfernseher für die WM und nach jedem Gegentor will der Alte die Kiste ausschalten. Er zündete sich eine Zigarette an und bediente sich am Bier, das auf dem Wohnzimmertisch stand.

Vater hatte sich beruhigt. Er steckte sich ebenfalls eine Zigarette an. Mutter gönnte sich ein paar Gläschen Eierlikör und ließ ausnahmsweise ihr Strickzeug und ihr Rätselheft links liegen.

Das Spiel nahm dank des frühen Tores rasch Fahrt auf. Die deutsche Mannschaft kam häufig gefährlich in die

Nähe des holländischen Tores. Doch der Ausgleich ließ auf sich warten. Dafür wurde Müller bei einer Spielunterbrechung hinter den Augen des Schiedsrichters durch van Hanegem umgestoßen. Großes Geschrei im Wohnzimmer. Zum Glück hatte es der Linienrichter gesehen und so bekam van Hanegem die Gelbe Karte. Hätte durchaus Rot geben können, fanden die Jordans.

Dann schlug Overath aus der Mitte der eigenen Hälfte einen langen Ball nach vorn. Hölzenbein erwischte ihn und stürmte auf der linken Seite in den Strafraum. Jansen grätschte dazwischen. Hölzenbein hob ab und schwebte zu Boden. Die Rufe der Familie Jordan nach einem Elfmeter wurden in München erhört. Breitner legte sich den Ball zurecht und versenkte ihn in der linken Ecke. Torhüter Jongbloed blieb in der Mitte des Tores stehen und guckte dem Ball hinterher.

Anschließend waren die Deutschen überlegen. Freistoß Beckenbauer, Parade Jongbloed. Der konnte sich also doch bewegen. Dann hatte ausgerechnet Außenverteidiger Vogts eine Torchance und Grabowski die nächste. Beide vergaben.

Fast Halbzeit. Zeit für das nächste Bier und die nächste Zigarette.

Rechts ging jetzt dieser Bonhof durch, der vor der WM weitgehend unbekannt war und der seit dem Jugoslawienspiel zur ersten Elf gehörte, genau wie Helmut es sich gewünscht hatte. Bonhof passte in die Mitte zu Müller. Der wurde von zwei Holländern in die Zange genommen, kam trotzdem an den Ball, ließ ihn abprallen, drehte sich und schoss. Jongbloed blieb wieder stehen. Der Ball schlug ein. Müller hüpfte durch das Stadion.

Halbzeit.

»Siehste, Vater!«

Nach der Pause machten die Holländer Druck. Abwehrschlacht mit einigen Kontern für Deutschland. Zahlreiche Chancen für Holland, Rep und van Hanegem, Sepp Maier hielt und hielt.

Jede Menge Aufregung bei den Jordans.

Müller schoss das vermeintliche 3:1. Angeblich Abseits. Fünf Minuten vor Schluss wurde erneut Hölzenbein im Strafraum gefoult. Diesmal gab Mister Taylor keinen Elfer.

Skandal!

Neeskens schoss in letzter Minute aufs Tor. Vorbei. Erst der Schuss. Dann das Finale. Deutschland war Weltmeister!

Mutter Jordan gönnte sich einen weiteren Eierlikör, die beiden Männer stießen mit der fünften oder sechsten Flasche Wolters an.

»Wusste ich es doch!«, rief Vater Jordan.

Helmut wusste es besser, aber er ließ seinen Vater mit der Lüge durchkommen. In diesem Moment war er viel zu glücklich, um sich aufzuregen oder über irgendetwas Sorgen zu machen.

»So ein Tag, so wunderschön wie heute!«

Vernehmungsprotokoll

12. Juli 1974, 12.00 Uhr, Zeugin Renate Junker, 49 Jahre, Gemeindesekretärin aus Winnigstedt

KHK Albrecht: Mahlzeit, Frau Junker, wie man um diese Uhrzeit sagt. Zwölf Uhr mittags. Mit Gary Cooper kann ich aber leider nicht dienen.

Zeugin Junker: Grace Kelly hatte auch keine Zeit. Guten Tag, Herr Kommissar.

KHK Albrecht: Danke, dass Sie Ihre Mittagspause für uns opfern. Hoffentlich bleibt Ihnen genug Zeit zum Essen.

Zeugin Junker: Das wäre schön.

KHK Albrecht: Und danke, dass Sie uns Ihren Arbeitsplatz sozusagen ausleihen.

Zeugin Junker: Ich tue gern meine Pflicht.

KHK Albrecht: Oha! Nett gesagt, Frau Junker. Lassen Sie uns zur Sache kommen! Ich mache es mal ganz dramatisch: Sie waren am letzten Samstag die einzige Person im Dorfkrug, die vor Heinz Schrader nach Hause gegangen und dabei ohne Begleitung gewesen ist.

Zeugin Junker: Oh! Ist das ein Verbrechen?

KHK Albrecht: Nein. Es sei denn, Sie hätten bei dieser Gelegenheit Schrader einen Stein über den Kopf gezogen.

Zeugin Junker: Herr Kommissar, wenn ich jedes Mal, wenn ich ohne Begleitung unterwegs bin, jemanden einen Stein über den Kopf ziehe, wäre unser Dorf leer.

KHK Albrecht: Ha! Also, Scherz beiseite! Darf ich Ihrer Antwort entnehmen, dass Sie allein leben?

Zeugin Junker: Das dürfen Sie. Ich bin Witwe.

KHK Albrecht: Das tut mir leid.

Zeugin Junker: Seit über 20 Jahren.

KHK Albrecht: Es tut mir trotzdem leid, Frau Junker.

Zeugin Junker: Sie sind ziemlich schlagfertig, Herr Kommissar.

KHK Albrecht: Ich glaube, da haben sich zwei gefunden.

Zeugin Junker: Ich lebe gern allein.

KHK Albrecht: Und ich bleibe gern bei meiner Frau.

Zeugin Junker: Hätten wir das also geklärt.

KHK Albrecht: Richtig. Kommen wir zum Samstag. Sie waren an diesem Abend im Dorfkrug?

Zeugin Junker: Ja, ab sieben war ich dort. Wir hatten eine Chorprobe. Sie müssen wissen, dass ich die Leiterin des Frauengesangsvereins bin. Wir proben im Nebenraum der Gastwirtschaft. Normalerweise mittwochs. Da wir am Sonntag einen Auftritt im Gottesdienst hatten, haben wir eine zusätzliche Probe angesetzt. Sie ging bis kurz nach neun. Danach bin ich mit einigen Sängerinnen rüber in die Gaststube gegangen.

KHK Albrecht: Wie lange sind Sie dort geblieben?

Zeugin Junker: Ich bin etwa um zehn nach Hause gegangen.

KHK Albrecht: Und die anderen Sängerinnen?

Zeugin Junker: Die sind nach Mitternacht mit ihren Ehemännern nach Hause gegangen.

KHK Albrecht: Gab es einen bestimmten Grund, dass Sie eher als Ihre Bekannten gegangen sind?

Zeugin Junker: Ich bin gegen Viertel vor zehn müde geworden. Ich habe noch eine gute Viertelstunde durchgehalten, dann bin ich nach Hause gegangen.

KHK Albrecht: Wo Sie sich umgehend ins Bett gelegt haben?

Zeugin Junker: Erstaunlicherweise hat mich der kurze Spaziergang wieder munter gemacht. Ich habe ferngesehen, das Aktuelle Sportstudio und den anschließenden Film.

KHK Albrecht: Das war dann elf Uhr, als der anfing, schätze ich?

Zeugin Junker: Eher Viertel nach.

KHK Albrecht: Erinnern Sie sich an den Titel des Films?

Zeugin Junker: *Fettaugen*.

KHK Albrecht: Ah, ich weiß. Den Film hat meine Frau auch gesehen. Sie mag diesen Raimund Harmsdorf so gerne.

Zeugin Junker: Raimund Harmsdorf? Der spielt da gar nicht mit. Gustl Bayrhammer spielt mit und ein paar andere bayerische Schauspieler. Der Film ist überhaupt sehr bayerisch. Es geht um einen Bauunternehmer, der sich mithilfe der Kommunalpolitik beziehungsweise durch Wahlspenden an Politiker Aufträge erschleichen will. Dann kommt die Opposition dahinter und es geht hin und her und alle kriegen irgendwie ihr Fett weg.

KHK Albrecht: Da habe ich wohl etwas durcheinandergebracht. Kommunalpolitik, das ist aber Ihre Sache, oder?

Zeugin Junker: Ja, sicher. Als Gemeindesekretärin bin ich da mittendrin.

KHK Albrecht: Seit wann machen Sie diesen Job?

Zeugin Junker: Seit Ende 1944.

KHK Albrecht: Und was haben Sie vorher gemacht?

Zeugin Junker: Vorher habe ich als Haushaltshilfe beim Bürgermeister gearbeitet.

KHK Albrecht: Da hat er Ihr Talent fürs Gemeindebüro erkannt?

Zeugin Junker: So wird es wohl gewesen sein. Die Arbeit auf seinem Hof war jedenfalls anspruchsvoll.

KHK Albrecht: Auf seinem Hof?

Zeugin Junker: Ja, Herr Wettenstedt war in erster Linie Landwirt und in zweiter Linie Bürgermeister.

KHK Albrecht: Ah, ich verstehe. Sie haben während des Krieges als Haushaltshilfe auf dem Hof der Wettenstedts gearbeitet und sind dann Gemeindesekretärin geworden? Nette Karriere!

Zeugin Junker: Wie man es nimmt! Es lag vor allem daran, dass sich die Gemeindesekretärin im Herbst '44 freiwillig als Rotkreuzhelferin gemeldet hat und Herr Wettenstedt jemanden Neues gesucht hat.

KHK Albrecht: Apropos '44! Kennen Sie Herrn Liedke?

Zeugin Junker: Das ist ja ein schöner Gedankensprung! Natürlich kenne ich den Karl. Wir sind gut befreundet. Das waren wir schon 1944.

KHK Albrecht: Sehen Sie, dann war der Gedankensprung ja naheliegend. Haben Sie diese Vorkommnisse gegen Kriegsende verfolgt? Man hört, dass die Gestapo hinter Herrn Liedke her war.

Zeugin Junker: Karl war und ist ein sehr mutiger Mensch. Er ist seinen Idealen treu geblieben. Er war Sozialdemokrat und gehörte zu einer kleinen, harmlosen Widerstandsgruppe in der Gegend. Irgendwann ist die Geheime Staatspolizei auf diese Gruppe aufmerksam geworden. Sie hätten Karl gern gefasst, gefoltert und getötet. Er konnte sich rechtzeitig verstecken. Beim damaligen Bürgermeister.

KHK Albrecht: Ihrem Chef?

Zeugin Junker: Herrn Wettenstedt, ja. Ihm hat Karl sein Leben zu verdanken.

KHK Albrecht: Wissen Sie, wie die Gestapo auf diese Widerstandsgruppe aufmerksam geworden ist?

Zeugin Junker: Nein.

KHK Albrecht: Könnte es jemand aus dem Dorf gewesen sein, der denen einen Tipp gab?

Zeugin Junker: Das ist das Schlimmste, was ich mir vorstellen könnte.

KHK Albrecht: Hat Herr Liedke mit Ihnen darüber gesprochen?

Zeugin Junker: Er ging davon aus, dass ihnen die Polizei durch Zufall auf die Spur gekommen war.

KHK Albrecht: Hat er nie Heinz Schrader verdächtigt?

Zeugin Junker: Die beiden haben nach dem Krieg darüber gesprochen. Heinz hat behauptet, nichts mit dieser Sache zu tun gehabt zu haben.

KHK Albrecht: Hm. Bleiben wir bei diesen unseligen Zeiten. Hatten Sie als Angestellte des Bauern Wettenstedt mit den Angestellten der anderen Bauernhöfe zu tun?

Zeugin Junker: Unser Dorf ist ja recht klein, Herr Kommissar. Da hat und hatte praktisch jeder mit jedem zu tun.

KHK Albrecht: Schließt das die Beschäftigten auf dem Schraderschen Hof mit ein?

Zeugin Junker: Ja.

KHK Albrecht: Boris und Pawel?

Zeugin Junker: Ja.

KHK Albrecht: Können Sie sich an diesen Unfall erinnern?

Zeugin Junker: Ja.

KHK Albrecht: Es gibt Leute, die meinen, es sei gar kein Unfall gewesen, dass die beiden Russen vielmehr mit Messern aufeinander losgegangen sind.

Zeugin Junker: Boris und Pawel waren sehr gut befreundet. Warum sollten sie sich gegenseitig töten wollen?

KHK Albrecht: Ja, warum? Nun ja, ich denke, das war es dann, Frau Junker. Ein bisschen Zeit bleibt Ihnen ja noch für Ihr Mittagessen. Guten Appetit! Und auf Wiedersehen!

Zeugin Junker: Auf Wiedersehen, Herr Kommissar!

KAPITEL 9

8. Juli 1974, vormittags

Wie ganz Deutschland hatten auch die Dorfbewohner diesen zweiten deutschen Weltmeistertitel ausgiebig gefeiert. Die Jugend hatte sich am Sonntagabend auf dem Ganterplatz versammelt, die älteren Herrschaften suchten den Dorfkrug auf. Das Bier floss in Strömen, der deutsche Sieg wurde mit jedem Schluck verdienter und die Holländer arroganter.

»Wer ist Cruyff?«

Es gab kurze Momente, da das laute Gebrüll von besonnenen Stimmen unterbrochen wurde, um an den – ausgerechnet heute – Verstorbenen zu erinnern.

»Heinz, wir denken an dich!«

»Wir schnappen deinen Mörder!«

»Das war garantiert dieser Jansen!«

Helmut, mit 20 irgendwo zwischen Jugendlichem und älterer Herrschaft, war nach all den Flaschen Bier mit seinem Vater eigentlich gut bedient. Nur, um seinem alten Herrn einen Gefallen zu tun, begleitete er ihn zur Kneipe. Er blieb drei, vier Gläser Bier lang. Diese Mischung aus Freude über den Sieg, aus ätzender Schadenfreude für die Holländer und notdürftiger Trauer um Heinz Schrader irritierte ihn. Außerdem war er leicht angetrunken.

Er war froh, gegen 20 Uhr wieder zu Hause zu sein. Er hatte bei den Siegesfeiern Elke und Fritz nirgendwo gesehen, weder im Dorfkrug, noch auf dem Ganterplatz, wo er ebenfalls kurz gewesen war. Er wollte beide gern sprechen und versuchte es diesmal per Telefon. Er wählte Elkes vierstellige Nummer und ließ es knapp 20 Mal klingeln. Erfolglos. Dann rief er Fritz an. Da Tiedemanns ihr Telefon erheblich länger besaßen als Elke, war ihre Telefonnummer nur dreistellig. Er bekam Fritz' Mutter an die Strippe. Sie sagte ihm, dass Fritz unterwegs war.

»Der hat sich vormittags aufs Rad gesetzt. Er wollte zu Freunden nach Wolfenbüttel, um dort das Endspiel zu gucken. Ich glaube, der hat keine Ahnung, was im Dorf passiert ist. Und du hast den Toten gefunden? Das muss ja schrecklich gewesen sein!« Mutter Tiedemann klang ehrlich besorgt.

Er konnte sie beruhigen und ihr glaubhaft versichern, dass es halb so schlimm gewesen war.

»Na, hoffentlich. Soll ich dem Fritz was ausrichten, wenn er zurückkommt?«

»Nein, Frau Tiedemann. Ich werde ihn gewiss in den nächsten Tagen treffen.« Er war beruhigt zu hören, dass Fritz den ganzen Tag in Wolfenbüttel verbracht hatte. Dorthin war er auf jeden Fall ohne Elke geradelt. Elke fuhr allenfalls innerhalb des Dorfes mit dem Rad, maximal bis nach Mattierzoll.

Blieb die Frage, wo sie heute den ganzen Tag gesteckt hatte.

Am Montagmorgen ließ sich schwer feststellen, welches Ereignis für mehr Gesprächsstoff im Ort sorgte: der Sieg gegen die Holländer oder Heinz Schraders Tod.

Vor der Arbeit ging er aus reiner Neugier zum Tiefenbach. Der Tatort war weiträumig abgesperrt und wurde von zwei Polizisten bewacht, die in einem VW-Käfer saßen. Er verzichtete darauf, näher heranzugehen und das Gespräch mit den beiden Polizisten zu suchen. Wie er sein Glück kannte, hatten sie gestern wegen »dieser Scheiße hier« das Spiel verpasst und waren entsprechend schlecht gelaunt.

Im Hof von Henri Arnold war vor der Abfahrt der einzelnen Trupps zunächst Fußball das große Thema. Alle waren sich einig, dass der Sieg verdient war. Nach wenigen Minuten wechselten die Anstreicher das Thema und sprachen über Heinz Schraders Tod.

»Das war ein Raubüberfall gewesen«, behauptete Atze.

»Aha«, kam es skeptisch von allen Zuhörern zurück.

»Ja, Schrader seine Brieftasche war weg gewesen. In der Kneipe hatte er die noch gehabt. Die Polizei hat die nirgends gefunden.« Atze war wie üblich bestens darüber informiert, was im Dorf vor sich ging. Vermutlich hatte sein Vater gestern mit Kommissar Albrecht gesprochen und die Neuigkeiten umgehend an seinen Sohn weitergegeben.

»Und von wo, bitte schön, ist dein Raubmörder gekommen? Von drüben oder was?« Henri Arnold schrie fast und er streckte sich. Mit seinen knapp 1,70 Meter Größe musste er beides regelmäßig machen, um angemessen wahrgenommen zu werden; alle seine Angestellten waren mindestens zehn Zentimeter größer als er. Dafür hatte der 40-jährige Malermeister ein markantes Gesicht (das gern mit dem des Schauspielers Robert Redford verglichen wurde), dichtes dunkelblondes Haar – und angeblich (Atze hatte Henri einmal nackt in der Herrendusche des Wolfenbütteler Hallenschwimmbades gesehen) einen irre langen Penis. Alles zusammengenommen, den geerbten Malerbetrieb hinzugefügt, waren das genügend Argumente für ein Rasseweib wie Manuela Arnold, den Alltag an der Zonengrenze zu ertragen. Die platinblonde, üppige Manuela war sechs Jahre jünger und rund fünf Zentimeter größer als ihr Ehemann und kam ursprünglich aus der quirligen Harzmetropole Goslar. Zurzeit war allerdings wenig von ihr zu sehen, Manuela war hochschwanger.

Atze blickte seinen Chef finster an. »Ich weiß nur, was die Bullen gefunden haben. Einen Stein. Den hat der Mörder wohl in den Tiefenbach geworfen. Hat die Polizei aber gleich gefunden. Da ist Blut dran, an dem Stein. Die gucken jetzt, ob das Heinz sein Blut ist.«

»Suchen die auch nach Fingerabdrücken?«, fragte Helmut.

»Ich weiß nur von dem Blut.« Atze kratzte seinen Schnurrbart, dessen Farbton sich um eine Nuance von seinem Kopfhaar unterschied. Das Kopfhaar war einen Ton rötlicher als der Bart und an einigen Stellen bereits schütter. Dabei war Atze genauso alt wie Helmut.

»Haste Angst, dass die deine Abdrücke finden, was?«, frotzelte Henri. »Was haste denn gegen den Heinz gehabt?«

Helmut ignorierte die Frage seines Chefs.

»Und du, Chef?« Solche Fragen zu stellen, traute sich einzig der Altgeselle Lothar Kurjun, der schon für Henris Vater gearbeitet hatte, »als Henri noch mit der Trommel um den Weihnachtsbaum gelaufen war«, wie Lothar es ausdrückte. Lothar war Anfang 60, 1,85 Meter groß, enorm beleibt und in Würde ergraut. Er strahlte exakt die Ruhe aus, die seinem Chef oft genug abging.

»Ach, Lothar! Bloß weil der Sack mal hinter meiner Manu herpfeifen tut, hau ich dem nicht gleich den Schädel ein – und klau dem seine Geldbörse.« Henri zeigte seinem Angestellten einen Vogel.

Helmut wusste, dass Henri einige Male laut darüber nachgedacht hatte, dem Heinz »eine zu klatschen, wenn er sich noch mal eine freche Bemerkung gegenüber Manu erlaubt«.

»Der Heinz, der hätt schon gern mehr gemacht«, beharrte Lothar.

»So einen hässlichen Vogel guckt sich meine Manu höchstens mit dem Allerwertesten an. Der Heinz hat doch auf jeden Arsch geschielt. Am liebsten auf ganz junge Knackärsche.« Bei seinen letzten Worten wandte Henri sich an Helmut.

Wieder überging er die Provokation seines Chefs. Beim anschließenden Wortgefecht würde er sowieso den Kürzeren ziehen und zur Feier des Tages für eine der unbeliebten Baustellen eingeteilt werden. Außerdem wusste er, dass jeder männliche Dorfbewohner zwischen 14 und 84 regelmäßig sehnsuchtsvolle Blicke auf Elkes Po riskierte.

Ein paar Minuten später saß er zusammen mit Atze im VW-Bus. Sie bildeten erneut einen kleinen Trupp; einer der Lehrjungen sollte ihnen zur Hand gehen. Einstweilen saß der Junge auf der offenen Ladefläche und bewachte die Farbeimer und die Tapetenrollen. Vor allem die Tapetenrollen brauchten sie heute. Familie Pahlke wollte fast alle ihre Räume neu tapeziert haben: Wohnzimmer, Schlafzimmer, Küche, Diele, Bad. Nur das Zimmer von Sohnemann Gregor sollte unverändert bleiben.

Helmut war froh darüber. Mit Gregor verband ihn ein sehr zwiespältiges Verhältnis. Früher hatte der um ein Jahr ältere Gregor ihn regelmäßig drangsaliert, ihn mit seinen kräftigen Armen umgestoßen, sich auf ihn gesetzt und die Knie auf seine Oberarme gedrückt. »Muskelreiten« hieß dieses schmerzhafte Spiel, bei dem es Gregor darum ging, Süßigkeiten zu erpressen. Stets erfolgreich. »Helmut, Helmut, sei mal helle und nicht so mutig«, hatte Gregor in solchen Fällen gern gesagt.

Gregor war eindeutig stärker gewesen als er, stärker als die anderen Jungs und Heranwachsenden im Ort. Er war der typische Dorfschläger gewesen, der bereits als Jugendlicher vor Gericht gestanden hatte. Als junger Erwachsener war Gregor friedfertiger und Helmut ließ er längst in Ruhe. Das lag hauptsächlich daran, dass Helmut mit Atze befreundet war; Atze wiederum war ein guter Kumpel von Gregor.

Nichtsdestotrotz traf Helmut an diesem Tag auf Gregor. Gregor arbeitete seit einigen Jahren als Maurer. Zurzeit war seine Firma gerade einmal ein paar Hundert Meter entfernt tätig. Sie sollte auf dem Hof der Wettenstedts ein neues Gesindehaus errichten. Gregor nutzte den kurzen Weg und verbrachte die Mittagspause bei seinen Eltern. Dort traf er auf Atze und Helmut, die ihrerseits gerade eine Pause einlegten und es sich auf einer Bank vor dem Haus gemütlich gemacht hatten.

»Na, Jungs!« Der starke Gregor begrüßte sie per Handschlag. »Was machen die Tapeten?«

»Wohnzimmer ist fertig«, antwortete Atze. »Und bei euch drüben?«

»Voll die Schlammschlacht, sag ich euch. Hatten ja letzte Woche die Grube ausgehoben. Glaubt mal nich, dass der Polier auf die Idee kommt, ne ordentliche Abdeckung drüber zu machen. Jetzt hat es tagelang rein geschifft. Der Boden total aufgewühlt und uneben, als hätte da ein Maulwurf gewütet. Und überall Pfützen. Wir mussten noch ne Schicht Erde draufwerfen. Zum Glück ist es heute mal trocken. Vielleicht können wir nachher mit der Schalung anfangen.«

Atze und Helmut nickten betroffen. Was sollten sie auch dazu sagen?

»Haste das Spiel gesehen?«, fragte Atze stattdessen.

»Klar. Den Käseköppen haben wir es gezeigt, was? Und, Jungs, was meint ihr zu der Sache mit dem Heinz?«

Atze ergriff die Gelegenheit. »Vater hat mit dem Kommissar gesprochen. Der meint, das war ein Raubüberfall gewesen. Dem Heinz seine Brieftasche war nämlich weg gewesen.«

»Raubüberfall? Quatsch mit Soße! Da hatte wer ne Rechnung offen, die er jetzt beglichen hat.«

»Wie meinst du das, Gregor?«, wollte Helmut wissen.

»Frag mal deinen Freund Fritz!«

»Fritz? Der soll eine Rechnung beglichen haben?«

»Quatsch! Sein Freund, der hatte was offen. Von früher.«

»Meinst du Karl Liedke?«

»Und ob ich den meine! So, Jungs, ich muss weiter. Essen steht auf dem Tisch.«

Helmut und Atze sahen sich an, nachdem Gregor pfeifend in der Küche verschwunden war.

»Hast du ne Ahnung, was der Gregor meint?« Atze rammte die Zähne in seine Leberwurststulle.

»Fritz hat da mal so eine Sache erwähnt aus dem Krieg. Da wurde der Liedke von der Polizei gesucht und Schrader könnte ihn angeschwärzt haben. So ungefähr.« Er wollte das, was ihm Fritz erst kürzlich erzählt hatte, ungern eins zu eins wiedergeben. Dazu war das Thema zu heikel. Er hätte es Atze gegenüber besser komplett verschweigen sollen. Jetzt war es zu spät. Zum Glück war er recht vage geblieben.

»Im Krieg? Das war vor 30 Jahren gewesen, Alter.«

»Ich weiß nur, was Fritz mir erzählt hat.«

»Das sollte man der Polizei melden!«

»Nee, lass mal!«

»Und wenn der Liedke den Heinz totgeschlagen hat?«

»Quatsch!«

»Ich sprech mal mit meinem Vater.«

Helmut hätte sich in den Hintern beißen können. Warum hatte er seine Klappe so weit aufgerissen? Natürlich, weil er ein wenig angeben wollte, da er ausnahmsweise besser informiert war als sein Kumpel. Nun könnte seine Angeberei dazu führen, dass Karl Liedke im Gefängnis landete. Kurz überlegte er, Atze zu bitten, die Sache einfach zu vergessen. Dann fiel ihm ein, dass eine weitere Erwähnung Atze erst recht dazu bringen könnte, mit seinem Vater zu reden. Also hielt er den Mund.

Kurz danach gingen die beiden zurück an die Arbeit, jetzt war das Schlafzimmer der Pahlkes an der Reihe. Wie das Wohnzimmer lag es Richtung Süden, zum Bruch hin. Gregors Zimmer ging nach Norden heraus, Richtung Hauptstraße. Vom Badezimmer und von der Gästetoilette aus blickte man nach Westen und hatte eine perfekte Sicht auf den Tatort, der 20 Meter entfernt lag. Nachdem er die Gästetoilette benutzt hatte, stand Helmut einen Augenblick am geöffneten Fenster und blickte hinüber zum Tiefenbach. Das Absperrband raschelte im Wind und an der Straße stand der Polizeikäfer.

Vorhin hatte Atze ihm erzählt, dass Kommissar Albrecht seinen Vater um einen Gefallen gebeten hatte. Da die Kriminalpolizei mehrere Dutzend Zeugen befragen musste, wäre es recht praktisch, diesen Zeugen den 20 Kilometer langen Weg nach Wolfenbüttel zu ersparen. Stattdessen könnte man die Leute im Dorf befragen. Für diesen Zweck bot sich das Gemeindebüro an. Atzes Vater war einverstanden gewesen.

Helmut rechnete damit, dass man ihn als einen der Ersten vorlud. Ihn und Seifert. Dann wären Pahlkes als direkte Anwohner des Tatorts an der Reihe – und das Ehepaar Hahn, dessen Häuschen auf der anderen Seite des Tiefenbachs stand. Das einzige Haus auf der gegenüberliegenden Straßenseite mit Blickrichtung Tiefenbach war zurzeit unbewohnt. Richtung Süden lag einsam der alte Bahndamm.

Und zweifellos dürfte der Kommissar sehr früh mit Familie Schrader sprechen. Sowie mit allen, die am Samstagabend im Dorfkrug gewesen waren. Dass Schrader von dort kommend auf dem Weg nach Hause war, als er erschlagen wurde, stand offenbar fest.

Huch, dann wäre ja auch mein alter Herr dran, fiel ihm ein. Schließlich war sein Vater am Samstagabend ebenfalls im Dorfkrug gewesen.

Er warf einen letzten Blick auf den Bahndamm, den Tiefenbach und die Absperrung. Dann betätigte er die Toilettenspülung und ging zurück an die Arbeit. Unterwegs überlegte er, ob er erneut mit Atze über Karl Liedke sprechen sollte. Aber mittlerweile war der Lehrjunge zu ihnen gestoßen, der über Mittag einen anderen Auftrag vom Chef übernommen hatte. In seiner Gegenwart wollte er dieses heikle Thema vermeiden. Er schnappte sich die nächste Tapetenrolle und machte sich wieder an die Arbeit.

Atze verzichtete auf das Feierabendbier auf Henri Arnolds Hof. Zum ersten Mal überhaupt. Helmut war sich sicher, dass Atze schnell zu seinem Vater rennen wollte, um ihm von Liedke zu erzählen und trank aus lauter Verzweiflung drei schnelle Flaschen Bier, statt wie sonst eine. Er wankte leicht, als er nach Hause ging. Dort erfuhr er von seiner Mutter, dass am frühen Nachmittag ein Polizist angeklingelt hatte. Es ging um seine Zeugenaussage.

»Du sollst bitte morgen Abend um 17.30 Uhr ins Gemeindebüro kommen. Der Herr Kommissar Albrecht möchte gern mit dir sprechen.« Mutter klang wie eine Botin, die beide Sätze auswendig gelernt hatte.

»Und Vater? Wird er auch vorgeladen?«

Mutter erschrak. »Vater? Um Himmelswillen! Warum denn?«

Er erklärte seiner Mutter, dass Vater praktisch den gesamten Abend mit Schrader im Dorfkrug verbracht hatte, bevor dieser gestorben war.

»Nein, davon hat der Polizist nichts gesagt.« Mutter wirkte halbwegs beruhigt.

Helmut wunderte sich, er hätte vorsichtshalber alle Personen vernommen, die an diesem Abend im Dorfkrug gegessen hatten. Doch die Auswahl der Zeugen oblag der Kripo, er war Anstreicher.

Er wartete insgeheim darauf, dass Mutter ihm sagte, dass Elke angerufen hatte und ihn bat, zurückzurufen. Leider erwähnte Mutter seine Freundin mit keiner Silbe. Sein Vater sagte wie üblich wenig und zog sich nach dem Abendessen mit seinem Feierabendbier zurück. Mutter widmete sich ihren Kreuzworträtseln.

Helmut schnappte sich das Telefon. Genau wie gestern fühlte er sich zu geschafft, um zu Elke zu gehen. Der lange Arbeitstag, die drei schnellen Flaschen Bier auf dem Hof, ein viertes zum Abendbrot. Er brauchte aber unbedingt ein Lebenszeichen von ihr. Wenn auch nur am Telefon. Er ließ es 20 Mal klingeln. Nichts. Innerhalb der folgenden beiden Stunden versuchte er es drei weitere Male. Dreimal erfolglos. Er überlegte kurz, ob er doch persönlich nach dem Rechten sehen sollte. Dann übermannte ihn der Stolz. Nachdem sie sich zuletzt derart rargemacht hatte, wäre sie nun an der Reihe, sich bei ihm zu melden.

Vernehmungsprotokoll

11. Juli 1974, 9.00 Uhr, Zeuge Jochen Wettenstedt, 21 Jahre, Bauer aus Winnigstedt

KHK Albrecht: Guten Morgen, Herr Wettenstedt!

Zeuge Jochen Wettenstedt: Was gibt es?

KHK Albrecht: Sie wissen, dass wir versuchen, den Mord an Heinz Schrader aufzuklären.

Zeuge Jochen Wettenstedt: Was habe ich damit zu tun?

KHK Albrecht: Vielleicht sind Sie ein Zeuge?

Zeuge Jochen Wettenstedt: Dann hätte ich mich längst bei Ihnen gemeldet.

KHK Albrecht: Ein Zeuge muss nicht unbedingt den Mord beobachtet haben. Er kann allerdings – vielleicht ohne es zu wissen – den Mörder gesehen haben.

Zeuge Jochen Wettenstedt: Es bleibt dabei.

KHK Albrecht: Also haben Sie Samstagabend beziehungsweise Samstagnacht bei Ihren Fahrten durchs Dorf niemanden gesehen, Herr Wettenstedt?

Zeuge Jochen Wettenstedt: Woher wollen Sie denn wissen, dass ich durchs Dorf gefahren bin?

KHK Albrecht: Sie wurden mehrfach gesehen. Und gehört. Ihr BMW scheint ja einen unverkennbaren Klang zu haben. Wohl am Auspuff herumgefummelt, oder was?

Zeuge Jochen Wettenstedt: Von wem haben Sie das gehört?

KHK Albrecht: Ich bitte Sie!

Zeuge Jochen Wettenstedt: Hm. Ich erinnere mich nur an eine Fahrt.

KHK Albrecht: Wann ist das gewesen?

Zeuge Jochen Wettenstedt: Etwa zwischen halb elf und elf.

KHK Albrecht: Wohin waren Sie da unterwegs?

Zeuge Jochen Wettenstedt: Nirgendwohin. Ich habe einfach eine Runde durchs Dorf gedreht.

KHK Albrecht: Machen Sie das häufiger?

Zeuge Jochen Wettenstedt: Wenn ich Lust habe. Ist das so außergewöhnlich? Die einen drehen ihre Runde durchs Dorf zu Fuß. Ich nehme lieber das Auto.

KHK Albrecht: Ohne Ziel?

Zeuge Jochen Wettenstedt: Ist das neuerdings ein Verbrechen oder was?

KHK Albrecht: Nein. Zurück zu meiner Frage: Haben Sie auf dieser Fahrt jemanden gesehen? Das ist wichtig, Herr Wettenstedt, das ist ungefähr die Zeit, zu der Schrader umgebracht wurde.

Zeuge Jochen Wettenstedt: Ist es das, ja? Nun, ich habe niemanden gesehen.

KHK Albrecht: Sie schauen aber gelegentlich nach links oder rechts, wenn Sie Ihre Runde drehen?

Zeuge Jochen Wettenstedt: Ja, sicher. Nützt ja sonst nichts, dass ich durchs Dorf fahre.

KHK Albrecht: Sie halten folglich Ausschau nach jemandem, den Sie kennen. Einen Ihrer Freunde?

Zeuge Jochen Wettenstedt: Ja, klar.

KHK Albrecht: Gewissermaßen doch eine Art Ziel?

Zeuge Jochen Wettenstedt: Wenn Sie so wollen!

KHK Albrecht: Und das war Ihre einzige Fahrt in dieser Nacht?

Zeuge Jochen Wettenstedt: Wie oft soll ich es denn noch sagen? Denken Sie, ich lüge Sie wegen der Anzahl meiner Fahrten durch das Dorf an? Warum sollte ich das tun?

KHK Albrecht: Ich weiß nur, dass Sie gegen ein Uhr gehört und gesehen wurden. Und gegen zwei Uhr.

Zeuge Jochen Wettenstedt: Da täuschen sich Ihre Zeugen. Um ein Uhr habe ich längst geschlafen.

KHK Albrecht: Kann das jemand bezeugen?

Zeuge Jochen Wettenstedt: Glauben Sie, meine Eltern kontrollieren, wann ich nach Hause komme oder wann ich zu Bett gehe? Ich bin 21 Jahre alt, ich kann durchaus tun, was ich will.

KHK Albrecht: Hm. Was anderes: Wie gut kannten Sie Heinz Schrader?

Zeuge Jochen Wettenstedt: Warum wollen Sie das auf einmal wissen?

KHK Albrecht: Lassen Sie diese Gegenfragen und antworten Sie bitte auf meine Fragen, Herr Wettenstedt.

Zeuge Jochen Wettenstedt: Ich komme mir mittlerweile vor wie ein Verdächtiger.

KHK Albrecht: Sie sind ein Zeuge. Also, wie gut kannten Sie ihn?

Zeuge Jochen Wettenstedt: So wie man einen guten Bekannten seines Vaters kennt. Wir hatten kein persönliches Verhältnis. Nur indirekt, über meinen Vater.

KHK Albrecht: Können Sie sich trotzdem vorstellen, dass jemand im Dorf einen Grund gehabt haben könnte, Schrader umzubringen?

Zeuge Jochen Wettenstedt: Nein. Ich dachte, das war ein Raubüberfall.

KHK Albrecht: Das ist eine der Alternativen, die wir in Betracht ziehen. Haben Sie mal von Ihrem Vater etwas in dieser Richtung gehört?

Zeuge Jochen Wettenstedt: Nein.

KHK Albrecht: Gut.
Zeuge Jochen Wettenstedt: War es das?
KHK Albrecht: Ja, das war es.

KAPITEL 10

9. bis 12. Juli 1974

Kommissar Albrecht ließ die Dorfbewohner einen nach dem anderen im Gemeindebüro antanzen, um sie zu befragen. Nur die Familie Schrader hatten die Kripobeamten am Sonntagmittag zu Hause besucht. Schnell machte es im Dorf die Runde, dass sie die Schraders akribisch nach ihren Alibis befragt hatten. Anscheinend war die komplette Familie den ganzen Abend über zu Hause gewesen und hatte gemeinsam ferngesehen. Es schien demnach ausgeschlossen zu sein, dass der Täter innerhalb der Familie zu finden war.

Andererseits war im Dorf bekannt, dass Heinz Schrader alles andere als der Idealtyp des fürsorglichen und liebevollen Familienoberhauptes gewesen war. Er hatte den Rest der Familie extrem kurzgehalten, um es auf den Punkt zu bringen. Seine Frau durfte sich um den Haushalt kümmern und ab und zu auf dem Hof aushelfen, den Kuhstall ausmisten oder die Hühner füttern. Ansonsten hatte sie den Mund zu halten. Die Erziehung der Kinder oblag einzig Heinz. Die beiden Jungen (16 und 14 Jahre alt) sowie das Mädchen (13) mussten ihm jeden Nachmittag pünktlich um 16.30 Uhr die Hausaufgaben vorlegen. Danach durften sie auf dem Hof helfen, unterbrochen vom Abendessen. Um 20 Uhr mussten alle in ihre Zimmer verschwinden und sich still verhalten, damit Heinz in Ruhe die Tagesschau gucken konnte.

Die Kinder hingegen durften nicht fernsehen, solange der Vater zu Hause war. Während der WM hatte es Ausnahmen gegeben, namentlich für die Spiele der deutschen Mannschaft. Angeblich hatten die Kinder nach dem Spiel gegen die DDR keine Lust mehr gehabt, zusammen mit ihrem Vater die Spiele zu verfolgen. Er hatte ihnen die Schuld an der Niederlage gegeben.

Heinz' Eltern, die mit auf dem Hof lebten, ließen ihren Sohn gewähren – und sich ebenfalls schlecht von ihm behandeln.

Einzig Dietmar, der älteste Sohn, schien auf seine ganz eigene Art gegen den Vater rebelliert zu haben. Er besuchte dasselbe Gymnasium in Wolfenbüttel wie Fritz und lernte dort auch Dinge, die aus dem christlich-demokratisch geprägten Weltbild seines Vaters herausfielen, allen voran in Politik und Geschichte. Darüber hinaus missfiel Dietmar die ihm zugedachte Rolle: Als Erstgeborener sollte er eines Tages den Hof übernehmen. Dietmar wollte allerdings Journalist werden und seinem Heimatdorf so bald wie möglich den Rücken kehren.

Dieses Detail hatte Helmut von Fritz erfahren, lange vor und unabhängig vom Mordfall. Fritz war eine der wichtigsten Bezugspersonen von Dietmar Schrader. Das durfte Dietmars Vater freilich niemals erfahren. Wegen seiner Freundschaft zu Karl Liedke war Fritz in Schraders Augen ein subversives Element, ein Kommunist. Solchen Leuten pflegte ein strammer CDU-Wähler wie Heinz Schrader zu raten: »Hau doch ab nach drüben, wenn es dir hier nicht gefällt!«

Das hatte Fritz nicht vor, Dietmar ebenso wenig. Journalist werden konnte Dietmar genauso gut im Westen, zum Beispiel in Hamburg, das laut Fritz eine der wichtigsten Städte in der BRD war, wenn es um Journalismus ging.

Aus dieser Gemengelage ließ sich theoretisch ein Motiv konstruieren. Weil zu befürchten war, dass Heinz die Pläne seines Sprösslings hätte durchkreuzen wollen, wäre es denkbar, dass Dietmar versuchen wollte, sie mit Gewalt durchzusetzen. Dietmar hatte allerdings den ganzen Samstagabend zu Hause verbracht, gemeinsam mit der restlichen Familie. Kommissar Albrecht hatte, das wusste Helmut von Atze, kurzzeitig diese Spur verfolgt. Der Ermittler musste folglich irgendwie von den Konflikten zwischen Vater und Sohn Schrader erfahren haben.

Mittlerweile gab es eine neue Spur, sie führte ausgerechnet zu Karl Liedke. Damit bewahrheitete sich Gregors Einschätzung von Montag und zugleich Helmuts Befürchtung, dass er durch seine unbedachten Äußerungen die Sache erst so richtig ins Rollen gebracht hatte.

Bislang jedoch fehlten, außer der Geschichte aus dem Jahre 1945, weitere Indizien, die gegen Liedke sprachen: beispielsweise Zeugen, die ihn Samstagnacht gesehen hatten, oder Fußspuren von ihm am Tatort. Die Kripo hatte überhaupt keine verwertbaren Fußspuren am Tatort gefunden. Atze wusste, dass es aufgrund der Ferienzeit den einen oder anderen Engpass bei der Polizei gab. Das betraf die Kriminaltechnik und die Rechtsmedizin.

Helmut versuchte zu rekonstruieren, wie all diese Gerüchte entstanden waren. Seine eigene Quelle war in der Regel Atze. Atze seinerseits wurde von seinem Vater informiert. Anton Hoiers Gewährsmann war meist Albrecht höchstpersönlich. Offenbar plauderte der Kommissar nach Dienstschluss gern mit dem Bürgermeister.

Ob es üblich war, dass ein Kriminalhauptkommissar seinen aktuellen Fall mit einem Zivilisten erörterte? Womöglich verfolgte der Kommissar mit seinen Indiskretionen irgendein Ziel? Fest stand, dass die Gerüchteküche brodelte. Helmut ging davon aus, dass der Bürgermeister die Neuigkeiten nicht nur seinem Sohn erzählte und dass Atze sie nicht ausschließlich Helmut weitererzählte. Helmut seinerseits sprach häufiger mit seinen Eltern darüber, die es ihrerseits weitererzählten. So war letztlich das gesamte Dorf stets gut informiert über den Stand der Ermittlungen. Es wurde munter getratscht.

Zum Glück mündete der Tratsch niemals in Treibjagden, beispielsweise auf Karl Liedke, der gerade im Fokus der Ermittlungen stand. Niemand schrieb »Mörder« an seine Hauswand oder griff ihn auf der Straße an. Man ließ ihn in Frieden. Das lag gewiss daran, dass man Liedke respektierte, schon allein wegen seiner Rolle in der Nazizeit. Hinzu kam, dass Heinz Schrader wenig beliebt gewesen war.

Außerhalb des Dorfes wurde der Mordfall wenig beachtet. Es hatte am Montag einen kurzen Artikel in der Braunschweiger Zeitung gegeben, in dem das unvorstellbare Szenario eines Raubüberfalls in einem 1.500-Seelen-Dorf direkt an der Zonengrenze durchgespielt wurde. Der Autor machte sich regelrecht lustig über diese Annahme und deutete am Ende des Artikels an, dass möglicherweise bloß ein besoffener Bauer unglücklich auf einen großen Stein gefallen war. Und dass die Kripo die Sache unnötig aufbauschte, zwecks

Daseinsberechtigung. Am Mittwoch folgte eine kurze Notiz – einziger Tenor war die Floskel »Polizei tappt weiter im Dunkeln«.

Helmut hätte gern mit Fritz über den Fall gesprochen. Er hatte seit Sonntagabend mehrere Male bei Tiedemanns angerufen und einmal kurz mit Fritz' Mutter gesprochen. Sie sagte, dass Fritz am späten Sonntagabend nach Hause gekommen, doch am Montagmorgen sofort wieder losgezogen war. Unter der Woche radelte Fritz zurzeit jeden Morgen ins zehn Kilometer entfernte Schöppenstedt. Er arbeitete in einem Fahrradgeschäft, um sich das Geld für die Reise nach Frankreich zu verdienen.

Helmut fragte sich einmal mehr, ob sein Freund etwas mit Schraders Tod zu tun hatte. Natürlich hätte er es besser beurteilen können, wenn er Fritz gesehen hätte. Sah Fritz aus wie ein Mörder? Benahm er sich wie einer? Vielleicht wäre es ihm aufgefallen?

Elke blieb ebenso verschollen. Er hatte einmal mehr versucht, sie telefonisch zu erreichen. Es war ihm mittlerweile zu peinlich, vor ihrem Haus herumzulungern und die Klingel zu malträtieren. Er hatte sie nicht erreicht und sie ihn genauso wenig – falls sie es überhaupt versucht hatte. Immerhin stand in diesen Tagen ihr Arztbesuch an, oder? Ein, zwei Tage lang wollte er warten, dann würde er Elkes Eltern anrufen und fragen, ob sich Elke bei ihnen gemeldet hatte.

Am Dienstagnachmittag, direkt nach der Arbeit, machte er seine Zeugenaussage bei Kommissar Albrecht. Er war kurz nach Hause gegangen, um sich umzuziehen und zu waschen. Wenigstens musste er keine Farbreste beseitigen, da Atze und er am Dienstag wieder bei Pahlkes waren, um zu tapezieren.

Jetzt saß er dem Kommissar im Gemeindebüro gegenüber. Für die Befragungen hatten die Kripobeamten das Büro umgeräumt. Normalerweise standen hinter dem schmalen Tresen zwei Schreibtische. Am größeren Tisch saß der Bürgermeister, sofern er Sprechstunde hatte. Am anderen Schreibtisch, der stets voller Akten stand, saß Frau Junker an ihrer Schreibmaschine. Den kleinen Schreibtisch hatte man an die Wand geschoben, sodass der große Tisch nun mitten im Raum stand, mit Stühlen auf beiden Seiten.

Am kleinen Tisch saß eine Stenotypistin namens Waltraud Reiter, wie der Kommissar sie vorstellte. Sie sollte das gesamte Gespräch protokollieren. Zusätzlich lief ein Tonbandgerät, das auf dem großen Tisch zwischen dem Kommissar und Helmut stand.

Er vermisste Frau Junker, die er in erster Linie mit dem Gemeindebüro verband. Seine erste große Liebe. Ewigkeiten war das her, mindestens fünf Jahre. Ihr Name war vorhin auf dem Hof von Maler Arnold häufig gefallen, als die Anstreicher über den Verdächtigen Liedke gesprochen hatten. Die beiden verband eine jahrzehntelange Freundschaft. Altgeselle Lothar Kurjun hatte zudem angedeutet, dass sie einst ein Liebespaar gewesen waren.

Und heute? Es war unvorstellbar, dass die attraktive Frau Junker jahrzehntelang ganz allein gelebt hatte. Auf der anderen Seite galt Liedkes Ehe als vorbildlich und niemand traute ihm zu, dass er seine Frau betrügen könnte.

Heinz Schrader hingegen traute man das durchaus zu. Lothar wusste, dass Heinz als junger Mann hinter so ziemlich allen Frauen im Dorf her gewesen war (eine

Zeit lang angeblich auch hinter Mutter Jordan!). Dann hätte Frau Junker garantiert weit oben auf seiner Liste gestanden.

Leider schwieg sich der Kommissar über seine Vermutungen zu Liedke, Junker und Schrader aus, und Helmut traute sich nicht, ihn zu fragen. Er saß brav am Tisch, auf dem das Tonbandgerät stand, und antwortete auf die Fragen des Kommissars.

Die Stenotypistin schrieb jedes Wort mit. Ihr Bleistift kratzte in einer Tour über das Papier. Dabei hatte Albrecht bisher gar keine Frage gestellt. Er hatte Helmut nur erklärt, worum es bei dieser Vernehmung ging, dass er die Wahrheit sagen sollte und so weiter.

Dass die Stenotypistin nur Wortfetzen kritzelte, wusste er von Elke. Sie hatte während ihrer Ausbildung Stenografie und Schreibmaschine gelernt. Er erinnerte sich an das erste Stenogramm, das sie ihm geschrieben hatte. »Ich hab dich lieb« hatte dort angeblich gestanden; er konnte das Gekritzel nicht entziffern.

Wie viele Jahre war das jetzt her? Es muss zu Anfang ihrer Ausbildung gewesen sein, 1971 oder 1972. Zu dieser Zeit hatte Elke ihm allabendlich ausführlich von ihrer Arbeit erzählt, von ihrem Chef Friedrich Conradi, von dessen hübscher Frau, die im Kirchenchor sang und manchmal in der Kanzlei aushalf. Bei solchen Gelegenheiten brachte sie bisweilen ihren Sohn mit. Der hieß Felix, war drei Jahre alt und laut Elke gut erzogen und süß. Auch Friedrich Conradi war ein freundlicher, zuvorkommender Mensch, der seine Mitarbeiter gut behandelte und als Rechtsanwalt äußerst erfolgreich war. Das Arbeitsklima muss hervorragend gewesen sein. Helmut hatte es deshalb gut nachvollziehen können, dass Elke unbedingt in der Kanzlei bleiben wollte, als ihre Familie vor etwa zwei Jahren nach Hannover gezogen war. Hinzu kam, dass Elke sich bestens mit ihren Kolleginnen verstand.

»Herr Jordan, sind Sie noch da?«

Er erschrak. Seine Gedanken waren abgeschweift und er hatte die Frage des Kommissars überhört. Kleinmütig bat er den Polizisten, die Frage zu wiederholen.

Zum Glück lächelte Albrecht. Sicherlich dachte er, Helmut hätte zu lange die Stenotypistin betrachtet, die sich bei näherem Hinsehen in der Tat als recht hübsch entpuppte. Man musste sich bloß die streng nach hinten frisierten, brünetten Haare offen und ihr Gesicht ohne die riesige Brille vorstellen, dann reichte sie fast an Frau Junker heran – und war über 20 Jahre jünger.

»Herr Jordan, erzählen Sie uns bitte, was am Sonntagmorgen passiert ist«, sagte Albrecht.

Bislang hatte er den Kommissar nur aus der Ferne gesehen, und da hatte der Polizist im Grunde genommen aus nichts weiter als einem dunklen Mantel und einem dunklen Hut bestanden. Heute trug Albrecht ein hellblaues Hemd ohne Krawatte, dessen Ärmel hochgekrempelt waren. Sein hellgraues Sakko hing über der Stuhllehne.

Er schätzte Albrecht auf ungefähr 50 und damit in etwa so alt wie seinen Vater und all die Väter seiner Freunde und Bekannten. Das war die Männergeneration, die Anfang der 20er-Jahre geboren worden war. Die Männer, die Soldaten werden mussten, sobald sie erwachsen waren. Wenn sie überlebt hatten, waren sie nach Kriegsende verantwortlich für den Wiederaufbau des Landes – obwohl viele von ihnen noch immer unter den schrecklichen Kriegserlebnissen litten. Zu diesen Männern gehörte sein Vater, dem man das Leid ansah, das er in Jugoslawien in gleichem Maße gespürt wie beigefügt hatte. Seelisch war er ein Wrack, körperlich war er Morgen für Morgen in der Lage, die schwere Arbeit in der Ziegelei zu verrichten.

Albrecht wirkte weitaus frischer als die 50-jährigen Männer aus dem Dorf. Seine blaugrauen Augen waren hellwach. Sie musterten ihn ständig, spöttisch, wie es ihm vorkam. Das restliche Gesicht des Kommissars war kaum zu erkennen, es wurde von einem Vollbart beherrscht, rötlich-blond, wie das schüttere Haupthaar.

In der Tasche seines Hemdes hatte Albrecht eine Lesebrille stecken, die er sich auf die Nase setzte, wenn er einen Blick in die Akten warf, die vor ihm auf dem Tisch lagen. Das kam einige Male vor, meist in Situationen, in denen Helmut diese Handlung wenig nachvollziehbar erschien.

»Ich war auf dem Weg zu meiner Freundin Elke Marchowitz.« Er hatte sich spontan überlegt, die Wahrheit zu sagen. Diesem Grundsatz blieb er im weiteren Verlauf des Gesprächs treu, zumindest, wenn er konkrete Fragen beantwortete. Natürlich hätte er von sich aus erwähnen müssen, dass er am Samstagabend zweimal durch das halbe Dorf gegangen und viermal am Tatort vorbeigekommen war.

Das Verschweigen dieser Ausflüge war riskant, immerhin hatte seine Mutter mitbekommen, als er das zweite Mal losgegangen war, und wenn der Kommissar sie jemals danach fragte, dann wäre er dran. Dann müsste er das zugeben, was er eigentlich verheimlichen wollte: dass er zweimal wie ein Feigling vor dem Haus seiner Freundin gestanden hatte. Ob der Kommissar ihm das überhaupt glaubte? Oder würde er stattdessen ihn des Mordes verdächtigen? Er hoffte, dass Albrecht niemals mit seiner Mutter über diesen Abend sprach.

Schnell war eine Viertelstunde vergangen und die Befragung beendet. Der Kommissar schaltete das Tonbandgerät aus und drehte sich zu der Stenotypistin: »Fräulein Reiter, das war es für jetzt.«

Die Angesprochene ließ umgehend den Stift fallen und erhob sich. Sie glättete ihren Rock und stolzierte nach draußen.

Helmut sah ihr nach. Als er sich dem Kommissar zuwandte, grinste dieser. Er errötete, worauf Albrecht ihm zuzwinkerte.

»Lustig, dass Sie ausgerechnet am 4. Juli 1954 geboren sind, Herr Jordan.« Vor der Befragung hatte der Kommissar seine Personalien aufgenommen. »Am großen Tag in Bern.«

»Ja, ich kam genau während des Spiels zur Welt.«

»Und heißen deswegen Helmut?«

»Stimmt.«

»Noch lustiger finde ich, dass ich ebenfalls am 4. Juli geboren wurde.« Albrecht fingerte umständlich eine Schachtel Camel aus dem Sakko, das hinter ihm hing. Er zog zwei Zigaretten aus der Packung. Eine gab er Helmut.

Er nahm die Zigarette und bedankte sich artig. Er gab sich und dem Polizisten Feuer.

»Statt 1954 allerdings 1924. Ich bin also auf den Tag genau 30 Jahre älter als Sie. Ein halbes Leben!« Albrecht schob den Aschenbecher in die Mitte des Tisches, damit beide ihn bequem benutzen konnten.

»Aber …« Helmut brach ab, hatte Angst, seinen Gedanken zu formulieren.

»Was?«

Er schüttelte den Kopf und fühlte, wie er dunkelrot anlief.

»Sagen Sie, was Ihnen durch den Kopf geht!« Albrecht zog energisch an seiner Zigarette.

»Sie werden ja kaum mit mir über den Fall reden, Herr Kommissar.«

»Nun sagen Sie doch erst, was Ihnen eingefallen ist. Dann sehen wir weiter!«

»Na ja, Sie sagten gerade, 30 Jahre sind ein halbes Leben, und ich frage mich, warum jemand ein halbes Leben wartet, bis er sich rächt.«

»Die Gerüchteküche brodelt, ich verstehe. Sie meinen, Karl Liedke hätte sich viel eher an Herrn Schrader rächen können?«

»So ungefähr. Es sei denn …« Wieder war er zu ängstlich, das auszusprechen, was ihm durch den Kopf ging.

»Ja?« Albrecht nickte ihm aufmunternd zu.

»Es sei denn, er hat es erst 30 Jahre danach herausgefunden.« Dieser Gedanke war ihm irgendwie zugeflogen, gerade als er seine Skepsis zum Ausdruck bringen wollte.

Albrecht nickte bedächtig. »Es sei denn, er hat es erst 30 Jahre danach herausgefunden. Exakt. An Ihnen ist ein Kriminalist verloren gegangen, Herr Jordan. Was machen Sie beruflich? Maler?«

»Maler, das klingt so nach jemandem, der Bilder malt. Eher Anstreicher.« Er drückte die Zigarette aus.

»Das kann durchaus Kunst sein, wenn man es gut macht. Können Sie es gut?

»Ich hoffe es.«

Albrecht sah ihn nachdenklich an. »Glauben Sie, es ist

realistisch, dass jemand erst nach 30 Jahren etwas erfährt, das so wichtig ist? Ganz allgemein, meine ich.«

»Man müsste wissen, worum es sich handelt, wie es so lange geheim gehalten wurde und wie es jetzt herausgekommen ist. Das können Sie besser beurteilen. Geht es in diesem konkreten Fall um die Sache im Krieg?«

»Es gibt Leute im Dorf, die das behaupten. Herr Liedke bestreitet es. Er sagt, die Geheimpolizei sei seiner Gruppe ohne Verrat auf die Spur gekommen.«

»Kann man das nicht überprüfen? Es muss doch Unterlagen geben?«

»Dummerweise sind diese Akten weg. Sie wurden rechtzeitig vernichtet.«

»Von wem?«

»Von den Leuten, die dafür verantwortlich waren, was in den Akten vermerkt wurde, und die sich nach dem Krieg aus dieser Verantwortung stehlen wollten. So läuft das immer. Uns bleiben die Gerüchte und die Behauptungen von Herrn Liedke.«

»Sie könnten Schrader senior fragen?«

»Das haben wir bereits getan. Er behauptet, dass er und sein Sohn niemals jemanden verraten haben. Ihre Nachbarn und Bekannten waren ihnen angeblich näher und wichtiger gewesen als der Führer. Das würde wohl heutzutage jeder so behaupten. Wer gibt schon gern zu, seinen Nachbarn an die Gestapo verraten zu haben?«

»Dann entlastet der alte Schrader also Herrn Liedke?«

»Nein. Eher im Gegenteil: Der alte Schrader kann sich durchaus vorstellen, dass Liedke gedacht haben könnte, dass sein Sohn ihn verraten hat. Und das wäre gleichermaßen ein Motiv: der Verdacht. Wir stecken in diesem Punkt fest.«

»Werden Sie jetzt Herrn Liedke verhaften?«

»Nein. Wir haben zwar ein Motiv, doch das ist zu wenig. Wir benötigen zusätzlich ein paar Indizien. Optimal wären handfeste Beweise oder eindeutige Zeugenaussagen. Oder ein Geständnis. Bis dato habe ich Liedke nicht persönlich vernommen. Nur meine Leute haben ihn kurz befragt.«

»Hm.«

»Würden Sie Herrn Liedke lieber hinter Gittern sehen?« Albrecht wirkte überrascht.

»Um Himmelswillen! Ich kenne Herrn Liedke kaum. Er ist aber gut mit einem Freund von mir befreundet.«

»Aha! Verraten Sie mir seinen Namen?« Der Kommissar wirkte eine Spur aufmerksamer als zuvor.

»Fritz. Fritz Tiedemann.«

»Tiedemann? Diesen Namen habe ich gar nicht auf meiner Liste stehen. Aus dieser Familie war am Samstag scheinbar niemand im Gasthaus.«

»Das glaube ich. Die Tiedemanns gehen nur selten in die Kneipe.«

»Interessant, dass Ihr Freund mit Liedke befreundet ist. Da dürfte, ähnlich wie bei uns beiden, der Altersunterschied 30 Jahre betragen.«

»Das kommt hin. Fritz interessiert sich für Politik und Geschichte. Und Liedke kennt sich da gut aus. Fritz kann ihn allerhand fragen, unter anderem, was die Geschichte des Dorfes angeht.«

»Das ist ja interessant.« Der Kommissar blickte auf seine Uhr. »So, gleich habe ich den nächsten Zeugen und müsste vorher mal wohin.«

Helmut verstand diesen Wink und verabschiedete sich von Albrecht. Auf dem Nachhauseweg ärgerte er sich darüber, dem Polizisten so viel erzählt zu haben. Es war vollkommen unnötig gewesen, Fritz zu erwähnen. Hatte er ihn damit etwa der Willkür der Staatsmacht ausgeliefert, wie Fritz es formuliert hätte?

Vernehmungsprotokoll

10. Juli 1974, 17.00 Uhr, Zeuge Karl Liedke, 51 Jahre, Betriebsschlosser (VW) aus Winnigstedt

KHK Albrecht: Guten Tag, Herr Liedke!

Zeuge Liedke: Guten Tag, Herr Albrecht!

KHK Albrecht: Meine Kollegen haben ja schon über einige Dinge mit Ihnen gesprochen. Deshalb komme ich sofort zu der Sache, die uns momentan am meisten interessiert: Seit wann kennen Sie Heinz Schrader?

Zeuge Liedke: Praktisch mein Leben lang. Wir sind gleichalt und zusammen zur Schule gegangen.

KHK Albrecht: Würden Sie ihn als Freund bezeichnen?

Zeuge Liedke: Auf gar keinen Fall!

KHK Albrecht: Da Sie das so vehement bestreiten, muss ich fast vom Gegenteil ausgehen. War Schrader Ihr Feind?

Zeuge Liedke: Während der NS-Zeit standen wir politisch extrem weit auseinander. Das prägt natürlich, Heinz war für mich jedoch nie ein Feind.

KHK Albrecht: Er war in der NSDAP und Sie waren im Widerstand, so wie ich das verstanden habe.

Zeuge Liedke: Sie haben offenbar mit den richtigen Leuten im Dorf gesprochen. Ja, er war in der NSDAP. Ich habe der SPD die Treue gehalten und mal ein Flugblatt geschrieben. Wenn Sie mögen, können Sie das gern unter Widerstand verbuchen.

KHK Albrecht: Das ist wesentlich mehr, als die meisten Menschen damals geleistet haben, Herr Liedke. Waren Sie in der Wehrmacht?

Zeuge Liedke: Ja.

KHK Albrecht: Wo haben Sie gekämpft?

Zeuge Liedke: Erst Norwegen, dann in Frankreich. Ich sollte das verteidigen, was die Amis »Omaha Beach« nannten. Zum Glück hat mir einer von ihnen gleich am 7. Juni '44 einen satten Beinschuss verpasst. Der hat mich erst ins Lazarett und dann nach Hause gebracht.

KHK Albrecht: Und in der Zeit Ihrer Rekonvaleszenz haben Sie ein paar Flugblätter verfasst?

Zeuge Liedke: So in der Art, ja.

KHK Albrecht: Und wurden von der Gestapo erwischt?

Zeuge Liedke: Dann würde ich hier wohl kaum sitzen. Die Gestapo war hinter mir her. Ich konnte mich verstecken. Bei Wettenstedts. Ich schätze, das wissen Sie.

KHK Albrecht: Das ist wahr. Wissen Sie, wer Sie verraten hat?

Zeuge Liedke: Soweit ich weiß, niemand. Ich habe es schon Ihren Kollegen erklärt. Die Geheime Staatspolizei ist uns von sich aus auf die Schliche gekommen. Das konnte ganz schnell gehen.

KHK Albrecht: Haben Sie jemals Schrader verdächtigt, dass er Sie ans Messer liefern wollte?

Zeuge Liedke: Nein, niemals.

KHK Albrecht: Naheliegend wäre der Gedanke. Er als Parteimitglied, Sie als Widerstandskämpfer. Er wusste, dass Sie im Widerstand waren, oder? Das schien im Dorf allgemein bekannt gewesen zu sein.

Zeuge Liedke: Damals wurde der Begriff Widerstand vermieden. Im Dorf war ich ein Linker, ein Sozi, ein Kommunist, doch selbst das nur unter der Hand. Wenn das öffentlich gewesen wäre, wäre die Gestapo viel früher gekommen als im Februar '45.

KHK Albrecht: Sind Sie denn mit den Schraders aneinandergeraten?

Zeuge Liedke: Ich habe mich zurückgehalten. Erst, als Boris und Pawel kamen, habe ich mal mit ihnen gesprochen.

KHK Albrecht: Sie meinen die russischen Kriegsgefangenen?

Zeuge Liedke: Ich nenne sie »Zwangsarbeiter« oder »Sklaven«. Schraders hatten sie als Erntehelfer angefordert.

KHK Albrecht: Nun ja, das war in dieser Zeit normal, oder?

Zeuge Liedke: Im Dorf waren Schraders die einzigen, die meinten, es nötig zu haben. Alle anderen Bauern haben es ohne Sklaven geschafft.

KHK Albrecht: Und darüber haben Sie mit Schraders gesprochen? Wollten Sie sie umstimmen?

Zeuge Liedke: Sozusagen. Diesen Versuch konnte ich mir sparen. Schraders haben die beiden ausgebeutet, bis sie gestorben sind. Das war im Sommer '44. Bei einem Unfall auf dem Hof. Eine Scheune ist eingestürzt und die beiden hielten sich gerade darin auf.

KHK Albrecht: Ich habe davon gehört. Kommen wir zum Samstagabend. Wo sind Sie zwischen elf und eins gewesen?

Zeuge Liedke: Ab Mitternacht war ich zu Hause bei meiner Frau.

KHK Albrecht: Aha. Und davor?

Zeuge Liedke: Zwischen halb elf und Mitternacht habe ich einen Spaziergang durch das Dorf gemacht.

KHK Albrecht: So spät?

Zeuge Liedke: Ich wäre gern eher gegangen, aber bis halb elf hat es heftig geregnet.

KHK Albrecht: Sind Sie allein spazieren gegangen?

Zeuge Liedke: Ja. Meine Frau ist keine große Spaziergängerin, sie begleitet mich nur selten. Ich brauche jedoch meine allabendliche Runde.

KHK Albrecht: Die dauert anderthalb Stunden? Das Dorf kam mir kleiner vor.

Zeuge Liedke: Ich bin an diesem Abend etwas weiter gegangen als sonst, ein ganzes Stück aus dem Dorf heraus.

KHK Albrecht: Aus einem bestimmten Grund?

Zeuge Liedke: Ich hatte Lust dazu. Und ich war so froh, dass es endlich mal eine Zeit lang trocken war.

KHK Albrecht: Beschreiben Sie mal Ihren Weg, Herr Liedke!

Zeuge Liedke: Nun gut. Ich wohne in der Feldstraße, in der Nähe des Dorfarztes. Von dort gehe ich zum Bruchweg, links runter bis zum Ganterplatz, weiter auf die Teichstraße, die dann zur Hauptstraße wird. Danach gehe ich in die Untere Straße, weiter in den Klint, ganz bis zum Ende des Dorfes, wo der Friedhof von Klein-Winnigstedt liegt, dann links rüber, bis zur Straße Auf der Burg, die ans andere Ende der langen Hauptstraße führt. Dort biege ich links ab, gehe auf der Hauptstraße am Dorfkrug vorbei, an der Tankstelle, an der Grundschule und an der NORD/LB, bis ich zur Teichstraße zurückkomme. Da gehe ich rechts in die Schulstraße und komme hier am Gemeindebüro vorbei, das früher eine Schule gewesen ist. Dann biege ich in die Schöppenstedter Straße, links, und komme zum Ganterplatz. Da gehe ich dann statt links zurück in den Bruchweg nach rechts in die Roklumer Straße. Der folge ich bis zum Ortsausgang. Dann biege ich links in die Siedlung und gehe diese Straße bis zum Ende. Normalerweise gehe ich dann nach links, um zurück in die Feldstraße zu kommen. In dieser Nacht bin ich allerdings den ganzen Grandberg raufgegangen, am Sportplatz vorbei, fast bis Mattierzoll, und habe auf die gelb beleuchteten Grenzanlagen geschaut. Dann bin ich zurückgegangen.

KHK Albrecht: Und das dauert anderthalb Stunden?

Zeuge Liedke: Wenn man langsam geht, so wie ich.

KHK Albrecht: Wie oft sind Sie am Tiefenbach vorbeigekommen?

Zeuge Liedke: Zweimal.

KHK Albrecht: Um welche Uhrzeit?

Zeuge Liedke: Auf dem Hinweg muss es etwa 20 vor elf gewesen sein und auf dem Rückweg zirka halb zwölf.

KHK Albrecht: Ist Ihnen an der Brücke über den Tiefenbach etwas aufgefallen?

Zeuge Liedke: Nein. Dorthin schaue ich allerdings selten. Da verläuft der alte Bahndamm. Daneben plätschert der Bach. Ist vor allem im Dunkeln wenig aufregend.

KHK Albrecht: Ist Ihnen jemand begegnet?

Zeuge Liedke: Nein. Ich habe nur ein paar Autos gesehen.

KHK Albrecht: War jemand darunter, den Sie kennen?

Zeuge Liedke: Das eine müsste Jochen Wettenstedt gewesen sein. Dem Klang nach zu urteilen. Sein BMW ist auffallend laut. Das alles habe ich bereits Ihren Kollegen erzählt.

KHK Albrecht: Ich möchte es mit meinen eigenen Ohren hören. Hat er Sie denn gesehen, der junge Herr Wettenstedt?

Zeuge Liedke: Nein. Der hätte mich fast umgefahren. Ich glaube, er hatte eine Flasche Bier in der Hand. Und nur eine Hand am Steuer.

KHK Albrecht: Oha! Wann war das?

Zeuge Liedke: Ganz zu Anfang, gegen halb elf. Ich hatte gerade den Bruchweg erreicht. Da kommt er angeschossen. Ich schätze, von zu Hause. Er kam jedenfalls von rechts. Er wohnt ja am Bruchweg, ein kleines Stück weiter dorfauswärts.

KHK Albrecht: Und die anderen Autos, die Sie gesehen haben?

Zeuge Liedke: Keine Ahnung, wer das gewesen sein könnte.

KHK Albrecht: Automarken?

Zeuge Liedke: Ich arbeite zwar bei VW und kenne da die wichtigsten Typen. Das ist aber schon alles. Nachts habe ich große Probleme, die Marken überhaupt auseinanderzuhalten.

KHK Albrecht: Nun ja, Herr Liedke. Wir werden mit Ihrer Frau sprechen und uns Ihre Angaben bestätigen lassen. Dann werden wir abwarten, was uns die Rechtsmedizin zur genauen Todeszeit von Herrn Schrader mitzuteilen hat. Wenn es nach Mitternacht passiert ist, sieht es gut aus für Sie. Wenn es hingegen vor Mitternacht passiert ist, werden wir uns erneut unterhalten müssen, fürchte ich.

Zeuge Liedke: Warum?

KHK Albrecht: Dann hätten Sie kein Alibi. Und meiner Ansicht nach hätten Sie durchaus ein Motiv, Schrader umzubringen.

Zeuge Liedke: Es gab keinen Verrat.

KHK Albrecht: Das würde ich an Ihrer Stelle auch

behaupten, Herr Liedke. Was anderes: Ihre rechte Hand, was ist mit der?

Zeuge Liedke: Arbeitsunfall.

KHK Albrecht: Bei VW?

Zeuge Liedke: Ja. Gequetscht. Falscher Handgriff, falsche Maschine.

KHK Albrecht: Können Sie die Hand überhaupt benutzen?

Zeuge Liedke: Ich könnte mir durchs Haar fahren. Wenn ich mehr Haar hätte. Nein, Spaß beiseite. Große, leichte Dinge kann ich durchaus greifen. Kleidungsstücke zum Beispiel. Manchmal mache ich mir einen Spaß daraus, mir eine Kippe zwischen Zeigefinger und Mittelfinger zu stecken. Meist fällt sie raus.

KHK Albrecht: Hässliche Sache. Und Ihr Beinschuss aus der Normandie, ist der komplett verheilt?

Zeuge Liedke: Manchmal merke ich es noch. Das ist übrigens einer der Gründe, warum ich so langsam zu Fuß bin, Herr Albrecht.

KHK Albrecht: Sie spielen auf diese anderthalb Stunden an?

Zeuge Liedke: Ganz recht. Ich dachte übrigens, dass Sie einen Raubmörder suchen.

KHK Albrecht: Wie kommen Sie darauf?

Zeuge Liedke: Das habe ich gehört.

KHK Albrecht: Man hört halt so einiges. Wir suchen in erster Linie einen Mörder. Na gut, er hat außerdem eine Brieftasche entwendet. Es könnte sich folglich um einen Raubmörder handeln. Doch was wäre, wenn das Entwenden der Brieftasche ein Ablenkungsmanöver gewesen ist, um uns auf diese falsche Spur zu bringen?

Zeuge Liedke: Ein Ablenkungsmanöver?

KHK Albrecht: Ja, so was kommt durchaus vor.

Zeuge Liedke: Hm.

KHK Albrecht: Ich glaube, das war es für heute, Herr Liedke. Jetzt warten wir ab, was unsere Rechtsmedizin herausfindet.

Zeuge Liedke: Kann ich gehen?

KHK Albrecht: Ja.

KAPITEL 11

13. Juli 1974

Der Brief kam am Samstag.

Er beantwortete die Frage, warum Helmut vergeblich auf ein Zeichen von Elke wartete, auf einen Besuch, auf einen Anruf. Er hatte seit Montag einige Male bei Elke angerufen und zweimal umsonst bei ihr zu Hause angeklingelt. Eines Abends war er kurz davor gewesen, bei ihren Eltern anzurufen. Er hatte allerdings die Telefonnummer verlegt und fand es zu umständlich, extra die Auskunft anzurufen. Die Nummer der Kanzlei Conradi hätte er im Telefonbuch nachschlagen können. Doch dort anzurufen, war ihm zu peinlich. Er war ohnehin nach wie vor der Auffassung, dass es Elkes Sache war, sich zu melden.

Jetzt war es so weit.

Der Dauerregen hatte an diesem Vormittag ausgesetzt und er war draußen auf dem Hof. Er wollte gerade damit anfangen, den Wagen seines Vaters zu waschen, einen Opel Kadett, als Brigitte Wenzel, die Postbotin, kam. Aus ihrer Ledertasche fingerte sie den weißen Umschlag und hielt ihn ihm hin. »Post für dich, Helmut. Aus Holland. Guck mal, da ist Königin Juliana auf der Briefmarke.« Brigitte Wenzel zeigte auf den Poststempel. »Und guck mal da, am Dienstag aufgegeben. Bloß vier Tage unterwegs.« Die Postbotin sah ihn neugierig an. Briefe aus Holland stellte sie nicht alle Tage zu, allenfalls im Sommer mal eine Urlaubskarte aus dem Nachbarland. Schließlich verbrachte der eine oder andere Dorfbewohner dort seine Ferien und schickte Nachbarn, Freunden und Verwandten Urlaubsgrüße.

Er musste sich die Hände an der Hose trocken wischen, bevor er den Brief nahm. Er war tatsächlich an ihn adressiert: »Helmut Jordan, Teichstraße 2, 3345 Winnigstedt, West-Duitsland«. Der Absender fehlte, doch er kannte diese Handschrift gut. Er warf Brigitte Wenzel einen ungeduldigen Blick zu. Sie verstand den Wink und verabschiedete sich. Er öffnete den Brief mit zitternden Händen und las.

»Lieber Helmut, bitte verzeihe mir, dass ich so einfach aus deinem Leben verschwinde. Ich bin in Holland und werde niemals zurückkehren. Ich werde unser Kind abtreiben lassen und von Neuem beginnen. Allein. Bitte, suche mich nicht! Ich liebe dich und werde dich immer lieben. Ich bin aber zu jung, um eine Familie zu gründen. Ich habe Angst, dass du das nicht verstehen wirst. Ich habe Angst vor den Diskussionen, vor den Gesprächen. Bitte, verstehe mich! Bitte, verzeihe mir! Deine Elke.«

Er las den Brief ein zweites Mal, dann ein drittes Mal. Es war unbegreiflich. Elke hatte still und heimlich beschlossen, ihr gemeinsames Kind zu töten. Und schlimmer als das, sie hatte beschlossen, ein für alle Mal wegzugehen, ihn zu verlassen. Was war los mit Elke?

Sekundenlang war er außerstande, einen klaren Gedanken zu fassen oder sich zu bewegen. Hinter ihm stand Vaters Opel, davor lag der Wasserschlauch, der noch an den Außenhahn angeschlossen werden musste.

Endlich gelang es ihm, sich aus seiner Starre zu lösen. Er faltete den Brief, steckte ihn zurück in den Umschlag, faltete auch diesen und schob ihn in die Gesäßtasche seiner Mustang. Dabei schloss er kurz die Augen und sah prompt die 15-jährige Elke auf sich zu stürmen und in seine ausgebreiteten Arme springen. Sie trug ausnahmsweise eine weiße Bluse und eine dunkelblaue, neue Jeans. Es war der Tag, als sie ihr Abschlusszeugnis erhalten hatte, ihre Mittlere Reife, mit überraschend guten Noten. Die Noten waren so gut, dass sie sogar aufs Gymnasium hätte gehen können. Doch Elke hatte die Nase voll gehabt von der Schule. Sie wollte arbeiten und Geld verdienen und hatte zu diesem Zeitpunkt längst ihren Ausbildungsplatz sicher.

An diesem Tag im Sommer 1971 war sie einfach glücklich gewesen, genau wie er. Wahrscheinlich war es einer der schönsten Tage seines Lebens gewesen. Er hatte sich Urlaub genommen und sie hatten den ganzen Tag zusammen verbracht, zunächst mit Elkes Eltern, die zur Feier des Tages zum Mittagessen in einem schicken Restaurant in Wolfenbüttel eingeladen hatten, anschließend allein. Elke hatte sich umgezogen und sie waren nach Mattierzoll geradelt, um unweit des Grenzübersichtspunktes zu picknicken, Sekt zu trinken und Chips zu essen.

Schon dort auf der Wiese wäre ihr Knutschen beinahe in Sex ausgeartet. Elke hatte bereits ihre Jeansweste abgelegt und wollte gerade ihr T-Shirt ausziehen, als ihm eingefallen war, dass sie sich in Sichtweite der DDR-Grenzer mit ihren starken Ferngläsern und ihren Fotoapparaten mit Zoomfunktion befunden hatten. Dieses Schauspiel wollten sie den verhassten Soldaten von drüben keineswegs bieten – umsonst!

Sie hatten den Sex, der dank des Sektes ungewohnt hemmungslos war, in seinem Zimmer nachgeholt. Mehrfach und bis tief in die Nacht hinein. Dann hatte er Elke nach Hause gebracht, bei ihm übernachten durfte sie erst nach ihrem 16. Geburtstag.

Auch an diese erste gemeinsame Nacht im September 1971 erinnerte er sich jetzt, als er endlich den Wasserschlauch anschloss und den Opel zunächst mit kaltem Wasser abspülte. Diese Nacht war genauso wundervoll gewesen wie der Picknick-Tag. Sie hatten wieder Sekt getrunken und erneut hatte der Alkohol vor allem bei Elke Fesseln gelöst. Sie hatte laut gestöhnt, bisweilen geschrien und immer mehr verlangt. Er war eindeutig an seine Grenzen gestoßen und eingeschlafen. Seelig, aber fix und fertig. In einer halbwachen Phase hatte er Elke neben sich stöhnen gehört; vielleicht hatte sie schlecht geträumt?

Der Wasserstrahl spritzte gegen die Karosserie, traf schmatzend auf die Windschutzscheibe und peitschte ein paar kleine Lehmklumpen aus den Radkästen. Helmut, der mit seinen Gedanken ganz woanders war, wurde das eine oder andere Mal von den abprallenden Wassermassen erwischt und war nach wenigen Minuten so nass wie am letzten Sonntag, als er knapp zwei Stunden im Nieselregen gestanden hatte. Das war ihm in diesem Moment vollkommen egal. Dann würde er sich eben erkälten. Na und? Selbst einer drohenden Lungenentzündung mit Todesfolge stand er gleichgültig gegenüber.

Mechanisch machte er weiter, seifte das Auto ein, spritzte es ab, wurde immer nasser, lederte es ab und war schließlich fertig. Er räumte Schlauch, Eimer, Schwamm und Ledertücher weg und verzog sich für die nächsten Stunden in sein Kellerloch. Die Rufe seiner Mutter, unter anderem wegen der samstäglichen Kartoffelsuppe, ignorierte er. Immerhin zog er sich trockene Kleidung an und legte ein paar Platten auf, die ersten drei Alben von Led Zeppelin. Er drehte die Anlage nur halb auf. Bei zu lauter Musik wäre womöglich Vater nach unten gekommen, um sich zu beschweren. Er wollte unbedingt allein sein.

Er griff zu der Flasche Kräuterschnaps in seinem Regal, aber nur, um festzustellen, dass die Flasche leer war. Er hatte sie vor einer Woche, in der Nacht von Samstag auf Sonntag, ausgetrunken, als er sich ebenfalls wegen Elke in seinem Zimmer verkrochen hatte.

Genau diese Erkenntnis sollte es sein, die ihn überraschend schnell aus dem tiefsten Loch hervorholte. Würde er sich ab sofort allabendlich im Keller verschanzen, um sich mit Alkohol zu betäuben und die Wahrheit auszublenden? Auf diese Weise wäre er innerhalb eines Jahres ein Wrack. Zudem hatte er sich schon längst insgeheim damit abgefunden, dass die Freundschaft mit Elke ihrem Ende entgegensteuerte; es bahnte sich seit einem Dreivierteljahr an, womöglich länger.

Dennoch fand er einen letzten Strohhalm, an den er sich klammern konnte. Er betrachtete ein weiteres Mal den Brief aus Holland. Wie hieß dieses Sprichwort? Papier ist geduldig. Es war gut möglich, dass Elke den Brief in dem Moment, als sie ihn schrieb, tatsächlich als Abschiedsbrief gemeint hatte. Man musste aber berücksichtigen, dass sie sich in einer absoluten Ausnahmesituation befunden hatte: Sie hatte gerade erst ein Kind abgetrieben. Getötet! Da konnte man schon mal durcheinander sein. Darüber hinaus, daran musste man gleichfalls denken, war Elke gerade mal 19. In diesem Alter konnte man durchaus mal seine Meinung ändern.

Wie er selbst! Erst vor wenigen Tagen hatte er befürchtet, dass Elke mit Fritz durchgebrannt war. Das war falsch! Fritz war hier und hatte am Dienstagabend bei ihm angerufen. Fritz machte momentan kräftig Überstunden im Fahrradgeschäft, um Geld für seine Reise zu verdienen. Am Montag hatte er bis 22 Uhr gearbeitet. Auch am Dienstag war er erst um 21.30 Uhr nach Hause gekommen.

Am Ende des kurzen Gesprächs hatte Fritz versprochen, ihn bald zu besuchen.

Er war in der Tat bereits am nächsten Abend gekommen und sehr aufgeregt gewesen, denn sein Freund Karl wurde verdächtigt, Schrader umgebracht zu haben. Fritz hatte unmittelbar zuvor mit Karl gesprochen, der früher an diesem Mittwoch von Kommissar Albrecht vernommen worden war.

»Karl ist ganz ruhig, musst du wissen. Der hat als Sozialdemokrat die Nazis überlebt. Den kann so leicht nichts aus der Ruhe bringen. Doch für die Tatzeit fehlt ihm ein Alibi. Er war allein im Dorf spazieren. Und irgendwelche Idioten im Dorf haben den Bullen von dieser Gestaposache erzählt. Jetzt denken die tatsächlich, Karl hätte sich nach 30 Jahren endlich gerächt. So ein Schwachsinn! Der könnte keiner Scheißfliege was zuleide tun. Ich brauche ein Bier.«

Helmut hatte ein paar Flaschen Bier von oben geholt. Dann saßen sie in den Kunstledersesseln, tranken Wolters, rauchten und redeten über Liedke. Helmut wollte eigentlich über Elke sprechen. Beziehungsweise über Fritz und Elke. Und er wollte fragen, ob Fritz wusste, wo Elke war; zu diesem Zeitpunkt war der Abschiedsbrief aus Holland noch unterwegs zu ihm. Er suchte allerdings vergebens nach einem geeigneten Einstieg. Angebracht gewesen wäre: »He, Fritz, du warst doch Samstagnacht bei Elke.

Weißt du zufällig, wo sie seitdem abgeblieben ist?« Wieder einmal blieben seine Lippen verschlossen. Außerdem schien Fritz die Geschichte mit Liedke viel zu wichtig zu sein. »Ich muss was unternehmen, das die Scheißbullen auf eine andere Spur bringt«, sagte er.

Wenn er schon nicht das Thema Elke anschneiden konnte, wollte Helmut zumindest eine andere Sache klären, die ihm spätestens seit dem vorigen Abend und Lothars Andeutungen unter den Nägeln brannte und die sich auf Liedke bezog. »Sag mal, Fritz. Weißt du was davon, dass Karl und Frau Junker mal ein Paar waren?«

»Wer erzählt das denn? Deine Kollegen bei Arnold?«

»Wer sonst? Und?«

»Und, und, und. Du musst nicht denken, dass Karl mir alles erzählt. Ich weiß nur, dass die beiden seit Ewigkeiten sehr gut befreundet sind. Seit sie Teenager sind. Ehrlich, der Karl spricht ausschließlich von seiner guten Freundin Renate. Ich glaube, da läuft nichts.«

»Und früher?«

»Wenn früher, dann weit früher. Warum willst du das so genau wissen?«

»Nur so.« Das war gelogen. Gleichsam doppelt gelogen. Zum einen wollte Helmut es wissen, weil er früher selbst scharf war auf die Junker. Zum anderen versuchte er, das Thema in eine bestimmte Richtung zu lenken. Liedke war verheiratet; wenn er ein Verhältnis mit Frau Junker gehabt hätte, wäre es thematisch ganz nahe an der denkbaren Situation zwischen Fritz, Elke und ihm. Da Liedke und Frau Junker aber offenbar nur befreundet waren, verpuffte diese Chance – und im nächsten Augenblick schimpfte Fritz wieder über »die unfähigen Bullen«.

Eine halbe Stunde danach war Fritz gegangen. Helmut hatte erneut den Moment verpasst, ihn wegen Elke oder letzten Samstag zu fragen. Stattdessen hatte Fritz ihm haarklein erklärt, welche Etappen der Tour de France er sich nächste Woche in den Alpen ansehen wollte. Falls hier nichts dazwischenkam, wie Fritz sich ausdrückte. Was er wohl damit meinte?

Eine Sache freilich hatte sich aus seiner Sicht durch diesen Besuch geklärt: Fritz war kein Mörder, er hatte sich viel zu normal benommen. So sehr konnte sich sein alter Freund wohl kaum verstellen.

Am gestrigen Freitagnachmittag hatte sich die Ausgangslage in zweifacher Hinsicht geändert. Die unfähigen Bullen, wie Fritz sie nannte, hatten endlich den Todeszeitpunkt konkreter fassen können. Vor Mitternacht. Damit kam nur die Stunde zwischen 23 Uhr, als Schrader den Dorfkrug verlassen hatte, und Mitternacht infrage. Zugleich hatte die Kripo ihren nächsten Verdächtigen: Fritz. Ausgerechnet.

Jemand hatte einen anonymen Brief an die Polizei geschickt, in dem Fritz als kranker Nazijäger, »als Jünger von Simon Wiesenthal« geschildert wurde, dem alles zuzutrauen war. Zum Beispiel, dass er frühere Nazis umbrachte, um sie für ihre Schandtaten bezahlen zu lassen.

Am gleichen Tag noch war Fritz von Kommissar Albrecht vernommen worden. Helmut hatte zuletzt am Mittwoch mit Fritz gesprochen, er hatte also keine Ahnung, wie diese Vernehmung verlaufen war. Dafür wusste er nun sogar zu 100 Prozent, dass Fritz unmöglich Schraders Mörder sein konnte. Der Mord war zwischen 23 Uhr und Mitternacht verübt worden. Zu dieser Zeit war Fritz bei Elke gewesen.

Wenn man ganz strenge Maßstäbe anlegte, musste man einräumen, dass er das nur fast zu 100 Prozent wissen konnte. Er hatte Fritz' Rennrad um 22.30 Uhr und um 23.50 Uhr vor Elkes Haus gesehen. Fritz hätte theoretisch anderswo gewesen sein können, er hätte beispielsweise zwischendurch zum Tiefenbach geradelt sein können, um Schrader umzubringen. Nein, das war ausgeschlossen. Woher hätte Fritz wissen können, um welche Uhrzeit Schrader über die Brücke am Tiefenbach geht? Fritz war bei Elke – oder irgendwo anders in der Unteren Straße.

Die Sache lag auf der Hand: Fritz hatte am Mittwoch verkündet, dass er etwas unternehmen wollte, um von Liedke abzulenken. Also hatte er höchstwahrscheinlich den anonymen Brief eigenhändig geschrieben, um den Verdacht auf sich zu lenken. Fritz' Freund Karl hatte ein Motiv und war zur Tatzeit allein im Dorf unterwegs gewesen. War er tatsächlich der Mörder? Wusste Fritz das? Oder ahnte es? In jedem Fall wäre der anonyme Brief ein gutes Ablenkungsmanöver. Wie er ihn kannte, würde Fritz die Charade bis zum bitteren Ende durchziehen und im Zweifelsfall ins Gefängnis gehen, um Karl zu schützen.

Aber das war vollkommen falsch, fand Helmut. Er musste Fritz aufhalten und verhindern, dass sein Freund sich ins Verderben stürzte. Er musste entweder mit Liedke reden oder mit Albrecht. Fritz' Freund konnte er die Wahrheit über den anonymen Brief erzählen und hoffen, dass Liedke etwas unternahm: mit Fritz sprechen oder sich der Polizei stellen. Dem Kommissar konnte er erzählen, wo sich Fritz zur Tatzeit tatsächlich aufgehalten hatte.

Ursprünglich hatte er das Wochenende dazu nutzen wollen, um über diese Frage nachzudenken. Dann war Elkes Abschiedsbrief gekommen, der ihn zunächst für ein paar Stunden aus der Bahn geworfen hatte, der ihm jedoch letztlich bei seiner Entscheidung half. Sein Hauptargument gegen Albrecht war bis zu diesem Zeitpunkt der Gedanke daran gewesen, dass der Kommissar seine Aussage durch Elke überprüfen lassen würde. Helmut wollte aber um jeden Preis vermeiden, Elke in diese Sache hineinzuziehen. Nun war Elke unerreichbar. Folglich fiel dieses Problem weg – und seine Entscheidung zugunsten von Kommissar Albrecht.

Am Samstagnachmittag, er hatte gerade ein paar Löffel Kartoffelsuppe gegessen, meldeten sich Elkes Eltern telefonisch bei ihm. Sie hatten am Vormittag ihrerseits Post von Elke bekommen. Wie sich herausstellte, war der Inhalt des Abschiedsbriefes an die Eltern in den wesentlichen Punkten identisch mit dem Brief an ihn. Allerdings hatten Elkes Eltern bislang nichts von der Schwangerschaft ihrer Tochter geahnt. Elkes Mutter machte ihm deswegen Vorhaltungen. Andererseits überwog eindeutig ihre Verzweiflung ob des Vorhabens ihrer Tochter, weggehen zu wollen. Sie hoffte, dass Elke es sich anders überlegte. Das hoffte er auch.

Vernehmungsprotokoll

11. Juli 1974, 17.00 Uhr, Zeuge Fritz Tiedemann, 19 Jahre, Abiturient aus Winnigstedt

KHK Albrecht: Hallo, Herr Tiedemann.

Zeuge Tiedemann: Hallo.

KHK Albrecht: Sie haben gerade Ihr Abitur gemacht, oder?

Zeuge Tiedemann: Stimmt.

KHK Albrecht: Gratuliere.

Zeuge Tiedemann: Danke.

KHK Albrecht: Sind Sie zufrieden mit Ihrem Abschneiden?

Zeuge Tiedemann: Durchaus.

KHK Albrecht: Was werden Sie jetzt machen?

Zeuge Tiedemann: Erst ein wenig reisen, dann nach Berlin, studieren.

KHK Albrecht: Berlin? Verstehe.

Zeuge Tiedemann: Wie bitte?

KHK Albrecht: Schöne Stadt. Spannend. Ideal für junge Leute.

Zeuge Tiedemann: Kann sein.

KHK Albrecht: Verstehe.

Zeuge Tiedemann: Worauf wollen Sie hinaus? Geht's Ihnen um den Wehrdienst, um den ich mich drücke, falls ich in Berlin bleibe?

KHK Albrecht: Was geht mich Ihr Wehrdienst an? Ich habe einen Mord aufzuklären. Sagt Ihnen der Name Simon Wiesenthal etwas?

Zeuge Tiedemann: Hat das mit Ihrer Ermittlung zu tun?

KHK Albrecht: Na, na. Überlassen Sie die Fragen mal mir. Also bitte!

Zeuge Tiedemann: Ja, der Name sagt mir was.

KHK Albrecht: Würden Sie Wiesenthal als Ihr Vorbild bezeichnen?

Zeuge Tiedemann: Nein.

KHK Albrecht: Nein?

Zeuge Tiedemann: Nein. War es das?

KHK Albrecht: Ja, zu den Themen Berlin und Simon Wiesenthal. Vorerst. Weiter geht's mit Samstagnacht. Was haben Sie da gemacht?

Zeuge Tiedemann: Nichts.

KHK Albrecht: Das ist nicht viel!

Zeuge Tiedemann: Nichts ist nie viel.

KHK Albrecht: Hübsch philosophisch formuliert. Haben Sie Zeugen für Ihr Nichtstun?

Zeuge Tiedemann: Nein.

KHK Albrecht: Wo sind Sie gewesen, sagen wir mal zwischen elf und eins?

Zeuge Tiedemann: Zu Hause.

KHK Albrecht: Allein?

Zeuge Tiedemann: Allein in meinem Zimmer. Meine Eltern haben im Wohnzimmer *Am laufenden Band* geguckt.

KHK Albrecht: Und Sie?

Zeuge Tiedemann: Ich saß in meinem Zimmer, wie gesagt. Ich habe gelesen, wenn Sie es genau wissen wollen.

KHK Albrecht: Was lesen Sie denn so?

Zeuge Tiedemann: In diesem Fall die Süddeutsche Zeitung.

KHK Albrecht: Die Süddeutsche Zeitung? Oha, das ist mal ein anderes Kaliber als die Bild. Was stand denn so drin am Samstag?

Zeuge Tiedemann: Es ging um das WM-Finale.

KHK Albrecht: Und sonst?

Zeuge Tiedemann: Um den Mord an Ulrich Schmücker in West-Berlin.

KHK Albrecht: Was meint die Süddeutsche, wer es war?

Zeuge Tiedemann: Die verzichten darauf, zu spekulieren. Die schreiben nur, dass der Schmücker früher Terrorist gewesen ist.

KHK Albrecht: Bewegung 2. Juni.

Zeuge Tiedemann: Mag sein.

KHK Albrecht: Mittlerweile liegt ein Bekennerschreiben dieser Bewegung vor. Schmücker wird als »Verräter und Konterrevolutionär« bezeichnet, der nach einem Todesurteil hingerichtet wurde. Ein Racheakt unter Terroristen.

Zeuge Tiedemann: Wenn Sie es sagen!

KHK Albrecht: Und, war es das, woran Sie sich erinnern?

Zeuge Tiedemann: Es gab einen langen Artikel und einen Kommentar zum Rücktritt von Erhard Eppler. Und ein Portrait seines Nachfolgers.

KHK Albrecht: Egon Bahr.

Zeuge Tiedemann: Sie scheinen sich für Politik zu interessieren?

KHK Albrecht: Genau wie Sie.

Zeuge Tiedemann: Früher mehr.

KHK Albrecht: Wann früher?

Zeuge Tiedemann: Bis Mai.

KHK Albrecht: Ah, verstehe. Sie trauern unserem Willy nach.

Zeuge Tiedemann: Sie etwa auch?

KHK Albrecht: Was denken Sie denn? Dass alle Bullen CDU wählen?

Zeuge Tiedemann: Zumindest, dass Sie den Schmidt mögen.

KHK Albrecht: Das stimmt. Ein seriöser Mann.

Zeuge Tiedemann: Im Gegensatz zu Brandt hat er zu wenig Charisma.

KHK Albrecht: Dem Vergleich mit Brandt wird niemand in der SPD standhalten. Ich fürchte, dass das der Partei eines Tages zum Verhängnis wird.

Zeuge Tiedemann: Noch ist Brandt da. Der kehrt eines Tages auf die große Bühne zurück.

KHK Albrecht: Wohl kaum, so lange es bei den anderen Parteien Leute wie den Strauß gibt. Der würde das verhindern und stets daran erinnern, dass Brandt mal diesen DDR-Spion bei sich auf dem Schoß sitzen hatte. Nein, junger Freund! Innerhalb der SPD, das ja. Ein wichtiges öffentliches Amt? Nein.

Zeuge Tiedemann: Hm.

KHK Albrecht: Sie haben Zeitung gelesen. Und sonst?

Zeuge Tiedemann: Musik gehört.

KHK Albrecht: Na, das wird ja immer mehr. Verraten Sie mir, welche Musik? Wie ich Sie einschätze, nicht gerade Bernd Clüver und Konsorten oder *Seasons in the Sun*?

Zeuge Tiedemann: Da schätzen Sie mich durchaus richtig ein. Je nach Stimmung höre ich entweder Soul und Funk oder französische Chansons.

KHK Albrecht: Etwa auch Edith Piaf?

Zeuge Tiedemann: Die gehört dazu.

KHK Albrecht: Interessant. In welcher Stimmung sind Sie an diesem Samstagabend gewesen?

Zeuge Tiedemann: Für Chansons.

KHK Albrecht: Von wann bis wann haben Sie Zeitung gelesen und Chansons gehört?

Zeuge Tiedemann: Acht bis elf.

KHK Albrecht: Und danach?

Zeuge Tiedemann: Geschlafen.

KHK Albrecht: Sie waren weiterhin allein?

Zeuge Tiedemann: Klar.

KHK Albrecht: Hätte ja sein können, dass Ihre Freundin vorbeigekommen ist.

Zeuge Tiedemann: Ich habe keine Freundin.

KHK Albrecht: Schade. Und Ihre Eltern?

Zeuge Tiedemann: Ich schätze, die haben weiter ferngesehen. Ich habe aber keinen blassen Schimmer, was nach *Am laufenden Band* gekommen ist.

KHK Albrecht: Zum Beispiel das *Aktuelle Sportstudio*, *Die Olsen-Bande*, der Film *Fettaugen*.

Zeuge Tiedemann: Haben Sie das Fernsehprogramm auswendig gelernt?

KHK Albrecht: Nein, die bisherigen Zeugenaussagen.

Zeuge Tiedemann: Haben wohl alle ferngesehen.

KHK Albrecht: Abgesehen vom Mörder.

Zeuge Tiedemann: Klar.

KHK Albrecht: Nach elf haben Sie geschlafen und vorher haben Sie gelesen und Musik gehört. Sie waren die ganze Zeit in ihrem Zimmer. Ihre Eltern waren allerdings zu Hause. Würden die es merken, wenn Sie nachts aus dem Haus gehen?

Zeuge Tiedemann: Nur, wenn es ich es will.

KHK Albrecht: Sie können sich sozusagen aus dem Haus schleichen?

Zeuge Tiedemann: Sozusagen.

KHK Albrecht: Haben Sie das in der fraglichen Nacht zufällig gemacht?

Zeuge Tiedemann: Ich habe geschlafen.

KHK Albrecht: Einverstanden. Kommen wir auf diesen Simon Wiesenthal zurück ... Ach, warten Sie mal! Ich sehe da, wie Sie an Ihren Hemdknöpfen herumfummeln.

Zeuge Tiedemann: Und?

KHK Albrecht: Wohl eine Marotte. Oder sind Sie nervös?

Zeuge Tiedemann: Nein.

KHK Albrecht: Sie machen das mit der linken Hand?

Zeuge Tiedemann: Ich bin Linkshänder.

KHK Albrecht: Ah, ein Linkshänder. Hat man versucht, Sie zum Rechtshänder umzupolen?

Zeuge Tiedemann: Versucht ja. War aussichtslos.

KHK Albrecht: So was soll es geben. Zurück zu diesem Wiesenthal. Ich will offen zu Ihnen sein, Herr Tiedemann. Wir haben ein anonymes Schreiben bekommen. Darin werden Sie als »ein Nazijäger wie Simon Wiesenthal« beschrieben. Dass Sie im Dorf jeden Stein umdrehen, der zwischen '33 und '45 hingelegt wurde und alles wissen wollen, was in diesen Jahren im Dorf geschehen ist. Und wer was gemacht hat. Da sind Sie auf Heinz Schrader gestoßen, heißt es in diesen Brief. Und der soll zum einen den Widerstandskämpfer Karl Liedke bei der Gestapo denunziert haben und zum anderen verantwortlich sein für den Tod von zwei russischen Kriegsgefangenen. Und er soll in der NSDAP gewesen sein. Na ja, der Schreiber folgert aus all dem, dass Sie nun an Schrader ein Exempel statuiert haben. Soweit dieses Schreiben, Herr Tiedemann.

Zeuge Tiedemann: Beachten Sie wirklich anonyme Briefe bei Ihren Ermittlungen?

KHK Albrecht: Kommt drauf an. Diesmal durchaus. Ich sage Ihnen gern, warum wir das tun, und ich hole dazu etwas weiter aus: Wir haben im Dorf ganz bewusst Gerüchte gestreut. Zunächst das von der fehlenden Geldbörse. Dass wir deswegen denken, es könnte ein Raubmord gewesen sein. Praktisch am nächsten Tag haben wir die ersten Aussagen vorliegen, die uns von dieser Gestapogeschichte berichten, und die damit den Liedke anschwärzen. Das geschah gewiss unter der Prämisse, dass der Liedke eigentlich unschuldig sein muss, wenn es ein Raubmord war. Wer will schon einen Mitmenschen ans Messer liefern, heutzutage? Trotzdem haben wir das Gerücht in die Welt gesetzt, dass wir jetzt den Liedke im Verdacht haben. Prompt kommt ein anonymer Brief angeflattert und der nächste Verdächtige wird uns präsentiert. Sie! Und wieder ist es bloß ein halbes Anschwärzen, ein ganz dezentes Denunzieren; eigentlich suchen wir ja einen Raubmörder. Falls es kein Raubmord war, haben wir einen anderen Verdächtigen, nämlich Liedke. Nichtsdestoweniger sitzen Sie hier. Wir müssen dieser Spur nun mal nachgehen und haben Sie deshalb vorgeladen. Jetzt sitzen Sie dort und erzählen mir von Chansons und der Süddeutschen Zeitung, die Sie an diesem Samstag bestimmt gelesen haben. Fragt sich nur, wann.

Zeuge Tiedemann: Abends. Habe ich gerade gesagt.

KHK Albrecht: Das weiß ich. Es hat Sie aber niemand gesehen, wie Sie erst Zeitung gelesen und dann geschlafen haben. Wer sagt mir denn, dass Sie nicht um halb zwölf am Tiefenbach gewesen sind und dem Schrader einen Stein über die Rübe gezogen haben?

Zeuge Tiedemann: Ich.

KHK Albrecht: Das ist klar, dass Sie das sagen. Beweisen Sie es mir mal!

Zeuge Tiedemann: Ich denke, dass es an Ihnen ist, mir das Gegenteil zu beweisen. Wir leben in einem Rechtsstaat, Herr Albrecht.

KHK Albrecht: Das tun wir, Herr Tiedemann. Für mich haben Sie kein Alibi, dabei bleibt es. Was ist eigentlich mit Ihren Nachforschungen über die NS-Zeit?

Zeuge Tiedemann: Ich forsche.

KHK Albrecht: Und sind dabei auf die Schraders gestoßen?

Zeuge Tiedemann: Zwangsläufig.

KHK Albrecht: Das hat Sie mächtig gestört, dass die beiden in der NSDAP gewesen sind?

Zeuge Tiedemann: Ekelhaft. Sie waren die Einzigen aus dem Dorf, die da so aktiv mitgemacht haben.

KHK Albrecht: Spricht für das Dorf, oder?

Zeuge Tiedemann: Es bleibt aber bei dem, was Schraders gemacht haben. Sie haben Kriegsgefangene angefordert. Die durften wie Sklaven für die Schraders schuften. Ohne Bezahlung.

KHK Albrecht: Wie man hört, wurden diese beiden Russen keineswegs wie Sklaven behandelt.

Zeuge Tiedemann: Das mag so gewesen sein. Sie waren aber gegen ihren Willen bei Schraders. Als sie starben, hat man sie rasch verscharrt, damit niemals ans Licht kommt, wie sie gestorben sind.

KHK Albrecht: Soweit ich weiß, bei einem Unfall. Ein herabstürzendes Scheunendach.

Zeuge Tiedemann: Es gibt da ein Gerücht, dass sie Stichverletzungen hatten.

KHK Albrecht: Und? Was haben Sie dazu herausgefunden?

Zeuge Tiedemann: Nullkommanull.

KHK Albrecht: Und Ihr Freund Liedke?

Zeuge Tiedemann: Er kennt nur das Gerücht.

KHK Albrecht: Mehr wissen vermutlich nur die Schraders.

Zeuge Tiedemann: Das sehe ich ähnlich.

KHK Albrecht: Und, haben Sie mit ihnen gesprochen?

Zeuge Tiedemann: Keiner der beiden wollte mit mir sprechen.

KHK Albrecht: Da haben Sie versucht, mit einem Stein nachzuhelfen?

Zeuge Tiedemann: Nein. Wie oft soll ich es denn sagen?

KHK Albrecht: So lange, bis ich es glaube, Herr Tiedemann.

Zeuge Tiedemann: Das kann ja heiter werden!

KHK Albrecht: Aber ein andermal. Für heute habe ich die Nase voll von Ihnen.

Zeuge Tiedemann: Kann ich gehen?

KHK Albrecht: Können Sie, Herr Tiedemann. Auf Wiedersehen!

Zeuge Tiedemann: Wenn es denn sein muss!

KAPITEL 12

18. Juli 1974, nachmittags

Die Ereignisse überschlugen sich, letztlich führten sie jedoch in die vollkommene Leere.

Helmut hatte erneut ausgesagt. Er hätte sich in größte Schwierigkeiten bringen können, indem er zugab, bei seiner ersten Aussage enorm wichtige Aspekte verschwiegen zu haben. Doch dann war alles anders gekommen: Das rechtsmedizinische Gutachten lag endlich vor; Schrader war demnach von einem Rechtshänder umgebracht worden. Das hatte Helmut aus erster Hand von Kommissar Albrecht erfahren, statt über den Umweg Atze Hoier, wie sonst.

Damit schied Liedke als Verdächtiger aus, zu 100 Prozent. Seit einem Arbeitsunfall vor 20 Jahren war seine rechte Hand verkrüppelt. Es wäre unmöglich für ihn, einen faustgroßen Stein zu greifen und diesen mit brutaler Gewalt auf den Kopf eines anderen Menschen zu schlagen.

Mindestens zu 95 Prozent schied Fritz aus dem Kreis der Verdächtigen aus, er war von Geburt an Linkshänder. Sein Handicap war weniger eindeutig als Liedkes, doch viele im Dorf wussten, dass Fritz seine rechte Hand (wie seinen rechten Fuß) zu nichts gebrauchen konnte.

Für Fritz, für Liedke und ihre Freunde im Dorf war das eine ganz hervorragende Neuigkeit. Einige andere hätten es wohl gern gesehen, wenn es einen der beiden (oder am besten: beide) erwischt hätte.

Für die Kripo bedeutete das Gutachten einen herben Rückschlag. Ihr waren die beiden Hauptverdächtigen abhandengekommen und sie konnte wieder bei null beginnen. Eher im Minusbereich. Woher sollte sie nun neue Verdächtige nehmen?

Albrecht hatte mittlerweile mit allen Leuten gesprochen, die am Samstagabend zusammen mit Schrader im Dorfkrug gewesen waren, auch mit Vater Jordan. Die Kripo hatte zudem mehrfach die gesamte Familie Schrader vernommen. Sie hatte darüber hinaus zwei Menschen im Dorf identifiziert, die möglicherweise ein Motiv hatten, Schrader umzubringen. Doch keine dieser Personen konnte der Mörder sein. Das galt auch für die Fußballer der 1. Mannschaft des TSV, die war komplett im Harz gewesen. Fast komplett, am zweiten, am entscheidenden Abend hatte Helmut gefehlt.

Das hieß, dass die Polizei rund 50 Menschen ausklammern konnte. Hinzu kamen weitere Linkshänder, Greise und Kleinkinder, die als Mörder ausschieden. Dennoch blieben an die 1.000 weitere Dorfbewohner übrig. Plus Räuber von überall in unbegrenzter Zahl.

Helmut war heilfroh, dass es nicht seine Aufgabe war, Schraders Mörder zu suchen und diese endlose Liste an Personen abzuarbeiten, die theoretisch infrage kamen, diese endlose Zahl an weiteren Vernehmungen zu führen, zu protokollieren und auszuwerten.

Die Leute aus dem Dorf diskutierten weiterhin munter über die Ermittlungsergebnisse. Anscheinend hatte Albrecht große Hoffnungen in die Untersuchung der Tatwaffe gesetzt. Ohne Erfolg. Die Kriminaltechniker fanden keine verwertbaren Abdrücke auf dem Stein. Was hätte der Kommissar andernfalls damit machen wollen, fragte Helmut sich.

Wollte er etwa jedem Winnigstedter die Fingerabdrücke abnehmen und mit denjenigen auf dem Stein abgleichen?

Wie gesagt, die Sache hatte sich erledigt.

Ein letztes Mal traf Helmut den Kommissar am Tatort. Albrecht stand dort, natürlich im Regen (es waren eher leichte Schauer mit trockenen Abschnitten dazwischen), mit seinem Mantel, den er am Tag nach dem Mord getragen hatte, die Hände tief in den Taschen vergraben. Er sah sich um, blickte den Bahndamm entlang, zu den wenigen umstehenden Häusern, zum Spielplatz und auf den matschigen Boden.

Helmut war unterwegs zur Niederlassung der NORD/LB, die sich neben der Grundschule befand, etwa 200 Meter von der Brücke über den Tiefenbach entfernt. Er hatte an diesem Donnerstag früher Feierabend gemacht, um zur Bank gehen zu können.

Jetzt blieb er stehen und sah dem Kommissar zu, bis dieser ihn bemerkte und ihn zu sich winkte. Er hob das Absperrband hoch und ging zu Albrecht.

Der Kommissar gab ihm in die Hand. »Schön, Sie zu sehen, Herr Jordan! Haben Sie schon bei der Polizei angerufen, um sich zu bewerben?«

»Nein, aber ich mache es die Tage.« Er ärgerte sich, die Frage verneinen zu müssen. Albrecht hatte diesen Vorschlag, ausgesprochen bei seiner zweiten Aussage, scheinbar ernst gemeint. Helmut hatte in der Tat ernsthaft darüber nachgedacht. Jetzt, da Elke ihn verlassen und er keine Familie zu versorgen hatte, musste er sich beispielsweise keinerlei Gedanken mehr wegen des Geldes machen. Allein konnte er gut leben von dem garantiert niedrigen Gehalt als Polizeianwärter.

Erst gestern war ihm zudem ein echter Vorteil eingefallen, falls er zur Polizei gehen würde. Er hatte kürzlich seinen Einberufungsbescheid bekommen und musste spätestens im Januar 1975 seinen Dienst bei der Bundeswehr antreten – schlimmstenfalls würde er Panzergrenadier in der Lüneburger Heide werden wie sein großer Bruder. Auf diese zum Teil schikanösen 15 Monate in der Kaserne konnte er gut verzichten. Als Polizist müsste er selbstverständlich keinen Wehrdienst leisten.

Mein Gott, was für ein missratener Versuch, sich sein eigenes Elend schönzureden! Er hätte fast lauthals losgelacht, vor Albrechts Augen. Oder geweint. Beides hatte er seit letztem Samstag, seit dem Erhalt von Elkes Abschiedsbrief, nicht getan. Er hatte sich brav in sein Schicksal gefügt. Natürlich war er weder nach Holland gefahren, um Elke zu suchen, noch hatte er sich jeden Abend nach der Arbeit voller Hoffnung auf die Post gestürzt, die seine Mutter auf den kleinen Tisch in der Diele zu legen pflegte, auf dem das graue Telefon stand. Er hatte sich zum Glück ebenso wenig allabendlich über die Bier- und Schnapsvorräte seines Vaters hergemacht, um sich bewusstlos zu saufen. Er hatte freudlos sein Tagwerk verrichtet, das war alles.

Überraschenderweise hatte sich im Dorf bislang nicht herumgesprochen, dass Elke Hals über Kopf weggezogen war; jedenfalls sprach ihn niemand darauf an, seine Eltern eingeschlossen. Entweder war ihnen entgangen, dass ihr Sohn jeden Abend allein zu Hause verbrachte, oder sie vermieden das Thema aus Rücksicht auf seine offenkundige Traurigkeit.

Albrecht hob mahnend den Finger. »Bleiben Sie dran, junger Freund, ich zähle auf Sie! Sie fragen sich bestimmt, was ich hier mache?«

»Ich schätze, Sie versuchen sich vorzustellen, wie die Tat abgelaufen sein könnte.« Er freute sich über diese kleine Abwechslung. Er hoffte, dass der Kommissar ihn wieder an seinen Gedankengängen teilhaben ließ.

Albrecht nickte. »Und das mindestens zum zehnten Mal – und immer umsonst. Sehen Sie diese Laterne da?« Albrecht zeigte auf die Straßenlaterne, die in etwa in Höhe des Hauses der Familie Pahlke stand.

»Ja, klar.«

»Von dort kam in dieser Nacht das einzige Licht. Der Himmel war wolkenverhangen. Wie jetzt. Wenn Schrader hier gestanden hat, dann hätte ihn das Licht der Straßenlaterne kaum erreicht. Der Fahrer eines zufällig vorbeifahrenden Autos hätte ihn nie im Leben wahrgenommen. Selbst für Fußgänger wäre es schwierig gewesen, es sei denn, sie hätten ganz genau hingesehen. Was aber heißt das?«

»Dass der Täter Schrader bereits gesehen hat, bevor er den Fußweg verlassen hat?«

»Exakt. Und das war gewiss kein Zufall.« Albrecht holte seine Schachtel Camel hervor und bot Helmut eine Zigarette an.

»Sie meinen, der Täter hat Schrader verfolgt?« Wie bei der ersten Aussage im Gemeindebüro gab er sich und dem Kommissar Feuer.

»Richtig. Zu Fuß, mit dem Auto oder mit dem Fahrrad.«

»Schrader hätte doch das Auto bemerkt, beziehungsweise den Radfahrer oder den Fußgänger?« Bei Radfahrer musste er automatisch an Fritz denken. Nein, nein, das war längst ausgeschlossen.

»Nun, offenbar war Schrader ziemlich betrunken, als

er aufgebrochen ist. Da ist man vielleicht zu sehr damit beschäftigt, einen Fuß vor den anderen zu setzen, und übersieht einen Verfolger.«

»Ab wo hätte ihn der Täter denn verfolgen können?« Helmut ging in Gedanken die kurze Strecke zwischen Dorfkrug und Bahndamm durch.

»Das ist die große Frage. Man könnte meinen, es wäre plausibel, wenn die Verfolgung an der Kneipe begonnen hätte. Wir wissen aber, dass niemand annähernd zeitgleich mit Schrader aufgebrochen ist. Deshalb scheiden die anderen Gäste aus. Selbstverständlich kann jemand, der wusste, dass Schrader diesen Abend in der Gaststätte verbringt, so lange davor gewartet haben, bis Schrader kommt. Um ihm nachzugehen und den günstigsten Moment abzupassen. Der ergab sich, als Schrader vom Fußweg abbog und sich in die Büsche schlug, höchstwahrscheinlich, weil er dringend mal musste.«

»Und das Motiv? Die Brieftasche?« Helmut zog an seiner Zigarette. Wegen des erneut einsetzenden Schauers musste er sie mit der Hand abdecken.

»Ja, die Brieftasche. Ist das ein Motiv oder ein Ablenkungsmanöver? Wenn es ein Ablenkungsmanöver ist, fehlt uns nach wie vor das Motiv. Wenn die Brieftasche das Motiv ist, erscheint die Theorie sinnlos, dass jemand vor der Kneipe gewartet hat, bis Schrader herauskommt. Jemand, der weiß, dass Schrader im Gasthaus sitzt, kennt ihn und weiß, dass bei Schrader kaum was zu holen ist. Wenn die Brieftasche tatsächlich das Motiv ist, dann ist jemand, und dann eher ein Fremder, zufällig exakt in dem Moment am Dorfkrug vorbeigefahren, vorbeigegangen, vorbeigeradelt, als Schrader dort torkelnd herauskam, und hat sich an seine Fersen geheftet. So ein Betrunkener, das ist doch ein leichtes Opfer. Unklar ist weiterhin, ob der Täter Schrader wirklich töten wollte oder ob die Situation eskaliert ist oder ob es ein Unfall war.«

»Hm.«

Albrecht schnippte seine Zigarette in Richtung Bahndamm. »Sie sind skeptisch, oder? Ich bin es jedenfalls. Ich hasse diese Räuberpistole, ich hasse sie sehr. Für einen normalen Mord brauche ich jedoch dringend ein Motiv, Herr Jordan. Aber bitte keine 30 Jahre alte Gestapomärchen, diffusen Frauengeschichten oder kleine Reibereien innerhalb der Familie. Damit bin ich durch. Komplett durch. Haben Sie was anderes für mich?«

Helmut schüttelte den Kopf. »Tut mir leid.«

»Sehen Sie. Sie wohnen seit 20 Jahren im Dorf und können mir null Alternativen bieten. Ich bin seit zehn Tagen da und kann mir genauso wenig bieten. Außer einer Räuberpistole! Und die wird es nun sein, diese wenig glaubhafte Geschichte. Irgendeine finstere Gestalt von irgendwo ist am 6. Juli um 23 Uhr mit seinem Auto am Dorfkrug vorbeigefahren und hat den sturzbetrunkenen Schrader zufällig herauskommen sehen. Und sich gedacht: Heißa! Dem klaue ich jetzt seine Brieftasche. Und so weiter. Fertig. Wir wissen von Schraders Frau, wie diese Brieftasche aussieht. Eines Tages werden wir bei einer anderen Gelegenheit wieder mit dieser finsteren Gestalt zu tun haben und dabei diese Brieftasche finden. Und dann diesen Fall lösen.«

»Hm.«

»Sie sollten ›Amen‹ sagen, Herr Jordan, wenn wir diesen Fall offiziell begraben.«

»Wollen Sie das wirklich tun?«

»Ja, das will ich. Ich habe die Nase voll von diesem Dorf und diesem Fall. Alles fehlt: Motiv, Zeugen, Fußspuren, Fingerabdrücke. Stattdessen immer nur Regen. Es ist vorbei. Der Täter ist ein unbekannter Räuber.«

»Amen.« Helmut lächelte, zum ersten Mal seit Tagen.

»Sie lernen ja schnell!« Dann verabschiedete sich Albrecht. Er ging auf den Fußweg und bog nach links ab, Richtung Gemeindebüro, wo er seinen Dienstwagen geparkt hatte. Helmut ging weiter zur Bank.

Vernehmungsprotokoll

15. Juli 1974, 17.00 Uhr, Zeuge Helmut Jordan, 20 Jahre, Malergeselle aus Winnigstedt (siehe vorheriges Protokoll)

KHK Albrecht: Schön, Sie wiederzusehen. Sie wollten Ihren Ausführungen von letzter Woche etwas hinzufügen?

Zeuge Jordan: Ja, und die Sache ist mir sehr unangenehm.

KHK Albrecht: Ich höre.

Zeuge Jordan: Ich habe Ihnen ja erzählt, dass ich den ganzen Abend zu Hause gewesen bin.

KHK Albrecht: So steht es im Protokoll, das Sie unterschrieben haben.

Zeuge Jordan: Das ist leider nur die halbe Wahrheit. Ich bin nämlich doch zweimal im Dorf unterwegs gewesen.

KHK Albrecht: Und wann war das?

Zeuge Jordan: Gegen zehn Uhr sowie gegen Mitternacht.

KHK Albrecht: Und wo sind Sie gewesen?

Zeuge Jordan: Beide Male bin ich zu dem Haus gegangen, in dem meine Freundin wohnt.

KHK Albrecht: Sie heißt Elke Marchowitz, sie wohnt in der Unteren Straße Nummer 44. Das sehe ich im Protokoll. Stimmt das?

Zeuge Jordan: Ja, das stimmt.

KHK Albrecht: Dann wird sie Ihre Aussage bestätigen können.

Zeuge Jordan: Nein.

KHK Albrecht: Warum?

Zeuge Jordan: Weil ich beide Male weder bei ihr geklingelt habe, noch zu ihr reingegangen bin.

KHK Albrecht: Wie kam das?

Zeuge Jordan: Das Fahrrad von Fritz stand vor ihrer Tür.

KHK Albrecht: Fritz Tiedemann?

Zeuge Jordan: Ja.

KHK Albrecht: Das müssen Sie mir genauer erklären, Herr Jordan.

Zeuge Jordan: Also, Elke ist wie gesagt meine Freundin und Fritz, der ist mein bester Freund. Und an diesem Abend, müssen Sie wissen, war ich eigentlich in Braunlage, mit der Fußballmannschaft. Dass ich eher nach Hause gekommen bin, wussten nur meine Eltern. Elke und Fritz mussten davon ausgehen, dass ich im Harz bin.

KHK Albrecht: Da dachten Sie, als Sie das Rad dort stehen sahen, dass Fritz und Elke Ihre Abwesenheit ausgenutzt haben?

Zeuge Jordan: In ihrer Wohnung waren alle Lichter aus, im Schlafzimmer war ein Schatten zu sehen. Jemand, der raucht.

KHK Albrecht: Rauchen beide?

Zeuge Jordan: Ja.

KHK Albrecht: Aus Angst vor der Wahrheit haben Sie nicht geklingelt?

Zeuge Jordan: Ja.

KHK Albrecht: Was haben Sie stattdessen getan?

Zeuge Jordan: Ich bin nach Hause zurückgekehrt. Und anderthalb Stunden später bin ich zum zweiten Mal hingegangen. Fritz' Rad stand unverändert an der Hauswand, und ich bin erneut sofort nach Hause gegangen.

Ich wollte den Besuch am Sonntagvormittag nachholen. Doch da habe ich die Leiche gefunden.

KHK Albrecht: Wenn ich die Topografie des Dorfes und Ihre Aussage von letztem Dienstag richtig in Erinnerung habe, mussten Sie auf dem Weg von sich zu Hause zum Haus Ihrer Freundin am Tiefenbach vorbei. Trifft das zu, Herr Jordan?

Zeuge Jordan: Ja, das trifft zu. Alles in allem bin ich an diesem Abend viermal dort vorbeigekommen. Das erste Mal um kurz nach zehn, das zweite Mal gegen halb elf, das dritte Mal um Viertel vor zwölf, das vierte Mal kurz nach Mitternacht.

KHK Albrecht: Ist Ihnen irgendetwas aufgefallen?

Zeuge Jordan: Ich hatte andere Dinge im Kopf.

KHK Albrecht: Warum erzählen Sie mir das alles erst jetzt?

Zeuge Jordan: Ich habe mich geschämt. Mein bester Freund, meine Freundin …

KHK Albrecht: Haben Sie mittlerweile mit Ihrer Freundin gesprochen?

Zeuge Jordan: Nein. Ich habe seit letztem Sonntag vergeblich versucht, sie zu erreichen. Ich bin einige Male bei ihr gewesen, habe angerufen. Seit vorgestern weiß ich, warum. Sie ist Anfang letzter Woche nach Holland gefahren und will dort bleiben. Sie hat mir einen Abschiedsbrief geschrieben.

KHK Albrecht: Oh, das klingt dramatisch. Und Ihr Freund Fritz?

Zeuge Jordan: Er ist in Winnigstedt, wie Sie wissen. Fritz ist der Hauptgrund, warum ich gekommen bin, um Ihnen die Wahrheit zu sagen.

KHK Albrecht: Aha?

Zeuge Jordan: Wenn die Gerüchte stimmen, die man so hört, verdächtigen Sie jetzt ihn.

KHK Albrecht: Immer diese Gerüchte!

Zeuge Jordan: Wenn der Mord vor Mitternacht passiert ist, kann er es unmöglich gewesen sein. Da war er bei Elke!

KHK Albrecht: Obwohl Ihr bester Freund Sie vielleicht mit Ihrer Freundin betrogen hat, verschaffen Sie ihm ein Alibi? Das ist sehr ritterlich, Herr Jordan!

Zeuge Jordan: Ich denke, so ein Mordverdacht ist wesentlich schlimmer als dieser Betrug, falls das tatsächlich passiert ist.

KHK Albrecht: Das ist wahr! Auf der anderen Seite, so offen will ich Ihnen gegenüber sein, hat Herr Tiedemann behauptet, den ganzen fraglichen Abend in seinem Zimmer verbracht zu haben. Kein Wort über eine Elke aus der Unteren Straße. War er also genauso ritterlich wie Sie und hat die Dame aus dem Spiel gelassen und auf ein hübsches Alibi verzichtet? Oder spielen Sie beide ein Spielchen mit mir?

Zeuge Jordan: Nein, um Gottes Willen, nein!

KHK Albrecht: Hm. Es gibt eine weitere Alternative, die alles erklärt. Eine Frage vorab: Mit dem Rad sind Sie sicher, ich meine, dass es das Rad Ihres Freundes war?

Zeuge Jordan: Ganz sicher. Es ist ein Rennrad, wie es Eddy Merckx fährt. So ein Rad gibt es nur einmal in der ganzen Gegend hier.

KHK Albrecht: Na gut. Dann bleibt folgende Erklärung: Sie beide sagen die Wahrheit: Das Rennrad stand am Haus Ihrer Freundin und Herr Tiedemann war in seinem Zimmer, um Zeitung zu lesen und Chansons zu hören. Könnte er Ihrer Freundin sein Rad geliehen haben? Ich sehe, Sie schütteln den Kopf. Er verleiht wohl ungern sein Rad, was?

Zeuge Jordan: Niemals im Leben!

KHK Albrecht: Ich meine, Ihnen sollte diese Geschichte trotzdem besser gefallen als die andere. Zu ihr passt, dass Ihre Freundin nun ohne Tiedemann in Holland weilt.

Zeuge Jordan: Ich würde es gern glauben. Fritz sagt also, er wäre an dem Abend die ganze Zeit zu Hause gewesen. Wie soll er dann Schrader umgebracht haben?

KHK Albrecht: Er hat keine Zeugen für seine Behauptung.

Zeuge Jordan: Sie verdächtigen ihn weiterhin?

KHK Albrecht: Ich erinnere mich sehr gern an unser erstes Gespräch, Herr Jordan, und an Ihren kriminalistischen Instinkt. Das hat mich beeindruckt. Ich möchte ein kleines Experiment wagen, das gegen so ziemlich jede Dienstvorschrift verstößt. Zumal, seit ich weiß, dass Sie bei unserem ersten Gespräch gelogen haben. Aber Sie sind freiwillig gekommen und hätten sich in Teufels Küche begeben können. Das rechne ich Ihnen hoch an. Nun denn! Sind Sie einverstanden mit diesem Experiment? Sie zucken mit den Schultern. Vertrauen Sie mir ruhig!

Zeuge Jordan: Meinetwegen.

KHK Albrecht: Erinnern Sie sich an den Morgen, als Sie die Leiche gefunden haben?

Zeuge Jordan: Ja, sicher.

KHK Albrecht: Haben Sie sich da die Wunde genauer angesehen?

Zeuge Jordan: Ja, kurz.

KHK Albrecht: Erinnern Sie sich an die Stelle am Kopf, an der die Wunde war?

Zeuge Jordan: Er lag so, dass man als Erstes auf diese Stelle geschaut hat. Die Wunde war am Hinterkopf. Ziemlich weit rechts. Hier, würde ich sagen.

KHK Albrecht: Volltreffer. Was glauben Sie, wo der Täter gestanden hat, als er mit dem Stein zugeschlagen hat?

Zeuge Jordan: Hinter Schrader! Wie soll er ihm denn die Wunde zugefügt haben, wenn er vor ihm stand? Das ist der vollkommen falsche Winkel! Er muss außerdem deutlich größer gewesen sein als Schrader, schätze ich.

KHK Albrecht: Zeigen Sie mal, wie Sie sich das vorstellen. Stehen Sie ruhig auf und schlagen ordentlich in die Luft mit Ihrem imaginären Stein. Jawohl! Sie sind Rechtshänder, oder?

Zeuge Jordan: Ja, klar … Oh, ich kapiere. Dieser Schlag kam von einem Rechtshänder. Dann kann Fritz es unmöglich gewesen sein. Der ist Linkshänder. Mit rechts kann der höchstens popeln.

KHK Albrecht: Tja.

Zeuge Jordan: Sie wissen also längt, dass Fritz unschuldig ist?

KHK Albrecht: Seit Freitagnachmittag haben wir den Befund, dass der Schlag mit rechts ausgeführt wurde. Wir hatten bislang keine Gelegenheit, das Dorfradio zu informieren.

Zeuge Jordan: Wie bitte?

KHK Albrecht: Egal.

Zeuge Jordan: Das heißt, ich bin umsonst gekommen?

KHK Albrecht: Sie konnten wenigstens Ihr Gewissen erleichtern.

Zeuge Jordan: Hm.

KHK Albrecht: Und ich habe Ihnen eine nette Theorie präsentiert, was sich tatsächlich zwischen Ihrem besten Freund und Ihrer Freundin zugetragen haben könnte. Das bringt Ihnen nicht Ihre Freundin zurück. Immerhin könnten Sie jetzt unbefangen mit Ihren Freund sprechen. Ich schätze, dieses Gespräch steht noch aus?

Zeuge Jordan: Das ist leider wahr.

KHK Albrecht: Zu guter Letzt haben Sie meinen ersten Eindruck bestätigt: Sie denken wie ein Kriminalist. Sie haben eine gute Beobachtung und ein gutes Gedächtnis. Das sind gute Voraussetzungen. Haben Sie mal daran gedacht, den Beruf zu wechseln?

Zeuge Jordan: Ich habe nur einen Hauptschulabschluss.

KHK Albrecht: Na gut, dadurch wird Ihr Weg bis zum Kriminalhauptkommissar zäh werden, doch Sie können dieses Ziel erreichen. Soll ich Ihnen mal aufschreiben, wo Sie sich informieren können?

Zeuge Jordan: Ja, gern. Danke.

KHK Albrecht: Wenn Sie anrufen, richten Sie bitte Grüße von mir aus!

KAPITEL 13

21. Juli 1974, nachmittags

Fritz fuhr am Donnerstag nach Frankreich. Ursprünglich hatte er vorgehabt, sich zwischen dem 16. und dem 18. Juli drei Etappen der Tour de France anzusehen: Bergetappen in Südwestfrankreich in der Gegend um Pau und Bordeaux. Solange die Ermittlungen in vollem Gange waren (mit Fritz als Verdächtigem), hatte die Polizei ihm untersagt, zu fahren. Jetzt durfte er. Aus seiner Sicht viel zu spät, die spannenden Etappen in den Pyrenäen waren vorbei, Eddy Merckx hatte die meisten von ihnen gewonnen; als Gesamtsieger stand der Belgier so gut wie fest. Übrig blieben bloß die letzten beiden Flachetappen inklusive der Schlussetappe nach Paris.

Fritz hatte einen alten VW-Bus aufgetrieben und günstig erworben. Darin konnte er sein Rennrad bequem mitnehmen und auch schlafen. Soweit Helmut wusste, wollte Fritz nach seiner Reise kurz nach Winnigstedt kommen, um ein paar Sachen zu holen und dann nach Berlin zu ziehen. Ein WG-Zimmer in Kreuzberg hatte er bereits gefunden.

Fritz hatte versprochen, sich bei ihm zu melden, wenn er im Dorf diese Zwischenstation einlegte. Die beiden hatten sich am letzten Sonntag kurz getroffen. Helmut hatte Fritz Elkes Abschiedsbrief zu lesen gegeben – in der Hoffnung, dass Fritz eine Reaktion zeigte.

Fritz zeigte tatsächlich eine Reaktion, sie fiel sehr verhalten aus. »Vielleicht überlegt sie es sich anders.«

»Vielleicht«, sagte Helmut lahm.

Die beiden saßen auf der Bank, die vor dem Haus der Jordans stand. Der Vorbau schützte sie vor dem Regen, der ausnahmsweise erst mittags eingesetzt hatte und jetzt dafür umso heftiger auf das hellgelbe, gewellte Plastikdach trommelte.

»Hast du das mit der Schwangerschaft gewusst?«, fragte Fritz.

»Mehr oder weniger. Elke wollte zum Frauenarzt gehen. Falls sie dort gewesen ist, hat sie mir nichts davon erzählt. Dir?«

»Mir? Ich habe sie ewig nicht gesehen«, antwortete Fritz hastig.

»Hätte ja sein können.«

Fritz' Lippen zitterten. »Tut mir leid für dich.« Er fasste Helmut kurz an die Schulter und ging bald nach Hause.

Helmut war noch eine Weile auf der Bank sitzen geblieben und hatte nachgedachte. Hatte Albrecht also doch recht damit gehabt, dass Fritz sein Rennrad nur zufällig am Fallrohr vor Elkes Haus angeschlossen hatte, um jemand anderen zu besuchen? Aber warum hatte Fritz dann ausgesagt, er sei den gesamten Samstagabend in seinem Zimmer gewesen? Und warum hatte Fritz gerade eben so nervös gewirkt und war so plötzlich aufgebrochen?

Ob er jemals einen der beiden danach fragen konnte, wie es tatsächlich gewesen ist? Unwahrscheinlich, denn selbst in den Situationen, in denen es denkbar war, wie eben, verließ ihn im entscheidenden Moment der Mut.

Nun war wieder Sonntag, 14 Tage nach dem Mord, 14 Tage nach dem WM-Endspiel, 14 Tage nach Elkes

Verschwinden – und drei Tage nach Fritz' Abreise. Am Nachmittag schien erstaunlicherweise die Sonne und das Thermometer kletterte auf sommerliche 23 Grad. Dieses Wetter zog ihn automatisch nach draußen. Er schnappte sich seine Jacke und stand schon an der Haustür, als ihm einfiel, dass er seine Eltern fragen könnte, ob sie Lust auf einen Spaziergang hätten.

Doch Vater blies Trübsal, wie üblich. Er saß auf seinem Stammsessel im Wohnzimmer, wie so oft in seinem weißen, gerippten Unterhemd und mit den stramm über die Schultern gespannten braunen Hosenträgern, eine Flasche Bier griffbereit auf dem Tisch stehend, und dachte wahrscheinlich abwechselnd an seine schlimme Zeit im Krieg und die unsichere Zukunft seiner Ziegelei. Mutter saß ebenfalls im Wohnzimmer und löste Kreuzworträtsel, sie trug eine ihrer zahllosen gemusterten Schürzen und hatte Lockenwickler im Haar.

Als er die beiden dort so sitzen sah, verlor er auf der Stelle jegliche Lust, sie zu fragen. Er rief ihnen kurz einen Gruß zu und zog allein los. Sein Weg führte ihn, wie konnte es anders sein, als erstes zur Unteren Straße. Es war fünf Tage her, dass er zuletzt vor Elkes Haus gestanden hatte. Elkes früherem Haus, wie es jetzt heißen musste.

Beim letzten Mal, am Dienstag, hatte er es endlich über sich gebracht, die Nachbarn zu fragen, ob zufällig jemand mitbekommen hatte, wann Elke das Haus verlassen hatte, wahrscheinlich mit einem Koffer in der Hand. Bestimmt hatte vor dem Haus ein Taxi gewartet; Elke besaß kein Auto und irgendwie musste sie ja mit dem Koffer oder sogar mehreren Koffern zum Bahnhof gekommen sein, wahrscheinlich nach Schöppenstedt, um von dort nach

Wolfenbüttel zu fahren und weiter nach Braunschweig, Hannover und dann immer Richtung Westen. Doch niemand hatte Elke gehen gesehen. Immerhin war den Nachbarn ihre andauernde Abwesenheit aufgefallen. Sie nahmen an, dass Elke zu ihren Eltern gefahren war. Er hatte sie in diesem Glauben gelassen.

»Ist denn Schluss zwischen euch?«, hatte die Dame gefragt, die neben Elke in der ersten Etage wohnte.

Er hatte nur genickt.

Ein paar Tage danach hatte er bei Elkes Eltern in Hannover angerufen und ihren Vater an die Strippe bekommen. Ihm konnte man seine Verstimmung Elke und erst recht Helmut gegenüber deutlicher anmerken als ein paar Tage zuvor Elkes Mutter. Nein, sie hatten nichts von ihrer Tochter gehört. Ja, sie würden ihn anrufen, falls Elke sich meldete.

Er fragte sich, ob Elkes Vater die Wahrheit gesagt hatte. Es war denkbar, dass die Eltern von Elke gehört hatten, es ihm gegenüber jedoch verheimlichen wollten. Oder sah er Gespenster?

An diesem Sonntagnachmittag, bei Sonnenschein und 23 Grad, blieb er knapp zehn Minuten vor Elkes früherem Haus stehen und rauchte eine Zigarette. Elkes Fenster wirkten abweisend, trotzdem starrte er wie gebannt darauf. In seinen Gedanken sah er sie dort stehen, im vollkommen dunklen Schlafzimmer, mit einer Zigarette in der Hand. Nackt. Sollte das wirklich das letzte Mal gewesen sein, dass er sie gesehen hatte?

Anschließend wiederholte er seinen ausführlichen Spaziergang vom Endspielsonntag: Friedhof Klein-Winnigstedt, Großes Bruch, Grenzübersichtspunkt, Mattierzoll, Grandberg, Roklumer Straße, Ganterplatz. Anstatt von dort nach Hause zu gehen, beschloss er spontan, seinen verstorbenen Großeltern einen Besuch abzustatten.

Ihre Gräber befanden sich auf dem Friedhof von Groß-Winnigstedt. Dieser lag am Nordrand des Dorfes auf einem Hügel und war dort schutzlos dem Wetter ausgesetzt, vor allem im Winter den scharfen Nordostwinden. Eine denkbar schlechte Planung, denn unglücklicherweise fanden die meisten Beerdigungen bei Wind und Regen statt. So war es jedenfalls bei seinen Großeltern gewesen. Seine Großmutter war im November 1963 beerdigt worden, einen Tag vor dem Attentat auf Kennedy; Großvaters Beerdigung fand im Dezember 1964 statt. Beide Male hatte es heftig gestürmt und geregnet.

Er erreichte den Friedhof und sah sofort, dass er keineswegs der Einzige war, der das erfreuliche Wetter zu einem sonntäglichen Ausflug hierhin nutzte. Die Eheleute Rethmann stellten gerade ihre Fahrräder vor dem kleinen Eingangstor ab. Ihnen entgegen kam Frau Junker, die ihren Friedhofsbesuch offenbar beendet hatte. Sie war zu Fuß gekommen.

Er begegnete ihr ein paar Meter vom Friedhofstörchen entfernt und war überrascht, dass Frau Junker stehenblieb und das Wort an ihn richtete. Meist grüßte sie ihn freundlich und ging ihres Weges. So lange er sich erinnern konnte, nannte sie ihn »Helmutchen«. Auch jetzt.

»Guten Tag, Helmutchen! Bist du auf dem Weg zum Friedhof?«

»Hallo, Frau Junker! Ja, ich gehe zum Grab von Oma und Opa.« Bei ihrem Anblick, so ganz aus der Nähe, musste er automatisch daran denken, wie er als 14-Jähriger beim Masturbieren an ihre Brüste gedacht hatte. Erwartungsgemäß ließ ihn dieser Gedanke jetzt erröten.

»Hast du mitbekommen, dass die Polizei aufhört, bei uns im Dorf nach dem Mörder zu suchen?« Frau Junker lächelte ihn an.

»Ja. Sie suchen jetzt einen Räuber und hoffen, ihn mithilfe von Schraders Brieftasche zu überführen.« Zum Glück trug Frau Junker eine weitgeschnittene, zugeknöpfte Jacke; ansonsten hätte er sogar jetzt einen Blick riskiert. Vor dem Friedhof! Eigentlich traurig, dass er sich bisweilen wie ein Pubertierender benahm.

»Das ist eine gute Idee. Das hätten sie mal von Anfang an tun sollen, statt unsere Leute zu verdächtigen.«

Helmut sah das anders, wollte aber Frau Junker in ihrem Glauben lassen. »Ich denke, die machen einfach ihre Arbeit.«

»Wahrscheinlich hast du recht, Helmutchen. Ich will dann mal weiter. Grüß bitte deine Eltern von mir!«

»Das mache ich, Frau Junker. Tschüss.« Er sah er ihr lange nach.

Rethmanns standen andächtig am Grab von Frau Rethmanns Eltern, das sich unmittelbar am Eingang befand, neben dem Wasserkran und den gelben und grünen Plastikgießkannen. Er grüßte die beiden und ging zum nördlichen Ende des Friedhofs. Erst da sah er, dass ein weiterer Besucher auf dem Friedhof war. Karl Liedke stand vor einem Grab im westlichen Teil des Friedhofs, dort, wo sich die jüngsten Gräber befanden.

Er versuchte, sich das Grab einzuprägen, an dem Liedke stand, um nachher einen Blick darauf zu werfen. Er fragte sich, ob in letzter Zeit jemand gestorben war, der Liedke nahegestanden hatte. Fritz hätte ihm bestimmt davon erzählt.

Er verbrachte einige Minuten am Grab von Oma und Opa. Als Kind war er häufig hier gewesen, um mit den beiden zu sprechen. Er erzählte ihnen dann von seinen Leistungen in der Schule, obgleich diese sehr dürftig waren. Er erzählte ihnen von den Toren, die er für die Jugendmannschaften des TSV erzielt hatte. Er erzählte ihnen von Fritz. Irgendwann hatte er mit diesen Besuchen aufgehört. Er fand es unpassend, Oma und Opa zu berichten, was er so tat, wenn er an Frau Junkers Busen dachte. Heute fiel ihm erst recht nichts ein, was er ihnen hätte sagen können. Elke? Fritz? Heinz Schrader? Das waren die falschen Themen für seine Großeltern.

Oma und Opa schwiegen ebenfalls. Die Blumen auf ihrem Doppelgrab waren frisch. Bestimmt war Mutter erst kürzlich hier gewesen, hatte vorher ein paar Blumen in Hoiers Gärtnerei besorgt und sie dann zum Grab gebracht.

Er drehte sich vorsichtig um. Liedke ging langsam zum Ausgang. Helmut beschloss, noch einen Moment zu warten. Er drehte eine kleine Runde um die Nachbargräber seiner Großeltern. Beinahe überall waren frische Bepflanzungen oder Blumen zu erkennen, auch am Grab von Frau Junkers Mann sowie am Doppelgrab von Pawel und Boris. Darüber freute er sich besonders. Diese Fürsorge für die Feinde von früher widersprach so sehr Fritz' Bild von den Deutschen im Allgemeinen und den Dorfbewohnern im Speziellen. Von wegen, es waren alle böse Nazis gewesen!

Jetzt war es endlich soweit. Liedke war längst auf der Straße Richtung Dorf unterwegs, zu Fuß, wie üblich.

Helmut ging zu der Stelle, die er sich eingeprägt hatte – und stand plötzlich am Grab von Heinz Schrader. Hier befand sich, so kurz nach der Beerdigung, kein Grabstein, sondern nur ein schlichtes Holzkreuz. Es fehlten zudem die Angaben zu Geburtstag und Todestag. Den Todestag von Schrader würde er sich allerdings sein Leben lang merken: 7. Juli 1974.

Eigentlich hätte er sich nun wundern müssen, dass Liedke ausgerechnet an Schraders Grab gestanden hatte. Der Sozi und der Nazi. Im Grunde genommen wunderte er sich allerdings ausschließlich darüber, dass er sich nicht wunderte. Dass er exakt das erwartet hatte, als er Liedke entdeckt hatte. War das Intuition? Das wäre eine nützliche Gabe, wenn man Kriminalpolizist werden wollte. Es schien, als wollte ihm diese Eingebung noch mehr verraten, womöglich die Wahrheit über Schraders Tod. Er blickte durch einen dunklen Tunnel, an dessen Ende …

In diesem Augenblick tippte ihm jemand von hinten auf die Schulter. Er war derart in seine Gedanken versunken gewesen, dass er die Schritte im Kies übergehört hatte. Er drehte sich um und blickte seinem Freund Atze in die Augen.

»Na, Alter, was machste am Grab von deinem Opfer?«

»Atze, Mensch! Ich habe mich total erschrocken!«

»Tschuldige! Aber sag mal in echt, was stehste gerade an diesem Grab rum?« Atze trug, wie immer in seiner Freizeit, eine dunkelblaue Trainingsjacke von Adidas, ein weißes T-Shirt, eine beige Cordhose und, wie Helmut, weiße Adidas-Turnschuhe mit schwarzen Streifen.

Helmut fühlte sich ertappt, konnte Atze aber schlecht die Wahrheit sagen. Von Liedke und seiner Eingebung, die sich nun rasch wieder in Luft auflöste. »Ich war am

Grab von Oma und Opa. Und irgendwie bin ich dann bei Schraders Grab gelandet. Und du?«

Atze blickte ihn fragend an und kratzte sich am Kinn. »Bin mit meinen Eltern da. Wir haben ja die halbe Verwandtschaft hier liegen. Blöderweise alle tot. Ist ja sowieso schwer was los hier, Alter! Rethmanns, Karl Liedke, die Junker. Und jetzt du!«

»Das schöne Wetter treibt die Leute nach draußen. Hoffentlich kommt jetzt der Sommer!« Er war froh über diesen Themenwechsel. Seine Gedanken waren ohnehin einmal mehr weit weg. Er hatte sich gerade endgültig entschieden, die Telefonnummer anzurufen, die Kommissar Albrecht ihm gegeben hatte. Er könnte morgen in der Mittagspause kurz nach Hause gehen, um den Anruf zu erledigen. Falls Henri ihn zu einem Auftrag innerhalb des Dorfes einteilte. Das war denkbar.

Bald wäre er also Polizist, hoffentlich bei der Kripo. Im besten Fall würde er eines Tages bis ans Ende dieses Tunnels gehen, den er vorhin entdeckt hatte. Er musste ihn nur wiederfinden.

Vernehmungsprotokoll

12. Juli 1974, 8.30 Uhr, Zeuge Heinz Schrader senior, 79 Jahre alt, Landwirt aus Winnigstedt

KHK Albrecht: Herr Schrader, schön, Sie zu sehen. Sehr freundlich von Ihnen, dass Sie sich die Zeit nehmen. Wir können es zum Glück kurz machen.

Zeuge Schrader: Ihre Leute waren doch schon stundenlang bei uns zu Hause gewesen, zweimal! Am Tag von Heinz seinem Tod und am Tag drauf. Was wollen Sie denn jetzt noch von mir? Das ist doch reine Schikane!

KHK Albrecht: Es tut mir leid, Herr Schrader. Es haben sich seitdem neue Aspekte ergeben, bei denen wir auf Ihre Hilfe angewiesen sind.

Zeuge Schrader: Was für Aspekte?

KHK Albrecht: Sie betreffen die Zeit des Krieges.

Zeuge Schrader: Wenn ich das schon hör! Krieg, Krieg, Krieg. Das ist 30 Jahre her!

KHK Albrecht: Aber es könnte dabei helfen, den Mord an Ihrem Sohn aufzuklären. Zum Beispiel die Sache mit der Gestapo.

Zeuge Schrader: (schweigt)

KHK Albrecht: Herr Schrader!

Zeuge Schrader: Was?

KHK Albrecht: Die Sache mit dem Gestapoeinsatz im Februar 1945.

Zeuge Schrader: Was ist damit?

KHK Albrecht: Was können Sie uns dazu sagen?

Zeuge Schrader: (schüttelt den Kopf)

KHK Albrecht: Aber Sie wissen davon?

Zeuge Schrader: Haben wohl den Liedke gesucht. Der alte Wettenstedt hat ihn wohl versteckt.

KHK Albrecht: Es gibt das Gerücht, dass Ihr Sohn Liedke verraten haben könnte.

Zeuge Schrader: Das sind üble Verleumdungen! Nur weil wir in der Partei gewesen waren.

KHK Albrecht: Aber das stimmt?

Zeuge Schrader: War ja kein Verbrechen gewesen.

KHK Albrecht: Mit Ihrem Sohn, da sind Sie sicher? Es wäre immerhin ein Motiv für den Herrn Liedke.

Zeuge Schrader: Liedke hat nie gesagt, dass mein Heinz dahinterstecken tut. Da gab es wohl in dem seiner Gruppe oder was das da war eine undichte Stelle. Oder die Polizei kam denen von sich aus auf die Schliche.

KHK Albrecht: Na gut. Dann wäre da noch die Sache mit den beiden Russen, die bei Ihnen auf dem Hof gearbeitet haben.

Zeuge Schrader: Boris und Pawel!

KHK Albrecht: Ich sehe Ihre Augen leuchten.

Zeuge Schrader: Hab die beiden geliebt. Fast so wie meine Söhne.

KHK Albrecht: Tatsächlich?

Zeuge Schrader: Was denken Sie denn? Dass wir die wie Vieh gehalten haben?

KHK Albrecht: Nun, es waren Russen.

Zeuge Schrader: Hatte nie was gegen Russen.

KHK Albrecht: Wie lange waren die beiden bei Ihnen?

Zeuge Schrader: Zwei Jahre. Sommer '42 bis Sommer 44.

KHK Albrecht: Und dann?

Zeuge Schrader: Dann gab es diesen Unfall. Boris und Pawel haben in einer der Scheunen gearbeitet, die ist dann eingestürzt und hat die beiden unter sich begraben. Sie waren sofort tot gewesen.

KHK Albrecht: Wie konnte das passieren?

Zeuge Schrader: Morscher Balken? Übergewicht? Ich hab mir all die Jahre Vorwürfe gemacht wegen dem Unglück.

KHK Albrecht: Was geschah dann? Gab es eine Untersuchung?

Zeuge Schrader: Wieso? Wir haben Pawel und Boris ordentlich begraben. Das Grab gibt es noch, auf dem Friedhof von Groß-Winnigstedt.

KHK Albrecht: Wurden die beiden von den anderen ebenso gut behandelt wie von Ihnen?

Zeuge Schrader: Spielen Sie da auf meinen Heinz an?

KHK Albrecht: Auf ihn. Auf Ihre restliche Familie. Auf das gesamte Dorf.

Zeuge Schrader: Heinz hat Boris und Pawel gut behandelt. Auch der Rest der Familie. Und meine Beschäftigten. Einige von denen vielleicht etwas zu gut.

KHK Albrecht: Wie meinen Sie das?

Zeuge Schrader: Das waren junge, gesunde Kerle. Davon gab es im Dorf damals wegen dem Krieg weniger als sonst. Da kam eins zum anderen.

KHK Albrecht: Wollen Sie damit andeuten, Boris und Pawel hatten Geliebte im Dorf?

Zeuge Schrader: Schon nach ein paar Tagen ging das los, mit zwei von unseren Mägden. Ich hab so getan, als tät ich das nicht sehen. Das war ja auch gefährlich gewesen. Doch Boris seine Beziehung hielt eh nicht lange.

KHK Albrecht: Wie kam das?

Zeuge Schrader: Hat wohl wen anders gefunden.

KHK Albrecht: Wen?

Zeuge Schrader: Was weiß ich? Muss wohl wer von Wettenstedt seinem Hof gewesen sein.

KHK Albrecht: Hatten Wettenstedts ebenfalls Kriegsgefangene bei sich beschäftigt?

Zeuge Schrader: Nein, ich war der einzige Bauer im Dorf gewesen, der welche hatte. Zwei von meinen Söhnen und zwei von meinen Knechten waren in der Wehrmacht gewesen. Ich musste ja irgendwie den Betrieb aufrechterhalten.

KHK Albrecht: Ich muss nochmals auf diesen Unfall zurückkommen. Mir wurde zugetragen, dass das gar kein Unfall gewesen ist. Dass die beiden Russen sich vielmehr gegenseitig erstochen haben.

Zeuge Schrader: Die hatten doch keine Messer!

KHK Albrecht: Sind Sie sicher?

Zeuge Schrader: Wo täten die denn die Messer herhaben sollen? Etwa von mir? Da wäre ich ja lebensmüde gewesen damals.

KHK Albrecht: Hm. Lassen wir es zunächst dabei, Herr Schrader. Sie können meinetwegen gehen.

KAPITEL 14

15. Juli 2014, nachmittags

Die Arbeit an der »Akte Heinz Schrader« ging erstaunlich gut voran. Jonas hatte sich erwartungsgemäß mit voller Kraft auf die Arbeit gestürzt. Er war doppelt motiviert, denn er hatte am Montagmittag Neuigkeiten aus Hannover bekommen. Es ging um den Fall aus dem Jahre 1967, Vergewaltigung plus Mord in Ahlum. Die Brüder Rademacher. Bernd, der Hauptverdächtige, und sein geistig behinderter Bruder Jürgen, der Bernd unter Umständen ein falsches Alibi besorgt hatte. Jürgen war längst gestorben. Bernd lebte. Und Jonas hätte ihn gern nachträglich überführt.

Vor einigen Tagen hatte Jonas Haare und Blutproben zur Rechtsmedizin in Hannover geschickt. Seit Montagmittag wusste er, dass tatsächlich nur ein Teil der Haare dem damaligen Opfer gehörte. Der andere Teil gehörte exakt einem anderen Menschen, dessen DNA man nun kannte. Jetzt galt es zu überprüfen, ob es sich bei diesem Menschen um Bernd Rademacher handelte.

Seit Montagmittag ließ Jonas ihn suchen. Er hatte einen Kollegen bei der Fahndung in Braunschweig gebeten, sich darum zu kümmern. Da es sich ähnlich wie bei der Rechtsmedizin um einen inoffiziellen Auftrag, eher eine Bitte, handelte, konnte es ein paar Tage dauern.

In Ahlum wohnte längst niemand mehr aus der Familie Rademacher. Sie war 1969 weggezogen, bald nach Jürgen Rademachers frühem Tod und ohne sich beim Einwohnermeldeamt abzumelden. Es dürfte also eine Suche nach der Nadel im Heuhaufen werden. Jonas hoffte, dass Bernd zwischendurch straffällig geworden war, das würde die Suche erleichtern.

Nachdem das auf den Weg gebracht war, hatte Jonas sich um die Akte aus dem Jahre 1974 gekümmert. Er hatte sie eigenhändig aus dem Archiv geholt, viermal kopiert und Exemplare an seine Kollegen verteilt. Danach hatte Jonas sofort angefangen zu lesen.

Erfreulicherweise hatten David und Lisa ebenfalls umgehend damit begonnen, die Akten zu studieren. Lisa hatte darüber hinaus vorgeschlagen, dass sich alle vier Ermittler nach Feierabend bei ihr zu Hause treffen könnten, um sich weiter mit dem Thema auseinanderzusetzen.

Lisa wohnte im Westen der Stadt in der Frankfurter Straße, ganz in der Nähe der Landmaschinenfabrik Lely, die früher Welger hieß. Eine nette, ruhige Wohngegend und trotzdem nahe der Innenstadt gelegen. Lisa konnte zu Fuß zu ihrem Fitnessstudio in der Grauhofstraße gehen und hätte auch McDonalds an der Gebrüder-Welger-Straße zu Fuß erreichen können. Sie würde allerdings einen Teufel tun, dorthin zu gehen. Bei McDonalds wurde bekanntlich keine einzige Speise serviert, die ansatzweise Lisas Ideal von guter und gesunder Ernährung entsprach.

Lisa wohnte in einem Vier-Parteien-Haus aus den 1920er-Jahren. Die Räume in ihrer Zweieinhalb-Zimmer-Wohnung waren hoch und großzügig geschnitten. Alles in allem waren es knapp 70 Quadratmeter. Da sie wegen ihres viel zu kleinen Fernsehapparates während der WM als mögliche Gastgeberin ausgeschieden war, waren die vier Ermittler an diesem späten Montagnachmittag fast zwangsläufig bei ihr gelandet.

Dass man sich nach Feierabend überhaupt zusammensetzen sollte, war Jonas' Idee gewesen. »Wir haben Hunderte Seiten in den Akten«, hatte er den anderen während einer kurzen Kaffeepause am frühen Nachmittag gesagt. »Vernehmungsprotokolle ohne Ende, Kriminaltechnik, Rechtsmedizin, dazu den Abschlussbericht. Das ist jede Menge Material, was uns normalerweise ausreichen würde. Doch für diesen alten Fall haben wir ausnahmsweise zusätzlich einen Zeitzeugen gewissermaßen griffbereit.« Jonas hatte sich geräuspert und Helmut angelächelt. »Das sollten wir unbedingt ausnutzen, finde ich.«

»Das klingt gut«, hatte Lisa zugestimmt.

»Ganz meine Meinung«, hatte David gesagt.

»Und was stellst du dir konkret vor, Jonas?«, hatte Helmut wissen wollen.

»Dass du uns drei Hübschen erzählst, was im Sommer '74 so in deinem schnuckeligen Heimatdorf abgegangen ist und wie dich das alles dazu gebracht hat, Polizist zu werden.«

»Erzählen?« Er hatte seinen Kollegen gegenüber schon häufiger angedeutet, dass es ein konkretes Ereignis gegeben hatte, welches in ihm den Wunsch, Kriminalpolizist zu werden, geweckt hatte. In diesem Moment hatte er bereut, jemals darüber gesprochen zu haben.

»Willst du es etwa aufschreiben? Gedrucktes haben wir mehr als genug.« David hatte lächelnd den Kopf geschüttelt.

Es hatte eine Weile gedauert, bis Lisa, David und Jonas ihn überredet hatten, dass er ihnen die Geschichte des

Sommers 1974 aus seiner Sicht erzählte. Schließlich war es ihnen gelungen.

Als Nächstes hatten sie die Frage des passenden Ortes für die Erzählstunde erörtert, bis Lisa sich als Gastgeberin angeboten hatte – mit einer Einschränkung: »Wehe, es kommt wer auf die Idee, unterwegs bei McDoof anzuhalten! Der Fraß kommt mir nicht ins Haus!«

»Manno!« Davids Verzweiflung war nur zum Teil gespielt gewesen. Er war momentan der Einzige aus dem Team, der auf Fast Food stand. Helmut aß zwar ab und an eine Currywurst oder einen Döner, doch um McDonalds machte er seit vielen Jahren einen großen Bogen.

»Wir werden was essen, keine Sorge«, hatte Lisa gesagt. »Wir bestellen uns aber ein Essen, das gesünder ist als diese Hamburger.«

Gegen 18.30 Uhr saßen sie bei Pizza (David), Nudeln (Helmut) und Salat (Lisa und Jonas) in Lisas Wohnzimmer. Es wurde hauptsächlich Tee und Wasser getrunken, nur zum Essen gab es Wein. Alle hielten sich merklich zurück, niemand wollte sich nach den vielen feuchtfröhlichen Abenden während der WM die Blöße geben, mit dem Taxi fahren zu müssen.

Zunächst fiel es Helmut schwer, seine Geschichte zu erzählen. Zum einen war es lange her, bekanntermaßen 40 Jahre. Zum anderen war es eine sehr persönliche Geschichte, bisweilen war sie regelrecht intim. Am schwersten fiel es ihm, seinen Kollegen zu erzählen, dass er es nie geschafft hatte, zu klären, ob seine Freundin und sein bester Freund tatsächlich hinter seinem Rücken ein Verhältnis gehabt hatten. »Die letzte Chance habe ich gestern vertan, als Fritz mich besucht hat.«

David schüttelte lächelnd den Kopf. »Du bist einfach zu gut für diese Welt!«

Jonas lachte lauthals und wandte sich an David. »Und du wärst gleich beim ersten Mal nach oben in die Wohnung gestürmt und hättest beide plattgemacht.«

Lisa blickte ernst drein. »Ich kann das gut nachvollziehen. Ich hätte ebenso wenig gewusst, was ich machen soll. Das ist alles total bescheuert. Wenn du die zur Rede stellst und herauskommt, die haben sich nur ausgesprochen, bist du total blamiert. Wenn es stimmt, dass da was zwischen ihnen läuft, ist es sowieso der größte Mist. Wenn du nichts machst, fragst du dich dein Leben lang, was nun wirklich war. Drei Optionen, dreimal Scheiße. Sorry wegen der Wortwahl.« Nach einer kurzen Pause fügte Lisa hinzu: »Und du hast Elke seitdem niemals wiedergesehen oder was von ihr gehört?«

Helmut schüttelte den Kopf. Knapp vier Stunden hatte es gedauert, die Geschichte zu erzählen. Die ganze Zeit über hatten seine Kollegen aufmerksam zugehört und nur selten Zwischenfragen gestellt. Abgesehen von dem mysteriösen Vorfall mit Elke und Fritz verzichteten sie auf blöde Bemerkungen. Helmut hatte das Gefühl, dass alle sich auf den nächsten Tag freuten, wenn sie wieder die Akten zur Hand nehmen konnten.

Der Dienstag verlief in der Tat ungemein produktiv und am Ende des Arbeitstages stand fest, dass sich die vier Ermittler am Mittwoch zu einer ersten Bewertung des Falles zusammensetzen konnten.

Helmut war zugleich erfreut und überrascht über diese enorme Geschwindigkeit. Sie ließ ihm nur wenig Zeit, sich ernsthaft zu fragen, ob er sich weiterhin der eigenen Vergangenheit stellen wollte. Den Seelenstriptease am Montag in Lisas Wohnung hatte er erstaunlich locker hinter sich gebracht. Hoffentlich würde er es auch überstehen, dass die Kollegen sich ausführlich über seine Zeugenaussagen ausließen – mitsamt seinem kläglichen Versuch, Fritz ein Alibi zu verschaffen, das vollkommen unnötig war.

Am frühen Dienstagabend suchte Helmut kurz den Tatort auf. Die Bahngleise waren vor vielen Jahren entfernt und durch einen Spazierweg ersetzt worden, der im Dorf »Rentnerweg« genannt wurde, weil er in erster Linie von den älteren Dorfbewohnern benutzt wurde. Der Pfad führte vom Tiefenbach direkt ins Große Bruch. Wie gehabt, grenzten die Häuser von Hahns und Pahlkes an den Tatort, aber das waren die einzigen Ähnlichkeiten mit den 70er-Jahren.

Er verbrachte eine knappe Viertelstunde dort und wartete erfolglos auf eine Eingebung. Zum Beispiel auf diesen Tunnel, in den er vor 40 Jahren kurz geblickt hatte, als er an Schraders Grab gestanden hatte.

Nun saß er bei seinem Feierabendbier und der ersten Zigarette des Tages auf seiner Terrasse und ließ seine Gedanken schweifen. Er hatte gerade die letzten Fleischreste von Sonntag gegessen und den Tisch abgeräumt. Jetzt wollte er den Abend genießen, entweder ein Buch lesen, sich einen Film ansehen oder auf ein, zwei Bier in den Dorfkrug gehen.

Gerade als er an den Dorfkrug dachte, klingelte es an der Tür. Mit einigen unausgegorenen Ideen zu den Themen Gedankenübertragung oder sich selbst erfüllenden Prophezeiungen im Kopf ging er zur Haustür und öffnete. Einigermaßen erstaunt stellte er fest, dass dort tatsächlich eine Frau stand, dass es sich allerdings um Magda Wettenstedt handelte.

Jochens Ehefrau war ihm seit vielen Monaten nicht mehr so nahe gekommen wie jetzt. Man grüßte sich allenfalls im Vorbeigehen oder Vorbeifahren. Das war früher anders gewesen, Magda hatte zu den sehr guten Bekannten seiner Frau Marianne gehört. Sie hatte im Frauengesangsverein gesungen, dessen Leiterin Marianne gewesen war, nachdem Renate Junker Anfang der 90er-Jahre ihr Amt aufgegeben hatte. Außerdem hatte Magda einige Jahre lang den Förderverein der Grundschule im Dorf geführt. Marianne war bis zu ihrem Tod vor acht Jahren Direktorin der Schule gewesen.

Magda war einige Jahre jünger als Jochen, 53 oder 54. Da sie sich meist jugendlich in Jeans und T-Shirt kleidete, ihr Haar strohblond war und sie Falten geschickt wegschminkte, wirkte sie jünger. Heute Abend sah sie trotz Jeans und T-Shirt so alt aus, wie sie war. »Guten Abend, Helmut.«

»Guten Abend, Magda.«

Sie stand unschlüssig vor ihm.

Er half ihr auf die Sprünge. »Was führt dich zu mir?«

»Ich mache mir Sorgen um Jochen.«

Die mache ich mir auch, dachte er, und meine größte Sorge ist, dass ich ihn niemals drankriege wegen seines feigen Anschlags auf Hanno. Laut sagte er: »Komm erst mal rein.«

»Was ist los, Magda?«, fragte er, als sie bereits im Wohnzimmer saßen. Sein Bier hatte er auf der Terrasse gelassen, seine Zigarette war längst ausgegangen. Er trank Wasser, wie Magda.

Sie starrte auf das Wasserglas, das sie mit beiden Händen umfasste. »Jochen ist seit ein paar Tagen weg, ich bekomme keine Nachricht von ihm und kann ihn nicht erreichen. Er muss sein Handy ausgestellt haben.«

»Seit wann ist er denn weg?«

»Seit Freitagmorgen.«

Helmut erinnerte sich an Sonntagabend, als Fritz ihm erzählt hatte, dass er am Nachmittag vergeblich versucht hatte, Jochen zu besuchen. Jochen war laut Fritz seit Freitag unterwegs. Das deckte sich mit Magdas Schilderung. »Hat er dir gesagt, was er vorhat?«

»Er hat mir am Donnerstag gesagt, dass er am nächsten Tag zu seinem Schulfreund nach Oldenburg fahren muss. Eine dringende Angelegenheit.«

Schulfreund in Oldenburg? Das kam ihm bekannt vor. Er hatte erst heute in den Schrader-Akten gelesen, dass Jochen im Juli 1974, zwei Tage nach dem Mord an Heinz Schrader, zu einem Schulfreund nach Oldenburg gefahren war. Ein merkwürdiger Zufall. »Ist Jochen mit dem Auto gefahren?«

»Ja, sicher.«

»Kennst du diesen Schulfreund?«

Magda trank endlich einen Schluck und stellte anschließend ihr Glas auf den Tisch. »Nein. Ich weiß nur, dass Jochen alle paar Jahre dorthin fährt.«

»Ist dieser Freund mal bei euch gewesen?«

Magda blickte unverändert nach unten. »Das hat sich irgendwie nie ergeben.«

»Weißt du, zu welchen Anlässen Jochen ansonsten dorthin gefahren ist?«

»Nein. Er hat nie mehr gesagt, als dass er diesen Freund besucht. Er war dann stets so zwei, drei Tage weg.«

»Wie heißt denn dieser Schulfreund?«

»Ich weiß bloß den Vornamen. Berthold. Wenn ich den Nachnamen wüsste, hätte ich ja längst bei der Auskunft angerufen und dann bei diesem Berthold.«

»Hat Jochen ein Adressbuch?«

»Das hat er offenbar bei sich.«

»Verstehe. Und deine Schwiegereltern? Wissen die den Nachnamen? Wenn es doch ein Schulfreund von Jochen ist.«

»Ich habe sie gefragt. Sie haben den Namen vergessen. Dieser Berthold hat nach der Mittleren Reife noch sein Abitur gemacht und dann in Oldenburg studiert. Mehr wissen sie nicht. Jochen hat immer nur von Berthold gesprochen. Ihnen gegenüber. Mir gegenüber. Ich habe mir nie Gedanken darüber gemacht. Warum denn?«

Weil man dann jetzt wüsste, wo man deinen Mann suchen könnte, lag ihm auf der Zunge, doch Helmut sagte: »Weißt du denn, ob dieser Berthold Familie hat?«

»Nein. Ich komme mir so blöd vor, dass ich mich nie dafür interessiert habe.«

»Du musst dir keine Vorwürfe machen, Magda«, log er.

»Ich mache mir Sorgen.« Endlich blickte Magda ihn an. Sie hatte Tränen in den Augen.

»Wenn Jochen einen Unfall hatte oder Opfer eines Verbrechens geworden wäre, dann hättest du das längst erfahren.« In Gedanken fügte er hinzu: Falls der Unfall oder das Verbrechen bereits entdeckt worden sind.

»Dass er sich weder meldet, noch erreichbar ist, das kommt nie vor. Normalerweise ruft Jochen an, sobald er in Oldenburg eingetroffen ist. Was können wir nur tun?«

Magda sah nun knapp an ihm vorbei. Dort, wohin sie blickte, stand sein Fernseher, auf dem er gesehen hatte, wie Deutschland Fußballweltmeister wurde. Das war erst vorgestern gewesen; nun kam es ihm vor, als wäre es Jahre her. »Wir sollten als Erstes herausfinden, wie dieser Berthold mit Nachnamen heißt und ihn dann anrufen.«

»Wie willst du das machen?« Magda wirkte auf einmal hellwach.

»Ich fahre morgen früh zur Elm-Asse-Schule nach Schöppenstedt und lasse mir eine Namensliste von Jochens Abschlussklasse geben.« Vor etwa zehn Jahren waren die Haupt- und die Realschule mangels Masse zusammengelegt und nach den beiden nächstgelegenen Waldgebieten benannt worden.

»Das klingt gut. Danke!«

Er schnappte sich ein Stück Papier und einen Kugelschreiber. »Wann hat Jochen seine Mittlere Reife erworben?«

Magda blickte ihn verwirrt an. »Oh, das weiß ich nicht. Tut mir leid. Ich kann es zu Hause heraussuchen und dich anrufen.«

Er winkte ab. »Warte mal! Jochen ist ein Jahr älter als ich und wurde ein Jahr eher eingeschult. Er ist bis zur 10. Klasse auf die Realschule gegangen und ich bis zur 9. Klasse auf die Hauptschule. Wir waren folglich zeitgleich fertig. Das war 1969.«

»Hört sich plausibel an.« Magda zögerte. »Ich bin dir wirklich sehr dankbar, dass du so spontan helfen willst. Das ist alles andere als selbstverständlich. Ich habe mitbekommen, dass Jochen und du … dass da was zwischen euch ist, seit Hannos Tod.«

»Das ist wahr. Aber das ist eine andere Geschichte, Magda.«

Schließlich ging Magda nach Hause. Sein Bier auf der Terrasse war längst schal geworden. Er holte sich eine neue Flasche und zündete sich eine neue Zigarette an. Es gab allerhand, worüber er nachdenken musste.

6. Juli 1974, etwa 22.45 Uhr, Winnigstedt, Untere Straße

Das Auto draußen hat ihn irritiert. Es hat ungefähr zwei Minuten mit laufendem Motor vor dem Haus gestanden und ist dann mit einem Affenzahn weggefahren. Laut. Trotz der geschlossenen Fenster gut zu hören. Nur sie hat es offenbar nicht mitbekommen.

Niemand ist ausgestiegen oder eingestiegen oder ins Haus hinein- oder aus dem Haus herausgegangen. Warum also hat das Auto dort gestanden und woran hat ihn dieser Klang erinnert?

So viele Fragen. Und so ein komisches Gefühl. Davon hat er sich ablenken lassen und ist deswegen unkonzentriert gewesen bei der dritten Nummer heute Abend. Oder war es die vierte? Sie hat ihn heftig in den Schwanz kneifen müssen, damit er wieder ganz bei ihr war. Er hat seine Pflicht erfüllt und sich danach zum Rauchen ans Fenster gestellt.

Dort steht er unverändert. Nackt. Das spielt aber keine Rolle. Sie sind ja allein hier. Und sie ist ohnehin eingeschlafen. Er hat sie geschafft. Was ihm sonst nur selten gelingt. Heute ist so ein Tag. Er fühlt sich frei, kein Mensch sitzt ihm im Nacken. Außer vielleicht der Fahrer dieses Autos eben. Doch das Auto ist weg. Klar, das ist ja vorhin wegfahren. Egal, er fühlt sich frei. Nach dieser dritten (oder vierten) Nummer ist er außerdem kaputt.

Viertel vor elf. Er sollte langsam mal nach Hause gehen. Na ja, diese Zigarette noch und einen Schluck Rotwein.

Alles still dort draußen. Was sonst? Hier, am Ende des Dorfes? Mitten in der Nacht? Da kann man sogar ruhigen Gewissens nackt am Fenster stehen …

Irgendwie drehen sich seine Gedanken im Kreis oder wiederholen sich wie in einer Endlosschleife. Nackt. Stille. Fenster. Sex. Egal, manchmal sind die einfachsten Dinge die schönsten.

Vorhin hat sie an diesem Platz gestanden und er hat im Bett gelegen, geraucht und sie angesehen. Ihren Körper, der es in seinen Augen mit jedem Körper aus jedem Männermagazin aufnehmen kann. Große, pralle Brüste, mit kleinen, dunklen Warzen, darunter, na ja, nahezu eine Wespentaille. Beine von hier bis Feuerland. Dazwischen der schönste, der wärmste Platz, den man sich vorstellen kann. Grüne Augen, die einen aufzusaugen scheinen. Volle rote Lippen. So strahlend wie die Zähne dahinter, die natürlich weiß sind. Makellos. Ihre blonden Haare sind glatt und schulterlang, manchmal neckisch zu Zöpfen gebunden. Wenn sie auf kleines Mädchen machen will. Der Rest von ihr passt allerdings so wenig zu einem kleinen Mädchen wie Rotwein zum Frühstücksei. Dieser Rest hat vorhin am Fenster gestanden und geraucht, reglos und konzentriert. Leise atmend. Und wie immer wahnsinnig sexy.

Beinahe, ohne es zu merken, hat er seine Zigarette ausgedrückt, die Hand an sein Glied gelegt, es gestreichelt, es umfasst und die Hand hin und her bewegt – und dabei offenbar Geräusche gemacht. Sie hat sich jedenfalls umgedreht, lächelnd den Kopf geschüttelt und sich auf ihn gelegt.

Dann ist das Auto gekommen und mit ihm die Frage, wer es gewesen sein könnte. Zudem haben ihn Gedanken an bevorstehende Autofahrten beschlichen.

Sie hat bereits gepackt, ihre Koffer stehen an den Schlafzimmerschrank gelehnt. Sie wird verschwinden,

Anfang nächster Woche, am Dienstag. Auf Nimmerwiedersehen! Er wird ihr übernächste Woche folgen, sich in seinen VW-Bus setzen und seinerseits die Biege machen.

Spurlos? Nein. Seine Pläne sind allgemein bekannt. Er wird sich von Berlin aus bei dem einen oder anderen alten Bekannten melden. Mal eine Karte oder einen Brief schreiben. Seine Eltern wird er ab und zu anrufen. Wird sich zeigen.

Eine Flucht? Vermutlich. Zumal für sie. Er ist mehr so der Fluchthelfer. Er wäre im Herbst sowieso gegangen. Berlin. Freie Universität. Auf den Spuren von Rudi Dutschke. Studentenbewegung. APO. Zu dieser Szene möchte er gehören. Der Junge vom Land, der es den Städtern mal so richtig zeigt. Falls überhaupt etwas davon übrig geblieben ist, falls nicht längst alle zur RAF gehören. Damit will er nichts zu tun haben. Höchstens mal einen Stein auf ein Bullenauto werfen oder in die Scheibe der Zentrale der Springerpresse.

Wie lange wird die Sache mit ihr gut gehen? Wochen? Monate? Jahre? Sie will in Berlin arbeiten. Ihre Ausbildung hat sie im Frühjahr abgeschlossen. Das passt. Sie sagt, dass sie sich keine Geldsorgen machen müssen. Sie hat gespart, sagt sie, und kürzlich überraschend Geld geerbt. Wie viel, das behält sie für sich. Reichlich sei es, sagt sie. Na gut.

Er dreht sich um. Sie ist tatsächlich eingeschlafen. Er will sich kurz zu ihr legen, um ihr vorsichtig einen Abschiedskuss auf die Schulter zu hauchen. Leise legt er sich neben sie – und im nächsten Moment weiß er, dass sie nur so getan hat. Ein netter Trick. Er wird wohl bleiben müssen.

KAPITEL 15

16. Juli 2014, morgens

Der Mann hieß Berthold Angermund und er hatte Jochen Wettenstedt seit der Zeugnisübergabe im Juni 1969 ein einziges Mal gesehen: bei einem Klassentreffen im Mai 1974. Doch da hatte Angermund kaum mit Jochen gesprochen.

Das war mal eine Auskunft! Helmut hatte sie an diesem Mittwochmorgen erhalten. Um 7.30 Uhr hatte er erstmals nach 45 Jahren (und ohne Wehmut) wieder die Hauptschule Schöppenstedt betreten, die nun Elm-Asse-Schule hieß. Der Unterricht hatte noch nicht begonnen, gleichwohl war das Sekretariat besetzt gewesen. Mit seinem Ausweis, seiner plausiblen Geschichte und in diesem Fall mit seinem guten Namen (er hatte im März eine Mordserie aufgeklärt, die wochenlang von den Medien begleitet worden war) war es ihm rasch gelungen, die Schulsekretärin dazu zu bringen, in den – zum Glück digitalisierten Schularchiven – zu forschen. Lange vor dem Eintreffen des Rektors, der Lehrer und der Schüler hatte er die Information bekommen, die er suchte.

Von Schöppenstedt aus hatte er die Fahndung in Braunschweig angerufen und die Kollegen gebeten, den aktuellen Wohnort von Berthold Angermund herauszufinden, inklusive Telefonnummern: privates Festnetz, mobil, falls vorhanden geschäftlich.

Eine halbe Stunde später bekam er diese Informationen. Da saß er (als Erster und Einziger) an seinem Arbeitsplatz und probierte nacheinander die Nummern aus, die die Fahndung ihm genannt hatte. Er erreichte Angermund an dessen Arbeitsplatz. Der befand sich, genau wie sein Wohnort, nicht in Oldenburg, sondern quasi am anderen Ende Deutschlands. Angermund war Abteilungsleiter bei der Bausparkasse Schwäbisch Hall, in einer Stadt, die ebenso Schwäbisch Hall hieß.

Er stellte sich vor und wollte die erste Frage formulieren. Angermund unterbrach ihn freundlich und bat darum, zurückzurufen. Scheinbar wollte er auf Nummer sicher gehen, dass er tatsächlich mit Kriminalhauptkommissar Jordan von der Kripo Wolfenbüttel sprach. Er suchte Helmuts Durchwahl eigenhändig heraus. Das dauerte anderthalb Minuten. Dann rief Angermund zurück.

»Entschuldigen Sie bitte, Herr Jordan. Ich bin da lieber vorsichtig. Heutzutage ist ja alles vorstellbar. Was kann ich für Sie tun? Kripo Wolfenbüttel? Das ist ja schon mal interessant. Meine alte Heimat.«

»Dann scheinen Sie ja der richtige Berthold Angermund zu sein. Wenn Sie mir jetzt noch bestätigen, dass Sie bis 1969 in Schöppenstedt auf die Realschule gegangen sind!«

»Donnerwetter. Jetzt machen Sie mich echt neugierig.«

»Es geht um einen Ihrer Mitschüler.«

»Um Gotteswillen! Das ist 45 Jahre her. Ich erinnere mich an keinen meiner Mitschüler von der Realschule. Ich bin anschließend in Schöningen aufs Gymnasium gegangen, selbst diese Leute habe ich zuletzt vor über 30 Jahren auf einem Jahrgangstreffen gesehen.«

»Ich versuche es trotzdem mal: Erinnern Sie sich zufällig an Jochen Wettenstedt?«

»Wo Sie mir den Namen sagen! Ich habe ein Gesicht

vor Augen. Wo soll denn der Zusammenhang zu mir sein?«

»Ehrlich gesagt, das frage ich mich schon, seitdem ich weiß, dass Sie in Schwäbisch Hall leben, statt in Oldenburg.«

»Wie bitte? Warum sollte ich denn in Oldenburg leben? Da habe ich mal drei Jahre studiert.«

Er erzählte Angermund, dass Jochen Wettenstedt seit Juli 1974 regelmäßig nach Oldenburg gefahren ist, um dort seinen Schulfreund Berthold Angermund zu besuchen. Angeblich, wie man jetzt hinzufügen musste.

Angermund wirkte naturgemäß aufgebracht. »Was für ein Blödsinn! Wie kommt der Kerl denn dazu?«

»Wenn ich das wüsste! Wann haben Sie Wettenstedt zuletzt gesehen?«

»Fast hätte ich gesagt, dass das bei der Zeugnisübergabe gewesen ist. Im Juni 1969. Es gab jedoch nach fünf Jahren ein Klassentreffen in Schöppenstedt. Dort bin ich gewesen. Da werde ich ihn wohl gesehen haben. So viele waren wir ja nicht in der Klasse. 35 oder so.«

»Waren Sie denn zur Zeit dieses Klassentreffens gerade in Oldenburg?«

»Ja, das kommt hin. Bis 1975 habe ich dort gewohnt. Dann bin ich nach Heidelberg gezogen und habe dort weiterstudiert.«

»Dann wird Wettenstedt bei diesem Klassentreffen erfahren haben, dass Sie in Oldenburg sind. Dann wäre das geklärt.«

»Warum behauptet er denn, mich dort regelmäßig zu besuchen?«

»Das müssen wir als Nächstes klären. Leider haben wir momentan keine Gelegenheit, ihn danach zu fragen, denn Wettenstedt ist spurlos verschwunden. Seiner Frau hat er gesagt, dass er zu Ihnen fährt.«

»Das ist ja die Höhe! Wissen Sie, was ich glaube: Der Kerl hat eine andere. Die besucht er in Wirklichkeit, wenn er behauptet, er sei bei mir.«

»Das befürchte ich auch, Herr Angermund. Ich frage mich nur, wie ich es seiner Frau erklären soll.«

»Heikle Kiste!«

»Heikle Kiste!«

Helmut bedankte sich und legte auf. Er war froh, dass mittlerweile seine Kollegen da waren und sie sich zunächst um den Fall Schrader kümmern würden. Heute Abend musste er wohl oder übel zu Wettenstedts gehen.

6. Juli 1974, kurz nach 23 Uhr, zu Fuß durch Winnigstedt

Bei Regen schmerzt seine Hand mehr als sonst. Wetterfühlig? Nach über 20 Jahren unverändert diese Schmerzen. Oder eine Art Phantomschmerz? Da es draußen noch immer regnet, verschiebt er seinen Spaziergang und wartet zunächst zu Hause. Im Fernsehen läuft *Am laufenden Band*; er kann seine Frau überreden, rechtzeitig auf das *Aktuelle Sportstudio* umzuschalten. Dort läuft ein Rückblick auf das Spiel um Platz drei. Polen gewinnt gegen Brasilien, natürlich schießt Lato das einzige Tor des Spiels, sein siebtes Tor bei dieser WM. Er wird Torschützenkönig werden; Müller müsste morgen gegen die Holländer schon vier Tore schießen, um ihn einzuholen. Unvorstellbar.

Dann der Ausblick auf das große Finale. In Deutschland. Mit Deutschland. Gott sei Dank ist diesmal kein nationaler Rausch ausgebrochen wie vor 20 Jahren. Der hatte ihn fast um den Verstand gebracht. Genau wie der vorletzte große nationale Rausch weitere zehn Jahre früher ihn fast das Leben gekostet hatte.

Vor drei Tagen ist er insgeheim für Polen gewesen. Morgen wird er für Holland sein – zumal, wenn das eintritt, was zu erwarten ist: dass die Holländer den schöneren Fußball spielen! Johan Cruyff, das ist der wahre Fußballgott. Toni Turek? Pah, der wurde von den Ungarn ein paar Mal glücklich angeschossen.

Er nutzt die erste Regenunterbrechung, um seine allabendliche Runde durchs Dorf zu drehen. Er braucht seinen Auslauf. Ist gut für sein Bein. Die andere große

Baustelle an seinem Körper. Durchschuss. Alte Kriegsverletzung. Im Gegensatz zur Hand. Das war ein Arbeitsunfall.

Gegen halb elf geht er los und wird nach wenigen Metern fast von einem Auto erfasst, als er das Ende der Feldstraße erreicht und auf den Bruchweg gehen will. Er erkennt den Wagen sofort. Es gibt nur wenige Autos im Dorf, die einen frisierten Auspuff haben und wie ein liebeskranker Hirsch röhren. Der Herr Bauernsohn. Bisweilen eher ein Bauernlümmel. Manchmal fällt der Apfel weit weg vom Stamm. Kein Vergleich zu seinem Vater. Oder zu dessen Vater. Das sind große Männer. Ihnen hat er sein Leben zu verdanken. Der hier, der will nur groß sein. Will groß und wichtig erscheinen.

Groß und wichtig erscheinen? Das hat er doch erst neulich irgendwo gehört. In einem Lied, oder? Ja, genau, und es ist sogar ein sehr schönes Lied, obwohl es ein deutsches Lied ist. Es ist aber weiß Gott kein Schlager. Der Titel? Irgendetwas mit Fliegen? Nein, er kommt nicht drauf.

Wohin er wohl will, der Bauernsohn? Um diese Zeit? Und diese Eile! Junge Leute halt.

Nach zehn Minuten hört er das Auto erneut, diesmal aus sicherer Entfernung. Knapp eine halbe Stunde später sieht er in kurzen Abständen zwei weitere, unbekannte Autos. Viel Verkehr für diese Uhrzeit. Viertel nach elf. Fußgänger sind ihm bislang nicht begegnet. Dabei hat er mittlerweile das Dorf komplett durchschritten. Bald wird er zu Hause sein. Er nähert sich dem Tiefenbach – und sieht endlich jemanden.

Die Straßenlaterne inszeniert ein bizarres Schattenspiel zwischen Bach und Bahndamm. Ein Mensch scheint zu knien, ein anderer steht über ihm. Die Hand gehoben. Jetzt saust diese Hand nach unten.

Nein!

Der Ruf bleibt ihm im Hals stecken. Denn längst hat die Hand ihr Ziel erreicht, den Kopf des anderen, und dieser andere sackt in sich zusammen.

Er läuft. Er muss helfen. Noch steckt der stumme Schrei in seinem Hals. Er erreicht den Tiefenbach und erkennt die Person, die geschlagen hat. Erkennt die Person, die leblos im Matsch liegt. Erkennt letztendlich die ganze Wahrheit dahinter.

KAPITEL 16

16. Juli 2014, mittags

Unter den Ermittlern gab es ein kleines Ritual. Zum Zusammentragen von Ergebnissen, die jeder Einzelne herausgefunden hatte, versammelte sich die komplette Mannschaft kurz in Helmuts Büro. Meist standen alle vier locker an die Fensterbänke gelehnt und betrachteten zwischendurch den regen Verkehr an einer der größten Kreuzungen in Wolfenbüttel, dem Grünen Platz. Da das Büro auf zwei Seiten Fensterfronten hatte, gab es zwei verschiedene Blickwinkel auf die Kreuzung. Von der einen Front blickte man, grob gesagt, Richtung Südosten, wo die Bundesstraße 79 zunächst am Hauptsitz der berühmten Schnapsfabrik Waldläufer vorbei- und dann einen Hügel hinauf aus der Stadt hinausführte, nach 20 Kilometern den früheren Grenzübersichtspunkt in Mattierzoll erreichte und 50 Kilometer später im schönen Quedlinburg endete. Aus der anderen Fensterfront sah man ebenfalls auf die B79, die nach Norden aus der Stadt heraus nach Braunschweig verlief und im Süden der Großstadt in der Autobahn 395 aufging.

In der Regel hatten alle Ermittler eine Tasse Kaffee in der Hand und manchmal eine Banane, ein Brötchen oder eine Brezel. Wenn die Treffen ausnahmsweise länger als eine Viertelstunde dauerten, setzten sich Lisa, David und Jonas um Helmuts Tisch herum auf die Besucherstühle, während Helmut auf seinem Schreibtischstuhl Platz nahm. Da im Büro des Leiters nur zwei Besucherstühle standen, mussten sie sich den fehlenden Stuhl aus dem Gemeinschaftsbüro holen, das sich Lisa, David und Jonas teilten. Es gab vier, wenn man den kleinen Schreibtisch, der schräg zu Lisas Tisch stand, mitzählte, sogar fünf Arbeitsplätze. Doch die beiden zusätzlichen Plätze wurden nur benötigt, wenn die Ermittlergruppe bei schwereren Fällen vorübergehend aufgestockt wurde, oder wenn ein Kommissarsanwärter (zuletzt wesentlich häufiger: eine Kommissarsanwärterin) während seiner (ihrer) Ausbildung Station in Wolfenbüttel machte.

Für das heutige Treffen erwies sich Helmuts Büro allerdings als zu klein und unpraktisch, da es zu viele Ergebnisse auf einmal gab, die man am besten auf einem Flipchart festhielt; zudem benötigten die vier Ermittler einen großen Tisch für die Akten.

Sie hatten sich am Tag zuvor stundenlang durch die Zeugenaussagen und Untersuchungsberichte von Rechtsmedizin und Kriminaltechnik gewühlt. Aufgrund der Fülle des Materials hatte letztlich jeder nur einen Teil gelesen. Ausschließlich die wichtigsten Zeugenaussagen wurden von allen analysiert, namentlich die von Fritz Tiedemann, Karl Liedke, Otto Geis, Anton Hoier, Heinz Schrader senior, Gustav und Jochen Wettenstedt, Doktor Wolfram Seifert sowie Helmuts Aussagen.

Zusätzlich sollte jeder Ermittler einen weiteren Aspekt bearbeiten. Jonas hatte sich die Zeugenaussagen der Angehörigen von Heinz Schrader vorgenommen. Lisas Aufgabe hatte darin bestanden, die Aussagen all derjenigen, die am 6. Juli 1974 im Dorfkrug gewesen waren, zu lesen, ausgenommen die Aussagen von Geis, Hoier und Wettenstedt senior, die von allen gelesen wurden. David hatte die rechtsmedizinischen Analysen durchgesehen und Helmut waren die Ergebnisse der Spurensicherung zugeteilt worden. Da dies zugleich das am wenigsten umfangreiche Material war, hatte er zusätzlich die Protokolle der Tür-zu-Tür-Befragung aller in unmittelbarer Nähe der Tiefenbachbrücke Wohnenden studiert.

Um in dem Wust den Überblick zu behalten, traf man sich am Mittwochvormittag in einem größeren Raum, im Besprechungsraum. Dort gab es einen komfortablen Tisch und einen Flipchart. Auf dem Tisch standen eine große Kanne Kaffee, Tassen und ein wenig Gebäck. Ansonsten war er voller Aktenordner und persönlicher Aufzeichnungen der vier Ermittler.

Helmut eröffnete die Runde. »So, Leute. Zunächst mal vielen Dank, dass ihr euch die Zeit genommen habt, euch in diesen alten Fall aus meiner Vergangenheit zu vertiefen.«

Jonas unterbrach ihn: »Zeit haben wir ja momentan mehr als genug.«

»Trotzdem hätte der eine oder andere vielleicht lieber etwas anderes gemacht.« Helmut schielte zu David, der aber in seine Aufzeichnungen vertieft war. »Lasst uns loslegen und mit dem anfangen, was alle gelesen haben.«

»Soll ich die wichtigsten Punkte direkt auf dem Chart festhalten?«

»Ja, gern, Lisa.«

Lisa erhob sich und ging zum Flipchart, der direkt hinter ihr stand. Demonstrativ zog sie die Kappen vom roten, vom blauen und vom grünen Stift ab.

»Haben die Farben eine tiefere Bedeutung?«

»Ja, David. Rot gleich Verdächtige, Blau gleich Zeugen beziehungsweise Befragte, Grün gleich Kriminaltechnik und Rechtsmedizin.« Lisa schrieb mit dem blauen

Stift links oben auf dem Flipchart untereinander und in gestochen scharfer Schrift die Namen aller Befragten auf: der Kneipenbesucher, der Familien Schrader, Hahn und Pahlke sowie die von Helmut, Fritz, Jochen und Karl Liedke.

Helmut schüttelte schmunzelnd den Kopf. »Ich werde zu Beginn kurz die Überlegungen und Erkenntnisse unserer Vorgänger zusammenfassen. Alle einverstanden?«

Kopfnicken allenthalben.

Helmut fuhr fort. »Um 23 Uhr an diesem Samstagabend vor 40 Jahren, es ist der 6. Juli 1974, verlässt der Bauer Heinz Schrader den Dorfkrug an der Hauptstraße in Winnigstedt und will nach Hause gehen. Ohne Begleitung. Das sagen alle Dorfbewohner aus, die an diesem Abend mit ihm in der Gaststätte waren. Und das waren einige, wie ihr den Akten entnehmen konntet.

Vor 40 Jahren war es übrigens normal, dass sich die Leute abends, zumal samstags, in der Kneipe trafen. Wenn ich ›Leute‹ sage, meine ich die Dorfbewohner ab 35, 40. Die Jüngeren gingen seltener in die Dorfkneipe, einige fuhren am Wochenende in die Disco. Speziell für die 15- bis 20-Jährigen gab es den Partykeller von Atze Hoier, wo an manchen Wochenenden gefeiert wurde. An diesem Wochenende war Atze allerdings ausnahmsweise anderweitig eingeladen. Das habt ihr in der Aussage seines Vaters gelesen. Atze selbst wird nicht befragt, obwohl der leitende Ermittler KHK Albrecht es andeutet.

Zurück zu Schrader: Er muss für seinen Heimweg praktisch durchs gesamte Dorf laufen, die lange Hauptstraße, die Teichstraße, die Roklumer Straße, am Ende den Grandberg rauf. Das ist ein Weg von rund 15 Minuten. Die Brücke über den Tiefenbach liegt ungefähr auf halber Strecke. Er kommt dort folglich gegen 23.10 Uhr an. Ich habe ihn am nächsten Morgen etwa um 9.30 Uhr entdeckt. Damit steht ohne Obduktion fest, dass der Todeszeitpunkt zwischen 23.10 Uhr am Samstag, 6. Juli 1974, und 9.30 Uhr am Sonntag, 7. Juli 1974, liegt. Der stellvertretende Rechtsmediziner schränkt bei der ersten Untersuchung der Leiche die Todeszeit auf einen Zeitraum von rund zwei Stunden ein, zwischen 23 Uhr und 1 Uhr. Der leitende Rechtsmediziner legt sich dann auf die Stunde zwischen 23 Uhr und Mitternacht fest.

Schneller steht die Todesursache fest: Schrader wurde mit einem etwa faustgroßen Stein erschlagen; die KTU findet die Tatwaffe im Tiefenbach, am Stein klebt im wahrsten Sinne des Wortes Blut; es kann eindeutig Heinz Schrader zugeordnet werden.

KHK Albrecht geht von Beginn an davon aus, dass Schrader auf seinem Heimweg ermordet wurde. Die Kriminaltechnik ist sich sicher, dass der Fundort zugleich der Tatort ist.

Für Albrecht stellt sich die grundsätzliche Frage: geplanter Mord oder zufälliger Raubmord? Für den Raub spricht die verschwundene Geldbörse. Schrader hat seinen Deckel bezahlt und sein Portemonnaie eingesteckt. Als man seine Leiche untersucht, ist es verschwunden und wird weder am Tatort, noch auf dem Weg zwischen Dorfkneipe und Tatort gefunden.

Doch woher soll der Räuber gekommen sein? Fährt er mit dem Auto spätabends durchs menschenleere Dorf und hofft auf ein zufälliges Opfer? Das wäre 1974 in Deutschland äußerst unwahrscheinlich gewesen. Hinzu kommt, dass Schrader im Dunkeln und in relativ dunkler Kleidung unterwegs ist und aus einem vorbeifahrenden Auto heraus schlecht gesehen werden kann, wenn er am Tiefenbach steht, um im Gebüsch Wasser zu lassen. Wahrscheinlicher ist, dass jemand bereits sieht, wie Schrader von der beleuchteten Straße auf den dunklen Weg abbiegt. Das kann ein zufällig vorbeikommender Autofahrer, Fußgänger oder Radfahrer sein. Denkbar ist ebenso, dass jemand Schrader verfolgt hat und nun den günstigen Moment ausnutzt.

Falls dieser angenommene Verfolger ein Räuber ist, egal, ob einer aus dem Dorf oder ein Fremder, wird man den Fall wohl nie aufklären, da es keine Tatzeugen gibt. Ich berichte euch nachher von der Tür-zur-Tür-Befragung.

Albrechts Ermittlung setzt grundsätzlich beim Verfolger an. Er spricht offiziell von einem Raubmord, räumt gleichzeitig ein, dass der Raub der Brieftasche eine Ablenkung sein könne. Das bedeutet für ihn, dass der Verfolger genauso gut ein anderes Motiv als Raub haben könnte.

Potenzielle Verfolger sind die Leute, die zusammen mit Schrader in der Kneipe sind. Nach Bekunden aller Zeugen verlässt niemand zusammen mit Schrader oder in einem Zeitraum von 15 Minuten vor oder nach ihm die Gaststätte. Alle Gäste, die später als er nach Hause gehen, brechen erst nach Mitternacht und stets in Gruppen auf. Die meisten Damen vom Gesangsverein gehen zwei Stunden vor Schrader. Auch die Gemeindesekretärin und Chorleiterin Renate Junker geht vor Schrader nach Hause, allerdings eine Stunde früher. Ihre Aussage liegt vor. Ich denke, dass Lisa darüber sprechen wird.

Alle anderen Kneipenbesucher bleiben nachweislich bis nach Mitternacht und gehen oder fahren zusammen mit anderen nach Hause. Ein paar von ihnen kommen am Tiefenbach vorbei, ohne die Leiche zu entdecken, was wegen der Dunkelheit nachvollziehbar ist. Die allerletzten Gäste gehen gegen 1 Uhr. Anschließend sperrt Otto Geis den Dorfkrug ab, der Wirt wohnt über der Kneipe. Unterm Strich heißt das für die Kripo, dass alle Kneipenbesucher als Täter ausscheiden.

Dann erfahren die Beamten, dass es im Dorf jemanden gibt, der eventuell ein Motiv hat, Schrader zu ermorden und der an diesem Abend nicht im Dorfkrug ist: Karl Liedke. Nazi Schrader könnte Widerstandskämpfer Liedke während des Zweiten Weltkriegs an die Gestapo verraten haben – vereinfacht gesagt. Die Angelegenheit liegt 30 Jahre zurück, aber es ist denkbar, dass Liedke es erst jetzt herausgefunden hat. Außerdem hat er kein Alibi.

Praktisch parallel gerät Liedkes Freund Fritz Tiedemann ins Visier der Beamten. Ein anonymer Brief bringt sie auf seine Spur. Tiedemanns Motiv wäre – erneut stark vereinfacht ausgedrückt – ähnlich wie Liedkes, es hätte ebenfalls mit Geschehnissen während des Zweiten Weltkrieges zu tun. Bevor sich die Ermittler jedoch an Liedke oder Tiedemann festbeißen können, findet der leitende Rechtsmediziner heraus, dass Schrader zweifelsfrei von einem Rechtshänder ermordet wurde. Liedke und Tiedemann sind Linkshänder.

Die Suche beginnt von vorne. Ohne Fußspuren, ohne Fingerabdrücke – dazu hören wir gleich mehr – und ohne Zeugen ist das die berühmte Suche nach der Nadel im Heuhaufen. Rein theoretisch könnte jeder aus dem Dorf der Mörder sein, dort wohnen rund 1.500 Leute. Doch Albrecht und Kollegen stoßen auf keine weiteren handfesten Motive. Es gibt einige vergebliche Versuche, wie ihr den Zeugenaussagen entnehmen könnt. Ich denke da vor allem an Schraders notorischen Hang, Frauen zu belästigen. Die schwerwiegendsten Konflikte scheint es innerhalb der Familie gegeben zu haben. Ich sehe es aber wie Albrecht: Das Alibi, das sich die Familie gegenseitig gibt, kann man hinterfragen, doch es fehlen komplett die Anzeichen auf eine Verschwörung.

Da Schraders Portemonnaie verschwunden bleibt, verläuft die Sache im Sande und landet bei den ungelösten Fällen. Soweit alles klar?«

Lisa, Jonas und David nickten.

Helmut goss sich einen Kaffee ein. »Dann lasst uns jetzt die Punkte abarbeiten! Wem von euch ist bei den Aussagen derjenigen Zeugen, die wir alle gelesen haben, etwas Außergewöhnliches aufgefallen?«

Jonas begann. »Zwei Sachen vorab. Zum einen finde ich es mutig und anständig von dir, Helmut, dass du freiwillig ein zweites Mal ausgesagt hast. Zum anderen finde ich die Befragungstechnik von Albrecht echt erfrischend. Er macht sich gern über die Leute lustig, die ihm unsympathisch sind. Wie er zum Beispiel den Dorfarzt dazu bringt, ihm zu verraten, welches Shakespearestück der gesehen hat. Höchstwahrscheinlich hatte er den Spielplan des Theaters im Kopf und hat das unmittelbar überprüft. Vermutlich kennt er sogar die Inszenierung. Von wegen modern.«

»Für diese Technik habe ich nachher ein schönes Beispiel.« Alle sahen Lisa erwartungsvoll an. »Nein, nein, ich kann warten. Jonas soll erst mal zu Ende berichten.« Sie stand auf, ging zum Flipchart und malte hinter Helmuts Namen ein Smiley. »Als Belohnung für die mutige Tat.«

Jonas ließ sie zu Ende malen, bevor er wieder das Wort ergriff. »Danke, Lisa. Ich habe eine Anmerkung zu Jochen Wettenstedt. Er gibt nur die erste Autofahrt zu. Es scheint aber erwiesen zu sein, dass er ein zweites und ein drittes Mal gefahren ist. Es liegen Aussagen von Leuten vor, die ihn gehört und/oder gesehen haben. Seine Karre war irre laut und kaum zu verwechseln. Ich frage mich zum einen, warum er nur eine Fahrt zugibt, und ich frage mich zum anderen, warum der Kommissar es in diesem Fall dabei bewenden lässt.«

»Na gut«, begann David, »Wettenstedt hat in dieser Nacht ganz schön gebechert; Karl Liedke sieht ihn mit einer Flasche Bier am Steuer. Da gibt man ungern zu, dass man zweieinhalb Stunden und wer weiß wie viele Flaschen Bier später wieder hinterm Steuer sitzt. Zweieinhalb Stunden später, um 1 Uhr, das wäre die Lösung für deine zweite Frage. Um 1 Uhr war die Sache ja längst gelaufen, da war Schrader seit mindestens einer Stunde tot. Die andere Fahrt war noch später.«

»Und was ist, wenn Wettenstedt auch zwischen 23 und 1 Uhr durchs Dorf fährt, ohne gesehen oder gehört zu werden? Er jedoch Schrader sieht? Anhält, aussteigt, Schrader den Stein über die Rübe zieht, ihm das Portemonnaie wegnimmt und weiterfährt? Hm?« Jonas blickte zufrieden in die Runde.

»Genauso gut hätte Erich Honecker durch einen Tunnel unter der Grenze nach Winnigstedt gekommen sein können, um Schrader zu ermorden und zu berauben. Der hatte mindestens solche Geldsorgen wie Wettenstedt!«

»Sehr witzig, Lisa.«

»Sie hat recht, Jonas«, schaltete sich Helmut ein. »Ich kenne Jochen mein Leben lang. Dass er jemanden ausraubt, kann ich praktisch ausschließen. Du musst bedenken, dass Schrader maximal 20, 30 Mark in seinem Portemonnaie hatte und dass Jochen das wusste. Wer am Samstagabend in die Gaststätte ging, hatte maximal 50, 60 Mark in der Börse. Hinterher war es naturgemäß weniger.«

»Es sei denn, jemand hätte beim Skat oder bei dieser Schlesischen Lotterie gewonnen. Und ob Schrader Geld gewonnen hat, das konnte Wettenstedt unmöglich wissen.«

»Das mag stimmen, Jonas«, sagte Helmut. »Dann wäre es um 100 Mark gegangen. Ebenfalls keine Summe, für die sich ein Wettenstedt die Hände schmutzig machen würde.«

»Und wenn es um etwas anderes ging, um irgendwelche wichtigen Papiere, die Schrader bei sich hatte und die Jochen unbedingt haben wollte? Schließlich hat auch Albrecht gedacht, dass der Raubüberfall vorgetäuscht war.« Jonas war zäh.

Helmut blieb geduldig. »Meinetwegen können wir Jochen Wettenstedt in die Liste der Verdächtigen aufnehmen. Jemand was dagegen?«

Alle schwiegen. Also schrieb Lisa Jochens Namen ein zweites Mal auf den Flipchart, diesmal nach rechts oben und in Rot, dahinter notierte sie: »Mysteriöse zweite und dritte Autofahrt; weitere Fahrten denkbar. Motiv unklar.«

Helmut zögerte kurz, bevor er sagte: »Es gab da wohl eine weitere mysteriöse Fahrt.« Er erzählte seinen Kollegen von Jochens Verschwinden und von seinen vorgetäuschten Fahrten nach Oldenburg, beginnend im Juli 1974, einen Tag nach Schraders Ermordung.

»Vielleicht wollte er die geraubte Brieftasche loswerden.« Jonas bekam wieder Oberwasser.

Lisa lachte. »Quatsch, der hat eine andere.«

»Seit 40 Jahren?« David zeigte ihr einen Vogel.

Sie drohte ihm mit der rechten Faust. »Es können ja verschiedene Frauen gewesen sein. Was meinst du denn, Helmut?«

»Ich wünschte, Jonas hätte recht und ich könnte Jochen deswegen dran kriegen. Ich fürchte allerdings, Lisa hat recht.« Helmut seufzte tief. »Jonas, willst du weitermachen?«

»Nein, mit diesem Teil bin ich durch.«

»Okay. David, was ist mit dir? Hast du was zu sagen zu dieser Gruppe von Zeugen?«

David nickte. »Ich denke, die Aussagen der Kneipenbesucher decken sich. Das gilt für den Abend, das gilt für Heinz Schraders Wesen. Ein einziger Punkt wird in meinen Augen nur unzureichend diskutiert. Das laste ich KHK Albrecht an, der belässt es bei ein paar Andeutungen, ohne nachzuhaken. Zwei oder drei Zeugen weisen explizit auf Schraders hohen Alkoholkonsum zwischen 22 und 23 Uhr hin. Wie war es vor 22 Uhr? Trank er da weniger, weil er bessere Karten hatte? Wenn ich die Aussagen richtig erinnere, hatte Schrader den ganzen Abend über miese Karten. Trank er vor 22 Uhr nur deshalb weniger, weil es ihn noch zu wenig frustriert hat?«

»Oder gab es um 22 Uhr ein weiteres Ereignis?«, fragte Lisa.

Jonas blickte sie erstaunt an. »Wie meinst du das?«

Lisa winkte ab. »Nachher. Ich wollte David nicht unterbrechen.«

»Das würdest du ja nie tun.« David warf ihr einen Kussmund zu. »Ich habe mir dieselbe Frage gestellt wie Lisa, ohne dass mir bislang etwas Sinnvolles eingefallen ist. Okay, ich mache mal mit den anderen Befragten weiter, also mit denen, die nicht in der Gaststätte gewesen sind. Karl Liedke halte ich für einen ehrlichen, aufrechten Mann. Der verzichtet darauf, nach falschen Alibis zu suchen. Oder nach Ausreden. Er sagt, wie es ist – in der festen Überzeugung, dass in einem demokratischen Land die Wahrheit zwangsläufig ans Licht kommt. Echt stark. Von Fritz bin ich weniger fasziniert. Er war früher wohl ein kleiner Wichtigtuer. Am Sonntag kam er mir anders vor. Ich bin mir sicher, dass Fritz diesen Simon-Wiesenthal-Brief geschrieben hat. Zum Teil, um von seinem Freund Karl abzulenken. Zum Teil, um im Mittelpunkt zu stehen.«

»Das kann ich unterschreiben«, sagte Jonas.

Helmut überlegte einen Moment lang, bevor er ergänzte: »Ich hatte damals diesen Verdacht und ich bleibe dabei: Fritz hat diesen Brief geschrieben. Machst du bitte weiter, David?«

David schüttelte den Kopf. »Ich bin durch.«

»Dann du, Lisa.«

»Danke, Helmut. Mein Kommentar zu Liedkes Aussage zielt in eine ähnliche Richtung wie Davids Beobachtung. Mich fasziniert seine Gelassenheit. Zum Zeitpunkt seiner Aussage, die beinahe in eine Vernehmung mündet, steht er als Einziger mit Motiv und ohne Alibi da. Und noch weiß niemand, dass der Mörder Rechtshänder war. Trotzdem perlen alle Versuche Albrechts, ihn in die Enge zu treiben, an ihm ab. Ich finde es allerdings bemerkenswert, dass er ausgerechnet in dieser Nacht Lust hat, seinen Spaziergang durchs Dorf auszudehnen. Er ist anderthalb Stunden unterwegs und kommt einige Mal am Tatort vorbei, ohne etwas zu sehen. Angeblich.«

David stutzte. »So, wie du das beschreibst, gewinnt man den Eindruck, dass du denkst, Liedke hätte was zu verbergen. Glaubst du denn, dass er der Mörder sein könnte? Dass es ihm irgendwie gelungen ist, mit der linken Hand wie ein Rechtshänder zuzuschlagen? Könnte ja sein. Das wäre die perfekte Ablenkung. Ich stelle mir gerade einen Tennisspieler vor, der mit links schlägt und die Rückhand voll durchzieht.«

»Und welchen?«, fragte Jonas schnippisch.

»Roger Federer, der beherrscht das perfekt. Ist aber Rechtshänder.« David war in seinem Element.

Helmut wollte gern mithalten. »Jimmy Connors war doch Linkshänder und hat 1974 schon gespielt, oder?«

David nickte anerkennend. »Stimmt alles. 1974 war zufällig Connors' bestes Jahr, da hat er drei Grand-Slam-Turniere gewonnen: Australian Open, Wimbledon, US Open. Bloß in Paris, da hat Björn Borg gewonnen. Allerdings hat der gute Jimmy die Rückhand beidhändig gespielt.«

»Beidhändig? Wie eine Frau?« Jonas fasste sich an den Kopf.

David sah ihn strafend an. »Du siehst selten Tennis, was? Soll ich dir mal sagen, welche Männer die Rückhand alle beidhändig spielen?«

Lisa unterbrach ihn. »Jungs! Wir wollen einen Mord aufklären und ihr labert euch wegen Tennis die Birne heiß. David hat mir gerade eine ziemlich wichtige Frage gestellt: Ob ich mir Karl Liedke als Mörder vorstellen kann? Ich würde gern antworten. Ich traue ihm nur bedingt über den

Weg. Das mit dem Mörder, hm. Darüber muss ich nachdenken. Oder müssen wir den Fall noch heute klären?«

Helmut lehnte sich zurück. »Nein. Wir sollten Liedke zusätzlich in Rot an die Tafel schreiben. Auf Fragen an ihn müssen wir leider verzichten, er ist vor 15 Jahren gestorben.«

Lisa stand auf und schrieb: »Karl Liedke: Große Gelassenheit bei der Vernehmung; wusste unter Umständen, dass er als Linkshänder nur kurz verdächtigt wird, könnte wie ein Rechtshänder zugeschlagen haben, sozusagen mit der Rückhand.« Dann sagte sie: »Von meiner Seite aus war es das zu dieser Zeugengruppe.«

»Dem schließe ich mich an«, ergänzte Helmut. »Machen wir weiter mit Jonas und den Aussagen von Schraders Angehörigen.«

»Gern. Also, Albrecht und seine Leute sprechen nacheinander mit der Ehefrau, mit den drei Kindern und mit Schraders Eltern. Die haben alle ein Alibi für die Tatzeit. Die haben sozusagen die Abwesenheit des Vaters ausgenutzt und den ganzen Abend zusammen vor dem Fernseher abgehangen. Bis weit nach Mitternacht. Dabei gab es gerade mal drei Fernsehprogramme, fünf, wenn man die DDR-Programme mitzählt. Ausgerechnet das DDR-Fernsehen ist letztlich für den langen Fernsehabend verantwortlich. Kurz nach *Am laufenden Band* im Ersten fängt auf DDR 1 ein Film an, *Die Olsen-Bande* oder so ähnlich. Das war in der DDR und in der grenznahen Bundesrepublik Kult, oder?« Jonas sah Helmut an.

Dieser nickte.

Jonas fuhr fort: »Ihr könnt euch vorstellen, wie der Kommissar mit seinen cleveren Fragen herausfindet, dass im Hause Schrader tatsächlich dieser Film lief.«

Alle nickten.

»Ansonsten merkt man den Aussagen an, dass sich alle an dieses ungeschriebene Gesetz halten, möglichst gut über Tote zu sprechen. Schraders Eltern finden alles prima, was ihr Spross so getrieben hat. Seiner Frau gefällt ihre Rolle als reine Erfüllungsgehilfin. Die beiden jüngeren Kinder sind sichtlich eingeschüchtert durch die Tatsache, mit einem echten Kommissar zu sprechen. Bleibt nur der ältere Sohn, Dietmar. Helmut hat ja in seiner Dorfchronik angedeutet, dass es Konflikte gibt zwischen Vater und Stammhalter, die Dietmars Zukunft betreffen. Der Vater will, dass Dietmar eines Tages den Hof fortführt. Der Junge will lieber in die große weite Welt ziehen und Journalist werden. Von dieser Sache muss KHK Albrecht erfahren haben, bevor er mit dem Jungen spricht, denn er konfrontiert Dietmar damit. Der Junge räumt das ein. Dem Kommissar gegenüber behauptet er jedoch, dass er nun, nach dem Tod des Vaters, seine Pflicht erfüllen und den Hof übernehmen möchte. Weißt du, was aus diesem Versprechen geworden ist, Helmut?«

»Er hat es eingehalten. Er führt den Hof noch heute. Ab und zu schreibt er für den Lokalteil der Braunschweiger Zeitung.«

»Vorbildlich«, sagte Jonas. »Leute, das war es von meiner Seite. Die Familie ist sauber. Klarer Fall. Lisa kann den Rotstift stecken lassen.«

Lisa blickte verwirrt drein. »Wir haben da erst zwei Namen stehen, Liedke und Jochen Wettenstedt. Ich möchte gern Dietmars Namen hinschreiben und Fritz Tiedemann.«

»Schreibst du so gerne Leute auf oder was? Werde doch Politesse, da kannst du regelmäßig wen aufschreiben.«

Lisa hob drohend ihren rechten Zeigefinger Richtung David; allerdings grinste sie dabei. »Ich schreibe da jetzt diese Namen hin. Fertig.« Sie zückte den roten Stift und vervollständigte die Liste der Verdächtigen.

»Alles klar. Weiter im Text! Lisa?« Helmut blickte seine Kollegin an.

»Kann ich meinen Teil bitte zurückstellen? Ich möchte erst hören, was ihr zu erzählen habt.«

Helmut nickte. »Meinetwegen. Dann mache ich weiter mit der Tür-zu-Tür-Befragung. Sie ist ein kompletter Reinfall. In Sichtweite zum Tatort stehen gerade mal zwei bewohnte Häuser, wie ihr wisst: dasjenige der Familie Pahlke im Osten und das der Familie Hahn im Westen. Bei Pahlkes hätte in dem Augenblick, als der Mord geschah, jemand auf dem Gäste-WC oder im Bad sein und im richtigen Moment aus dem Fenster sehen müssen. Fehlanzeige! Bei Hahns hat man nur vom Badezimmer im ersten Stock aus Sicht auf den Tatort, aber zur Tatzeit hält sich niemand dort auf. Gleichwohl wird Frau Hahn gegen 2 Uhr nachts wach und geht auf die Toilette. Dabei hört sie draußen Jochen Wettenstedts frisierten BMW vorbeifahren. Das ist übrigens Albrechts dritte Quelle für die nächtlichen Autofahrten. Er konfrontiert Jochen ja mit drei Fahrten.

Rein theoretisch kommen die insgesamt sieben Bewohner dieser Häuser auch als Täter in Betracht. Wie bei Schraders liefern sich die Familienmitglieder aber gegenseitig unwiderlegbare Alibis. Auch Gregor Pahlke ist zu Hause, er sieht mit seinen Eltern fern.

Ich mache mal direkt mit der Spurensicherung weiter. Das geht noch schneller. Dank Wasser, Regen, Matsch sowie letztlich auch den vielen Polizisten am Tatort, zuzüglich Doktor Seifert und mir, suchen die Kollegen von der KTU ohne jeglichen Erfolg nach brauchbaren Fußabdrücken. Was wir wie gesagt haben, ist die Tatwaffe. Am Stein klebt Schraders Blut. Es finden sich daran aber leider keine verwertbaren Fingerabdrücke.

Der Stein liegt übrigens in der KTU und ich muss nur Bescheid sagen, dann lässt man ihn auf DNA-Spuren überprüfen. Wenn die KTU welche findet, was geradezu ausgeschlossen ist bei einem Stein, würde uns das nur dann etwas bringen, wenn wir diese Spuren mit der DNA von jemandem abgleichen können. Nur, mit wessen? Die meisten Akteure von damals sind längst gestorben.« Helmut holte Luft. »David, was gibt es von den rechtsmedizinischen Analysen zu berichten?«

Lisa hob die Hand. »Moment, Moment. Endlich kommt der grüne Stift zum Einsatz. Ich will wenigstens die Sache mit dem Stein und den fehlenden Finger- beziehungsweise Fußabdrücken aufschreiben.«

David wartete, bis Lisa fertig war. »Eine Sache immerhin. Schrader war reichlich durchnässt, als er gefunden wurde. Der viele Regen, natürlich, aber er hat sich auch in die Hose gemacht. Wobei offen bleibt, ob sich die Blase erst nach Eintritt des Todes entleert hat. Das passiert ja, je nach Lage des Körpers. Oder ob das vor dem Tod geschehen ist. Dann könnte es die These erhärten, dass der Bauer auf dem Weg ins Gebüsch war, um zu pinkeln – und es nicht rechtzeitig geschafft hat.

Wir wissen ja, dass der leitende Rechtsmediziner im Urlaub gewesen ist und die Leiche deshalb zunächst nur unvollständig untersucht wurde. Die letzten Fragen wurden erst durch den Leiter beantwortet. Das betrifft zum einen den Umstand, dass der Täter Rechtshänder gewesen sein muss und zum anderen die Tatzeit. Der Rechtsmediziner legt sich bekanntlich auf die Stunde zwischen 23 Uhr und Mitternacht fest.«

»Das war es?« Während sie fragte, stand Lisa ein weiteres Mal auf, um mit grün ein paar Notizen auf dem Flipchart zu machen.

David hob die Schultern. »Ja.«

»Steht da noch mehr zu diesem Schlag? Kraft? Winkel?« Lisa fuchtelte mit den Armen herum, um verschiedene Schlagtechniken anzudeuten.

David blieb unbeeindruckt. »Von oben. Mit normaler Kraft.«

Lisa schnaubte. »Puh. Wie groß war Heinz Schrader?«

David blätterte in seinen Kopien. »1,71 Meter.«

»Hoppla! Wie viele Zentimeter größer muss jemand sein, der von oben zuschlagen kann?« Lisa setzte sich und blickte in die Runde.

Jonas reagierte als Erster. »15 Zentimeter? 20?«

»Also ein besonders großer Mann«, folgerte Lisa. »Helmut, erinnerst du dich an einen Mann in deinem Heimatdorf, der weit über 1,90 Meter groß ist oder war?«

»Warte mal.« Helmut blätterte in seiner Kopie. »Die Kriminaltechniker halten es für denkbar, dass Schrader zweimal in den Matsch gefallen ist. Einmal nach dem Schlag mit dem Stein und unter Umständen einmal vorher. Womöglich ist er ausgerutscht. Der Täter sieht das, läuft rüber und schlägt zu, während Schrader sich aufrappelt. Dann könnten wir auch einen normal großen Mann suchen.«

Lisa wendete sich wieder an David. »Mit normaler Kraft? Wird das detaillierter erläutert?«

David schien in seinem Text zu versinken. »Nein. Warum willst du das so genau wissen?«

»Ich kann es mir vorstellen«, meldete sich Jonas zu Wort. »Ich schätze, Lisa möchte überprüfen, ob eine Frau zugeschlagen haben könnte.«

»Eine Frau?« Ein heftiger Gedanke durchfuhr Helmut: Elke bringt Schrader um und muss umgehend im Ausland untertauchen.

Lisa nickte. »Erinnert ihr euch an meine Andeutung vorhin, als Jonas von Doktor Seifert sprach, und wie der Kommissar es schafft, ihn auf eine bestimmte Inszenierung festzunageln? Ähnlich geht er bei der Zeugin Junker vor.«

»Junker?« Helmuts Stimme überschlug sich beinahe. Auf einmal sah er sich als Teenager, wie er an Frau Junker dachte und … »Ich habe ihre Aussage gelesen. Rein aus Interesse. Meinst du diesen Fernsehfilm?«

»Richtig. *Fettaugen* heißt der Schinken, den sich Frau Junker an diesem Abend angesehen hat. Der Film lief um 23.15 Uhr im ZDF und ging bis kurz vor 1 Uhr. Albrecht hat Junker Fangfragen zum Inhalt und zu den Darstellern gestellt, die Junker zufriedenstellend beantwortet hat. Sie hat den Film in der Tat gesehen.«

»Genau wie meine Mutter an diesem Abend.« Helmut fragte sich, woher diese Erinnerung so plötzlich gekommen war.

»War die kein Fan dieser Olsen-Bande?«, fragte Jonas schnippisch.

»Am späten Samstagabend liefen damals eh bloß Wiederholungen …« In diesem Moment hätte man im Besprechungsraum das Herz einer Mücke schlagen hören können. »Ach du Scheiße. Ich erinnere mich daran, wie ich aus dem Haus gehe und mit meiner Mutter spreche. Sie sieht fern, den Fernsehfilm im ZDF. Ich frage sie, wie der Film ist. Sie sagt: ›Gut, ist aber nur eine Wiederholung‹.«

»Und zwar vom Mai 1972«, konkretisierte Lisa. »Ich habe beim ZDF angerufen. Die haben das freundlicherweise herausgesucht.«

David holte sich ein paar Kekse, einen tunkte er in den Kaffee, den er sich gerade eingeschenkt hatte. »Du hast da angerufen? Wie bist du denn auf diese Idee gekommen?«

Unter Helmuts skeptischem Blick stand Lisa auf und schrieb Frau Junkers Namen auf den Flipchart, natürlich nach rechts und mit Rot. Sie setzte sich und antwortete: »Nennen wir es Polizeiarbeit! Und latente Unzufriedenheit vor allem mit dem, was Albrecht eine ›Räuberpistole‹ nennt. Ich will den Täter! Natürlich kann es jemand aus dem Dorf gewesen sein, den wir überhaupt nicht, in Anführungszeichen, kennengelernt haben. Eines von diesen jungen Dingern, von denen der Bürgermeister spricht, zum Beispiel. Irgendein Bauer. Was weiß ich? Doch zunächst wollte ich die Personen überprüfen, die tatsächlich in Erscheinung treten, sei es in den Akten oder in Helmuts Erzählung. Wir wissen, wer es aus verschiedenen Gründen zu 100 Prozent unmöglich gewesen sein kann, zum Beispiel die Kneipenbesucher, die länger als Schrader im Dorfkrug geblieben sind. Aber ein paar Leute bleiben über. Das sind zum einen Karl und Fritz. Ihre Täterschaft sehe ich allenfalls zu 99,9 Prozent ausgeschlossen. Da wäre als nächstes Dietmar Schrader. Ein Alibi, das ausschließlich auf den Aussagen von nahen Angehörigen beruht, ist immer zweifelhaft. Ich würde zudem, unserem Chef zuliebe, gern Jochen Wettenstedt nennen. Allerdings fehlt mir bislang ein Motiv,

Wettenstedt immerhin ein Alibi. Das gilt natürlich auch für Elke Marchowitz.«

Lisa legte eine Pause ein und wartete auf eine Reaktion von Helmut, der wie versteinert auf seinem Stuhl saß. Lisa stand achselzuckend auf, zückte erneut den roten Stift und schrieb den nächsten Namen auf die rechte Seite: »Elke Marchowitz«. Im Stehen setzte Lisa ihre Ausführungen fort: »Das ist aber nur eine sehr vage Vermutung, sie speist sich einzig aus der Tatsache, dass Elke unmittelbar nach dem Mord komplett von der Bildfläche verschwindet. Na ja, und dann die Gemeindesekretärin Renate Junker. Da hat mich die ganze Zeit über die Sache mit dem Film stutzig gemacht, dass der ausgerechnet von 23.15 Uhr bis kurz vor 1 Uhr lief, nahezu zur perfekten Zeit.«

»Was bedeutet das denn für uns?«, fragte Jonas.

»Dass Junkers Alibi wesentlich weniger wasserdicht ist, als wir alle dachten. Sie kannte den Inhalt des Films, das reichte Albrecht als Beweis, dass sie ihn gesehen hat. 1974 konnte man weder googeln, noch Wikipedia aufrufen, um das herauszufinden. Helmut, kannst du dich erinnern, wie ausführlich speziell solche Wiederholungen in den gängigen Fernsehzeitungen angekündigt wurden?«

Helmut musste kurz überlegen. »Da standen höchstens zwei Sätze.«

Lisa nickte zufrieden. »Junker konnte die Informationen demnach wohl kaum aus der Fernsehzeitung haben, aber sie konnte den Film theoretisch bei der Erstausstrahlung gesehen haben. Albrecht hat diese Alternative offensichtlich übersehen und die Junker nach ein paar Minuten zum Essen geschickt; die Befragung fand ja zur Mittagszeit statt. Auch wir haben nicht alle ihre Aussage gelesen. Dabei war sie die einzige Person, die an diesem Abend im Dorfkrug gewesen und vor Schrader nach Hause gegangen ist. Ohne Begleitung. Sie ist um 22 Uhr gegangen.« Lisa legte eine Pause ein. »Ausgerechnet um 22 Uhr. Wir wissen von verschiedenen Zeugen der Dorfkrug-Gruppe, dass Schrader ab 22 Uhr besonders viel getrunken hat. Es wird spekuliert, dass das mit seinen Verlusten beim Kartenspiel zu tun hat. Kann sein. David hat diese Sache ebenfalls irritiert. Möglicherweise gibt es einen anderen Grund für Schraders heftige Trinkerei nach 22 Uhr und seinen vorzeitigen Aufbruch.«

»Worauf willst du hinaus?«, fragte Helmut. »Wir wissen, dass es an dem Abend in der Kneipe keinen Streit gegeben hat. Exakt dorthin lenkst du uns gerade. Außerdem: Was hat das alles mit Frau Junker zu tun? Was ist mit ihrem Motiv?«

Lisa blickte Helmut eindringlich an. »Du hast uns doch erzählt, dass du Junker oft am Grab der beiden Russen gesehen hast. Bist du dir sicher, dass es in den 70er-Jahren zu den Aufgaben einer Gemeindesekretärin gehörte, Gräber von Zwangsarbeitern zu pflegen? Das halte ich für ausgeschlossen. Ich denke, das war eine Herzensangelegenheit von ihr.«

Helmut versuchte, Lisas Blick standzuhalten. »Wie bitte?«

»Ich habe lange darüber nachgedacht und alle Aussagen dahingehend überprüft. Es wird auffallend häufig über diese beiden Ereignisse im Krieg gesprochen. Über das Erscheinen der Gestapo und über die beiden Russen – und deren Liebschaften im Dorf. Nach all dem bin ich mir sicher: Die Junker hat das Grab dieser beiden Kriegsgefangenen gepflegt, weil sie einen der beiden geliebt hat. Ich denke, es war Boris.«

Helmut schüttelte den Kopf.

Lisa sah ihn noch immer fest an. »Du hast uns erzählt, dass die Junker vor dem Tod ihres Ehemannes einen anderen schweren Verlust zu ertragen hatte. Du hattest als Kind ein Gespräch belauscht, in dem es darum ging. Das könnte doch einer der beiden Russen gewesen sein. Erinnert euch an die Aussage von Schraders Vater! Boris hatte eine Freundin auf dem Hof der Wettenstedts. Dort hat Junker als Haushaltshilfe gearbeitet. Das passt hervorragend. Von Heinz Schrader wissen wir, dass er als junger Mann hinter jedem Weiberrock her war. Garantiert auch hinter Junkers Rock. Sie war aber ausgerechnet mit einem Russen zusammen – der dann unter ungeklärten Umständen auf Schraders Hof stirbt. Niemand im Dorf redet darüber, selbst 30 Jahre danach. Das ist äußerst merkwürdig. Merkwürdig ist ebenso, dass alle Zeugen ein wenig nebulös werden, wenn es um Schraders späteres Verhalten gegenüber Frauen geht. Nur zwischen den Zeilen kann man heraushören, dass er sich selbst als Ehemann und Familienvater sexistische Übergriffe leistete, wie man es heute nennen würde. Renate Junker wird von verschiedenen Zeugen als eine der Frauen genannt, hinter denen Schrader her war. Ich glaube, das hielt bis in die 70er-Jahre an.«

Helmut senkte kurz seinen Blick, um dann aufs Neue Lisa zu fixieren. »Aber was soll jetzt das Motiv sein? Sexuelle Belästigung? Oder soll es was mit den Russen zu tun haben? Die Belästigung gab es offenbar schon immer und der Tod von Boris und Pawel lag 1974 bereits 30 Jahre zurück.«

»Da muss ich leider passen«, antwortete Lisa. »Doch irgendetwas muss um 22 Uhr im Dorfkrug passiert sein, unbemerkt von den anderen Kneipenbesuchern. 22 Uhr, das ist unser Zeitpunkt. Junker ist daraufhin derart aufgelöst, dass sie sofort geht. Schrader ist so durcheinander, dass er sich rasch betrinkt und viel Geld verliert, um dann nach Hause zu torkeln.«

Diesmal hakte David nach. »Und dann? Glaubst du etwa, dass Junker eine Stunde lang an diesem Tiefenbach auf ihn wartet, um ihm den Stein über den Kopf zu ziehen?«

»Wenn es überhaupt so war.« Helmut konnte einerseits Lisas Gedankengänge einigermaßen nachvollziehen. Dennoch hielt er die Idee, Frau Junker hätte Schrader ermordet, für vollkommen abwegig. Sicher, er erinnerte sich an das Gespräch, das er als Kind belauscht hatte. Er hätte aber niemals gedacht, dass sich Frau Junkers erster tragischer Verlust auf einen der beiden Zwangsarbeiter beziehen könnte. Zu dieser Annahme passte andererseits, dass sie sich so liebevoll um das Grab gekümmert hatte. Und er hatte Frau Junker weiterhin regelmäßig auf dem Friedhof gesehen, als sie längst pensioniert war. Er hatte angenommen, dass sie das Grab ihres Mannes gepflegt hatte, das wenige Meter entfernt vom Doppelgrab lag.

Ihm fiel dieser Sonntagnachmittag ein, als das halbe Dorf das gute Wetter genutzt hatte, um nach draußen und unter anderem zum Friedhof zu gehen. Rethmanns, Familie Hoier, Karl Liedke an Schraders Grab, Frau Junker. Am Grab der Russen hatten an diesem Nachmittag frische Blumen gelegen, die musste Frau Junker dorthin hingelegt haben. An Heinz Schraders Grab hatte er dann diese Eingebung. Ein dunkler Tunnel, an dessen

Ende … An dessen Ende Atze ihn abgelenkt hatte. Hatte er am Ende dieses Tunnels Frau Junker gesehen? Schemenhafte Gestalten, die durch die Nacht streifen? War das das Bild, das er damals hatte?

Er suchte nach Begebenheiten, bei denen er Heinz Schrader und Frau Junker gemeinsam erlebt hatte, und erinnerte sich an ein Dorffest. Das musste Anfang der 70er-Jahre gewesen sein. Er hatte das Fest gemeinsam mit Elke und ein paar Freunden besucht. Es war das jährliche Schützenfest gewesen. Schrader hatte zu denen gehört, die Jahr für Jahr den Schützenkönig ausgeschossen hatten. Ja, sicher, er hatte in diesem Jahr das Preisschießen gewonnen und Bürgermeister Hoier und Gemeindesekretärin Junker hatten den Preis überreicht: ein rundes Schild, das fortan an Schraders Giebel hängen sollte.

Er sah das Trio vor sich, wie es auf der kleinen Bühne im Schützenhaus stand. Schrader war aufgrund der Aufregung wegen seines Sieges und dem damit einhergehenden übermäßigen Alkoholkonsum noch röter im Gesicht als gewöhnlich, er wirkte unruhig und zappelig. Der Bürgermeister hingegen war die Ruhe in Person, die Hände hinterm Rücken verschränkt, bedächtig nickend wählte er wenige, dafür klare Worte. Frau Junker trug ein dunkles, eng geschnittenes Kleid, das ihre Figur betonte. Still und in erster Linie zu dekorativen Zwecken stand sie auf der Bühne. Sie hielt das Schild in der einen Hand, einen überflüssigen Blumenstrauß in der anderen. Beides würde sie jeden Moment dem Bürgermeister reichen, damit er es an Schrader weitergeben konnte. Eine gestelzte Zeremonie, die aber allgemein akzeptiert wurde. Es war halt so.

Während Anton Hoier warme Worte für den neuen Schützenkönig fand, beugte dieser sich zur Gemeindesekretärin hinüber und berührte mit seinem Mund fast deren Ohr.

Ihm ist vor allem Frau Junkers Gesichtsausdruck in Erinnerung geblieben, mehr als die gesamte Szene auf der Bühne. Niemals wieder hat er miterlebt, wie jemand derart krampfhaft versuchte, dagegen anzukämpfen, dass seine Gesichtszüge entgleisten. Ein paar Sekunden lang wechselte Junkers Gesichtsausdruck zwischen Wut, Ekel, Hass – und dem Versuch, all das auf der Bühne zu verbergen, selbst wenn man in erster Linie als Dekoration diente. Nach einer halben Minute hatte sie ihre Gesichtszüge wieder im Griff, möglicherweise funkelten ihre Augen noch böse; dieses Detail blieb Helmut aber verborgen.

Diese Episode konnte ein Hinweis auf einen Konflikt zwischen Junker und Schrader sein, der länger schwelte. Es konnte genauso gut sein, dass Schrader der Gemeindesekretärin etwas Anzügliches ins Ohr geflüstert hatte, das sozusagen als Einzeltat ausreichte, sie zu erzürnen.

»Ob es sich so zugetragen hat, sollten wir am besten Renate Junker fragen. Falls sie lebt«, sagte Lisa.

»Sie lebt. Sie ist Ende 80.« Helmut betonte nachdrücklich das Alter von Frau Junker.

»Ich will sie ja nicht ins Gefängnis stecken.« Trotzdem stand Lisa auf, schnappte sich den roten Stift und schrieb hinter Junkers Namen: »Fernsehfilm als Alibi fraglich; mögliche Motive: sexuelle Übergriffe, Tod des Liebhabers (Boris?).«

Helmut beobachtete sie dabei. »Jonas, David, ihr seid so still! Was haltet ihr von Lisas Theorie?«

»Einiges klingt plausibel, vor allem, dass Schrader hinter Junker her war und sie belästigt hat«, begann David. »Ich habe eine Sache gerade nachgelesen.«

KHK Albrecht: Und was haben diese Frauen gemacht?

Zeuge Hoier: Manche haben es über sich ergehen lassen. Andere haben ihm die Meinung gesagt. Meine Sekretärin hat ihm mal eine geknallt, glaube ich.

David legte die Akte zurück auf den Tisch. »Das zumindest ist eindeutig. Es sind allerdings viele Spekulationen darunter. Beispielsweise zum Geschehen im Dorfkrug. Was soll denn da passiert sein, das diese Reaktion von Junker auslöst und das niemand sonst bemerkt?«

»Ich sehe das mit der Kneipe ähnlich«, sagte Jonas. »Ich vermisse außerdem die Verbindung zwischen Schrader und dem Tod der beiden Russen. Dazu haben wir doch einige Aussagen: Demnach war entweder das Scheunendach eingestürzt oder die haben sich gegenseitig erstochen.«

Lisa hob abwehrend die Hände. »Das alles sollten wir Frau Junker fragen. Oder, Helmut?«

Er ignorierte die Frage, denn er hatte nach 40 Jahren endlich seinen Tunnel wiedergefunden und war nun mittendrin und sah das Ende des Tunnels. Was er dort wahrnahm, verschlug ihm den Atem.

»Helmut? Hallo!« Lisa winkte in seine Richtung.

»Sorry, ich war kurz woanders. Was hast du gefragt, Lisa?«

Lisa wiederholte ihre Frage.

»Ich glaube, das erledige ich besser allein«, antwortete Helmut.

Lisa blickte ihn fragend an. Es war offensichtlich, dass sie ihn gern begleiten würde. Er versprach, darüber nachzudenken. Zum Schluss bat er seine Kollegen, am nächsten Morgen die wichtigsten Passagen in den Zeugenaussagen nachzulesen, um Lisas Theorie zu überprüfen. Er selbst nahm sich seinen Aktenordner mit nach Hause.

KAPITEL 17

16. Juli 2014, abends

Der Tag war unglaublich lang gewesen. Um 7.30 Uhr war er in Schöppenstedt gewesen. Elf Stunden später hatte die Besprechung mit seinen Kollegen geendet und einige brisante Theorien zutage gefördert, die sie nun überprüfen mussten. Und dieser Tag war längst nicht vorbei. Auf dem Rückweg von der Arbeit steuerte Helmut direkt das Anwesen der Wettenstedts an. Er musste Magda berichten, was er am Morgen herausgefunden hatte. Er hatte es ungern zwischendurch telefonisch erledigen wollen. Lieber persönlich, von Angesicht zu Angesicht.

Er parkte seinen Fabia mitten auf den Hof, warf einen kurzen Blick auf die Baustelle, wo das neue Verkaufshaus für Spargel und andere landwirtschaftliche Produkte entstehen sollte, und klingelte. Kurz dachte er in diesem Moment an jenen Freitagmorgen im Januar zurück, als er zuletzt an dieser Tür geklingelt hatte. Da hatte Jochen ihm geöffnet, ihn in die gute Stube geführt und ihm nichts zu trinken angeboten. Vielmehr hatte Jochen ihn auf seine unnachahmliche Art von oben herab behandelt.

Helmut hatte Jochen letzten Endes aus der Reserve locken und ihn zu einigen eindeutigen Aussagen zu Hanno Ackermann bewegen können. Das war letztendlich sinnlos gewesen, da Kalle Neubauer alle Schuld an Hannos Tod auf sich genommen hatte.

Diesmal öffnete ihm Magda die Tür. Sie sah so nervös und fahrig aus wie am Tag zuvor. Sie begrüßten sich kurz und fragten zeitgleich: »Hast du was von Jochen gehört?« Es gab ein kurzes Durcheinander und sogar Gelächter; beide mussten die Frage verneinen.

Magda bat ihn herein. Wie im Januar ging es durch den großen quadratischen Flur in die gute Stube, zu Kruzifixen und Hirschgeweihen an der Wand und wuchtigem Mobiliar aus mittelbraunem Leder.

In der guten Stube saß Gustav Wettenstedt, der mittlerweile wohl über 90 Jahre alt war und sehr gebrechlich wirkte. Doch seine hellblauen Augen blickten erstaunlich wach auf Helmut.

Gustav saß in einem der ausladenden Ledersessel und trank ein Glas Bier. Das halb volle Glas stand vor ihm auf dem Tisch und die leere Bierflasche stand neben dem Sessel auf dem Teppich. Gustav erhob sich etwas, um Helmut die Hand zu geben, und trat dabei die Flasche um. Helmut hob sie stirnrunzelnd auf und stellte sie auf den Tisch neben das Glas, da stand sie allemal sicherer.

Magda erwies sich als bessere Gastgeberin als ihr Gatte und bot ihm etwas zu trinken an. Er entschied sich für ein Glas Wasser. Nachdem alles arrangiert war und feststand, dass der alte Gustav sich am Gespräch beteiligen wollte (er hatte ein Hörgerät, das diese Sache erheblich erleichterte), konnte er loslegen. »Ich habe Berthold Angermund ausfindig gemacht und mit ihm gesprochen.«

»Und? Ist Jochen bei ihm?« Natürlich war Magda aufgeregt.

»Dann hätte ich dich längst angerufen.« Er gab das Gespräch mit Berthold Angermund ausführlich wieder.

»Was? In Schwäbisch Hall? Liegt da vielleicht eine Verwechslung vor?« Magda starrte ihn ungläubig an.

»Nein. Immerhin ist dieser Berthold Angermund mit Jochen zur Schule gegangen und hat in den 70er-Jahren in Oldenburg studiert und gewohnt. Jochen wusste davon, die beiden haben sich im Mai 1974 auf einem Klassentreffen gesehen.« Er wandte sich an Gustav. »Herr Wettenstedt, können Sie sich zufällig daran erinnern, dass Jochen im Juli 1974 davon gesprochen hat, diesen Schulfreund besuchen zu wollen?«

»Wie kommst du denn auf einmal auf diese Geschichte, Junge?«, fragte der Alte zurück.

Helmut berichtete kurz von seiner Arbeit am alten Fall Schrader und von Gustavs Aussage gegenüber Kommissar Albrecht.

»Wenn ich das dem Kommissar erzählt habe, dann wird es wohl so gewesen sein. Ich lüge doch keinen Polizisten an.« Gustav sah ihn mit unbewegter Miene an.

»Berthold Angermund weiß, wie gesagt, nichts von diesem Besuch, Herr Wettenstedt. Können Sie sich denn einen Grund vorstellen, warum Jochen das damals behauptet hat?« Helmut versuchte, laut und deutlich zu sprechen, damit der Alte ihn beim ersten Mal verstand. Wenn er etwas hasste, dann war es das, alles zweimal sagen zu müssen.

»Nein, Junge. Du musst aber bedenken, dass das 40 Jahre her ist.«

»Was hat denn dieser Mordfall mit Jochen zu tun? War er darin verwickelt?« Magda hatte 1974 am anderen Ende des Landkreises gewohnt. Sie kam erst durch ihre Heirat mit Jochen Anfang der 80er-Jahre nach Winnigstedt.

»Nein. Jochen war ein potenzieller Zeuge. Er war in der Mordnacht mit dem Auto im Dorf unterwegs, allerdings ohne etwas zu sehen, was der Polizei weitergeholfen hätte. Seltsam ist nur, dass er kurz nach dem Mord behauptet, nach Oldenburg zu fahren und gar nicht dort gewesen ist. Dafür kann es aber jede Menge andere Gründe geben. Genau wie für seine späteren Fahrten dorthin, inklusive dieser.«

»Welche Gründe?«, fragte Magda.

Helmut hob die Schultern.

Der Alte kam ihm zur Hilfe. »Frauengeschichten, die er vor uns verheimlichen will.«

Magda sah ihn entsetzt an. »Frauengeschichten? Willst du andeuten, dass Jochen seit 40 Jahren irgendwelche Frauengeschichten laufen hat? Dass er jedes Mal, wenn er behauptet, zu Berthold nach Oldenburg zu fahren, sich in Wahrheit mit Frauen trifft? Tagelang? Nächtelang? Das ist ungeheuerlich, Vater!«

Jetzt hob der alte Wettenstedt die Schultern.

Magda sah Helmut an.

Er blickte sie entschuldigend an. »Wir müssen überlegen, welche Alternativen es gibt, vor allem für diese Fahrt. Sie unterscheidet sich von den bisherigen Fahrten, da Jochen sich kein einziges Mal bei dir gemeldet hat.«

»Ich brauche erst mal einen Schnaps.« Magda stand auf und ging zur Anrichte, die am anderen Ende der guten Stube stand. Sie kehrte mit einer Flasche Korn und drei Wassergläsern zurück.

Kurz darauf nippten sie an ihren Gläsern, die Magda halb gefüllt hatte. Das kann ja heiter werden, dachte er.

»Also, Helmut, welche Alternativen hast du da im Sinn?« Magda nahm ihren zweiten Schluck.

»Gesundheitliche Probleme, die er mit sich selbst ausmachen möchte?«

»Nein, davon wüsste ich. Jochen macht aus seinem körperlichen Befinden nie ein Geheimnis. Er erzählt mir unter anderem sehr gern von seinen kleinen Problemen mit dem Stuhlgang.«

»Vielleicht wird ihm alles zu viel, gerade jetzt mit dem Neubau?«

»Da muss ich fast lachen, trotz allem. Jochen liebt Veränderungen. Er hat diesen Neubau unbedingt gewollt.«

»Wirtschaftliche Probleme? Geldsorgen?«

»Nein, die Geschäfte laufen alle prima, egal, ob Landwirtschaft oder Windenergie oder Verpachtung. Selbst mein kleines Gewerbe mit dem Verkauf von Spargel und Kürbissen wirft was ab.«

»Ärger mit der Familie?«

»Jochen lässt keinen Ärger innerhalb der Familie zu.«

»War Jochen vor diesem Freitag irgendwie anders als sonst?«

»Wie meinst du das?«

»War er nervös? Aufgeregt? Angespannt? Besonders gut gelaunt? Besonders schlecht gelaunt?«

»Das wäre mir aufgefallen.«

»Irgendwelche außergewöhnlichen Vorfälle? Telefonanrufe?«

»Höchstens der von Berthold …« Magda hielt inne. »Dieser Anruf kann dann ja unmöglich von Berthold gekommen sein …«

»Wann war dieser Anruf?« Für alle Fälle holte er seinen Notizblock hervor.

»Am Donnerstag. Wir saßen gerade am Mittagstisch. Jochen ging ran. Das Gespräch dauerte nicht lange. Hinterher sagte er, dass er gleich morgen zu Berthold fahren müsste und ein paar Tage wegbleiben würde.«

»Das war alles?«

»Ja.«

»Wie wirkte er in dem Moment nach dem Telefonat?«

»Schwer zu sagen.«

»Bestürzt?

»Nein.«

»Euphorisch?«

»Nein.«

Er machte sich rasch ein paar Notizen. »Ich denke, dass dieser Anruf der Schlüssel ist. Wenn Jochen in den nächsten Tagen nichts von sich hören lässt, sollten wir versuchen, herauszufinden, wer dieser Anrufer war.«

Magda fasste sich an den Kopf. »Ich dumme Kuh! Dass ich daran nicht früher gedacht habe. Das können wir nämlich sofort herausfinden. Unser Telefon speichert die letzten 25 angekommenen Anrufe, mit Nummer, Datum und allem. Da müsste dieser Anruf vom letzten Donnerstag auf jeden Fall dabei sein. Und ich Trottel hätte schon vor Tagen diese Nummer angerufen haben können, dann hätte ich längst gewusst, dass sie nicht Bertold gehört.« Magda stand auf, um das Telefon aus der Diele zu holen. Sie setzte sich hin, nippte an ihrem Schnaps und betätigte dann einige Tasten. »Hier, das müsste die Nummer sein.« Sie zeigte ihm das Display des Telefons. »05353-272671« stand dort sowie das Datum vom letzten Donnerstag.

»05353? Das klingt so, als wäre das ganz in der Nähe«, sagte Helmut. »Soll ich eben mal da anrufen?«

Magda drückte ihm das Telefon in die Hand. »Einfach die grüne Taste drücken, dann wird die Nummer im Display angewählt.«

Es klingelte dreimal, achtmal, zwölfmal. »Geht niemand ran.«

»Kein Anrufbeantworter?«

Er schüttelte den Kopf. »Aber warte mal, ich ruf die Kollegen von der Fahndung an. Die kriegen schnell raus, wem der Anschluss gehört.« Für diesen Anruf benutzte er sein dienstliches Smartphone, weil er wusste, dass diese Mobilnummer in der Fahndung registriert war. Nach zweimaligem Klingeln meldete sich der diensthabende Beamte. Helmut schilderte ihm sein Anliegen. Es dauerte nur eine knappe Minute, bis er seine Antwort bekam.

»Puh, das wird Ihnen kaum weiterhelfen, fürchte ich«, sagte der Fahnder, mit dem Helmut zum ersten Mal zu tun hatte. »Die Nummer gehört zu einem sogenannten Telekom Hotspot Outdoor.«

»Einem was?«

»Einem Telekom Hotspot Outdoor. In der Regel befinden die sich an öffentlichen Münzfernsprechern.«

»An einer Telefonzelle?«

»Wenn Sie so wollen! Diese Telefonzelle, zu der Ihre Nummer gehört, befindet sich in Königslutter, Am Markt 3.«

Helmut bedankte sich und legte auf. Er schilderte Magda und Gustav, was er erfahren hatte.

»Soll unsere Ehe mit dem Anruf aus einer Telefonzelle in Königslutter enden?!«

Er versuchte zu erkennen, ob Magda belustigt oder besorgt klang. Ein bisschen klang es auch nach Schnaps. Magda hatte ihr halbes Wasserglas Nipp für Nipp ausgetrunken und füllte sich nun nach. Sie wedelte mit der Flasche, hauptsächlich in seine Richtung. Er schüttelte den Kopf. Er hatte gerade mal ein Viertel seines halben Wasserglases geschafft. Selbst das waren mindestens zwei

Kurze. Dabei hatte er unbedingt erst zu Abend essen wollen, bevor er sein Feierabendbier trinken und einen Blick in die Schrader-Akten werfen wollte. Jetzt war er unvermittelt bei Schnaps gelandet.

»Nu warte erst mal ab, Kind! Der Jochen kommt zurück. Es gibt bestimmt eine Erklärung.« Gustav Wettenstedt richtete sich halb auf, als er versuchte, seine Schwiegertochter zu trösten. Dazu stützte er sich auf einen Gehstock, der neben ihm am Sessel gelehnt hatte.

Magda blickte den Alten zornig an. »Nein, Vater. Jochen hat eine Andere. Das spüre ich jetzt. Hier!« Sie fasste sich an ihr Herz und drückte kurz ihren Busen. Sie starrte ihre Hand an und schüttelte den Kopf. Im nächsten Moment flossen die ersten Tränen. »Tut mir leid! Dass ich mich so gehen lasse. Was soll ich bloß machen?« Sie schluchzte jämmerlich.

Helmut wäre um ein Haar aufgesprungen, um sie in den Arm zu nehmen und zu trösten. Im letzten Moment verzichtete er auf diese unangemessene Geste. Hier die leicht betrunkene, schwer verzweifelte und möglicherweise verlassene Ehefrau. Dort der greise Schwiegervater, der sich nicht anmerken ließ, ob er zu seiner Schwiegertochter hielt oder ob er insgeheim seinen Sohn dafür bewunderte, dem Alltagstrott entflohen zu sein und irgendwo von Neuem anzufangen. Er tippte auf Letzteres. Und dazwischen er selbst, der Polizist, der sich sehnlichst wünschte, den Ehemann dieser Frau hinter Gitter zu bringen. Er erhob sich halb und tätschelte Magdas Arm.

Sie blickte ihn dankbar an und ihr gelang der Anflug eines Lächelns zwischen all den Tränen. »Wie geht es jetzt weiter?«

»Das hängt von dir ab, Magda. Wenn du Jochen als vermisst meldest, wird die Polizei nach ihm suchen.«

»Du?«

»Nein, da ist eine andere Abteilung zuständig. Die Vermisstenstelle. Letztlich landet das beim Bundeskriminalamt.«

»Das Bundeskriminalamt – obwohl er in Königslutter ist?«

»Bisher wissen wir nur, dass er von dort angerufen wurde, und dass ihn dieser Anruf wohl zum Aufbruch bewogen hat. Ob er tatsächlich dorthin gefahren ist, ist ungewiss. Wie gesagt, wenn du eine Vermisstenmeldung aufgibst, wird man ihn suchen.«

»Ich habe solche Angst, mich zu blamieren. Hinterher findet die Polizei ihn bei seiner Freundin und er will bei ihr bleiben?«

Gustav meldete sich zu Wort. »Lass mal gut sein, Kind, spätestens am Wochenende ist dein Jochen zurück.«

»Mein Jochen! Pah!«

Helmut griff nach seinem Glas. Es wurde Zeit, dass er nach Hause fuhr und ein paar Scheiben Brot aß. Zudem wuchs mit jedem Augenblick, den er blieb, die Gefahr, dass Magda ihn fragte, ob vielleicht doch er Jochen suchen könnte. Ohne Aufsehen. Wenn er ihn gefunden hätte, sollte er zunächst Magda informieren und fragen, was nun zu tun war. Nein, besten Dank, dachte er. Das war ein Auftrag für einen Privatdetektiv … Privatdetektiv? Perfekt! Damit würde er zugleich von sich ablenken. »Magda, hast du mal darüber nachgedacht, einen Privatdetektiv zu engagieren? Der könnte Jochen ganz ohne Aufsehen suchen. Und wenn er ihn gefunden hat, kann er zunächst dich informieren und dich fragen, was nun zu tun ist.«

Magdas Augen weiteten sich. Zunächst dachte er, sie wollte ihn für diesen Vorschlag heftig abbürsten. Das Gegenteil war der Fall: Magda schien angetan von der Idee. »Klingt gut. Kennst du jemanden aus dieser Branche?«

»Nein. Vielleicht schaust du mal in die Gelben Seiten oder recherchierst im Internet?«

»Ja, klar, sicher. Ich werde sofort nachsehen.«

Er nahm einen letzten kräftigen Schluck und stand auf. »Ich will dann mal wieder.« Er reichte Gustav die Hand und ging mit Magda zur Haustür.

»Halt mich bitte auf dem Laufenden, Magda, falls sich etwas tut.«

»Das werde ich. Dir vielen Dank! Schönen Feierabend!«

Eigentlich hätte er nach diesem halben Wasserglas voll Schnaps das Auto stehenlassen müssen. Doch dann hätte er gezwungenermaßen am nächsten Morgen erneut zu Wettenstedts gehen müssen, um es zu holen. Das wollte er unbedingt vermeiden. Er war jetzt richtiggehend sauer: Jochen war ihm schlimmstenfalls endgültig durch die Lappen gegangen! Da büxte der Scheißkerl einfach aus und begann ein neues Leben! In Königslutter. Oder in Königsberg! Oder in Kingston!

KAPITEL 18

19. Juli 2014, nachmittags

Wie oft hatte er als Junge davon geträumt, vor dieser Tür zu stehen? Zu klingeln und diese Tür aufgehen zu sehen? Renate Junker vor sich, bekleidet mit einem schneeweißen Bademantel? Sie vor sich stehen zu sehen, wie sie mit einer einzigen raschen Bewegung dafür sorgte, dass der schneeweiße Bademantel an ihrem Körper herabglitt, den Blick freigab auf ein schwarzes Korsett und Strapsen und als Knäuel neben ihren nackten Füßen zu liegen kam? Deren Fußnägel dunkelrot lackiert waren? Wie Liza Minnelli in *Cabaret* … Renate so zu betrachten und zu hören, wie sie flüsterte: »Komm rein, Helmutchen.«

Dass sie ihn so nennen würde, stand außer Frage. Frau Junker hatte ihn »Helmutchen« genannt, so lange er zurückdenken konnte; sie hatte ihn weiterhin so genannt, als er längst bei der Kripo war.

In seinen feuchten Träumen war ihm dieser doofe Kosename herzlich egal gewesen. Diese Träume gehörten jedoch in die 60er-Jahre – und damit in eine Zeit vor der Verfilmung des Musicals *Cabaret*, sodass er seinerzeit eher an Jane Fonda als *Barbarella* oder an Uschi Glas in *Zur Sache Schätzchen* gedacht haben dürfte.

Er verdrängte diese Gedanken, sortierte sich und drückte endlich auf die Klingel.

Frau Junker trug zum Glück keinen schneeweißen Bademantel mit Korsett darunter, sondern einen grauen Rock, dunkelbraune Strumpfhosen, graue Pantoffeln und eine weiße Bluse mit einer dunkelgrauen Weste darüber. Ihr graues Haar war zu einem Dutt gesteckt und das faltige Gesicht wurde von einer riesigen Brille mit brauner Fassung beherrscht; an den Bügeln war eine Perlenkette befestigt, damit sie die Brille wahlweise auch einfach vor ihrer Brust baumeln lassen konnte. Von ihren einst so mächtigen Brüsten war wenig übriggeblieben. Dafür von ihrem verschmitzten Gesichtsausdruck und den ausdrucksstarken dunklen Augen, die Heinz Schrader auf der kleinen Bühne des Schützenhauses in Grund und Boden gefunkelt hatten. Diese Augen konnten aber auch einfach nur strahlen. So wie jetzt. »Helmutchen!«

»Hallo, Frau Junker!«

»Komm rein, ich habe dich sowieso mehr oder weniger erwartet.«

Er war perplex. Wartete Frau Junker etwa auf ihn, damit sie endlich reinen Tisch machen konnte? Er überspielte seine Überraschung mit einem herzlichen Lächeln und folgte der alten Dame, die ohne Gehhilfe durch ihren von Teppichläufern in verschiedensten Farben und Mustern gesäumten Flur schlurfte. Sie führte ihn in die Küche, wo die Gerüche nach frisch gekochtem Kaffee, japanischem Heilpflanzenöl, gestern gebratenen Zwiebeln, vielen Zigaretten und heute Morgen angebrannter Milch gegeneinander kämpften. Zum Glück bot Frau Junker ihm Kaffee an. Das war die mit Abstand beste Option unter den Konkurrenten um den Duft des Tages.

»Ich mache mir nachmittags gern einen Schuss Schnaps in den Kaffee. Das hält jung. Magst du? Oder bist du etwa im Dienst, Helmutchen?« Frau Junker gönnte sich einen kräftigen Schuss und winkte lächelnd mit der Schnapsflasche.

»Nein, Frau Junker, ich bin hauptsächlich privat hier. Ja, ich nehme einen Schuss. Ich schieße aber lieber selbst.« Schon wieder Schnaps! Am Mittwochabend bei Wettenstedts hatte es Korn in Wassergläsern gegeben, jetzt, am Samstagnachmittag, gab es bei Frau Junker Schnaps im Kaffee. Mal sehen, wie heiter es heute wird, überlegte er. Am Mittwoch hatte es statt Heiterkeit schlussendlich Tränen gegeben.

Er hatte seit Mittwochabend nur ein weiteres Mal mit Magda gesprochen. Sie hatte am Donnerstagabend angerufen, um ihm mitzuteilen, dass sie einen Privatdetektiv gefunden und beauftragt hatte.

Dabei hatte Magda Glück gehabt, ihn überhaupt zu erwischen, er war zum Zeitpunkt des Anrufs auf dem Sprung in den Dorfkrug. Skatabend. Direkt nach dem kurzen Telefonat war er losgezogen.

Thomas und Atze hatten bereits erfahren, dass Jochen verschwunden war. Sie waren sich sicher, dass es eine andere Frau in Jochens Leben gab. Die Skatbrüder hatten eine Weile angeregt darüber diskutiert, bis sie gemerkt hatten, dass sie argwöhnisch von Heini, einem Mann knapp jenseits der 70, der zeitlebens an der Theke saß und trank, beobachtet wurden. Auch Werner Langner hatte die drei aufmerksam angesehen. Der Wirt hatte sogar das Zapfen eingestellt, was sonst praktisch nie vorkam: Werner zapfte gewöhnlich ununterbrochen, da er ausschließlich kleine Biergläser anbot. Um die obligatorischen, schwer verständlichen und doch eindeutig beißenden Kommentare von Heini zu vermeiden und auch Werner (der gut mit Jochen befreundet war) von einer mahnenden Bemerkung abzuhalten, hatten Helmut, Atze und Thomas rasch das Thema beendet und damit begonnen, Skat zu spielen.

Der Abend war äußerst erfreulich für ihn verlaufen. Er hätte sogar fast einen Null durchgebracht, zum ersten Mal in seinem Leben. Erst im vorletzten Stich erwischten Thomas und Atze seine blanke Karo Acht. In der Folge bekam er jede Menge Omablätter auf die Hand, darunter einen Grand mit Vieren, die er allesamt locker nach Hause fuhr. Sie brachten ihm einen Haufen Punkte ein, sodass er am Ende des Abends der große Sieger war und keines seiner Biere bezahlen musste; die Skatbrüder spielten nicht um Geld, sondern um die Runden an ihrem Tisch.

Zwischendurch hatte er Jutta getroffen, die unter der Woche selten in die Gaststube kam. Ausschließlich am Wochenende schnappte sie sich die Kochlöffel, wirbelte in der Küche und zauberte dort regelmäßig wohlschmeckende Gerichte für die Kneipenbesucher.

Sie waren sich im Flur begegnet, der zu den Toiletten führte sowie nach oben zur Wohnung der Langners. Jutta kam scheinbar gerade von einem Spaziergang zurück, als er auf dem Weg zur Toilette war. In dem Moment, als er sie durch die Außentür in den Flur treten sah, gab er zum ersten Mal vor sich selber zu, dass er Jutta am Endspielabend vermisst hatte – und dass er am Dienstagabend gehofft hatte, dass sie es wäre, die abends an seiner Tür klingelte, statt Magda.

Im selben Moment versuchte er, sich zu erklären, wie es dazu gekommen sein konnte: zum Vermissen, zum Hoffen und zum Eingeständnis. Zu sagen, Jutta hätte sich in all den Jahren in sein Herz gekocht, hätte zwar ganz witzig geklungen, wäre aber vollkommen falsch gewesen. Außerdem hätte er bis vor ein paar Tagen ohne mit der Wimper zu zucken behauptet, dass in seinem Herzen überhaupt kein Platz für Jutta war.

Gleichwohl musste die Saat sozusagen längst gesetzt worden sein. Er hatte jedoch seine Gefühle und Sehnsüchte komplett ignoriert; vermutlich hatte er unterbewusst regelrecht dagegen angekämpft. Er konnte sein selbstgewähltes Zölibat wohl kaum ausgerechnet mit der Ehefrau des Dorfwirtes beenden. Selbst wenn Werner nur ein mürrischer und geiziger Esel war, der eine Frau wie Jutta niemals verdient hatte. Zu ihren offensichtlichen Vorzügen, also ihrem guten Aussehen, gesellte sich eine Menge an inneren Qualitäten. Jutta war hilfsbereit, humorvoll und manchmal auf sehr unterhaltsame Art und Weise zynisch, sie konnte gut erzählen und zuhören, sie war sehr aufmerksam, tiefsinnig, offen, ehrlich …

Er brach die Aneinanderreihung dieser sehr allgemeinen Attribute ab. Es ließ sich viel einfacher (und natürlich weiterhin sehr allgemein) zusammenfassen: Jutta war ein wunderbarer Mensch! Das wusste er seit Langem, aber er hatte eine ganze Weile gebraucht, bis er vor sich eingestehen konnte, dass sie auch eine Frau war.

Im Leben ging es halt nur selten zu wie in *Strangers in the Night*, wo sich zwei Fremde auf den allerersten Blick verlieben. Bisweilen musste man *Tausendundeine Nacht* warten, bis es passierte, philosophierte er. Bis was passierte? Bis es »Zoom« machte? Nun ja, es war an der Zeit, es auszusprechen: bis man sich verliebte.

Und Jutta? Hat sie sich in ihn verliebt? Lisa schien davon überzeugt zu sein, sie hatte ihm gegenüber gewisse Andeutungen gemacht, auch was Juttas Ehe betraf; da war der Begriff »unglücklich« gefallen. Lisa hatte anscheinend mit Jutta gesprochen, so von Frau zu Frau, unter anderem neulich beim Tellerabräumen auf der Gartenparty. Wenn aber Jutta in ihn verliebt war, dann hat es bei ihr genauso lange gedauert. Jedenfalls hatte sie früher niemals derart private Gespräche mit ihm geführt, in denen es um seine Einsamkeit und um seine Gefühle ging. Das hatte erst vor ein paar Monaten begonnen. Vorher hatten Jutta und er sich wie gute Bekannte unterhalten, er hatte ihre Kochkünste gelobt oder sich nach ihrer Arbeit bei VW erkundigt. Sie hatte sich für die Verbrechen im Landkreis interessiert und für seine Dienstelle oder sie hatte ihn getröstet, wenn er mal wieder sang- und klanglos beim Skat verloren hatte. Ab und zu hatten sie geflachst und miteinander gelacht.

Jutta trat in den Flur und er blieb (trotz drückender Blase) stehen und wartete auf sie. Sie kam bis auf wenige Zentimeter auf ihn zu und berührte kurz seinen Arm. Sie erklärte ihm, dass sie am Sonntag den ganzen Abend lang in der Kneipe hatte aushelfen müssen. Er zeigte sich verständnisvoll und dachte die ganze Zeit daran, dass jenseits der Tür zum Gastraum Juttas Mann hinter der Theke stand, Bier zapfte und von dieser Begegnung im Flur zum Glück nichts mitbekam. Und dass Jutta ihm keinerlei Erklärungen schuldig war, er sich aber trotzdem freute, dass sie sich verpflichtet fühlte, ihm die Sache darzulegen. Dann war sie nach oben in die Wohnung gegangen und er auf die Toilette.

Auf dem Heimweg hatte er über sein Leben nachdacht – und über die wenigen Frauen, die darin eine Rolle gespielt hatten, über Frau Junker, über Elke, über die lange Pause nach Elke, über Marianne – und über Jutta. Sobald dieser Fall geklärt war, wollte er sich näher mit seinen Gefühlen beschäftigen. Und vielleicht auch mit dem Zustand der Ehe zwischen Jutta und Werner.

Jetzt war es Frau Junker, mittlerweile fast 90 Jahre alt, die ihm Kaffee mit Schnaps servierte. »Ha, Helmutchen! Du denkst wohl, ich würde dir zu viel eingießen? Recht so! Trau niemals einer Frau über 88.«

»88? Unmöglich, Frau Junker!«

»Wie gesagt: über 88. Seit Februar 89. Stört es dich, wenn ich rauche?«

»So lange es nicht ›Gauloises ohne‹ sind.« Er erinnerte sich, dass Frau Junker früher diese französische Zigarettenmarke bevorzugt hatte – und an den penetranten Gestank der filterlosen Variante.

»Diese Zeiten sind vorbei. Ich bevorzuge heutzutage Mentholzigaretten, die riechen und schmecken irgendwie gesünder. Keine Ahnung, warum die verboten werden sollen.« Frau Junker griff nach ihrer Schachtel Reyno und hielt sie ihm hin.

»Nein, danke. Ich nehme meine eigenen.« Er holte seine Schachtel West hervor, gab zunächst Frau Junker Feuer, dann sich. Es war eindeutig der falsche Tag, um gute Vorsätze einzuhalten. Alkohol und Nikotin vor 16 Uhr. Gut, dass Lisa weit weg war. Sie machte sich gern Sorgen um ihren »Büro-Papi«, wie sie ihn gern nannte, und achtete auf seine Lebensweise, vor allem seine Gesundheit. Zur Not wies sie ihn zurecht, wenn er, alten Verhaltensmustern folgend, mittags in der Kantine oder im Imbiss zu Currywurst und Pommes greifen wollte. Seit einigen Jahren hatte er erfolgreich (und mit der Einschränkung: grundsätzlich) auf gesunde Ernährung umgestellt. Morgens Müsli, mittags Vollkornbrot und Salat, abends selber kochen, mit frischem Gemüse, zwischendurch frisches Obst, und natürlich viel trinken, vorzugsweise Wasser und Tee. Erst zum Schluss des Tages durfte es Bier sein.

Dazu die eine oder andere Feierabendzigarette. Das war seiner »Bürotochter« recht. Diesen Schnaps und diese Zigarette hätte sie ihm niemals durchgehen lassen.

Lisa hatte ihn ursprünglich zu Frau Junker begleiten wollen. Er hatte mit dem Gedanken gespielt, ihr diesen Gefallen zu tun. Immerhin ging es darum, ihre Theorie zu überprüfen, die sich nach abermaligem Aktenstudium als durchaus plausibel erwiesen hatte. Letztendlich hatte er beschlossen, dass er es allein durchziehen musste. Und dass er dabei den Eindruck erwecken wollte, eher privat unterwegs zu sein. Deshalb hatte er sich für diesen Samstagnachmittag knapp eine Woche nach dem gewonnenen WM-Finale entschieden.

Da saß er nun in dieser äußerst geruchsintensiven Küche und prostete einer 89-jährigen Witwe mit einer Kaffeetasse zu, in der sich neben Kaffee eine gehörige Portion Schnaps befand; er hatte offensichtlich knapp übers Ziel hinausgeschossen. Erstaunlicherweise schmeckte ihm das Getränk. Nichtsdestotrotz wurde es Zeit, den unangenehmen Teil des Gesprächs einzuleiten. »Sie sind also davon ausgegangen, dass ich Sie eines Tages besuche, um über Heinz Schrader zu sprechen?«

Frau Junker nahm die Brille von der Nase und ließ sie an der Perlenkette vor ihrer Brust baumeln. »Was hat dieser schreckliche Kerl damit zu tun?«

»Nun, er war es, der vor 40 Jahren umgebracht wurde.«

Frau Junker biss sich auf die Lippen. Sie trank einen Schluck Kaffee mit Schuss und fügte dann ihrem Getränk einen weiteren Schuss hinzu. Bevor sie sprach, trank sie ihre Tasse aus. »Ich hatte gedacht, du bist wegen einer anderen Sache zu mir gekommen.«

»Welche andere Sache?«

»Lass uns erst diese Sache hinter uns bringen. Warte, ich fülle vorher meine Tasse auf. Wenn ich über diesen Kerl sprechen muss, brauche ich vorher was Starkes.«

Zehn Sekunden später war Frau Junkers Tasse wieder gefüllt, je zur Hälfte mit Kaffee und Schnaps. Er staunte, wie behände und flink ihre Bewegungen waren. Er betrachtete ihre Hände und versuchte, sich einen Stein darin vorzustellen. Das war bei diesen faltigen und knotigen Händen ausgeschlossen. Und er gab sich gar nicht erst die Mühe, sich diese Hände vorzustellen, wie sie vor 40 Jahren ausgesehen haben konnten. Entweder würde Frau Junker ihm jeden Moment erzählen, dass sie Heinz Schrader umgebracht hat. Oder sie würde es leugnen, weil sie tatsächlich unschuldig war – beziehungsweise, weil sie es nach 40 Jahren für unsinnig hielt, reinen Tisch zu machen.

Für alle Fälle hatte er für eine Rückversicherung gesorgt. Als Frau Junker vorhin zur Kaffeemaschine gegangen war, hatte er schnell mit einer Pinzette zwei Gegenstände geschnappt und in Plastikbeutel gesteckt. Das eine war eine Zigarettenkippe, das andere ein Haar, das auf dem Tisch lag und Frau Junker gehören dürfte. Beide Plastiktüten wollte er nachher eigenhändig zur DNA-Analyse nach Braunschweig bringen, genau wie den Stein, der 1974 als Mordwaffe gedient hatte und an dem sich bestenfalls verwertbare Spuren befanden. Der Stein lag mittlerweile in seinem Büro.

Es sei denn, er ließ sich zu weiteren Kaffees mit Schnaps verleiten, dann musste er die Fahrt auf morgen verschieben.

Zunächst erzählte er seiner Gastgeberin ganz allgemein von der Arbeit an den alten, ungelösten Fällen, erwähnte den Ahlumer Mord und kam dann zum Fall Schrader. Er berichtete, dass die Ermittler in den letzten Tagen die komplette Akte durchgeackert und nun neue Theorien zu diesem Fall hatten.

Frau Junker hörte ihm aufmerksam zu. Sie nippte an ihrer Tasse und saugte an ihrer Zigarette. »Und was sind das für Theorien?«

Er hielt es für unnötig, lange um den heißen Brei herum zu reden. »Wir wundern uns zum Beispiel, dass der Kommissar nur einmal mit Ihnen gesprochen hat.«

Frau Junker drückte ihre halb gerauchte Zigarette aus. »Warum sollte er häufiger mit mir gesprochen haben? Mir hat dieses eine Mal vollkommen gereicht.«

Er ließ sich mit seiner Antwort Zeit und blickte aus dem Fenster. Auf der anderen Straßenseite war das Gemeindebüro zu sehen. Jochen Wettenstedt residierte dort seit über 20 Jahren. Ein paar Jahre nach der Wiedervereinigung war er erstmals gewählt worden und konnte sich seitdem stets seiner Widersacher erwehren, hauptsächlich des SPD-Kandidaten Kurtchen Ebert. Jetzt war Jochen verschwunden; vielleicht schlug nun Kurtchens Stunde? »Na ja, wie es Kommissar Albrecht in einer seiner ersten Fragen an Sie auf den Punkt bringt: Sie waren an diesem Samstag die einzige Person im Dorfkrug, die vor Schrader nach Hause gegangen und ohne Begleitung gewesen ist!«

Sie lächelte versonnen. »Und ich habe ihn gefragt, ob das wohl ein Verbrechen ist.«

»Exakt. Und der Kommissar wiederum entgegnete: ›Nein. Es sei denn, Sie hätten bei dieser Gelegenheit Schrader einen Stein über den Kopf gezogen‹.«

»Und das habe ich nicht getan. Ich war ja zur Tatzeit

zu Hause und habe ferngesehen. Das sollte auch in meiner Aussage stehen.« Frau Junker lächelte noch immer, allerdings weniger versonnen als eben, eher nachdenklich.

»Einen Film namens *Fettaugen*. So steht es im Protokoll. Kommissar Albrecht hat mit Ihnen über den Inhalt und die Schauspieler gesprochen. Sie wussten gut Bescheid, haben den Film folglich gesehen. Allerdings handelte es sich um eine Wiederholung. Unter Umständen haben Sie den Film zwei Jahre zuvor bei der Erstausstrahlung gesehen und kannten ihn deshalb.«

Frau Junker schielte in ihre Tasse, ließ sie aber auf dem Tisch stehen. »Kann sein. Dann hätte ich den Film halt ein zweites Mal gesehen. Es gibt einige Filme, die ich häufiger gesehen habe. *Vom Winde verweht* habe ich mindestens zehnmal gesehen. Kennst du diesen Film, Helmutchen?«

Ihm war bewusst, dass Frau Junker Zeit gewinnen wollte. Das störte ihn wenig, er hatte Zeit. »Ja, natürlich. Ein sehr schöner Film. Ich habe ihn allerdings nur zweimal gesehen. Wenn ich aber kurz auf unsere Theorien zurückkommen dürfte. Aus unserer Sicht verliert Ihr Alibi durch diese Möglichkeit erheblich an Wert. Das allein macht selbstverständlich niemanden verdächtig. Wir haben uns deshalb gefragt, ob es einen Grund geben könnte, dass Sie Heinz umgebracht haben.«

Nun griff Frau Junker nach ihrer Tasse, hielt jedoch kurz vor ihrem Mund inne. »Aha. Und welche Gründe sind euch da eingefallen?«

»Uns sind drei mögliche Motive eingefallen.«

»Drei gleich? Das ist ja höchst interessant! Und welche Motive sind das?« Endlich trank sie.

»Weil Schrader Sie seit Jahrzehnten belästigt hat?«

»Ach, Helmutchen!«

»Weil er Ihren Freund Karl Liedke verraten hat?«

»Selbst Karl hat das immer ausgeschlossen.«

»Weil er für den Tod von Pawel und Boris verantwortlich ist?«

Frau Junker erschrak. »Wie bitte?«

»Erinnern Sie sich an das Ende der Vernehmung, Frau Junker?«

KHK Albrecht: Es gibt Leute, die meinen, es sei gar kein Unfall gewesen, sondern dass die beiden Russen mit Messern aufeinander losgegangen sind.

Zeugin Junker: Boris und Pawel waren sehr gut befreundet. Warum sollten sie sich gegenseitig töten wollen?

Helmut sprach weiter. »Wir meinen, dass Kommissar Albrecht auf der richtigen Fährte war. Wir fragen uns, warum er an dieser Stelle aufgehört hat, warum er Sie zum Mittagessen gehen ließ.«

Frau Junker schloss die Augen. »Unser Gespräch ging ja noch weiter, musst du wissen. Herr Albrecht hat das Tonbandgerät abgestellt und sein Fräulein Ritter oder Reiter nach draußen geschickt. Dann hat er die Kassette aus dem Gerät genommen, durch eine andere ersetzt und das Gerät wieder angestellt. Was dann passierte, fand ich äußerst befremdlich. Herr Albrecht hat davon gesprochen, dass ich nachher meine Aussage unterschreiben müsste und dass er mir schon mal einen Stift geben will. Den Stift hat er mir zugeworfen.«

»Und Sie haben ihn mit der rechten Hand gefangen, stimmt's?«

»Woher weißt du das?«

»Ich bin Polizist. Kommissar Albrecht wollte auf diese Weise feststellen, ob Sie Rechtshänder sind oder Linkshänder.«

»Helmutchen! Ich staune. So war es.«

KHK Albrecht: Oh, Sie sind Rechtshänder!

Zeugin Junker: Ja, wieso?

KHK Albrecht: Ich hatte ja bereits mit Herrn Liedke zu tun. Dabei habe ich gesehen, dass seine rechte Hand verkrüppelt ist. Er ist gezwungenermaßen Linkshänder.

Zeugin Junker: Und?

KHK Albrecht: Sehen Sie, Frau Junker, ich habe die tödliche Wunde an Schraders Kopf gesehen. Sie ist am rechten Hinterkopf. Diese Wunde kann ihm nur ein Rechtshänder zugefügt haben, der hinter ihm stand. Dieser Rechtshänder war entweder sehr groß – oder Schrader kniete.

Zeugin Junker: Warum verdächtigen Sie dann Karl, wenn Sie wissen, dass er Linkshänder ist?

KHK Albrecht: Weil er ein Motiv hat und uns kein Alibi liefern kann.

Zeugin Junker: Das sollen Beweise sein?

KHK Albrecht: Es sind zumindest Anhaltspunkte. So bleibt Herr Liedke so lange verdächtig, bis mir der Leiter unserer Rechtsmedizin schwarz auf weiß darlegt, dass ich recht habe mit meiner Vermutung, dass der Mörder Rechtshänder sein muss. Das wird hoffentlich diese Woche der Fall sein, denn der Herr Professor scheint seinen Urlaub vorzeitig beenden zu wollen.

Zeugin Junker: Und warum wollten Sie feststellen, ob ich Linkshänder oder Rechtshänder bin? Ich habe kein Motiv, aber ein Alibi.

KHK Albrecht: Na ja, man hört, dass Herr Schrader hinter Ihnen her war. Und Sie dabei belästigt hat.

Zeugin Junker: Wo hört man das?

Kommissar Albrecht: Im Dorf.

»Dass Schrader ein Auge auf mich geworfen hat, das wussten viele Leute aus dem Dorf. Dass er mich richtiggehend belästigt hat, konnte der Kommissar nur von sehr wenigen Menschen gehört haben. Heinz hat mich eigentlich nur dann belästigt, also angefasst, oft unsittlich, wenn er sich unbeobachtet fühlte. Mindestens einmal gab es allerdings einen Zeugen. Das war ein paar Jahre vor Schraders Tod. Da war er zu mir ins Gemeindebüro gekommen, um ein Dokument beglaubigen zu lassen. Ich musste einen Stempel holen und dazu aufstehen und ihm den Rücken zudrehen. Sofort stand er hinter mir, fasste mich an die Brust und presste sein steifes Glied an meinen Po. Widerlich. Derart plump waren seine Annäherungsversuche zum Glück selten.

Heinz hatte jedoch vergessen, dass er mit seinem Sohn Dietmar unterwegs war. Den hat er draußen warten lassen. Der Junge hat durch das Fenster ins Büro geschaut. In dem Moment, als ich mich umdrehe, um Heinz eine zu scheuern, sehe ich das entsetzte Gesicht des Jungen, das er an die Scheibe gedrückt hat. Er ist schnell weggelaufen.«

»Und ähnliche Situationen gab es häufiger?«

»Seitdem ich 15 war, ist Heinz hinter mir her gewesen. Oft hat er mir schweinische Sachen ins Ohr geflüstert …«

»Wie auf der Bühne im Schützenhaus, Anfang der 70er-Jahre?«

»Das hast du gesehen? Erstaunlich. Da hat Heinz es tatsächlich geschafft, es vor vielen Leuten heimlich zu tun.«

»Hat er denn niemals Ihre Ablehnung akzeptiert?«

»Er hat sich wohl eingeredet, ich kokettiere bloß und bin eigentlich so scharf auf ihn wie er auf mich. Dabei fand ich ihn ekelhaft. Einfach nur ekelhaft. Er ist ein richtiger Nazi gewesen, musst du wissen, und er ist Zeit seines Lebens ein Rassist geblieben.«

Zeugin Junker: Und von wem hört man das?

KHK Albrecht: Zum Beispiel von Ihrem Chef oder von Schraders Sohn.

Zeugin Junker: Heinz war halt ein Weiberheld, er war hinter vielen Frauen her. Glauben sie etwa, dass ich ihn deswegen umgebracht habe?

KHK Albrecht: Wie gut sind Sie mit Karl Liedke befreundet?

Zeugin Junker: Sie immer mit Ihren Themenwechseln. Das macht mich ganz kirre!

KHK Albrecht: Verzeihen Sie! Mir gehen gerade so viele Dinge durch den Kopf. Beantworten Sie bitte trotzdem meine Frage!

Zeugin Junker: Wir sind sehr gut miteinander befreundet. Das ist alles. Bevor Sie fragen.

KHK Albrecht: Was halten Sie denn wirklich von dieser Geschichte mit der Gestapo und dem Verrat durch Heinz Schrader?

Zeugin Junker: Das hatten wir doch schon!

KHK Albrecht: Ich möchte es gern noch mal hören.

Zeugin Junker: Karl ist der festen Überzeugung, dass Heinz ihn nicht verraten hat.

KHK Albrecht: Das hat er mir auch gesagt.

Zeugin Junker: Dann glauben Sie ihm doch!

KHK Albrecht: Polizeiarbeit ist selten eine Frage des Glaubens.

Zeugin Junker: Der Mord wurde außerdem von einem Rechtshänder verübt, oder? Das haben Sie doch gerade gesagt.

KHK Albrecht: Richtig. Sehr wahrscheinlich wurde der Mord von einem Rechtshänder verübt.

Zeugin Junker: Was schauen Sie so auf meine rechte Hand?

KHK Albrecht: Tue ich das? Da habe ich wohl vergessen, dass Sie am Samstag diesen Film gesehen haben, *Fettaugen*. Sie haben mir ja vorhin erzählt, wer mitspielt und worum es geht. Das hat wohl kaum so ausführlich in der Hörzu gestanden. Was daran liegen könnte, dass es eine Wiederholung gewesen ist. Der Film wurde vor rund zwei Jahren erstmals gezeigt, wenn ich es recht erinnere. Da habe ich ihn nämlich gesehen. Da lief er um Viertel nach acht, statt mitten in der Nacht wie letzten Samstag. Ich sehe ungern so spät fern, da schlafe ich immer ein. Haben Sie den Film zufällig vor zwei Jahren gesehen?

Zeugin Junker: Nein, das wüsste ich. Ich sehe mir solche Filme selten ein zweites Mal an.

KHK Albrecht: Na gut, lassen wir das mal so stehen, Frau Junker. Was ist eigentlich Samstagabend zwischen Ihnen und Schrader in der Dorfkneipe vorgefallen, so gegen 22 Uhr?

Zeugin Junker: Was soll da vorgefallen sein? Ich habe an dem Abend kein Wort mit Heinz gewechselt. Zum Glück, möchte ich hinzufügen.

KHK Albrecht: Ich schätze, dass wir uns eines Tages

erneut mit dieser Frage beschäftigen werden. Immerhin geben Sie zu, dass Sie Schrader nicht leiden konnten, oder?

Zeugin Junker: Sie stellen vielleicht Fragen!

KHK Albrecht: Das bringt mein Beruf so mit sich. Ich verbuche das mal als Zustimmung. Kommen wir auf diese beiden Kriegsgefangenen zurück, die zwischen 1942 und 1944 auf dem Schraderschen Hof beschäftigt waren.

Zeugin Junker: War das jetzt eine Frage?

KHK Albrecht: Nein. Ich wollte Sie fragen, ob Sie diese beiden Russen persönlich kennengelernt haben? Sie deuteten das vorhin an.

Zeugin Junker: Jeder im Dorf kannte Boris und Pawel.

KHK Albrecht: Na, das sind ja mal zwei ausgefallene russische Namen!

Zeugin Junker: Warum machen Sie sich lustig darüber? Die beiden sind auf tragische Weise ums Leben gekommen.

KHK Albrecht: Entschuldigung! Das ist mir so herausgerutscht. Ich denke, es gab in diesem Krieg allgemein sehr wenige Dinge, über die man sich lustig machen kann. Was war es also: Unfall oder Messerstecherei?

Zeugin Junker: Wie gesagt: Eine Scheune ist eingestürzt und Boris und Pawel waren gerade darin und wurden unter den Trümmern begraben.

KHK Albrecht: Eingestürzt? Wie konnte das denn passieren?

Zeugin Junker: Ich war nicht dabei.

KHK Albrecht: Und Schrader? War er dabei?

Zeugin Junker: Wenn er in der Scheune gewesen wäre, hätte es ihn ja auch erwischt.

KHK Albrecht: Dass es vorher einen Kampf mit Messern gegeben haben könnte, davon haben Sie mal gehört, oder?

Zeugin Junker: Nein.

KHK Albrecht: Es wäre auch in der Tat erstaunlich, wenn sie Messer gehabt hätten. Woher hatten sie die? Bestimmt irgendwo geklaut.

Zeugin Junker: Ja, klar. Alle Russen klauen.

KHK Albrecht: Ja, die bösen Vorurteile. Wenn sie die Messer aber nicht geklaut haben, muss jemand sie ihnen gegeben haben. Nur wer?

Zeugin Junker: Was weiß ich? Ich frage mich ohnehin, was diese alte Geschichte soll. Das ist 30 Jahre her. Und was hat der Mord an Schrader damit zu tun? Was habe ich damit zu tun?

KHK Albrecht: Vielleicht haben Boris oder Pawel ein Auge auf Sie geworfen? Oder Boris und Pawel? Vielleicht haben sie sich gerade deswegen mit Messern duelliert?

Zeugin Junker: So ein Quatsch!

»War das wirklich Quatsch, Frau Junker?« Helmut staunte, wie sehr Albrechts Theorie Lisas ähnelte. Weitaus mehr erstaunte ihn, dass dieser Part von Junkers Befragung in den Akten unerwähnt blieb. Genauso wie Dietmar Schraders Aussage über den Vorfall im Gemeindebüro. Nur von den Aussagen, die Albrecht auf die beiden Russen gebracht hatte, fanden sich Spuren in den Akten. Da war es niemals direkt um Frau Junker gegangen. Und indirekt? Da sah es anders aus. Gustav Wettenstedt hatte Folgendes über Schrader gesagt: »Na ja, als junger Mann, da hat er schon der einen oder anderen Magd nachgestellt.« Desgleichen hatte sich Schrader senior zu einem der beiden Russen geäußert und zu dessen Freundin auf

Schraders Hof. »Doch Boris seine Beziehung hielt eh nicht lange. Er hat wohl wen anders gefunden. Es muss wohl wer von Wettenstedt seinem Hof gewesen sein.«

Gerade einmal drei Stunden, nachdem er mit dem alten Schrader gesprochen hatte, erfuhr Albrecht, dass Renate Junker auf dem Hof bei Wettenstedts gearbeitet hatte. War dies das fehlende Puzzleteil?

Helmut versuchte, Albrechts Gedankengänge am Mittag des 12. Juli 1974 nachzuvollziehen: Renate Junker geht um 22 Uhr allein nach Hause. Sie behauptet, einen Film gesehen zu haben, den sie eventuell längst kannte. Sie ist Rechtshänderin. Sie wird seit vielen Jahren von Heinz Schrader verfolgt und belästigt. Sie hat vielleicht während des Krieges eine Affäre mit einem russischen Kriegsgefangenen, der unter dubiosen Umständen stirbt, an denen wiederum, möglicherweise, Heinz Schrader Schuld trägt. Sie hat unterm Strich zwei Motive und nur ein fadenscheiniges Alibi. Sie ist meine Hauptverdächtige.

Diese Schlussfolgerungen, wenn er sie tatsächlich gezogen hatte, hatte der ermittelnde Kommissar weder in den Akten vermerkt, noch in seinem erstaunlich dünnen und wenig sagenden Abschlussbericht. Das war mehr als verwunderlich. Und unprofessionell. Es musste einen Grund für dieses Vorgehen geben.

»Wie meinst du das?« Frau Junker hatte sich die dritte Tasse mit Kaffee und Schnaps gefüllt.

»Ich habe Sie ein paar Mal gesehen, wie Sie sich um das Grab der beiden Russen gekümmert haben.« Dieser Einwand von Lisa hatte ihn nachhaltig beeindruckt.

»Es hätte doch sonst niemand getan und ich habe es gern gemacht. Was schließt du denn daraus?«

»Dass Sie einem der beiden nähergestanden haben.«

»Weil ich ein Grab pflege?«

»Das ist durchaus ein Zeichen.«

»Ach, Helmutchen. Ich habe gedacht, du willst ein paar sachdienliche Hinweise von mir hören zu eurem alten Fall. Wie es scheint, bist du aber auf ein Geständnis aus.«

»Haben Sie denn etwas zu gestehen?«

Frau Junker schüttelte den Kopf. Dann trank sie einen großen Schluck. Draußen hatte es angefangen zu regnen. Wie im Sommer '74, dachte Helmut. Dieser endlose Regen. Von wegen *Seasons in the Sun*.

Frau Junker schien seine Gedanken zu lesen. »Damals hat es den ganzen Sommer lang geregnet. Erinnerst du dich?«

»Ja, sehr gut. Welcher der beiden war es denn? Boris, oder?«

Frau Junker seufzte. Sie schüttelte den Kopf und gab sich geschlagen. »Ja, es war Boris«, begann sie und dann sprudelte es nur so aus ihr heraus. »Boris war die Liebe meines Lebens. Mit meinem Mann, da war es anders, das war eine Mischung aus Liebe und Mitleid. Er kam so kaputt aus dem Krieg zurück. Innerlich wie äußerlich. Ich wollte mich um ihn kümmern. Ich kannte ihn von früher. Er kam aus Watenstedt, unsere Väter waren Arbeitskollegen und ich habe ihn kennengelernt, als wir Kinder waren.

Du willst aber lieber etwas von Boris hören, das ist mir bewusst. Bei Boris, da war es Liebe pur. Liebe auf den ersten Blick. Ich war 17. Da kann das durchaus passieren. Du denkst vermutlich, in den 40er-Jahren, da muss die Renate, als 17-Jährige und unverheiratet, Jungfrau gewesen sein. Das war ich seit über zwei Jahren nicht mehr. Meine Unschuld habe ich an Karl verloren. Zu einer Zeit, als wir noch herausfinden mussten, ob wir Freunde oder Geliebte sein sollen und wollen. Es war ein Experiment. Wir haben es nach ein paar Monaten beendet und waren anschließend wieder gute Freunde und sollten es ein Leben lang bleiben.

Dann kam der Sommer '42. Ich sah Boris das erste Mal, als Gustav Wettenstedt mich zu Schraders schickte, um irgendetwas abzuholen. Ich habe vergessen, was. Boris stand auf dem Hof und hackte Holz. Mit freiem Oberkörper, Muskeln, einem unrasierten Kinn, einer blonden Locke in der Stirn und mit einer Zigarette im Mund. Das Ebenbild eines Mannes!

Er hörte auf zu hacken, als er mich sah. Ich wusste, dass ich eine gewisse Wirkung auf Männer hatte und war nur wenig überrascht über seinen leicht abschätzenden Blick und sein angedeutetes Nicken. Überrascht war ich über mich, denn ich ging einfach zu ihm, beinahe automatisch, als hätte er mich magisch angezogen.

Ich weiß, Helmutchen, das klingt jetzt schwer nach Groschenroman. Ich stand vor ihm und versank augenblicklich in seinen blauen Augen. Er sprach mich an, aber sein Deutsch war sehr schlecht. Ich verstand kein Wort, doch der Klang seiner Stimme ließ mich erschaudern. Es war umgehend um mich geschehen. Ich versuchte, mir nichts anmerken zu lassen. Mir war klar, dass ich als gutes deutsches Mädchen tunlichst die Hände von einem russischen Kriegsgefangenen lassen sollte.

Das Schicksal hatte jedoch einen anderen Plan mit uns. Es führte uns fortan regelmäßig zusammen. Sei es auf dem Hof der Schraders, auf dem Feld oder später, als Boris und Pawel mehr oder weniger Teil der Gemeinschaft geworden waren, bei Dorffesten. Irgendwann ist es dann passiert. Ich erspare dir die Einzelheiten. Du kennst das Wunder der Liebe. Und die war es. Die war es wirklich. Natürlich taten wir alles, um unsere Liebe vor den anderen geheim zu halten. Es hat fast funktioniert. Nur einmal hat uns Bürgermeister Wettenstedt in einer schwer zu erklärenden Situation erwischt. Er hat lächelnd den Kopf geschüttelt, ist seines Weges gegangen und hat anscheinend mit niemandem außerhalb der Familie darüber gesprochen, allenfalls nach Ende des Krieges, als es längst egal war.

Pawel hat es leider schon damals herausbekommen. In der Zeit vor meiner Affäre mit Boris hatte Pawel mir höflich und trotzdem sehr eindeutig den Hof gemacht. Obwohl er eigentlich mit einem Mädchen vom Hof der Schraders liiert war. Weniger heimlich als Boris und ich. Dennoch geduldet. Im Dorf war man in dieser Zeit erstaunlich großzügig; wir waren gegen Kriegsende eine Art Schicksalsgemeinschaft und Boris und Pawel gehörten dazu.

Doch nun war Pawel eifersüchtig. Darunter litt die Freundschaft der beiden, zum Glück, ohne zu zerbrechen.

Und dann war da noch unser Freund Heinz. Das Parteimitglied. Zusammen mit seinem Vater hatte er die Kriegsgefangenen als Erntehelfer angefordert. Die meisten Arbeiter der Schraders waren längst an der Front. Genau wie Heinz' jüngere Brüder. Heinz durfte als Ältester auf dem Hof bleiben. Die Situation war auf den anderen Höfen im Dorf ähnlich, doch dort schaffte man es ohne Zwangsarbeiter. Der Bürgermeister war deswegen schlecht zu sprechen auf die Schraders, er hätte es lieber gesehen, wenn sie auf die Hilfe der Nazis verzichtet hätten. Dummerweise waren die Schraders selber Nazis.

Du hast es ja gehört oder in euren Akten gelesen: Heinz war hinter jedem Weiberrock her – in den 40er-Jahren weitaus mehr als in den 70er-Jahren. Keine junge Frau war vor ihm sicher. Nur an die Töchter der anderen Bauern, zumal der größeren Bauern wie Wettenstedt oder Ackermann, an die traute er sich nicht heran. An mich traute er sich heran, ich war bloß eine Haushaltshilfe bei Wettenstedts. So manches Mal hat Heinz mir im Dorf aufgelauert, an den einsamsten Stellen, morgens wie abends, und hat mich belästigt. Spätestens, wenn er mir an den Busen wollte, brannten mir die Sicherungen durch und ich schrie ihn an oder gab ihm Ohrfeigen. Manchmal hat er zurückgeschlagen, manchmal hat er mit seinen Schäferhunden gedroht. Oder mit SS oder Gestapo. Er hat aber nie das bekommen, was er wollte. Und dann musste er mit ansehen, wie Boris genau das bekam.

So stelle ich mir das jedenfalls vor. Dass er die Sache irgendwie herausbekommen hat. Boris hat mir erzählt, dass Heinz anfing, Pawel beim Verteilen der Arbeit zu bevorzugen und ihm andere Vergünstigungen zukommen zu lassen, Alkohol, zusätzliches Essen. Heinz hat sich nie direkt gegen Boris gewandt. Er hatte Angst vor Boris. Darüber hinaus hatte sein Vater an beiden Russen einen Narren gefressen, an Boris aber den größeren. Er hätte es seinem Sohn niemals durchgehen lassen, dass er Boris etwas antut.

Dann kam der Sommer '44. Eines Tages hieß es im Dorf, auf dem Schraderschen Hof sei ein Unglück geschehen. Alle sind sofort hingelaufen. Man sah die eingestürzte Scheune. Schnell hieß es, dass Menschen in der Scheune gewesen sind, dass es sich um Boris und Pawel handelte. Ich versuchte, zur Unfallstelle zu gelangen, doch Schraders, Herr Wettenstedt und Doktor Abels versperrten den Zugang zur Scheune. Ich konnte sehen, wie zwei Holzsärge in die Ruine getragen und wieder nach draußen gebracht wurden. Ich hatte große Mühe, meine Tränen zu unterdrücken und bin in die hinterste Ecke des Dorfes gelaufen, um allein zu sein und stundenlang zu heulen. Am nächsten Tag war ich krank. Erst am übernächsten Tag bin ich zurück zur Arbeit gegangen.

An den Blicken der Wettenstedts konnte ich sehen, dass sie ahnten, warum es mir so schlecht ging. Sie haben kein Wort darüber verloren.

Kurz nach dem Unglück kam das Gerücht mit den Stichverletzungen auf. Es verstummte rasch wieder. Der Bürgermeister und der Dorfarzt versicherten den wichtigen Leuten im Dorf, dass die Geschichte erfunden war und dass man aufhören sollte, darüber zu reden. Hinterher hätte man die Polizei im Dorf, bloß weil jemand behauptete, in Winnigstedt dürften russische Kriegsgefangene Messer tragen. Das zog. Nach dem Krieg wurde die Angelegenheit komplett totgeschwiegen, da wurde ganz allgemein wenig über die Nazijahre geredet, wie du dir bestimmt vorstellen kannst. Ich habe es allerdings nie vergessen. Und du hast recht, ich habe mich nur deswegen all die Jahre um das Grab von Boris und Pawel gekümmert. So lange, wie mein Rücken es zuließ. Bestimmt fragst du dich, was an der Sache mit den Messern dran ist. Ich sage dir, da ist was dran. Doktor Abels hat es Karl gegenüber zugegeben.

Karl war der Einzige, der wusste, dass ich mit Boris zusammen war. Karl wusste alles über mich und er wusste über viele Dinge im Dorf Bescheid. Ihn verband eine Art Hassliebe mit dem Dorfarzt. Abels war kein Nazi, aber er war sehr konservativ. Karl war, wie du weißt, überzeugter Sozialdemokrat. Das trennte die beiden, Schach, Mozart und Rotwein verband sie. Eines Abends, in den späten 50er-Jahren, hatte der Arzt zu viel Rotwein getrunken und plauderte dieses Geheimnis aus. Er erzählte Karl, dass Boris und Pawel sich praktisch gegenseitig erstochen haben. Abels wusste nicht, was der Grund für den Streit war. Karl hingegen ahnte, dass ich der Grund gewesen sein könnte. Das verschwieg er Abels gegenüber.

Jedenfalls lagen, laut Abels' Schilderung, Boris und Pawel tot in der Scheune. Heinz junior fand sie dort und war in heller Aufregung. Er sperrte die Scheune ab und beratschlagte sich mit seinem Vater. Der wiederum zog Wettenstedt und Abels zurate. Gemeinsam beschloss man, nachträglich den Einsturz der Scheune zu inszenieren. Diese Version wollte man im Dorf verbreiten und der Gauleitung melden.

Abels wusste weder, woher Boris und Pawel die Messer hatten, noch konnte er Karl erklären, wie es passieren kann, dass zwei Männer sich gegenseitig erstechen und praktisch zeitgleich sterben. Diesen Umstand konnte sich Karl ebenso wenig erklären. Im Gegensatz zu mir konnte er sich immerhin vorstellen, was bei einem Messerkampf passiert.«

Frau Junker war außer Atem, sie hatte 15 Minuten lang ununterbrochen geredet, ohne zwischendurch einen Schluck Kaffee mit Schuss zu trinken. Das holte sie jetzt nach. Sie verzog das Gesicht, sicherlich war ihr Kaffee kalt geworden. Sie stand auf und setzte wortlos neuen Kaffee auf. Als sie sich setzte, steckte sie sich eine Reyno an. Sie zog ein paar Mal und blickte Helmut in die Augen.

Er fand, dass es an der Zeit war, eine weitere Frage zu stellen. »Sie glauben, dass Schrader den beiden die Messer gegeben hat?«

»Das würde Sinn ergeben. Ich kann mir vorstellen, dass Heinz die beiden gegeneinander aufgehetzt hat. Dass er Boris gegenüber angedeutet hat, ich hätte was mit Pawel. Ich dachte auch eine Zeit lang, dass er Pawel ein schärferes Messer geschenkt hat, um dessen Chancen bei dem Duell zu erhöhen. Er wäre seinen Rivalen los und würde gleichzeitig mich verletzen. Dann dachte ich: Was hätte Heinz gemacht, wenn trotz des schlechteren Messers Boris gewonnen hätte? Er hätte die Gauleitung oder die Wehrmacht informiert und behauptet, dass die Russen die Messer geklaut hätten. Manchmal habe ich mir vorgestellt, dass Heinz sich in der Scheune versteckt hatte, um den Kampf zu beobachten und um ihn gegebenenfalls zu beeinflussen, indem er Boris ablenkt. Oder dass er beide mit eigenen Händen erstochen hat.

Ich war in all den Jahren zwischen '44 und '74 oft davor, Heinz zu fragen. Ich habe es nicht über mich gebracht, er ekelte mich so an. Und er hätte garantiert gelogen.«

»Und was ist am 6. Juli im Dorfkrug vorgefallen, so gegen 22 Uhr? Ich schätze mal, es ist im Flur passiert.« Als er vorgestern Jutta im Flur getroffen hatte, war ihm aufgefallen, dass man dort nur wenige, sehr gedämpfte Geräusche aus dem Gastraum gehört hatte, obwohl über zehn Leute dagewesen waren. Folglich dürfte man im Gastraum ebenso wenig hören, was draußen im Gang geschieht.

»Richtig, dort war es. Ich bin auf die Toilette gegangen, und als ich zurück auf den Gang trete, steht Heinz vor mir und versperrt mir den Weg. Besoffen und schlecht gelaunt.

Er hatte ein paar Mark beim Kartenspielen verloren. Er sagt etwas Schweinisches zu mir, wie so oft, wenn wir unter uns waren. Ich bitte ihn, mich in Ruhe und durchgehen zu lassen. Da packt er meinen Busen und kommt mir mit seiner stinkenden Schnapsfahne ganz nahe. Aus reinem Reflex spucke ich ihm ins Gesicht. Er wischt sich die Spucke aus dem Gesicht, in diesem Moment schiebe ich ihn beiseite und gehe an ihm vorbei. Ich höre ihn sagen …«

6. Juli 1974, gegen 23 Uhr, Winnigstedt Teichstraße / Hauptstraße

Renate sitzt aufgelöst in ihrer Küche und trinkt ein Glas Schnaps, es ist bereits das dritte Glas. Was hat ihr dieser widerwärtige Kerl erzählt? »Na warte, du Schlampe. Das nächste Mal habe ich ein Messer dabei. Dann geht es dir wie deinem Boris.«

Sie ist auf einmal wieder mittendrin, mitten im Sommer 1944. Sie erinnert sich an Boris' misstrauische Blicke. War er tatsächlich eifersüchtig auf Pawel? Glaubte er wirklich, dass sie nun auch etwas mit Pawel hatte? Er hat das Thema niemals angesprochen, doch für derart komplexe Gespräche war sein Deutsch letztlich sowieso zu schlecht.

Hat Heinz die beiden auf diese Weise gegeneinander aufgehetzt? Natürlich hat Heinz damals die ganze Zeit über nur so getan, als würde er Boris und Pawel mögen. In Wahrheit hasste er sie. Er hasste sie, weil sein Vater die beiden mochte. Er hasste sie, weil Boris und Pawel charmant und gutaussehend waren und ihnen die Mädchenherzen zuflogen. Er hasste sie, weil sie Russen waren und er ein verdammter Rassist.

Plötzlich hat Renate eine Vision. Sie sieht Heinz, wie er sich in der Scheune versteckt und Boris und Pawel heimlich bei ihrem Kampf zuschaut. Wie Boris Pawel tödlich trifft und erschrocken auf das blutende, sterbende Opfer hinabblickt. Wie er sich bückt und seinen Kameraden in den Arm nimmt und umgehend seine Tat bereut. Wie sich Schrader unbemerkt anschleicht, Pawels Messer nimmt und es Boris ins Herz rammt. So klingt es endlich plausibel! Wie hätten sich die beiden gegenseitig die Messer ins Herz rammen sollen?

Sie muss Schrader unbedingt zur Rede stellen, um die Wahrheit zu erfahren. Jetzt. Darum geht sie zurück zum Dorfkrug. Kurz bevor sie ihr Ziel erreicht, sieht sie, wie Schrader aus der Tür kommt und in ihre Richtung torkelt. Er ist offensichtlich sturzbetrunken. In diesem Zustand kann sie kein vernünftiges Wort mit ihm reden.

Sie beschließt, zunächst zu warten. Höchstwahrscheinlich geht Heinz schnurstracks nach Hause, vielleicht lässt ihn der Spaziergang ein wenig nüchterner werden. Sie kann ihm folgen und dann entscheiden, ob sie ihn anspricht oder die Angelegenheit auf morgen verschiebt.

Sie weicht zurück und presst sich an die nächste Hauswand. Rückwärts schleicht sie, weiterhin an die Wand gedrückt, bis zur nächsten Hofeinfahrt, die zum Glück offensteht. Dort versteckt sie sich und wartet, bis Schrader den Hof passiert hat. Dann geht sie hinter Schrader her, lässt dabei einen Abstand von knapp 50 Metern. Sie hält sich im Schatten der Hauswände und huscht schnell unter den Straßenlaternen durch.

Doch Schrader geht stur geradeaus, ohne sich ein einziges Mal umzudrehen. Er wankt, krümmt sich ab und zu, fasst sich alle paar Meter in den Schritt, einmal mehrere Sekunden lang, als würde er an seinem Penis herumfummeln.

Sie muss einige Male stehenbleiben, um den Abstand zu halten, denn der Bauer geht äußerst langsam. Sie erschrickt, als Schrader unvermittelt stehenbleibt und sich erneut krümmt.

Dann erreicht er die Brücke über den Tiefenbach. Er biegt nach links auf die alte Bahntrasse ab, deren Schienen dort unverändert liegen, obwohl die Bahnlinie seit Jahren stillgelegt ist. Er tapst unbeholfen durch die Dunkelheit.

Sie vermutet, dass Heinz sich erleichtern muss, dass er die paar Hundert Meter bis zu seinem Hof nicht mehr schafft, ohne sich in die Hose zu machen. Zu viel Bier. Wie üblich. Sie steht 20 Meter entfernt und ekelt sich bei dem Gedanken, jeden Moment sein Wasserlassen anhören zu müssen. Sie schüttelt sich. Dabei fällt ihr Blick nach unten und bleibt an einem faustgroßen Stein kleben, der von einem kleinen Restlicht der Straßenlaterne beschienen wird. Wie inszeniert. Sie bückt sich instinktiv und schnappt sich den Stein.

In diesem Moment rutscht Schrader aus und fällt hin. Er will sich gerade aufrappeln. Da ist sie schon über ihm. Hat die Frage auf den Lippen, was er mit Boris' Tod zu tun hat. Der Stein in der erhobenen Hand soll ihm eine Drohung sein, dass es ihr ernst ist. Doch dann bricht unvermittelt der jahrzehntelange Hass durch und sie schlägt zu, bevor sie fragt und ehe er sich überhaupt zu ihr umdrehen kann. Der Stein saust auf Schraders Kopf. Es knackt. Schrader fällt zur Seite. Sie erahnt mehr seinen entsetzten Blick, als dass sie ihn in der Dunkelheit tatsächlich sehen kann.

Seine Lippen formen die Frage. »Du?«

»Weil du Boris umgebracht hast«, flüstert sie.

Er nickt. Danach regt er sich nicht mehr.

Plötzlich fühlt sie, wie jemand ihren Arm greift. Sie will sich umdrehen und zuschlagen. Zum Glück erkennt sie rechtzeitig die Stimme, die ihren Namen sagt.

»Renate, was hast du getan?«

Es ist Karl, der sich im nächsten Moment über Schrader beugt, dessen Hals berührt, den Kopf schüttelt, der Schraders Taschen durchwühlt, der dessen Brieftasche in der Hand hält und in seine Jacke steckt.

Sie sieht ihm verwundert zu, will etwas sagen. Ihr Freund bedeutet ihr zu schweigen. Er verlangt den Stein. Sie übergibt ihn und Karl schleudert ihn Richtung Tiefenbach. Platschend schlägt er auf das Wasser, dank des endlosen Regens ist der kleine Bach gut gefüllt. Dann nimmt Karl ihre Hand und zieht sie von Schraders leblosem Körper fort.

Sie hetzen durch das scheinbar menschenleere Dorf, sie läuft knapp hinter Karl. Einmal dreht sie sich um und sieht schemenhaft eine Gestalt, fängt einen kurzen Blick ein. Es könnte der junge Jordan sein. Früher ist er rot angelaufen, wenn er mit ihr gesprochen hat. Ob er sie erkannt hat? Während sie überlegt, ist der Junge längst verschwunden. Sie beschließt, diese kleine Episode umgehend wieder zu vergessen. Sie hofft, dass Karl es ähnlich sieht, falls er den Fußgänger ebenfalls bemerkt haben sollte.

Dann sitzen sie in ihrer Küche, Schnapsgläser vor sich. Karl verzichtet auf Zwischenfragen, während er ihre Geschichte hört. Auch er fragt sich seit 30 Jahren, was 1944 auf Schraders Hof tatsächlich geschehen ist und welche Rolle Heinz dabei gespielt hat. Er sieht dessen Andeutung und sein Kopfnicken als Geständnis. Er trinkt schweigend und scheint zu überlegen. Dann skizziert er seinen Plan, den er spontan entworfen hat und dessen Kernstück Schraders Brieftasche ist. Ihr Fehlen soll die Polizei dahingehend deuten, dass Schrader das Opfer eines brutalen Räubers geworden ist. So unglaublich das klingen mag. Hier, in diesem kleinen Dorf.

Die Polizei dürfte dennoch viele Dorfbewohner nach Alibis aushorchen. Da Renate genau wie Schrader im Dorfkrug gewesen ist, liegt es auf der Hand, dass sie befragt werden wird. Selbstverständlich müsse sie in diesem Fall die Begegnung im Gang vor den Toiletten verschweigen. Ebenso, dass Schrader ihr seit über 30 Jahren nachstellt. Das wird die Polizei im ungünstigen Fall von anderen Dorfbewohnern erfahren. Dann müsse man überlegen, was zu sagen wäre. Jetzt geht es erst einmal um ihr Alibi für die Tatzeit, die die Polizei mit Sicherheit rasch herausfinden wird. Was also kann eine 49-jährige Witwe an einem späten Samstagabend machen, wenn sie zu Hause ist? Schlafen oder fernsehen? Schlafen lässt sich unmöglich beweisen; beim Fernsehen sähe es anders aus, sofern man etwas zum Programm sagen kann.

Sie studieren die Hörzu. Renate kennt den Film *Fettaugen*, der um viertel nach elf im ZDF läuft. Das ist eine Wiederholung, sie hat den Film vor zwei Jahren gesehen und kennt den Inhalt in groben Zügen. Das wäre ihr Alibi. Denn in der Fernsehzeitung steht nur wenig zum Inhalt, immerhin werden die Hauptdarsteller aufgezählt.

Und Karl? Wäre er nicht auch verdächtig? Er ist sich bewusst, dass einige der Dorfbewohner, die ihm weniger wohlgesonnen sind, der Polizei gegenüber die alten Konflikte zwischen ihm und Schrader ins Feld führen werden. Bestimmt wird jemand die Geschichte mit der Gestapo aufwärmen. Mit Schraders unbewiesenem Verrat.

Karl hätte kein Alibi. Er ist allein spazieren gegangen. Seine Frau könnte nur bezeugen, dass er bis zur ersten Regenunterbrechung zu Hause gewesen ist. Gegen halb elf und damit kurz vor dem Mord ist er nach draußen gegangen, um wie an jedem Abend eine Runde durchs Dorf zu drehen.

Natürlich würde seine Frau, um ihn zu schützen, behaupten, dass Karl den ganzen Abend über zu Hause geblieben ist und dass sie ohne Unterbrechung mit ihm zusammen war. Doch das würde Karl ihr verbieten. Er kann ihr andererseits nicht die Wahrheit sagen. Er kann ihr somit im Grunde genommen nur eine wenig plausible Erklärung für sein zu langes Fernbleiben liefern. Statt wie ansonsten eine Dreiviertelstunde wird er in dieser Nacht eher anderthalb Stunden unterwegs sein. Mindestens. Er muss sie leider anlügen, ihr von seiner ganz besonderen Stimmung erzählen in dieser trüben Sommernacht. Zur Not muss das Weltmeisterschaftsfinale herhalten. Die Aufregung!

Der Polizei muss Karl dieselbe Lüge auftischen, falls er jemals befragt wird, was er jedoch für unausweichlich hält angesichts der zahlreichen auskunftsfreudigen Dorfbewohner.

Es wäre weder für seine Frau, noch für die Polizei eine besonders gute, eine besonders überzeugende Geschichte.

»Man wird mir ein Motiv nachsagen und mir das fehlende Alibi vorhalten«, fasst Karl nach dem dritten Schnaps seine Aussichten zusammen. »Aber ich habe ein Ass im Ärmel!« Karl hebt seine verkrüppelte rechte Hand.

Sie sieht ihn verständnislos an.

»Wenn die Polizei einen einigermaßen tauglichen Rechtsmediziner in ihren Reihen hat, findet der heraus, dass Heinz von einem Rechtshänder erschlagen wurde. Da scheide ich zum Glück aus.« Er lächelt sie an.

Sie beschließt, sich an diese vage Hoffnung zu klammern. Schlimm genug, dass ich einen Menschen umgebracht habe, denkt sie. Jetzt ziehe ich auch noch meinen besten Freund mit in diese Sache hinein. In diesem Moment beschließt sie, sich der Polizei zu stellen, wenn es hart auf hart kommt. Davon erzählt sie ihrem Freund freilich nichts. Ihn schickt sie nach Hause zu seiner Frau.

Sie trinkt vor dem Zubettgehen einen letzten Schnaps und fällt in einen unruhigen Schlaf.

KAPITEL 19

19. Juli 2014, nachmittags

»Auf Ihren Freund konnten Sie sich wahrhaftig verlassen, Frau Junker.« Helmut lehnte sich zurück, glücklich, das Ende des Tunnels gefunden zu haben. Die schemenhaften Gestalten, die durch das nächtliche Dorf gehetzt waren, das waren Renate Junker und Karl Liedke gewesen. Er hatte die beiden in der Mordnacht tatsächlich gesehen (und war seinerseits von Frau Junker gesehen worden), ohne sie zu erkennen, weil er mit seinen Gedanken bei Elke gewesen war. Deshalb hatte er diese Beinahe-Begegnung umgehend vergessen und sie Kommissar Albrecht gegenüber niemals erwähnt. Eventuell wäre sonst alles anders gekommen? Anders, aber auch besser?

»Ja, auf Karl war Verlass.« Frau Junker schloss für einen Moment die Augen und dachte wahrscheinlich an ihren verstorbenen Freund.

»Er wusste, dass man herausfinden würde, dass Schrader von einem Rechtshänder umgebracht wurde.« Er war einmal mehr beeindruckt von diesem Karl Liedke. Als junger Mann hatte er nicht einschätzen können und wollen, was dieser Mensch geleistet hatte. Aktiver Widerstand gegen das Naziregime, das konnten sich nur wenige an die Fahne schreiben. Und 30 Jahre später begab Karl sich freiwillig ins Visier der Kripo, um seine Freundin zu schützen. Wer weiß, was passiert wäre, wenn der Pathologe an Jimmy Connors' einhändige, durchgezogene Rückhand gedacht hätte? Die es laut David allerdings nie gegeben hatte. Egal. Die Sache hätte für Karl durchaus komplizierter verlaufen können. Zum Glück ging es gut aus.

Da schlagen wieder diese beiden Herzen in meiner Brust, dachte er. Warum nehme ich jemanden in Schutz, der Beihilfe zum Mord geleistet hat? Mindestens Beihilfe. Da käme noch allerhand hinzu. Bei einem strengen Richter hätte sich Karl viele, viele Jahre im Knast eingefangen.

»Ja, mir wurde das erst bewusst, als der Kommissar mir den Stift zugeworfen hat.« Frau Junker hatte längst den frischen Kaffee geholt und beiden die Tassen gefüllt.

»Er war clever. Wobei ich mich frage, was ihn davon abgehalten hat, Sie zu überführen. Albrecht war auf der richtigen Spur!« Helmut hatte es längst aufgegeben, sich den Korn selbst in die Tasse zu füllen, er ließ Frau Junker gewähren.

»Ich denke, dass er es durchaus versucht hat. Ich sollte ihm schließlich diesen Stift zurückgeben. Da zieht er sich schnell Handschuhe über und steckt den Stift in einen Beutel.«

»Damit hatte er Ihre Fingerabdrücke. Clever. Es war aber für die Katz. Aus den Akten, die ich habe, geht hervor, dass man auf dem Stein, also der Mordwaffe, keine Fingerabdrücke identifizieren konnte. Deshalb war der Stift für Albrecht unbrauchbar. Ich denke, dass er einen konkreten Anfangsverdacht hatte. Er wollte aber zunächst still und heimlich Indizien sammeln und dann mit großem Tamtam die Lösung präsentieren. Als das fehlschlug, hat er einfach alles unter den Tisch fallen lassen und offiziell den Raubmord als einzige Lösung präsentiert. Wirklich geschickt.«

Geschickt war auch Helmut gewesen, als er vorhin das Haar und die Zigarettenkippe eingetütet hatte. Er kam sich wegen dieser Aktion jedoch mittlerweile ziemlich hinterhältig und schäbig vor. Und das einer 89-jährigen Dame gegenüber, die er als Junge bewundert hatte. Und die ihm jetzt gerade ihr Herz ausgeschüttet hatte. Nach 40 Jahren! Trotzdem hatte er seine beiden Beutel eingesteckt! Wenigstens war es mittlerweile vollkommen ausgeschlossen, dass er heute, mit knapp drei Tassen Kaffee mit Schuss im Blut, nach Braunschweig fahren würde.

Und morgen? Morgen war auch noch ein Tag! Behauptete eine Roman- und Filmheldin, für die Frau Junker anscheinend einiges übrighatte. Oder übermorgen …

»Und was wird jetzt aus mir?«

Diese Frage kannte er nur allzu gut. Zuletzt hatte ihn Kalle Neubauer dasselbe gefragt. Das war am Rosenmontag gewesen. Anfang März. Er hatte Kalle wenige Minuten zuvor des Mordes (na ja, der fahrlässigen Tötung) an Hanno Ackermann überführt.

Er hasste es, seine Freunde und Bekannten des Mordes zu überführen. Er hätte eben nicht Polizist werden dürfen.

So ein Quatsch! Natürlich hatte er Polizist werden dürfen und sollen. Und wollen!

Doch warum ging es jetzt ausgerechnet darum, eine fast 90-jährige Frau zu verhaften, die vor 40 Jahren allen Grund hatte, einem Arschloch einen Stein auf den Hinterkopf zu knallen?

Nein, nein, das waren die absolut falschen Gedanken! Er musste Mörder überführen. Er musste für Gerechtigkeit sorgen.

Halt, nein: für Recht! Die Sache mit der Gerechtigkeit hatte sich im Sommer 1974 erledigt.

Wieder dachte er an die Kippe und das Haar in seiner

Jackentasche. Zum Glück konnte er heute nicht mehr nach Braunschweig fahren.

Seine beiden Herzen kämpften miteinander und seine Gedanken drehten sich im Kreis, und da saß diese alte Dame und wartete auf seine Antwort. »Ich muss darüber nachdenken, Frau Junker.« Und er musste mit Lisa, David und Jonas sprechen. Vor allem mit Lisa, die sich die Aufklärung dieses Falles an ihr Revers heften konnte. Auch David würde den Erfolg gern für das Team und damit für sich verbuchen. Er war bekanntlich extrem ehrgeizig. Selbst der weitaus weniger ambitionierte Jonas könnte darauf bestehen, die Sache weiterzuverfolgen. Immerhin war es ursprünglich seine Idee gewesen, die alten Fälle aufzurollen. Die drei würden aber hoffentlich akzeptieren, dass es vollkommen abwegig war, die alte Frau vor ein Gericht zu zerren. Nach 40 Jahren!

»Tu, was du tun musst, Helmutchen. Du bist Polizist und musst für Recht und Ordnung sorgen.« Frau Junker holte Atem, bevor sie fortfuhr. »Erinnerst du dich an vorhin, als ich dir sagte, dass ich dich mehr oder weniger erwartet habe? Aber nicht wegen diesem Ekel.«

»Sondern?« Das hatte er ganz vergessen.

»Wegen Elke!«

»Elke?« Ihm sauste die Kinnlade herunter, das traf ihn unvermittelt. Dabei hatte er erst vorhin an Elke gedacht.

»Elke Marchowitz! Du Erinnerst dich doch an sie, oder?« Frau Junker nippte an ihrer vierten Tasse Kaffee mit Korn.

Er war noch immer bei der dritten Tasse, die aber so gut wie leer war. »Natürlich erinnere ich mich. Haben Sie sie etwa gesehen?«

»Zuletzt vor 40 Jahren.«

»Genau wie ich.«

»Und wie ihre Eltern«, vervollständigte Frau Junker. »Du musst wissen, ich bin seit Langem mit Elkes Mutter befreundet. Beate hat im Frauenchor gesungen. Nachdem die Familie weggezogen war, haben wir uns regelmäßig Briefe geschrieben und miteinander telefoniert. Zweimal habe ich sie in Hannover besucht. Beate hat nie verstehen können, warum Elke vor 40 Jahren weggegangen ist. Das hätte man doch alles regeln können, auch das mit der Schwangerschaft. Meint sie und ich meine es ebenfalls. Du hattest ja auch einen Abschiedsbrief von Elke bekommen, aus Holland, oder? Das hat Beate mir erzählt. Sie hatte mit dir darüber gesprochen, oder?«

Er nickte. »Wir haben uns ein paar Monate, nachdem wir die Abschiedsbriefe bekommen haben, in Winnigstedt getroffen. Elkes Eltern und ein paar weitere Verwandte sind gekommen, um die Wohnung aufzulösen. Ich habe mich aber nur mit Frau Marchowitz getroffen. Ihr Mann wollte mich partout nicht sehen. Er hat ausschließlich mir die Schuld gegeben, an der Schwangerschaft und am Verschwinden seiner Tochter. Seine Frau sah das differenzierter. Vor allem hat sie mir geglaubt, dass ich unser Kind liebend gern behalten und für die beiden gesorgt hätte.« Wie dann sein Leben verlaufen wäre? Bestimmt wäre er Maler geblieben, um genügend Geld für die Familie zu verdienen. Fast hätte er bei diesem Gedanken laut geseufzt. Im letzten Moment hielt er sich davon ab und sprach stattdessen weiter. »Elke fühlte sich wohl zu jung, um Mutter zu werden, sie wollte das Kind in Holland abtreiben lassen und von vorn beginnen. Sie hat ihr altes Leben, Winnigstedt und alles, was damit zusammenhängt, mich eingeschlossen, zurückgelassen.

Im wahrsten Sinne des Wortes. Ihre Mutter meinte, dass Elke wirklich nur das Nötigste mitgenommen hat. Zwei Koffer. Die Eltern haben bei der Wohnungsauflösung viele persönliche Dinge von Elke gefunden, die sie in Kartons verpackt haben, um sie in Hannover auf dem Speicher zu lagern – für den Fall, dass Elke eines Tages zurückkehrt.« Er schluckte kurz. »Haben Sie weiterhin Kontakt zu Elkes Mutter?«

»Sehr sporadisch. Ab und zu eine Karte zum Geburtstag oder zu Weihnachten. Allerdings habe ich kürzlich mit Beates Enkelin gesprochen, der jüngsten Tochter von Elkes Schwester Hannelore. Sie heißt Julia und ist Mitte 20. Julia war die Erste, die auf die Idee gekommen ist, einen gründlichen Blick in diese Kartons zu werfen, von denen du gerade sprachst. Die standen unverändert auf dem Speicher und warteten auf Elkes Rückkehr. Denn, wie gesagt, ihre Eltern haben seit dem Sommer 1974 nie wieder von ihr gehört. Elke ist dennoch ein Teil der Familie geblieben. Sie lebte in den Geschichten fort, die man sich so auf Familientreffen erzählt. So wurde Julia auf ihre verschollene Tante aufmerksam. Eines Tages stöberte sie in den Kartons. Sie fand Schallplatten, Kleidung, Bettwäsche, Handtücher, ein Radio, einen Plattenspieler, Kosmetikartikel, Vasen, Geschirr und Besteck, dazu jede Menge Bücher: Romane sowie Elkes Tagebücher.«

»Tagebücher?« Er stellte die Kaffeetasse, nach der er gerade gegriffen hatte, zurück auf den Tisch. »Elke hat Tagebuch geführt? Das höre ich zum ersten Mal.«

»Eine Frau erzählt ihrem Mann niemals alles. Das müsstest du mittlerweile wissen. Ganz zu schweigen von einem Tagebuch, in dem sie all ihre ganz persönlichen, manchmal intimen Dinge ausbreitet. Das soll überhaupt niemand zu lesen bekommen.«

»Und Julia?«

»Da war die Neugier wohl größer als der Respekt vor den Geheimnissen der Tante. Zu Julias Verteidigung sollte man anführen, dass sie davon ausging, dass Elke ihre eigenen Aufzeichnungen eher unwichtig waren. Andernfalls hätte sie ja 1974 die Tagebücher mitgenommen.«

»Ja, das ist verwunderlich, dass sie diese Bücher zurückgelassen hat. Hat Julia Ihnen denn erzählt, was sie darin gelesen hat?«

Frau Junker steckte sich eine neue Zigarette an. »Ganz wenig. Sie hat mir aber die Bücher gebracht.«

»Die Bücher sind bei Ihnen?« Er schnappte sich erneut die Tasse, diesmal trank er sie leer.

»Ja, als Kopien. Ich hatte zunächst gedacht, dass du deswegen kommst!«

»Wie gesagt: Ich höre zum ersten Mal davon.«

»Ich hätte gedacht, dass Fritz es dir erzählt hat.« Frau Junker schielte in seine Tasse, sah, dass sie leer war und füllte, ohne zu fragen, Kaffee und Korn nach.

»Fritz?« In seinem Kopf materialisierte sich das Bild eines Rennrads, das an einer Mauer lehnte. Eddy Merckx' Rad!

»Ja, dein alter Freund Fritz!«

»Woher weiß denn Fritz von diesen Büchern?« Ihm wurde heiß, bevor er den frischen, verführerisch duftenden Kaffee überhaupt anrührte.

»Von Julia.«

»Fritz war letzten Sonntag bei mir. Da habe ich ihn zum ersten Mal seit 40 Jahren wiedergesehen. Von einer Julia oder von Elkes Tagebüchern hat er mir nichts erzählt.« Im Gegenteil: Fritz hatte ihn nach Elke gefragt!

»Komisch. Warum war er denn hier?«

»Er wollte mit mir in meinen 60. Geburtstag hineinfeiern. Er hat sich dummerweise bezüglich des Datums um zehn Tage geirrt.« Wie üblich!

»Das wird ja immer seltsamer. Am besten rufst du ihn an und fragst ihn, ob Julia mit ihm gesprochen hat.«

»Aber warum will diese Julia ausgerechnet Fritz erreichen?« Natürlich ahnte er es und wusste, dass seine Frage an Masochismus grenzte.

»Julia hat mir Folgendes erzählt: Nachdem sie die Tagebücher gelesen hat, war sie überzeugt, dass Fritz im Sommer 1974 Elkes Freund war und dass die Sache mit dir beendet war. Julia hat allerdings die Schwangerschaft und die Abtreibung mit keiner Silbe erwähnt, was mich im Nachhinein wundert. Elke hat scheinbar nichts darüber geschrieben. Oder Julia wollte mich damit verschonen.«

Er stöhnte kurz auf, als er diese Worte hörte.

Frau Junker biss sich auf die Lippen. »Was ist los, Helmutchen?«

»Aus meiner Sicht waren wir noch zusammen.« Seltsam, dass ihm diese Unwahrheiten so locker über die Lippen kamen. Der Schnaps? Da fiel das Lügen leichter. Leichter auf jeden Fall, als der alten Jungendliebe gegenüber zuzugeben, dass man seit 40 Jahren ahnte, dass der beste Freund und die Freundin eine Affäre hatten.

»Dann wäre das wohl der Grund, warum Fritz dir gegenüber die Tagebücher verschwiegen hat. Oh, oh, das klingt ja schlimm. Zum Glück ist das 40 Jahre her.« Frau Junker genehmigte sich einen weiteren Schluck.

Das alles wirkte so absurd, doch selbst nach diesen 40 Jahren traf es ihn wie ein heftiger Schlag in den Unterleib. Elke, Fritz, Julia, die Tagebücher, die Schwangerschaft. War es denn überhaupt sein Kind? Wäre es sein Kind gewesen? Er versuchte, sich zu sammeln, er musste mehr erfahren. »Warum hat Julia sich ausgerechnet bei Ihnen gemeldet?«

»Julia wollte unbedingt Fritz kennenlernen. Sie kannte aus dem Tagebuch allerdings bloß den Vornamen. Beate hatte Fritz' Nachnamen vergessen. Sie hat ihrer Enkelin empfohlen, dass sie sich an mich wendet. Ich war viele Jahre lang Gemeindesekretärin, wie du weißt. Deswegen hat Julia bei mir angerufen. Dank meiner Hilfe hat sie Fritz ausfindig gemacht. Was bei einem eher gewöhnlichen Namen wie Fritz Tiedemann in einer Großstadt wie Berlin durchaus knifflig war. Ich konnte mich zum Glück erinnern, dass Fritz Lehrer werden wollte. Und weil ich ihr geholfen habe, hat sie versprochen, mich zu besuchen und mir die Tagebücher zu kopieren. Julia wohnt in Hannover und wollte auf ihrer Fahrt zu Fritz bei mir reinschauen. Winnigstedt liegt ja fast auf dem Weg nach Berlin, nur ein kleiner Schlenker. Sie kam dann wirklich vorbei und hat sich mit mir unterhalten und mir die Kopien gegeben. Ich wollte mir das nicht durchlesen, das ist mir zu privat. Ich wollte es aber für dich aufheben.«

»Wann war Julia denn bei Ihnen?« Helmuts Kopf drohte zu platzen. Auf diese Weise die Wahrheit zu hören, das war ganz starker Tobak. Und der erste Mensch, der diese Wahrheit erfahren hatte, war eine vollkommen fremde Frau namens Julia gewesen.

»Das muss so vor drei Wochen gewesen sein.«

»Und danach wollte sie zu Fritz nach Berlin?«

»Ja, sie hat da Freunde, die sie besuchen wollte. Sie hatte zuerst mit Fritz telefoniert, wenn ich mich richtig erinnere, und ein Treffen vereinbart. Ich kann dir aber nicht sagen, ob es stattgefunden hat.«

»Können Sie mir denn diese Kopien geben, Frau Junker?« Tief in sich sträubte er sich gegen diese Frage und gegen diese Tagebücher. Doch er wusste, dass er diese Eintragungen mit eigenen Augen lesen musste – um endlich mit diesem Kapitel seines Lebens abschließen zu können.

»Na, auf diese Frage warte ich die ganze Zeit!« Frau Junker stand leicht wankend auf und verschwand kurz aus der Küche, um mit einem Päckchen in der Hand zurückzukommen. Sie hatte »Für Helmutchen« auf das Packpapier geschrieben. Natürlich.

»Und das nächste Mal kommst du, um mich zu verhaften?« Frau Junker hatte ihn zur Tür gebracht, um sich von ihm zu verabschieden.

Er schüttelte den Kopf. »Wie gesagt: Ich muss darüber nachdenken.«

Die vier Tassen Kaffee mit Korn zeigten Wirkung. Er musste sich beim Gehen konzentrieren, um die Spur zu halten. Darauf würde er künftig verzichten: nachmittags Schnaps zu trinken.

Nur eine Stunde später sollte er sich zurück in Frau Junkers Küche wünschen, auf dem Tisch die nächste Tasse.

6. Juli 1974, gegen 22.30 Uhr, mit dem Auto durch Winnigstedt

Dieses Luder!

Wütend pfeffert er die leere Bierflasche aufs Feld. Er weiß, mit jeder Flasche wird sie mehr zum Luder. Nach drei, vier Flaschen ist sie ein kleines Luder, das ihn zum Lächeln bringt. Nach acht, neun Flaschen ist sie ein geiles Luder, das er am liebsten sofort nehmen würde. Nach drei, vier weiteren Flaschen ist sie ein durchtriebenes Luder, dem er ein paar mit der Gerte geben möchte.

Er hat jetzt sechs Flaschen intus, macht die siebte auf und möchte sie vor allem – sehen. Jetzt. Angeblich hat sie Besuch von einer Freundin. Oder sie ist zu Besuch bei einer Freundin? Er hat es vergessen. Dabei müsste er dringend mit ihr sprechen. Für ihn ist diese Sache mitnichten erledigt. Geld für eine Abtreibung in Holland! Was, wenn er das Kind behalten möchte?

Manchmal möchte er. Das Kind. Sie. Obwohl sie nicht seinem Stand entspricht. Ein Flüchtlingskind aus Schlesien! Wenn das Vater wüsste!

Wenn du mir kein Geld für die Abtreibung gibst, wird bald jeder im Dorf wissen, dass das Kind von dir ist! Stell dir vor, es sieht aus wie du! So ähnlich hat sie es ausgedrückt. Das ist eigentlich Erpressung!

Selbst in diesem Moment hat er davon geträumt, zwischen ihren prallen Brüsten zu versinken. Genau wie jetzt. Er setzt sich in sein Auto und fährt durch das menschenleere Dorf, die Augen starr geradeaus, eine Hand am Steuer, die andere hält die Bierflasche fest. Die wenigen Kurven schafft er einhändig.

Endlich ihr Haus. Er blickt hinauf zu ihrem Fenster. Vollkommen dunkel. Ist die Freundin weg? Oder treffen sie sich bei dieser Freundin? Er hat es schlichtweg vergessen. Er beschließt, rüberzugehen und zu klingeln. Gerade will er aussteigen, als er das Fahrrad sieht, dessen Hinterrad gerade noch vom Licht der Straßenlaterne erfasst wird. Es lehnt dort an der Wand, neben der Haustür, mit einem riesigen Schloss an ein Rohr gekettet.

Dieses Fahrrad gibt es im Dorf nur einmal. Dass es hier steht, kann eigentlich nur bedeuten, dass er mit seinen Vermutungen die ganze Zeit über richtiggelegen hat. Von wegen »Freundin«.

Luder!

KAPITEL 20

19. Juli 2014, abends

»Elke Marchowitz' Tagebuch, Band 1« stand auf dem ersten Buch, das Helmut in den Händen hielt. Er hatte es sich auf dem Sofa bequem gemacht und eine Flasche Bier vor sich stehen.

Elke hatte mit sieben Jahren begonnen, Tagebuch zu führen. Vielleicht würde er eines Tages die Eintragungen aus Elkes Grundschulzeit lesen, heute war er vor allem neugierig auf die Zeit, die er gemeinsam mit ihr verbracht hatte. Zu diesem Zweck musste er bis zu Band 5 vorblättern, der mit dem Frühjahr 1969 begann. Am 6. Juni 1969 erwähnte ihn Elke erstmals.

»Im Schulbus sitzt jetzt immer dieser Junge ein paar Reihen hinter mir. Er sieht die ganze Zeit auf meinen Kopf. Er denkt, ich sehe das nicht. Ich habe allerdings diesen kleinen Spiegel, um mir den Lippenstift nachziehen zu können, und darin sehe ich ihn. Helmut heißt er. Wohnt in der Teichstraße. Er geht auf die Hauptschule. 9. Klasse. Er wird dieses Jahr fertig sein mit der Schule und eine Lehre beginnen. Seine Augen sind ganz süß. Ich denke, er ist verknallt in mich. Ich aber nicht in ihn.«

Anschließend schreibt Elke erst am 31. August 1970 wieder über ihn.

»Übermorgen werde ich 15! Dann lassen mich meine Eltern endlich abends vor die Tür. Ich darf sogar zu Feten gehen. Die Älteren feiern ja fast jedes Wochenende. Hoiers, die mit der Gärtnerei und wo der Mann Bürgermeister ist, haben einen Partykeller. Atze, der Sohn (wie heißt der eigentlich richtig? Der kann ja unmöglich ›Atze‹ heißen!), darf da rein, wann immer er will. Übernächstes Wochenende feiert er, weil er seit 1.000 Tagen mit seiner Freundin zusammen ist. Eine lustige Idee! Er hat mich eingeladen. Das ist nett. Außer Atzes Freundin Lydia kenne ich niemanden aus dieser Clique. Ich glaube aber, dieser Helmut aus der Teichstraße ist mit Atze befreundet. Der kommt garantiert. Mal gucken, ob der auch sprechen oder ob er bloß glotzen kann.«

Erst am Tag nach dem Fest, am 14. September 1970, schrieb Elke wieder etwas auf.

»Herrje, jetzt ist es also passiert! Das erste Mal auf einer Party und prompt hat man einen Freund am Hacken. Er war um zehn der einzige Typ, der halbwegs nüchtern war und mir nicht den ganzen Abend auf den Po oder den Busen gestarrt hat. Echt ätzend. Dabei hatte ich extra was Unauffälliges angezogen. Eine lange Jeans und ein weites weißes T-Shirt. Das mit dem Smiley drauf. Anders hätten mich meine Eltern abends wohl kaum aus dem Haus gelassen. Die machen ja schon Theater, wenn ich für die Schule Hot Pans anziehe. Na ja, dieser ehemalige Hauptschüler, neuerdings ein Malerlehrling, benahm sich anders. Ich meine Helmut. Der glotzte wie üblich, aber er glotzte in mein Gesicht. In meine Augen. Und er kann wirklich sprechen. Ganz nett sogar. Und er war ziemlich nüchtern, wie gesagt. Deshalb ließ ich es zu, dass er Cola-Whisky für uns beide holte. Wir stießen an und dann fiel dieser Begriff ›Brüderschaft trinken‹. Na meinetwegen, dachte ich. Da küsst man sich zwar, aber egal! Eigentlich ja ohne Zunge und so. Na ja, aber irgendwann muss ich ja auch mal damit anfangen. Einer muss ja der Erste sein! Dann also dieser Malerlehrling! Er weiß jetzt, wie sich meine Zunge und mein Busen anfühlen und ich weiß so ungefähr, wie sich ein steifes Glied anfühlt, wenn die Jeans dazwischen ist. Erste sexuelle Erfahrungen. Ganz ohne Doktor Sommer. Gehe ich jetzt eigentlich mit ihm?«

Diese Frage beantwortete Elke am 19. September 1970.

»Ja, ich gehe mit ihm, und jetzt kenne ich sein Zimmer, aber nicht sein Bett.«

Das sollte sich ändern, am 11. Oktober 1970.

»So, jetzt kenne ich sein Bett, und ich weiß, wie sich sein steifes Glied ohne Jeans dazwischen anfühlt, in mir drin, und ich weiß, wie das erste Mal ist. Wieder ohne Doktor Sommer! Es ist irgendwie komisch. Mal gucken, wie es nach dem zweiten Mal ist.«

In den folgenden Monaten gab es regelmäßige Einträge, die sich auf die Freundschaft zu ihm bezogen. Alle Einträge vermittelten den Eindruck, dass Elke zu dieser Zeit sehr glücklich gewesen war, auch in sexueller Hinsicht, denn sie fand es gut, zusammen mit ihm »ab und an mal was Neues auszuprobieren.« Sie beschrieb das gemeinsame Picknick nach ihrer Abschlussfeier in der Schule, inklusive der darauffolgenden Stunden in seinem Bett, sowie ihre erste gemeinsame Nacht jeweils über eine ganze Seite. Er konnte sich gut an beide Begebenheiten erinnern. Verwundert las er jetzt allerdings, dass Elke sich in dieser Nacht mehrere Male selbst befriedigt hatte, »nachdem Helmut nicht mehr konnte und eingeschlafen war.«

Ansonsten widmete Elke ihrem letzten Schuljahr an der Realschule in Schöppenstedt und dem Beginn ihrer Ausbildung zur Rechtsanwalts- und Notargehilfin großen Raum. Mitten im ersten Lehrjahr stand plötzlich der Umzug ihrer Eltern an. Elkes Entscheidung fiel am 2. April 1972.

»Ich bleibe! Meine Eltern und meine Schwester ziehen ohne mich nach Hannover. Ich will bei Conradi bleiben. Ich kriege eine Wohnung in Winnigstedt. Helmut soll auf mich aufpassen.«

Am 9. Oktober 1972 erwähnt Elke erstmals Fritz.

»Helmuts Freund Fritz, das ist ja ein ganz Schlauer. Ich glaube, der kennt den Willy Brandt persönlich.«

Nach diesem harmlosen Eintrag verschwindet Fritz vorübergehend aus dem Tagebuch, während die Sache eine plötzliche und sehr üble Wendung nimmt, nämlich mit dem Eintrag vom 18. Dezember 1972.

»Geoffrey, Geoffrey, Geoffrey, Geoffrey, Geoffrey und noch mal Geoffrey! Was für ein Name! Ich hoffe, dass ich ihn richtig schreibe. So hat er ihn jedenfalls buchstabiert:

G-E-O-F-F-R-E-Y. Er hat mir seinen Dienstgrad genannt. Habe ich vergessen. Alles andere werde ich niemals vergessen. Geoffrey, Geoffrey, Geoffrey, Geoffrey, Geoffrey ist 25 und er kennt sich aus. Er weiß, was Frauen mögen. Was ich mag und bisher nicht wusste, dass ich es mag. Das behalte ich aber für mich, liebes Tagebuch. Das war jedenfalls die schönste Weihnachtsfeier aller Zeiten. Gut, dass wir Mädels hinterher in diese Kneipe gegenüber von der Schauburg gegangen sind, wo sich die Tommies treffen und besaufen. Darunter Geoffrey, Geoffrey, Geoffrey, Geoffrey, Geoffrey. Auch am nächsten Morgen, frisch geduscht und nüchtern, wusste er, was ich dringend brauche. Das ist wieder nichts für dich, liebes Tagebuch. Tut mir leid! Bis April ist er in Wolfenbüttel stationiert. Ich weiß ja, wo ich ihn finde, sagt er. Oh ja, das weiß ich. Geoffrey, Geoffrey, Geoffrey, Geoffrey, Geoffrey und noch mal Geoffrey!«

Tatsächlich hatte sich Elke bis April 1973 regelmäßig mit diesem englischen Soldaten getroffen, der offenbar eine Wohnung außerhalb der Kaserne besessen hatte, und fleißig darüber geschrieben, weiterhin, ohne Details zu nennen. Sie hatten sich immer dann getroffen, wenn Elke Helmut gegenüber behauptet hatte, sie träfe sich nach der Arbeit mit ihren Freundinnen. Das stand wortwörtlich im Tagebuch. Er musste kräftig schlucken, als er diese Stellen las; er selbst geriet in diesen Wochen zu einer Randerscheinung, so am 30. März 1973.

»Scheiße, in ein paar Wochen geht Geoffrey, Geoffrey, Geoffrey, Geoffrey, Geoffrey zurück nach seinem Scheiß-Sheffield in seinem Scheiß-England. Mir wird was fehlen, mein liebes Tagebuch, das glaube mal. Schon jetzt tut es weh, wenn ich nur daran denke. Du fragst nach Helmut? Der besorgt es dir doch auch, sagst du? Dann geh mal zu Geoffrey, Geoffrey, Geoffrey, Geoffrey, Geoffrey und kehr danach zu Helmut zurück. Ja klar, ein oder zweimal habe ich versucht, ihn Sachen machen zu lassen, die Geoffrey, Geoffrey, Geoffrey, Geoffrey, Geoffrey macht. Er hat überhaupt nicht geschnallt, was ich von ihm will. Ich sag dir, liebes Tagebuch, lass es den guten alten Helmut missionarisch machen und fertig. Ich lasse das über mich ergehen und fertig. Ich habe ja meinen Geoffrey, Geoffrey, Geoffrey, Geoffrey, Geoffrey. Geiles Luder nennst du mich? Ja, bin ich. Bin ich gerne. Was ich noch von Helmut will? Puh, gute Frage. Ich mag ihn ja, ich mag seine süßen Augen und von Zeit zu Zeit lasse ich mich halt gerne missionieren.«

Er versuchte, sich daran erinnern, ob Elke jemals versucht hatte, neue sexuelle Praktiken mit ihm auszuprobieren. Oder war das tatsächlich zu abstrakt für ihn gewesen? Es stimmte schon, dass er sich, praktisch sein Leben lang, grundsätzlich mit ein wenig Vorspiel und der sogenannten Missionarsstellung zufriedengegeben hatte. Sex war wichtig für ihn gewesen, sowohl mit Elke als auch mit Marianne (die einzigen Frauen, mit denen er je geschlafen hatte), aber es gab für ihn wichtigere Dinge in einer Beziehung. Elke hatte das scheinbar anders gesehen und er hatte nichts davon bemerkt. Und es war noch schlimmer gekommen, wie er jetzt lesen musste. Am 5. Mai 1973 treten nämlich neue Mitspieler auf.

»Geoffrey, Geoffrey, Geoffrey, Geoffrey, Geoffrey ist endgültig weg. Ich habe aber schnell einen Nachfolger gefunden. Es ist ein Mandant von Herrn Conradi. Ein reiferer Herr, dessen Namen ich lieber verschweigen möchte. Ich nenne ihn deshalb einfach R, R wie reif. R schenkt mir Sachen, Schmuck und Parfum und so Zeugs. Er würde mir sogar Geld geben, schätze ich. Dann käme ich mir aber vor wie ein Flittchen, eine, die es für Geld macht. Na ja, mit den Geschenken ist es auch fast so, wie bezahlt zu werden. Und irgendwann hat man ja genug Ohrringe, Chanel und so. Obwohl, es gibt mehr als Chanel, man kann jeden Tag anders duften, wenn man will. Ich sollte dem J (den kürze ich auch mal ab; alles andere wäre bei dem ätzenden Kerl eh vergebene Liebesmüh) einen Tipp geben, dass er es mal mit kleinen Geschenken versuchen kann. Geld sollte er ja haben. Ich glaube kaum, dass sein Vater ihn kurzhält. Der J fährt immerhin einen BMW.«

Die Herren »J« und »R« spielen im weiteren Verlauf des Jahres eine größere Rolle, selbst am 13. September 1973.

»Süß vom H, mir zum dritten Jahrestag ein Fläschchen Parfum zu schenken. Tosca. Juhu! Das fehlte noch in meiner Sammlung. Ich schätze, R kennt Tosca allenfalls von seiner Mutter. Ob J was von Parfums versteht? Eher unwahrscheinlich. Aber er kommt langsam auf den Trichter, dass kleine Geschenke die Freundschaft vertiefen könnten. Gern mal eine Einladung zum Essen. Da wird demnächst wohl eine Gegenleistung fällig. Puh. Ein wenig ekelig ist er ja. Gestern war übrigens der Fritz bei mir, er hat den H gesucht. Warum ausgerechnet bei mir? Der H wohnt ja nicht bei mir. Sollte der Fritz eigentlich wissen. Sweet lief gerade. Fritz hasst Sweet. Er hat aber keinen Spruch abgelassen. Ich habe dann trotzdem David Bowie aufgelegt. Den findet selbst der Fritz wohl ganz gut. Er blieb eine ganze Weile. Wir quatschten ganz nett. Demnächst will er erneut vorbeikommen, mir ein paar Platten bringen. Finde ich gut, ich höre dem ganz gern zu, dem Fritz. Und er findet mich nicht so blöd, wie ich dachte.«

Natürlich hatte er von diesem »zufälligen« (er setzte das Wort für alle Fälle in Anführungszeichen) Besuch von Fritz bei Elke nie erfahren. Elke hatte zu dieser Zeit bereits so viele Geheimnisse vor ihm gehabt, da war dieses zusätzliche Geheimnis fast schon egal. Und Fritz? Warum hatte er niemals über dieses recht harmlose Treffen mit Elke gesprochen? Die zu erwartende Antwort fand Helmut am 11. November 1973.

»Ich habe doch neulich geschrieben, dass Fritz vorbeikommen will, um mir ein paar Platten zu bringen? Er war jetzt schon einige Male da. Er hat halt viele Platten. Das eine Mal haben wir getanzt. Zu was von Pink Floyd, irgendwas mit einem Diamanten oder so. Ziemlich lang und langsam, das Lied. Steh-Blues. Ganz eng und so. Na ja, es ging dann halt ein bisschen weiter. Jetzt fühle ich mich blöd wegen dem H. Fritz ist der beste Freund vom H. Auch Fritz war deswegen komisch zumute. Scheiße, es war total schön. Ich glaube, Fritz hat bislang nur wenige Erfahrungen gesammelt. Er scheint aber jemand zu sein, der gern was dazulernt und was ausprobieren will. Ich fürchte, dass ich das genauer herausfinden muss. Ich fürchte, schon morgen. Tut mir leid, H, tut mir echt leid. Aber ich glaube, dass ich verliebt bin. Scheiße. Schöne Scheiße!«

Kopfschüttelnd und den Tränen nahe las er diesen und die weiteren Einträge, so den vom 24. Dezember 1973.

»H dachte irgendwie, dass es heute ein besonderes Weihnachtsgeschenk von mir geben muss. Einmal Beine breit mit Schleife. Da musste ich leider Nein sagen. Ich war fix und fertig von gestern. Ich war die ganze Nacht beim Fritz gewesen, seine Eltern sind über Weihnachten weg. Er ist zu Hause geblieben, um für sein Abitur zu lernen. Gestern Nacht hat er was anderes gelernt. Da hat er auf jeden Fall bestanden. Er hat die Prüfung trotzdem freiwillig wiederholt. Viermal. Ich war echt wund. Da ging kein H mehr rein. Hat H nicht verstanden. Süße traurige Augen. Ich sollte Schluss machen. Ehrlich. J gegenüber erscheint es mir jedoch ratsam, dies nicht zu tun. Solange J denkt, ich bin mit H zusammen, weiß er, dass er mir was bieten muss, damit ich ihn ran lasse. Und mit Fritz kann ich nicht offiziell zusammen sein, das würde dem H das Herz brechen und das will auch der Fritz unbedingt vermeiden. UNBEDINGT. Scheiße. Sehr schöne Scheiße, denn Fritz ist auch verliebt – IN MICH!«

Helmut versuchte, seine Traurigkeit zu ignorieren und sich diese Tage im Winter '73/'74 ins Gedächtnis zu rufen. An Elkes Abweisung in der Weihnachtsnacht konnte er sich gut erinnern. Es war das erste Mal gewesen, dass sie ihn so unmissverständlich zurückgewiesen hatte. Jetzt wusste er, warum und hätte kotzen können – oder auf Fritz einprügeln.

Natürlich wusste er jetzt außerdem, warum Elke so wenig Zeit für ihn hatte. Dass daran in erster Linie andere Männer Schuld waren, hatte er tief in sich vermutet. Dass

Elkes Liebesleben solche Ausmaße angenommen hatte, das traf ihn sogar 40 Jahre danach wie ein Schlag in die Magengrube, ein besonders heftiger, wie einer von Gregor.

Am 19. Februar 1974 gesellte sich »J« endgültig in den Kreis der Liebhaber.

»So, es ist passiert. J durfte ran. Er hat mir jetzt so viel geschenkt und mich so oft eingeladen, es musste einfach sein. Es war wenig erfreulich. J ist ein Bauerntölpel. Er tut so, als wäre er was Besseres. Von wegen! Doch ich habe da eine Idee, was den J betrifft. Dazu hätte sich auch R geeignet. Ich fürchte nur, dass R zu schlau ist, um darauf hereinzufallen. Ich muss langsam mal diese ganzen anderen Sachen beenden, R, J und H. Der Fritz reicht mir eigentlich.«

Die Person, die Elke »R« nannte, konnte er anhand dieser wenigen Informationen nicht identifizieren. Ob er ihn überhaupt gekannt hatte? Ein damaliger Mandant der Anwaltskanzlei Conradi, bei der Elke arbeitete. Da gab es einige, von denen Elke ihm in ihren ersten Jahren in der Kanzlei erzählt hatte. Ob »R« darunter war? Eher unwahrscheinlich, spätestens nach der Verwandlung vom Mandanten zum Liebhaber.

Die Bedeutung des Buchstabens »H« lag traurigerweise auf der Hand, ebenso Elkes sinnbildliche und traurige Herabstufung von »Helmut« zu diesem unpersönlichen einzelnen Buchstaben. Das war ohnehin bloß die düstere Begleitmusik.

Bei »J« deutete selbstverständlich vieles auf Jochen Wettenstedt, die Hinweise auf den BMW, auf das Alter, auf den Vater, dazu der Begriff »Bauerntölpel«, der Jochen extrem missfallen hätte, denn Jochen hielt sich in der Tat für etwas Besseres.

Er konnte sich nicht erinnern, dass Elke jemals über Jochen gesprochen hatte. Warum hätte sie das tun sollen? Sie konnte ihm ja schlecht erzählen, dass sie sich von Jochen aushalten ließ, um als Belohnung mit ihm zu schlafen. Elke und Jochen – unvorstellbar! Er hätte sich auch niemals vorstellen können, dass seine Freundin eine Nymphomanin gewesen war, die ein Doppelleben geführt hatte. Das am allerwenigsten. Leider war das die einzig denkbare Schlussfolgerung aus ihren Tagebucheinträgen, in denen sie sich stolz als »geiles Luder« bezeichnete. Andererseits schien Elke in diesem Winter ihr Dasein hinterfragt zu haben; der Eintrag vom 20. März 1974 bestätigte diese Einschätzung.

»Was für ein Mensch bin ich im April 1972 eigentlich gewesen? Ich habe gerade gelesen, was ich da gedacht und entschieden habe. Winnigstedt, H, die Kanzlei. Das soll meine Welt gewesen sein? Unfassbar! Ätzend, eng und spießig. R, J, H, Conradi – die sind mir alle so was von egal. Na gut, H nur fast. Irgendwie hänge ich noch ein ganz klein wenig an ihm. ICH WILL ABER WEG! Mit Fritz. Der soll mir die Welt zeigen. Frankreich, Spanien, Italien. Dann Berlin, wo er studieren, wo er leben möchte. Das wäre was! Falls uns diese blöde OPEC Öl und Benzin liefert. Ich frage den Fritz demnächst mal. Jetzt fehlt nur noch ein Weg, wie ich ganz elegant aus all dem herauskomme. Eine Idee. Im Hinterkopf habe ich da ja seit ein paar Wochen was …«

Langsam dämmerte ihm, warum Julia unbedingt Fritz hatte sprechen wollen, um ihre verschollene Tante aufzuspüren. Der Eintrag vom 21. April 1974 bestätigte das.

»So könnte es funktionieren! H darf natürlich niemals herausfinden, dass ich mit Fritz durchgebrannt bin. Das würde ihn tief treffen. SEHR TIEF. Fritz will das, wie gesagt, unbedingt vermeiden! H soll denken, dass ich aus einem ganz anderen Grund verschwinde. Ein für alle Mal. Dieser Grund muss auch meine Eltern überzeugen. R wird es egal sein, wenn ich weg bin, er wird eine andere willige Frau finden, die er mit Perlen und Parfum gefügig machen kann. Herr Conradi wird erst recht schnell Ersatz für mich finden. Und J? Der soll Teil des Plans sein, ohne es zu wissen. Es wäre halt ganz wichtig, ein nettes Startkapital zu haben. Darüber dürfte sich Fritz freuen. Er darf aber nie erfahren, woher dieses Geld stammt. Das habe ich offiziell geerbt. Das wird er schlucken, der Süße! Er weiß ja sowieso nichts von J und R. Auch das soll so bleiben. Ich will mich ja ändern! Seinetwegen! Na ja, dieser Plan also: Als Erstes muss ich wohl oder übel ein paar Mal mit J und mit H schlafen. Und versuchen, schwanger zu werden. H wird davon ausgehen, dass es sein Kind ist. Das soll er auch. Gegenüber J muss ich die Sache so darstellen, dass er befürchten muss, dass es sein Kind ist. Er wird das schrecklich finden. Von seinen Eltern ganz zu schweigen. Ich könnte ihm aber anbieten, die Sache anderweitig zu bereinigen. Ohne großes Aufsehen. Das geht ganz gut in Holland. Dort ist es praktisch nur eine Frage des Geldes. Je mehr Geld, desto weniger Aufsehen. Wenn J also will, dass ich das Kind abtreibe, soll er mir das gefälligst bezahlen: Reise, Abtreibung, Schmerzensgeld. Da sind dann ein paar Tausender fällig, mein lieber J! Und hinterher fühle ich mich (angeblich!) so mies, weil ich mein Kind umgebracht habe, dass ich mein altes Leben nicht mehr ertragen kann. Ich muss deswegen weg. Für immer. Das muss ich dann ein paar Leuten mitteilen, logisch. H zum Beispiel. Er wird denken, dass ich sein Kind abgetrieben habe. Das könnte ihm wehtun, fürchte ich. Es dürfte aber weniger tragisch sein als die ganze Wahrheit. Meinen Eltern werde ich es in einem Brief schreiben. Das muss reichen. Dadurch werden es eh alle anderen erfahren, die es betrifft. Inklusive J. Der wird froh sein, dass ich seinen Namen verschweige. Kann sein, dass er sich verarscht fühlt, weil doch mehrere Männer als Vater infrage gekommen wären, das muss er dann halt so hinnehmen oder damit hausieren gehen. Hi, hi. Mich wird er hoffentlich niemals wiedersehen. Fritz muss natürlich mitkommen nach Holland. Oder zumindest nachkommen. Von Holland aus fahren wir nach Frankreich. Zu diesem Radrennen da. Darauf freut sich der Fritz schon so lange.«

Helmut wurde schlecht beim Lesen dieser Zeilen. Elke hatte ein Doppelleben geführt und ihn nach Strich und Faden hintergangen. Nun war sie außerdem drauf und dran, sich schwängern zu lassen, einzig zu dem Zweck, das Kind abzutreiben. Das war mieser als alles andere, was Elke bislang getan hatte. Wie hatte er diese Frau jemals lieben können? Nun, er hatte von all dem nichts bemerkt. Er hatte nur mitbekommen, dass Elke Ende April 1974, sehr überraschend, zweimal mit ihm geschlafen hatte. Nun wusste er, welchem perfiden Plan dieser

Geschlechtsverkehr gedient hatte, genau wie der parallele Geschlechtsverkehr mit Jochen. Hatte sie zu dieser Zeit darüber hinaus mit Fritz und mit »R« geschlafen, um die Chance zu erhöhen, schwanger zu werden? Schließlich konnte es ihr vollkommen egal sein, wer sie letztendlich geschwängert hatte – sie wollte das Kind ohnehin sofort wieder loswerden.

Bei all diesen ekligen, hinterhältigen Tricks war es fast schon egal, dass Elke außerdem dabei war, eine echte Straftat zu begehen. Denn bei dem, was sie mit Jochen vorhatte, handelte es sich um Erpressung. Der Eintrag vom 9. Mai 1974 verschlimmerte die Angelegenheit.

»Fritz ist todtraurig wegen seinem Willy, der vorgestern zurückgetreten ist. Fritz findet aber die Idee gut, auf die von mir ausgedachte Weise aus dem Leben von H zu verschwinden. Ich habe Fritz nur einen Teil des Plans erzählt, so wie ich es mir vorgenommen habe. Das muss reichen. Fritz hatte einen richtig guten Einfall. Es reicht ja, sagt er, wenn ich gegenüber H (und J, das bleibt aber unter uns, liebes Tagebuch!) nur so tue, als könne ich schwanger sein. Männer kapieren das eh nicht, sagt Fritz. Er jedenfalls würde mir glauben, wenn ich das behaupten würde. Fritz findet, dass es unnötig wäre, der Sache ein Menschenleben zu opfern, obwohl es bloß ein Fötus ist. Und wir sparen auf diese Weise das Geld für die Abtreibung. Das ist meine private Meinung. Allerdings habe ich in den letzten Wochen so viel Sperma in mich hineinpumpen lassen, ohne jede Verhütung, dass es sein kann, dass ich längst schwanger bin.«

Er atmete auf, als er Fritz' Vorschlag las und hoffte, dass sich Elkes Befürchtung als grundlos erwies. An den 28. Mai 1974 hätte er sich auch ohne das Tagebuch erinnert.

»H ist ganz aus dem Häuschen, seit ich ihm gesagt habe, dass er womöglich Vater wird. Der Ärmste! Wenn er wüsste! J hingegen war fertig. War ja zu erwarten. Ich habe versucht, ihn zu beruhigen, weil es ja noch offen ist. Gleichzeitig habe ich ihn mit der Aussage unter Druck gesetzt, dass niemand außer ihm der Vater sein kann, da ich zuletzt bloß mit ihm Sex hatte. Hm. Das Allerbeste ist: Beide akzeptieren, dass ich gerade null Lust auf Sex habe. Damit ist dieses Problem gelöst. Perfekt! Und das Allerlustigste ist: Ich habe vorgestern meine Tage gekriegt.«

Helmut war mittlerweile bei der dritten Flasche Bier angelangt und sehnte sich nach der einen oder anderen Tasse Kaffee mit Schuss. Er hatte sich längst auf die Terrasse gesetzt, um rauchen zu können. Er brauchte jetzt ein paar Zigaretten. Vor wenigen Minuten noch hatte er gehofft, dass Elke im Sommer 1974 nicht schwanger gewesen war. Jetzt fühlte er sich derart missbraucht von ihr, dass er sie fast hasste. Elke hatte die ganze Zeit über gewusst, dass sie kein Kind erwartete. Die ganze Zeit! Und er, dieser dämliche Idiot, der er damals war, hatte wochenlang seinen Lebensplan auf dieses Ereignis umgestellt und er hatte diese Frau geliebt. Er hatte sie noch viele Monate geliebt, nachdem sie verschwunden war. Oder waren es Jahre? Es hörte erst auf, als diese junge Lehrerin an die Dorfschule gekommen war. Fräulein Schuster. Marianne Schuster. Aber das war definitiv eine andere Geschichte.

Im Tagebuch war der Mai in den Juni übergegangen und er las kopfschüttelnd den Eintrag vom 10. Juni 1974.

»Ist es das schlechte Gewissen? Ich kann H's Anblick nicht mehr ertragen! Mir fallen langsam keine Ausreden mehr ein. Das ist der größte Mist! Dabei will er mich gerade jetzt ständig sehen und mich betüddeln, weil er denkt, dass ich schwanger bin. Diese ›Schwangerschaft‹ ist weiterhin die beste Ausrede, allein sein zu müssen. Psychische Probleme. Schwangerschaftstraurigkeit. Falls es so was überhaupt gibt. Ach, ich bin ja noch so jung. Das frisst er. Zum Glück fängt jetzt die Fußball-WM an, das wird ihn ablenken. J ist diese WM blöderweise ziemlich egal. Er steht ständig auf der Matte oder ruft mich an. Er will wissen, ob ich nun schwanger bin oder nicht. Hat Schiss. Geschieht ihm recht. Bin ich heilfroh, dass ich den nicht mehr im Bett ertragen muss. Der größte Langweiler mit dem kleinsten Sch… Na ja, egal!«

Endlich ein Grund zum Schmunzeln, dachte er, bevor er sich auf den Eintrag vom 29. Juni 1974 stürzte.

»So, während H denkt, dass ich auf einen Termin beim Frauenarzt warte, weiß der liebe J nun, dass ich schwanger bin. Einen Beweis wollte er nicht sehen. Zum Glück! Er hat fast geweint. Um sich und um seine Zukunft. Ich habe ihm von Holland erzählt und den Chancen dort. Das fand er gut. Weniger gut fand er, dass er für die Kosten aufkommen soll. Ich musste ihm ein wenig drohen. Die Kosten für die Abtreibung und die Reise sind durch. Genehmigt von Herrn J. Er glaubte mir auch ohne Belege, dass es umgerechnet knapp 1.000 Mark kostet. Zum Glück glaubte er es, denn in Wahrheit bekommt man in Holland schon für 400 Mark eine Abtreibung. So teuer war es dort letztes Jahr, das weiß ich aus sicherer Quelle (Pst, Geheimnis!). Dazu 200 Mark für die Reise und 300 Mark für Unterkunft. Macht 1.500 Mark, die er zahlen will. Beim Schmerzensgeld tut er sich extrem schwer, der J, da läuft es wie auf einem Basar. Ich möchte 3.500 Mark extra, damit wir insgesamt die schöne runde Summe von 5.000 Mark haben. Er will höchstens 500 Mark extra zahlen, er findet, dass auch 2.000 Mark eine schöne runde Summe ist. Mal gucken, ob ihm diese Sturheit einen hübschen kleinen Skandal wert ist. Auf 3.500 Mark insgesamt möchte ich gern kommen. Also 2.000 DM Schmerzensgeld.«

Unfassbar, Elke hatte Jochen tatsächlich erpresst. Im allerletzten Eintrag im Tagebuch vom 3. Juli 1974 (am Tag vor seinem 20. Geburtstag) stand die exakte Summe.

»Morgen hat H Geburtstag. Ich werde ihn sehen und ihm einen Kuss gewähren müssen. Den allerletzten Kuss. Anschließend werde ich ihn nie wiedersehen. Am Wochenende ist er zum Glück unterwegs. Dann muss ich noch einen Tag überbrücken, bevor ich am 9. Juli mit dem Zug nach Holland fahre. Von dort werde ich die Abschiedsbriefe an meine Eltern und an H abschicken. Schreiben werde ich diese Briefe hier. Gleich nachher. Ich habe auch schon angefangen zu packen. Zwei Koffer gönne ich mir. Der Rest bleibt in meiner Wohnung. Du kommst natürlich mit, mein gutes, altes, liebes Tagebuch. Dich packe ich ganz am Schluss in den Koffer. Dich und ein paar andere Bücher. Ich werde

Mama und Papa bitten, die Wohnung für mich aufzulösen. Sie werden es tun, obwohl sie das alles nicht verstehen werden. Das tut mir leid. Ich kann es aber nicht ändern. Am 15. oder 16. Juli wird Fritz mir folgen und mich in Holland abholen. Wenn er eine Woche länger in Winnigstedt bleibt, wird es niemandem auffallen, dass wir gemeinsam verschwinden. Außerdem hat er H erzählt, dass er sich Mitte Juli ein paar Etappen dieses Fahrradwettbewerbs in Frankreich ansehen will. Das passt perfekt.

Ich werde in einer kleinen Pension in Amsterdam warten, bis Fritz kommt und wir nach Frankreich und Spanien und zum guten Schluss nach Berlin fahren.

Ich mache mir Sorgen, dass H irgendwann den Fritz in Berlin besuchen will und mich dann dort sieht. Na ja, erst mal muss er ja vom Fritz die neue Adresse kriegen. Und wenn ich rechtzeitig weiß, dass H kommt, muss ich halt so lange woanders wohnen. Das wird schon irgendwie gehen.

Unser Startkapital (für Fritz: mein Erbe) beträgt 4.000 Mark. Die Verhandlungen mit J waren zäh. Scheißgeiziger Bauer! Immerhin habe ich 500 Mark mehr als geplant herausgeholt. Gestern hat er das Geld gebracht. Es mir zähneknirschend in die Hand gedrückt. Er wollte sofort über mich herfallen. Das konnte ich abwenden. Er hat sich getrollt.

Ich habe Angst, dass er mich nochmals besuchen will, bevor ich nach Holland fahre. Gott möge es verhüten!«

Helmut starrte sekundenlang diesen letzten Eintrag an, er schüttelte heftig den Kopf und wollte unter keinen Umständen eine Seite zurückblättern und diese eine

Stelle erneut lesen. Die hatte er ohnehin überlesen. Oder längst vergessen. Welche Stelle überhaupt? Er hatte Heinz Schraders Mörderin gefunden. Das war toll. Wirklich. Wer brauchte schon ein weiteres Verbrechen? Ein Mord reichte vollkommen aus. Eine Nacht, ein Mord, eine Mörderin. Perfekt. Wirklich.

»Ich bin zufrieden«, sagte er laut. »Vielleicht bin ich bald sogar glücklich, denn da gibt es diese Frau. Ich glaube, ich mag sie sehr. Und sie mag mich. Das wird toll werden mit uns beiden. Wir müssen die Sache nur noch beginnen. Alles wird gut. Ein neuer Helmut. Perfekt. Alle werden sich freuen. Ich schaue nach vorn, da wartet die Zukunft, da wartet das Glück. Ich werde natürlich wie gehabt auf den Friedhof gehen und Marianne besuchen und mit ihr reden. Das steht fest. Ich liebe Marianne. Ich liebe sie sehr und werde sie immer und ewig lieben. Das mit Jutta, das wird anders, bestimmt wird es auch schön. Ich freue mich. Eine Nacht, ein Mord, eine Mörderin, eine neue Liebe. Da ist niemals eine vorletzte Seite gewesen. Um Himmelswillen, wer braucht denn vorletzte Seiten?«

Er blätterte natürlich zurück und las die Stelle ein zweites Mal.

»Du kommst natürlich mit, mein gutes, altes, liebes Tagebuch. Dich packe ich ganz am Schluss in den Koffer. Dich und ein paar andere Bücher.«

Er las diese drei Sätze immer wieder, las sie, schüttelte jedes Mal ungläubig den Kopf und hatte seine liebe Mühe, diese verrückten Gedanken in seinem Kopf zu ignorieren.

Verrückter Gedanke: Selbstverständlich hatte Elke ihr Tagebuch mitnehmen wollen, sie hatte es ihrem Tagebuch regelrecht versprochen. Wer würde denn auch solche Aufzeichnungen zu Hause liegen lassen? Da ging es um Ehebruch, überhaupt um Sex, um Bestechung und vielerlei Dinge mehr, die ein Fremder niemals lesen durfte. Es konnte nur einen Grund geben, dass das Tagebuch liegengeblieben war: Elke ist nie aufgebrochen, weil sie vorher umgebracht wurde.

Sehr verrückter Gedanke: Natürlich von Jochen. Der war ein Killer, wie er im Buche stand. Der hatte schon Hanno auf dem Gewissen. Unter anderem. Wer wusste denn schon, wie viele Menschen der Bürgermeister unterm Strich ins Jenseits befördert hatte? Leichen pflasterten seinen Weg. Wenn er gekonnt hätte, wenn er schon gelebt hätte, hätte Jochen auch Boris und Pawel abgeschlachtet. Dieser wahnsinnige Serienmörder!

Stopp: Helmut schüttelte vehement mit dem Kopf. Intuition und Kombinationsgabe kämpften gegen das Bier und den Schnaps. Ein zähes Ringen. Der Alkohol vernebelte seine Gedanken, ganz klar. Ein normal denkender, nüchterner Mensch würde vollkommen andere Schlussfolgerungen ziehen. Oder es ganz sein lassen. Das alles war doch kompletter Schwachsinn. Elke hatte ihm und ihren Eltern aus Holland Abschiedsbriefe geschickt. Sie war nach Holland gefahren und sie hatte ihr »liebes Tagebuch« schlicht liegenlassen. Mit 4.000 Mark in der Tasche und einer brandneuen Zukunft vor Augen konnte man seine Mädchenerinnerungen durchaus vergessen. Das war normal. Er nickte zufrieden und warf seiner Bierflasche einen warnenden Blick zu. Er hob den Finger und drohte ihr. Fast hätte er laut mit ihr gesprochen.

Verrückter Gedanke: Schon drehte sich in seinem Kopf ein Kreisel, der nach gefühlten 100 Umdrehungen endlich zur Ruhe kam und sich als Bierflasche entpuppte, halb voll. Diese hatte am Sonntagmorgen vor 40 Jahren neben Elkes Haustür gestanden. Er hatte sie ausgekippt und in den Müll geworfen. Wie war das doch gleich? Kein Jugendlicher aus dem Dorf hatte damals Haake Beck getrunken.

Schlagartig fiel ihm ein, dass er sich am Mittwochabend über die Flasche Bier gewundert hatte, die Gustav Wettenstedt getrunken und umgestoßen hatte; zum Glück war sie leer gewesen. Flaschenform und Etikett waren ihm unbekannt vorgekommen. Die Marken Wolters, Feldschlößchen oder Hasseröder oder eines dieser Biere aus dem Sauerland hätte er alle erkannt. Nein, es war natürlich Haake Beck gewesen. War das also die bevorzugte Marke der Wettenstedts? Heute und in den 70er-Jahren?

Stopp: Quatsch, schalt er sich. Haake Beck wurde seinerzeit von wesentlich mehr Menschen getrunken als heute. Deshalb ist es durchaus wahrscheinlich, dass der alte Mann, der mit seiner Frau unter Elkes Wohnung im Erdgeschoss gewohnt hatte, ebenfalls Haake Beck konsumiert hatte.

Er sah ihn auf einmal ganz genau vor sich, einen kleinen, pummeligen Kerl mit Glatze, Mitte 70. Jahrein, jahraus hatte der Alte dieselben Klamotten getragen: eine grüne Cordhose, ein grünbraun kariertes Hemd und darüber eine graue Strickweste. Seine Füße hatten stets in Filzpantoffeln gesteckt.

Er versuchte, diesen Mann mit der halbvollen Flasche Haake Beck in Verbindung zu bringen. Das war ganz simpel: Der kleine Kerl steht wie üblich am Samstagabend gemütlich vor der Haustür, raucht und trinkt eine Flasche Bier.

Verrückter Gedanke: Was alte Leute so gemacht haben in den 70er-Jahren. Darüber hinaus bei Dauerregen. Ha! Vor 40 Jahren ist niemand zum Rauchen vor die Tür gegangen. Da haben alle überall geraucht. Schon vergessen?

Stopp: Ruhe da, ich denke nach! Dann ruft ihn seine Frau rein, weil *Am laufenden Band* anfängt. Der Alte schnippt lässig seine Kippe weg, schlurft in seinen Pantoffeln durch das Treppenhaus und bewundert Rudi Carrell, den charmanten Holländer. Die Bierflasche lässt der Alte draußen stehen und vergisst sie, unter anderem, weil er wie an jedem verdammten Abend um 21.30 Uhr vor dem Fernseher einschläft. Klingt ganz plausibel, oder?

Ganz wichtiger Stopp: Und, wenn man unbedingt so geisteskrank sein wollte und jemanden suchte, der vor 40 Jahren Elke umgebracht haben könnte, musste man sich wohl als Erstes mit Fritz Tiedemann beschäftigen. Es war zwar unwahrscheinlich, dass Fritz für die halb volle Bierflasche verantwortlich war, denn Fritz trank ausnahmslos französischen Rotwein. Das war aber egal, die Flasche hatte ja der alte Mann dort vergessen. Und dank des Tagebuchs wusste Helmut nun endlich, dass Fritz in dieser Nacht tatsächlich bei Elke (und nicht in einem der Nachbarhäuser) gewesen war, wie in vielen anderen Nächten zuvor.

Was, wenn die beiden sich gestritten hatten? Und der Streit eskaliert war? Vermutlich war es um die 4.000 Mark gegangen? Die hatte Fritz gut gebrauchen können für seine Reise nach Frankreich und Spanien und für sein Studium im Berlin. Fritz wäre beileibe nicht der erste Mensch auf Erden gewesen, der aus Geldgier einen Mord beging. Und woher hatte Fritz plötzlich das Geld für den VW-Bus gehabt?

Verrückter Gedanke: Diese vernünftige und durchaus nüchterne Frage nach Fritz' VW-Bus brachte ihn automatisch auf eine neue absurde Idee, der mit motorisierten Fortbewegungsmitteln zu tun hatte. Es ging um Jochens drei Fahrten durch das Dorf in der Nacht vom 6. auf den 7. Juli 1974, von denen der Bauer die beiden späten geleugnet hatte. Kommissar Albrecht hatte die Sache auf sich beruhen lassen, da es offensichtlich keinen Zusammenhang mit dem Mord an Schrader gab. Wann wurde Jochens BMW gesehen beziehungsweise gehört? Gegen 22.30 Uhr zunächst von Karl Liedke. Da fuhr Jochen offenbar gerade vom Hof aus los. Er trank eine Flasche Bier, während er lenkte. So hatte es Liedke ausgesagt. Haake Beck? Vom Hof weg – das war zugleich der Weg zu Elkes Wohnung.

Stopp: Und zu Dutzenden anderer Wohnungen im Dorf.

Verrückter Gedanke: Wollte Jochen Elke spontan besuchen an diesem Abend? Genau wie er selbst eine halbe Stunde zuvor? Wollte Jochen über das Geld reden?

Stopp: Oder einfach eine Runde durchs Dorf drehen?

Durchatmen: Vernunft und Wahnsinn wechselten sich mittlerweile in einem raschen Rhythmus ab, Helmut ließ sie gewähren.

Verrückter Gedanke: Und hatte dann Jochen Fritz' Rennrad neben der Haustür stehen sehen und sich seinen Teil gedacht und, wie Helmut, auf eine direkte Konfrontation verzichtet?

Stopp: Kannte Jochen überhaupt Fritz' Rennrad?

Moment mal: Jeder im Dorf kannte dieses Rad – und Fritz und Jochen waren ab und zu gemeinsam mit ihren Fahrrädern unterwegs gewesen.

Verrückter Gedanke: Gegen 1 Uhr war Jochen ein weiteres Mal mit seinem BMW unterwegs und hatte dabei Anton Hoier übersehen, seinen geliebten Bürgermeister, der ihm entgegenkam, auf dem Heimweg vom Dorfkrug. Dass er Hoier senior entgegenkam, hieß im Umkehrschluss, dass Jochen nicht nach Hause fuhr. War er stattdessen erneut auf dem Weg zu Elke?

Stopp: Oder zu einem der vielen, vielen anderen Häuser in Klein-Winnigstedt?

Verrückter Gedanke: Wo man sich über einen Besuch mitten in der Nacht überaus freuen würde? 1 Uhr nachts, was soll es? Egal, komm rein, Jochen!

Stopp: Es sei denn, Jochen wollte einfach eine weitere Runde durchs Dorf drehen. Scheint ihm Spaß gemacht zu haben.

Verrückter Gedanke: War Fritz' Rennrad mittlerweile weg?

Stopp: Oder war Fritz gerade dabei, Elke zu erwürgen?

Verrückter Gedanke: Hatte Jochen diesmal Elke allein angetroffen?

Stopp: Oder Fritz beim Mord überrascht?

Verrückter Gedanke: Hatte er bei Elke geklingelt und vorher die halb volle Flasche neben der Tür abgestellt?

Stopp: Oder war es die Flasche des alten Mannes?

Verrückter Gedanke: Hatte Jochen Elke zur Rede gestellt? Wegen des Geldes? Oder weil er seine Vaterschaft angezweifelt hatte, falls er wirklich Fritz' Rennrad vor Elkes Haus gesehen und die entsprechenden Schlüsse gezogen hatte?

Durchatmen zwecklos: Die »vernünftigen« Gedanken hatten es extrem schwer, in Helmuts Kopf herrschte der Wahnsinn mittlerweile absolutistisch.

Verrückter Gedanke: War es zum Streit gekommen? War diese Situation eskaliert? Lag Elke plötzlich tot zu Jochens Füßen?

Stopp: Elkes Eltern hatten ein paar Wochen später die Wohnung aufgelöst. Blutflecken oder Ähnliches hätten sie gewiss entdeckt, ohne explizit danach zu suchen.

Verrückter Gedanke: Man kann einen Menschen töten, ohne dass Blut fließt.

Durchatmen zwecklos: Die wahnsinnigen Gedanken zuckten weiter, explodierten in Helmuts Kopf, rissen die dunklen Wolken dieser Sommernacht des Jahres 1974 nach und nach mit sich fort.

Verrückter Gedanke: Die Abschiedsbriefe! Elke hatte sie vorab schreiben wollen, das stand im Tagebuch. Lagen sie nun offen in der Wohnung herum? Hatte Jochen sie gefunden? Er sah nun alles vor sich. Jochen räumt Elkes Wohnung auf. Er trägt die Leiche in sein Auto. Er nimmt die Briefe mit. Und die gepackten Koffer. Die wären Elkes Eltern sonst aufgefallen. Jochen vergisst jedoch die halb volle Flasche Bier an der Haustür. Und er weiß nichts von den Tagebüchern. Er fährt zurück zum Hof. Gegen 2 Uhr kommt er bei Hahns vorbei, und Frau Hahn wird durch den lauten Auspuff geweckt …

Zwischenspiel: Frau Hahn? Frau Hahn. Familie Hahn. Die Hecke. Die Bahntrasse. Der Tiefenbach. Der Mord an Schrader. Die hohe Hecke. Auf der einen Seite des Tatorts wohnen Hahns und auf der anderen wohnen Pahlkes. Pahlkes. Familie Pahlke. Gregor! Auf einmal fällt ihm Gregors Bemerkung ein, vom Tag nach dem Mord, als Atze und er vor dem Haus der Pahlkes saßen und Mittagspause machten. Gregor kam gerade von der Baustelle auf dem Hof der Wettenstedts. »Voll die Schlammschlacht«, hatte Gregor gesagt. »Der Boden total uneben, als hätte da ein Maulwurf gewütet. Wir mussten noch ne Schicht Erde drauf werfen. Zum Glück ist es heute mal trocken. Vielleicht können wir nachher mit der Schalung anfangen.«

Verrückter Gedanke: Und wenn in der Baugrube statt des Maulwurfs ein Mensch gegraben hatte? Wenn es Jochen gewesen war, der mitten in der Nacht eine Leiche und zwei Koffer hatte verschwinden lassen wollen?

Stopp: Aber …

Verrückter Gedanke: Ruhe! Helmut reibt sich die Schläfen. Sein Schädel pocht. Kopfweh? Fieber? Oder der ganz normale Polizistenwahnsinn? Und es ging munter weiter. Schon knüpfte er die nächste Assoziationskette. Jochen ist kurz nach dem Mord an Schrader für ein paar Tage verreist. Das hatte der alte Wettenstedt Kommissar Albrecht erzählt. Jochen, der einen Schulfreund in Oldenburg besuchen wollte. Deswegen konnte Jochen erst am übernächsten Tag befragt werden. 40 Jahre später stellte sich heraus, dass es diesen Schulfreund tatsächlich gab, dass er im Sommer '74 allerdings längst nichts mehr mit Jochen zu tun hatte. Dass er Jochen seit der gemeinsamen Schulzeit ein einziges Mal gesehen hatte: bei einem Klassentreffen im Mai 1974. Dennoch besuchte Jochen diesen Schulfreund angeblich in den darauffolgenden Jahren in schöner Regelmäßigkeit, zuletzt jetzt, im Juli 2014.

Warum also erzählte Jochen ständig von diesem Berthold und warum gab er vor, ihn alle paar Jahre zu besuchen? Etwa nur, um diese erste (angebliche) Fahrt nach Oldenburg im Juli 1974 nachträglich und nachhaltig glaubwürdig erscheinen zu lassen? Weil es keine erste Fahrt nach Oldenburg gegeben hat! Das jedenfalls war bewiesen.

Stopp: Ein letztes Aufflackern seiner vernünftigen Hälfte erinnerte Helmut daran, dass er sich erst kürzlich sehr sicher gewesen war, dass Jochens angebliche Fahrten nach Oldenburg mit einer anderen Frau zu tun hatten. Jedes Mal, wenn Jochen Magda erzählte, er führe nach Oldenburg, traf er sich heimlich mit seiner Geliebten aus – Königslutter. Das klang weitaus vernünftiger als die Annahme, Jochen führe ausschließlich deshalb angeblich regelmäßig nach Oldenburg, um diese eine Fahrt aus dem Juli 1974 glaubwürdig erscheinen zu lassen. Einmal Schulfreund, immer Schulfreund!

Verrückter Gedanke: Es war komplett durchgeknallt und aus kriminalistischer Sicht geradezu stümperhaft, an Oldenburg in erster Linie als eine Stadt im Westen zu denken, sozusagen auf dem Weg nach – Holland.

Stopp: Nein, nein, Jochen ist im Juli 1974 nicht in Holland gewesen, um die Abschiedsbriefe aufzugeben, die er in Elkes Wohnung gefunden hatte.

Verrückter Gedanke: Es würde auf der anderen Seite alles erklären, selbst Elkes endgültiges, 40 Jahre andauerndes Verschwinden. Wer käme schon auf die Idee, dass Elke seit dieser Julinacht 1974 unter Wettenstedts Gesindehaus lag? Mit ihren Koffern.

Langes Zwischenspiel: Er überlegte, ob er zu Gregor gehen oder ihn anrufen sollte. Ihn nach dieser Baugrube fragen sollte. Im Gedanken spielte er das Gespräch durch und hörte Gregor fragen: »Weißte, wie viele Baugruben ich seitdem gesehen hab? Und da soll ich mich an die von vor 40 Jahren erinnern? Du spinnst ja!«

Dann würde das Gespräch unweigerlich dem eigentlichen Anlass entgegensteuern, und wieder konnte er sich lebhaft vorstellen, was Gregor sagen würde: »Du bist krank. Verfolgungswahn oder was? Erst willst du dem Jochen den Mord an Hanno anhängen. Und dann wühlst du ganz tief in deiner schäbigen Mottenkiste und willst dem Jochen einen 40 Jahre alten Mord andrehen, den es nie gab. Echt krank. Du hast doch damals einen Brief von der Elke bekommen!«

Er schüttelte den Kopf. Die Aussicht auf dieses Gespräch bereitete ihm Bauchschmerzen. Dennoch wählte er Gregors Nummer, er bekam ihn an die Strippe, führte in etwa das unerfreuliche Gespräch, das er sich vorgestellt hatte, zum Teil wörtlich, und brachte dann Elkes Tagebücher ins Spiel – und Fritz.

»Tiedemann? Dieser Schlaukopf?«, fragte Gregor. »Der hat dir dein Mädchen weggeschnappt, was? Verrückte Sache. Es gibt aber was, was genauso verrückt ist. Ich hatte vor zwei Wochen oder so mal das Gefühl, den Scheißkerl zu sehen. Hier im Dorf. Wenn ich dessen Visage noch so einigermaßen im Kopf habe, könnte er es glatt gewesen sein.«

»Der Fritz hat mich besucht.« Er erklärte Gregor die Umstände.

»Nee, an dem Sonntag war das nicht gewesen«, sagte Gregor. »Gisela und ich, wir waren am Samstag vor dem

Endspiel für vier Tage in den Harz gefahren, zu Giselas Schwester. Das mit dem Tiedemann muss vorher gewesen sein. Donnerstag oder Freitag.«

»Was? Bist du sicher, Gregor?«

»Sicher bin ich, dass es vor dem Endspiel gewesen war. Ich weiß nur nicht, ob es der Tiedemann gewesen war.«

»Und wo im Dorf hast du ihn gesehen?« Seine Gedanken rasten, schneller als zuvor, er war kurz davor, nüchtern zu werden.

»Untere Straße. Der Kerl hatte da vor dem Haus neben der alten Brausefabrik gestanden, wo die ganzen Witwen drin wohnen, weißte?«

»Das ist das Haus, in dem Elke gewohnt hat.«

»Ja, scheiße, das stimmt!«

Nächstes Zwischenspiel: Gregors Ausruf hallte länger in Helmuts Kopf nach. Dort entstand nun nach und nach ein weiteres Kapitel dieser Geschichte. Was bislang gefehlt hatte, war der Part von Fritz Tiedemann. Um dessen Rolle einigermaßen nachvollziehen zu können, musste er sich in Fritz hineinversetzen, in den Fritz des Sommers 1974.

Elke hat sich in Fritz verliebt und Fritz sich in sie. Seine Liebe scheint so stark zu sein, dass er seine Freundschaft zu Helmut vergisst. Fritz und Elke wollen durchbrennen, ohne den Freund dabei allzu sehr zu verletzen. Sie entwickeln deshalb einen Fluchtplan, der genau diesem Ziel dient.

Nein, Elke entwickelt ihn allein und Fritz kennt allenfalls den halben Plan. Laut Tagebuch soll Elke nach Amsterdam fahren und dort auf Fritz warten. Sie sehen sich vermutlich in jener Nacht von Samstag auf Sonntag zum letzten Mal. Für den Sonntag hat Fritz andere Pläne, er besucht Freunde in Wolfenbüttel und sieht sich mit ihnen das Endspiel an. Am Montag arbeitet er den ganzen Tag. Aber im Grunde genommen ist alles besprochen. Elke soll am Dienstag nach Holland fahren und Fritz soll eine möglichst normale Woche in Winnigstedt verbringen, um jeglichen Verdacht von vornherein zu unterbinden.

Dann passieren unerwartete Dinge, unter anderem wird Heinz Schrader ermordet und Fritz' Freund Karl gerät unter Mordverdacht. Wahrscheinlich ist Fritz hin und her gerissen. Soll er sich trotzdem »möglichst normal« verhalten oder soll er versuchen, seinem Freund zu helfen? Fritz beschließt, Karl zu helfen.

Versucht er, Elke in Amsterdam telefonisch zu erreichen, um ihr von dem Mord, dem Verdacht gegen Karl und der möglichen Verzögerung, die daraus resultiert, zu erzählen? Womöglich sieht er diese Notwendigkeit gar nicht, schließlich bleiben ihm ein paar Tage. Vielleicht haben Elke und Fritz vereinbart, dass sie vor dem Wiedersehen in Amsterdam jeden Kontakt vermeiden mussten?

Letztlich fährt Fritz ohnehin nur zwei oder drei Tage später als vereinbart nach Amsterdam. Diese Verspätung wird er Elke erklären können. Doch dann der Schock: Fritz erfährt, dass Elke niemals in der Pension eingetroffen ist, aber dass sie das Zimmer auch nicht storniert hat.

Andererseits weiß Fritz, dass Elke tatsächlich nach Holland gefahren ist. Helmut hat ihm den in Holland aufgegeben Abschiedsbrief gezeigt. Was also ist passiert? Will Elke ihr neues Leben doch ohne ihn beginnen? Mit ihrem saftigen Startkapital? Hat sie unterwegs einen anderen Mann kennengelernt? Das traut Fritz Elke durchaus zu. Natürlich fühlt er sich hintergangen. Er ist verzweifelt, er hat die erste große Liebe seines Lebens verloren.

Helmut versuchte, sich vorzustellen, wie Fritz reagiert hatte, als er in der Pension vergebens nach Elke gefragt hatte. War er zunächst in Amsterdam geblieben, um Elke zu suchen? War er anschließend dennoch nach Frankreich und Spanien gereist, unter anderem, um sich Etappen der Tour de France anzusehen? Nach Berlin jedenfalls war Fritz gefahren und hatte dort sein Leben gelebt. Studium, drei Ehefrauen, einige Kinder. Jetzt lebte er allein und unterrichtete an einer Schule, die nach John Lennon benannt war – und hatte unvermittelt Elkes Tagebücher in die Hände bekommen.

Er musste erneut in den Kopf seines früheren Freundes eindringen und sich ausmalen, was dort vor wenigen Wochen vor sich gegangen war.

Fritz trifft Julia und erhält die Tagebücher. Es ist davon auszugehen, dass er über die Existenz dieser Bücher genauso überrascht reagiert wie Helmut. Fritz liest. Er liest eventuell alle Bände. Er erfährt, wie Helmut und Elke sich kennengelernt haben. Wie Elke zur Nymphomanin wurde. Treibt es ihm die Schamesröte ins Gesicht, wenn er liest, wie übel sie seinem besten Freund mitgespielt haben? Ist er entsetzt über den zweiten Teil von Elkes Plan, die Erpressung? Bringt Fritz »J« mit Jochen in Verbindung? Zieht er ähnliche Schlüsse wie Helmut?

Fritz weiß allerdings weder von Jochens Autofahrten durch das Dorf in jener Nacht, noch von den vorgetäuschten Ausflügen zu Berthold Angermund nach Oldenburg, noch von der halb vollen Bierflasche. Er weiß aber, dass Elke ihr Tagebuch unbedingt mitnehmen wollte. Und er weiß, dass sie nicht zum vereinbarten Treffpunkt in Amsterdam gekommen und seit der Nacht auf den 7. Juli 1974 endgültig aus seinem Leben verschwunden ist – ohne eine einzige Nachricht, und das, obschon er mittlerweile, nach der Lektüre des Tagebuchs, sicher ist, dass Elke ihn wirklich geliebt hat. So sehr, dass sie mit ihm ein neues Leben beginnen wollte. Genau, wie sie es ihm damals bestimmt häufiger gesagt haben dürfte. 40 Jahre hat er daran gezweifelt und ihr vielleicht sogar unterstellt, dass sie ihn wegen irgendeines zufällig getroffenen Mannes versetzt und verlassen hat.

Selbstverständlich traut Fritz Elke weiterhin zu, dass sie dies getan hat. Aber der zweite, ihm bis dato unbekannte Teil des Planes bringt ihn ins Grübeln: Elke hat Jochen erpresst und dem Bauernsohn 4.000 D-Mark abgeknüpft. Und jetzt sorgt sie sich, dass Jochen sie ein weiteres Mal besucht.

Denkt Fritz also an jene letzte Nacht zurück, daran, wie sie (höchstwahrscheinlich) im Bett lagen und rauchten, wie plötzlich die Stille draußen von einem lauten Motorengeräusch gestört wurde?

Helmut löste sich aus Fritz' Kopf und sortierte seine Gedanken neu. 22.30 Uhr, Jochens erste Fahrt durch das Dorf. Er war bereits zu der Annahme gelangt, dass diese Fahrt Jochen zu Elkes Haus geführt und Jochen, wie er selbst, das Rad gesehen hatte. Jochens BMW war derart laut, dass Elke und Fritz es sogar durch das geschlossene Fenster gehört haben könnten und obwohl sie gerade …

Was, wenn Fritz sich nach 40 Jahren daran erinnert und nun eins und eins und eins zusammengezählt hat:

der Tagebucheintrag mit Elkes Sorge, Jochen könne sie aufsuchen, plus dem Geräusch des BMW plus Elkes Verschwinden?

Verrückter Gedanke: Daraus leitete sich selbstverständlich die wichtigste aller Fragen ab: Hat Fritz Jochen verdächtigt, für den Tod seiner ersten großen Liebe verantwortlich zu sein? Fritz dürfte auf jeden Fall akuten Redebedarf gehabt haben, nachdem er das Tagebuch gelesen hat. Folglich rief er Jochen an, fragte ihn nach den Ereignissen von damals und konfrontierte ihn eventuell mit seinem Verdacht.

Jochen ließ ihn mit Sicherheit abblitzen, denn Fritz hatte rein gar nichts in der Hand. Abgesehen von dem bisschen schmutzige Wäsche, die bislang ausschließlich in einem höchst privaten Tagebuch ausgebreitet worden war. Das waren aber möglicherweise bloß die Hirngespinste einer Nymphomanin. Es fehlten jegliche Beweise, dass Jochen Elke 4.000 D-Mark für eine Abtreibung in Holland gegeben hatte. Darüber hinaus war all das vor 40 Jahren geschehen. Kein Hahn krähte mehr danach. Zu allem Überfluss war Jochen das Opfer gewesen, ihn hatte man hereingelegt.

Verrückter Gedanke: Mord verjährte nicht. Das wusste auch Jochen. Wenn also, zum Beispiel unter dem Gesindehaus auf dem Hof der Familie Wettenstedt, die sterblichen Überreste einer etwa 20-jährigen Frau gefunden wurden …

Stopp: Längst hatte Helmut es aufgegeben, seinen Wahnsinn grundsätzlich zu hinterfragen. Es ging jetzt um

Nuancen, wie diese: Von dem Fundament unter dem Gesindehaus als Elkes möglicher Grabstätte hatte Fritz keine Ahnung, er konnte Jochen damit wohl kaum unter Druck setzen.

Verrückter Gedanke: Vielleicht hatte Fritz dieses Wissen um späte Autofahrten durch das Dorf, um mysteriöse Fahrten nach Oldenburg und um die Baustelle des Gesindehauses gar nicht nötig gehabt. Ihm reichte seine Intuition, um Jochen des Mordes an Elke zu verdächtigen? Dafür und zwar entschieden dafür sprach, dass Jochen verschwunden und Fritz nach 40 Jahren überraschend wieder aufgetaucht war.

Bis zu seinem Telefongespräch mit Gregor konnte er aus rein chronologischen Gesichtspunkten keinen Zusammenhang herstellen. Jochen war anscheinend verschwunden, bevor Fritz nach Winnigstedt gekommen war. Jochen war seit Freitag weg und erst am Sonntag war Fritz aus Berlin gekommen, um mit Helmut in dessen 60. Geburtstag hinein zu feiern. Gregor hatte Fritz allerdings am Donnerstag oder Freitag im Dorf gesehen, wie dieser einen wehmütigen Blick auf Elkes früheres Haus geworfen hatte – nun, da er dank des Tagebuchs Hinweise darauf hatte, dass Elke ihn vor 40 Jahren doch nicht versetzt hatte.

Fritz hatte davon ausgehen können, dass ihn nach 40 Jahren niemand wiedererkennt, der ihn zufällig im Dorf sieht. Außer Jochen, mit dem Fritz sich wahrscheinlich treffen wollte. Um ihn mit seinen neuen Erkenntnissen zu konfrontieren? Um ihn zu erpressen? Um sich zu rächen?

Verrückter Gedanke: Es blieben die vielen Fragezeichen. Statt sie aufzulösen, erinnerte Helmut sich an Fritz' Ankunft vor einer Woche. Fritz war an diesem Sonntag extra in Allerherrgottsfrühe in Berlin losgefahren … Das hatte sein Freund ihm jedenfalls so erzählt. Ihm, dem Kriminalhauptkommissar. Den Fritz zuvor 40 Jahre lang ignoriert hatte. Und der jetzt ein prima Leumund wäre und sozusagen bezeugen könnte, dass Fritz exakt am Sonntagvormittag aus Berlin nach Winnigstedt gekommen war, um mit Helmut Geburtstag zu feiern. Und der deshalb natürlich nichts mit dem Verschwinden von Jochen Wettenstedt zu tun haben konnte, da Jochen bereits seit Freitag vermisst wurde.

Zwischenruf: Falls das tatsächlich zutraf, hatte der alte Freund ihn offensichtlich ein weiteres Mal reinlegen und benutzen wollen. Unfassbar! Der letzte Rest an Achtung, den er Fritz trotz allem weiter entgegenbrachte, schmolz dahin und verwandelte sich vorübergehend in das Verlangen, Fritz zu schnappen und zur Rechenschaft zu ziehen. Man kann auch sagen: sich endlich zu rächen.

Verrückter Gedanke: Helmut nahm den Faden wieder auf. Fritz war am Donnerstag oder Freitag im Dorf gewesen. Natürlich hätte Fritz schon zuvor telefonisch Kontakt zu Jochen aufgenommen haben können. Von Berlin oder von einer Telefonzelle in Königslutter aus. Jedenfalls war Jochen am Donnerstag von Königslutter aus angerufen worden und am Freitag verschwunden. Da stellte sich automatisch die Frage: Hatte Fritz ihn angerufen, um sich mit ihm zu verabreden? Natürlich heimlich. Ein heimliches Treffen wäre ganz in Jochens Sinn gewesen.

Er hatte augenscheinlich etwas zu verbergen und wollte verhindern, dass Fritz es weitererzählt.

Und wie wollte Jochen es verhindern? Indem er Fritz Geld anbietet? Viel Geld? Indem er Fritz für immer zum Schweigen bringt? Das würde zu dem Jochen passen, den Helmut kannte.

Doch es war Jochen, der seit Freitagmorgen verschwunden war, während Fritz zumindest bis Montagmorgen quicklebendig gewesen ist. Was also ist passiert, als Jochen und Fritz sich getroffen haben? Falls sie sich getroffen haben – und wo?

Extrem verrückter Gedanke: Oh Gott! Helmut schoss ein weiterer unglaublicher Gedanke durch den Kopf. Unglaublicher und wahnsinniger als alle Gedanken zuvor. Ungeheuerlicher. Und es betraf nicht die Vergangenheit, sondern die Gegenwart. Er sah die aktuelle Baugrube auf dem Hof der Wettenstedts vor sich, wo ein kleines Ladenlokal entstehen sollte. Dort wollte Magda landwirtschaftliche Erzeugnisse verkaufen. In den letzten Tagen waren ständig Baufahrzeuge auf dem Hof gewesen. Die Grube war nun ausgehoben, die Schalung gelegt und in den nächsten Tagen sollte das Fundament gegossen werden. Die Geschichte wiederholte sich …

Stopp: Nein! Wie gesagt, Fritz wusste nichts von der Baugrube für das Gesindehaus als Elkes Grab. Denn nur so würde es ja Sinn ergeben: Fritz wollte symbolisch ebenfalls eine Baugrube für Jochen wählen, um es ihm mit gleicher Münze heimzuzahlen.

Verrückter Gedanke: Im Gespräch mit Jochen hätte Fritz durchaus von der Baugrube erfahren haben können, indem er die Wahrheit aus Jochen herausgeprügelt hat.

Stopp: Wie es nun mal Fritz' Art war! Quatsch, er hatte nie erlebt, dass Fritz sich geschlagen hatte. Fritz hatte stets mit Worten gekämpft.

Verrückter Gedanke: Andererseits war Fritz bestimmt sehr zornig, als er mit Jochen sprach; wahrscheinlich bedrohte er ihn mit einer Pistole, um ihn zum Reden zu bringen, erschoss und begrub ihn anschließend.

Stopp: Nochmals nein! Wie hätte Fritz es denn geschafft haben können, unbemerkt Jochens Leiche in der Baugrube zu vergraben? Der Neubau entstand zwar am Rand des Anwesens, aber ganz in der Nähe der Straße. Irgendjemand musste das beobachtet haben, oder?

Verrückter Gedanke: Indes schien es 1974 durchaus möglich gewesen zu sein, eine Leiche in einer Baugrube auf Wettenstedts Hof zu entsorgen. Die Geschichte wiederholte sich …

Stopp und zurück auf Anfang: Falls überhaupt jemals irgendwo eine Leiche vergraben worden war – Helmut zwang sich, zu relativieren. Bisher geschah das alles nur in seinem Kopf, der reichlich vernebelt war. Ohne die Tagebücher hätte er niemals in Erwägung gezogen, dass Elke oder Jochen überhaupt tot sein könnten. Und selbst die Eintragungen im Tagebuch bedeuteten nicht zwangsläufig, dass jemand tot war. Elke hätte genauso gut im Zug nach Amsterdam einen anderen Geoffrey kennengelernt haben können, um mit ihm ihr neues Leben zu beginnen. Und Jochen hätte sich endlich für seine große Liebe aus Königslutter entschieden haben können.

Verrückter Gedanke: Für eine Frau, die offenbar weder ein Festnetz-, noch ein Mobiltelefon besaß und die deswegen die Telefonzelle am Markt benutzte, um Jochen mittags zu Hause anzurufen. »Nee, ist klar«, hörte er Lisa sagen. In solchen Momenten brach gern ihre ironische Ader durch. Was hätte Lisa außerdem gesagt? »Eine erfahrene Geliebte käme niemals auf die Idee, ihren Lover zur Essenszeit auf dem Festnetz anzurufen, wenn die ganze Familie am Tisch versammelt und somit die Gefahr groß ist, dass jemand Falsches den Hörer abnimmt oder mithören kann. Heutzutage schickt eine versierte Geliebte eine SMS.«

Verrückter Gedanke beziehungsweise Schlussfolgerung: Es half nichts, den Wahnsinn in seinem Kopf auf den Schnaps und das Bier zu schieben. Es half nichts, nach Alternativen zu forschen, die sich bei längerem Hinsehen als unlogisch entpuppten. Die einzige Hilfe bekam er, wenn er sich der Wahrheit stellte, und die sah so aus: In seinem verhunzten Kriminalistenkopf hatte Helmut an diesem Abend, allein auf der Terrasse vor seinem Haus sitzend, denkbare Lösungen für eine ganze Reihe an Mord- und Vermisstenfällen gefunden.

Er schrieb seine Schlussfolgerungen auf, chronologisch, stark vereinfacht und mit verschiedenen kleinen Fragezeichen versehen:

»Im Sommer 1944 bringt der Bauer Heinz Schrader aus Eifersucht (?) den russischen Zwangsarbeiter Boris um, den Geliebten von Renate Junker. Schrader gelingt es, den Mord wie einen Unfall aussehen zu lassen, er wird nie angeklagt.

30 Jahre später, am 6. Juli 1974 um 22 Uhr, erfährt Renate Junker die Wahrheit. Sie rächt umgehend den Tod ihres Geliebten und bringt Schrader um. Mithilfe ihres Freundes Karl Liedke und mit ein wenig Glück gelingt es ihr, unbehelligt davonzukommen.

In derselben Nacht tötet Jochen Wettenstedt seine Erpresserin Elke Marchowitz (?) und lässt ihre Leiche unter einem Neubau auf dem Hof seiner Eltern (?) verschwinden. Da alle Welt denkt, Elke sei abgehauen, um andernorts ein neues Leben zu beginnen, bleibt dieser Mordfall unbemerkt und es wird niemals ermittelt.

40 Jahre danach kommt diese Wahrheit endlich ans Licht und wieder wird das Verbrechen sehr spät gerächt. Fritz Tiedemann, Elkes früherer Geliebter, bringt Jochen um (?) und lässt die Leiche unter einem Neubau auf dem Hof der Wettenstedts (?) verschwinden. Da alle Welt denkt …«

An dieser Stelle hielt Helmut inne. Er wollte ein paar Tage warten, bis er diesen Satz vervollständigte. Zunächst musste er herausfinden, was alle Welt dachte. Jochen war verschwunden, doch möglicherweise traf demnächst ein Abschiedsbrief ein? Ein echter oder ein gefälschter? Oder irgendwo würde Jochens verlassener Mercedes entdeckt werden?

Und er musste baldmöglichst Magda fragen, ob Fritz am Endspielsonntag tatsächlich bei Wettenstedts gewesen war, um Jochen zu besuchen. Das hatte Fritz behauptet, als er am Abend zurückgekommen war, um sich mit den Ermittlern das Finale anzusehen. Fritz hatte gesagt, dass Jochen seit Freitag »unterwegs« war. Das konnte Fritz, vorausgesetzt er hatte nichts mit Jochens Verschwinden zu tun, nur von einem der Wettenstedts erfahren haben.

Magda allerdings hatte diesen – für sie gewiss ungewöhnlichen – Besucher gegenüber Helmut nicht erwähnt. Hatte sie es in der Aufregung um Jochens Verschwinden schlicht vergessen? Hingegen: Da kommt jemand nach 40 Jahren zurück ins Dorf und möchte gern den eigenen Mann besuchen, der ausgerechnet jetzt spurlos verschwunden ist? So eine Begebenheit erwähnt man doch, oder?

Falls es tatsächlich keinen Besuch gegeben hatte, bedeutete dies zwangsläufig, dass Fritz aus erster Hand von Jochens Verschwinden wusste.

Helmut musste sich dringend mit Fritz unterhalten, es gab allerhand zu besprechen.

7. Juli 1974, die ersten Stunden nach Mitternacht, Winnigstedt, Untere Straße / Bruchweg

Dieses durchtriebene Luder!

Die Geisterstunde ist längst vorbei. Er hat weiter fleißig Bier getrunken. Das kleine Luder, das ihn nach ein paar Flaschen Bier zum seligen Lächeln bringt, ist längst vergessen. Das geile Luder, das er am liebsten sofort besteigen würde, erregt ihn zwar heftig. Viel lieber als seinen Schwanz will er jetzt aber die Gerte hervorholen.

Ein paar Gerten hängen tatsächlich im Pferdestall. Aber er würde sich natürlich lächerlich machen, wenn er mit einer echten Gerte in der Hand vor ihrem Haus herumliefe. Es reicht eine symbolische Gerte.

Er sitzt in seinem Auto, das in der Einfahrt zum Gehöft steht. Seine Eltern und seine Großeltern schlafen. Sie denken, dass auch er längst im Bett liegt. Doch er würde jetzt sowieso keinen Schlaf finden, erst muss er diese Sache klären. Er muss nachschauen, ob das verdammte Rennrad dort noch steht.

Er startet den Wagen, behält die Bierflasche in der Hand. Haake Beck. Sein Vater hat einen Narren an diesem Bier gefressen. Na ja, so lange es umsonst herumsteht.

Er lenkt mit links. Er schaltet ein einziges Mal, vom ersten in den zweiten Gang, und fährt mit maximal 40 km/h durchs vollkommen ausgestorbene Dorf. Er weiß, dass sein BMW laut ist und dass fast jeder aus dem Dorf dessen Klang kennt. Es ist aber nicht verboten, um 1 Uhr nachts durchs Dorf zu fahren, oder? Alle schlafen längst, die Fernsehsender haben ihr Programm beendet, ARD, ZDF, NDR, DDR I und DDR II. Absolute Sendepause!

Nach zwei Minuten steht er vor dem Haus an der Unteren Straße. Aus keinem Fenster dringt Licht auf die Straße. Er lässt den Wagen ein paar Meter weiter rollen, damit er den seitlich gelegenen Hauseingang sehen kann. Das Rennrad ist weg. Er nimmt einen kräftigen Schluck, überlegt kurz, nimmt einen weiteren Schluck und stellt den Motor ab. Die Flasche ist nun leer, aber er hat ein paar weitere Flaschen auf dem Beifahrersitz liegen. Er öffnet die nächste Flasche mit dem Feuerzeug, nimmt einen Schluck, steckt sich eine Zigarette an.

Er kurbelt das Fenster herunter, kühle Luft umfängt ihn. Er muss den Kopf verrenken, um zu ihren Fenstern hinaufsehen zu können. Tatsächlich glimmt dort in der Dunkelheit eine Zigarette.

Das muss sie sein. Er steigt aus, die Zigarette in der einen Hand, die Flasche Bier in der anderen.

Sie hat ihn bemerkt, hat ihr Fenster geöffnet, beobachtet ihn.

Im ersten Moment will er zu ihr hinaufrufen, dass sie ihn rein lassen soll. Dann fällt ihm ein, dass ein Wettenstedt nicht mitten in der Nacht auf der Straße steht und wie ein Prolet durch die Gegend brüllt. Er macht ihr ein Zeichen Richtung Haustür.

Sie versteht, was er möchte, schüttelt aber den Kopf.

Er macht eine flehende Geste mit den Händen, was angesichts der Bierflasche und der Kippe absurd aussieht. Dabei grinst er. Und hat Erfolg.

Sie bedeutet ihm, zur Tür zu kommen.

Dort muss er kurz warten, bis sie aus ihrer Wohnung herausgetreten und die Treppen hinabgestiegen sein würde, um ihm die Außentür aufzuschließen, die in diesem Haus um 22 Uhr abgeschlossen wird. Auch Fritz musste sie vorhin nach unten bringen, um ihn aus dem Haus zu lassen. Was sie dabei wohl anhatte?

Das Licht im Treppenhaus springt an, ihre Silhouette zeichnet sich ab, verschwommen und verzerrt durch die Milchglasscheibe in der Tür.

Sie schließt auf, steht vor ihm, schüttelt den Kopf. Weder ein Lächeln, noch ein Outfit, das einen Mann scharfmacht, nur ein altes, viel zu weites Sweatshirt und eine lange Jeans.

Er weiß, was sich darunter verbirgt – und er weiß, dass ihre Möse vollgepumpt ist mit Tiedemanns Sperma. Dieser Drecksack! Und mit dem hat er mal ein paar Radtouren unternommen. Das wird nie wieder vorkommen.

Sie will ihn unten an der Tür abfertigen, fragt flüsternd, was er möchte.

Er besteht darauf, nach oben zu gehen. Er spricht ebenfalls leise, tut so, als nähme er Rücksicht auf die Nachbarn.

Sie sagt, höchstens für ein paar Minuten könne er nach oben kommen, sie sei dabei, ins Bett zu gehen.

Er schnippt die Kippe weg, stellt die Bierflache neben die Tür und geht ins Haus.

Kurz bevor das Flurlicht ausgeht, erreichen sie ihre Wohnungstür, die offensteht. Er wankt und stößt gegen den Türrahmen, schafft es aber, die Tür beinahe lautlos zu schließen.

Sie dreht sich um und zischt: »Pass doch auf! Du bist ja total blau!«

»Hauptsache, du hast dich schön von Fritz ficken lassen!«

»Was erzählst du da für einen Scheiß?«

»Hab vorhin sein schönes Rennrad draußen stehen sehen. Mal wieder. Bin mir überhaupt sicher, dass da was zwischen euch läuft.«

»Und wenn schon? Was geht dich das an?«

»Aha? Und wenn du nun von ihm schwanger bist? Oder doch von Helmut? Dann geht es mich durchaus was an, dann kann ich mir nämlich das Geld für die Abtreibung zurückholen.«

»Geh jetzt, geh!«

Sie versucht, ihn zu schubsen. Ohne Wirkung! Er bleibt einfach stehen und stößt stattdessen sie; sie prallt gegen die Wand.

Sie schüttelt sich und will sich erneut auf ihn stürzen.

Er fängt sie ab, greift sich ihren Arm, dreht ihn nach hinten.

Sie stöhnt auf.

Er dreht weiter, zwingt sie auf diese Weise in die Knie, drückt sie auf den Boden, dreht sie auf den Rücken, lässt ihren Arm kurz los, kommt auf ihr zu liegen und spürt ihre vollen Brüste unter sich, spürt sein Glied, wie es umgehend anschwillt. Er ist drauf und dran, ihr die Klamotten vom Leib zu reißen, um sie gleich hier, in der Diele, zu nehmen, auf hellgrauem Teppichboden. Dann fällt ihm wieder das fremde Sperma in ihrer Möse ein. Er verzieht das Gesicht und fixiert ihre Arme mit seinen Knien.

Sie will sich befreien. Als ihr das misslingt, beschimpft und beleidigt sie ihn – und seine Männlichkeit.

Er will das nicht hören, presst seine linke Hand auf ihren Mund. Er presst und er presst.

Sie strampelt mit den Beinen und stöhnt.

Er presst weiter und immer fester, packt mit der rechten Hand ihren Hals und drückt.

Ihr Stöhnen wird dumpfer, ihre Beine zucken kraftlos.

Seine Hände verrichten mechanisch ihre Arbeit, seine Kraft scheint unerschöpflich zu sein, genau wie sein Zorn.

Und dann ist sie plötzlich still und liegt reglos unter ihm.

Er sieht sich um. Überall Diele. Hellgrauer Teppichboden. Kahle Wände. Ohne Bilder. Ohne Spiegel. Dabei hätte sie die helle Freude daran, sich bei jeder Gelegenheit im Spiegel zu betrachten.

Unter ihm der reglose Körper.

Er richtet sich auf. Langsam und schwankend. Das Bier macht sich in diesem Moment mit Nachdruck bemerkbar. Das viele Bier. Haake Beck. Ein Bier, das zufällig sein alter Herr gern mag und deshalb Woche für Woche kistenweise anschleppt.

Er wankt Richtung Küche. Macht das Licht an. Auf dem Küchentisch liegen mehrere Umschläge. Er schnappt sich den ersten und jubiliert innerlich, denn der Umschlag ist voller Geldscheine. Sein Geld. Er setzt sich und zählt. 3.900 D-Mark. Sie hat also bereits 100 Mark von seinem gesparten Geld verprasst. Egal, das meiste bekommt er jetzt zurück. Er steckt den Umschlag in die Innentasche seines beigen Blousons.

In dem zweiten Umschlag steckt ein Brief, er holt ihn hervor und liest.

»Lieber Helmut, bitte verzeihe mir, dass ich so einfach aus deinem Leben verschwinde. Ich bin in Holland und werde niemals zurückkehren. Ich werde unser Kind abtreiben lassen und von Neuem beginnen. Allein. Bitte, suche mich nicht! Ich liebe dich und werde dich immer lieben. Ich bin aber zu jung, um eine Familie zu gründen.

Ich habe Angst, dass du das nicht verstehen wirst. Ich habe Angst vor den Diskussionen, vor den Gesprächen. Bitte, verstehe mich! Bitte, verzeihe mir! Deine Elke.«

Der Brief macht ihn schlagartig ein bisschen nüchterner. Dieses verhurte Luder! Sie hat Helmut gesagt, es sei sein Kind. Hat ihren Freund angelogen und betrogen. Genau wie sie ihn zum Narren gehalten hat. Lügen über Lügen! Dabei ist offenbar Fritz der Vater! Diese miese Schlampe hat es verdient, dort tot in der Diele zu liegen.

Im dritten Umschlag steckt ein weiterer Brief.

»Liebe Mama, lieber Papa …«

Es folgen ungefähr die gleichen Lügen wie in dem Brief an Helmut – sowie die Bitte an die Eltern, sich um die Wohnung zu kümmern, sie aufzulösen.

Er wirft einen Blick auf Elke. Sie liegt reglos in der Diele. Was sonst? Soll sie etwa von den Toten auferstanden sein? Sie wird tot bleiben. Er hat sie umgebracht – und nun hält er zwei Abschiedsbriefe in der Hand sowie Umschläge, die beschriftet sind, in der passenden Handschrift; die Adressaten stehen darauf: Helmut in Winnigstedt, Elkes Eltern in Hannover. West-Duitsland steht jeweils unter der Adresse. Muss dort auch stehen, denn Elke hat vorgehabt, die Briefe in Holland aufzugeben. Es fehlen bloß die Briefmarken und der Absender, aber den Absender wird niemand vermissen und die Marken könnte man kaufen, dazu müsste man nur nach Holland fahren. Doch das müsste man ohnehin, wenn man die Briefe wie von Elke beschrieben aufgeben will.

Er steckt beide Briefe in die Jackentasche, zu dem Umschlag mit dem Geld. Vielleicht sind die Abschiedsbriefe letztlich sogar mehr wert als 3.900 D-Mark? Sie könnten ihn vor dem Gefängnis bewahren. Mit diesen Abschiedsbriefen und, ganz wichtig, ohne Leiche wird niemals jemand nach einem Mörder suchen.

Er lauscht, doch im Haus ist es vollkommen still. Gut, dass hier nur alte Leute wohnen, die nichts mehr mitkriegen. Weder von dem kleinen Kampf in der Diele, noch davon, wie er jetzt die Leiche in sein Auto bringt.

Kann er sie so ohne Weiteres über die Schulter werfen und hinaustragen? Nein, er müsste sie einwickeln, in eine Decke oder einen Teppich. Er begibt sich auf die Suche nach etwas Passendem und geht zunächst in Elkes Schlafzimmer. Dort sieht er die beiden Koffer, die vor dem Schrank stehen. Abschiedsbriefe. Gepackte Koffer. Keine Leiche. Das passt hervorragend. Und Fritz, falls man ihn je danach fragt, könnte bestätigen, dass Elke die fertig gepackten Koffer in ihrer Wohnung stehen hatte, als er sie zuletzt besucht hat, um zu … Egal. Die Koffer muss er mitnehmen. Elke weg. Koffer weg. Abschiedsbriefe. Das ergibt Sinn.

Er muss die Leiche natürlich noch in dieser Nacht verschwinden lassen. Wohin? Wenn er sie einfach irgendwo in den Graben wirft, wird sie innerhalb weniger Tage gefunden und die Briefe hätten all ihren Wert verloren. Leider liegt der nächste See über 20 Kilometer entfernt. Und eine weite Autofahrt möchte er nicht riskieren. Zum einen ist es sehr spät, zum anderen ist er noch immer zu betrunken, um weite Strecken zu fahren.

Man müsste die Leiche vergraben. Am besten in einem Wald. Doch das einzige kleine bewaldete Stück in der

Nähe des Dorfes liegt im Bruch, dummerweise in Sichtweite des Wachturms. Wenn die DDR-Soldaten ihn mit ihren Nachtsichtgläsern dabei beobachten, wie er eine Leiche vergräbt, gäbe es auf einmal lästige Zeugen. Die würden wohl kaum umgehend zur bundesdeutschen Polizei laufen, um ihn anzuzeigen. Den Brüdern dort ist jedoch durchaus zuzutrauen, dass sie wissen, wer er ist und dass sie ihn mit ihrem Wissen um den Mord erpressen und als Spion anwerben würden. Denen ist alles zuzutrauen.

Vergraben scheint gleichwohl die beste Idee zu sein. Ein möglichst tiefes Loch und dann rein damit. Fertig.

Ein möglichst tiefes Loch? Halt mal! Die Baugrube für das Gesindehaus! Nächste Woche soll die Schalung gelegt werden und bald darauf werden Gregor und seine Kollegen das Fundament gießen. Wenn er dort die Leiche und die Koffer vergräbt, wird man sie niemals entdecken. Dann muss er nur noch nach Holland fahren, um die Briefe aufzugeben, damit die Geschichte stimmig ist.

Wenn er die Leiche vergraben will, wäre es natürlich günstig, sie in einen großen Sack zu packen. Der eignet sich darüber hinaus bestens für den Transport durch das Treppenhaus. Solch einen blauen Müllsack, wie ihn jeder bei sich zu Hause hat, zum Beispiel in der Abstellkammer oder im Küchenschrank. Bei Elke ist es der Küchenschrank. Er nimmt drei Säcke heraus. Einen für Elke und je einen für die Koffer.

Am Ende benötigt er zwei blaue Säcke für Elke. Er zieht ihr zunächst einen Sack über den Kopf, aber der reicht nur bis zu Elkes Oberschenkeln. Also zieht er ihr einen zweiten Sack an, diesmal beginnt er an den Füßen und erreicht so den ersten Sack. Er findet eine Rolle

Paketband und bindet die beiden Säcke fest. Dann legt er den dritten Müllsack zurück in den Küchenschrank. Die Koffer kann er auch so mitnehmen.

Er läuft ein weiteres Mal durch die gesamte Wohnung. Im Badezimmer steht gut sichtbar auf dem Alibertschrank Elkes Kulturbeutel, der mehr als zur Hälfte gepackt ist. Er muss nur ein paar Dinge ergänzen, die er im Schrank und auf verschiedenen Ablagen findet, Zahnbürste, Zahnpasta, Lippenstift, Tampons und so weiter. Er legt den Kulturbeutel in den Koffer und sieht sich in der restlichen Wohnung nach Dingen um, die Elke mitgenommen hätte. Bei einem Stapel Bücher in ihrem Schlafzimmer überlegt er kurz, ob dieser in den Koffer gehört. Er entscheidet sich dagegen. Die Koffer sind voll genug.

Es ist mittlerweile fast 2 Uhr. Es bleibt ihm nur wenig Zeit bis zum Tagesanbruch; selbst am Sonntag stehen seine Großeltern gern in aller Herrgottsfrühe auf. Zum Glück liegt ihr Wohntrakt am entgegengesetzten Ende des Anwesens. Seine Eltern würden ihn ebenso wenig an der Baugrube entdecken. Trotzdem möchte er sein Werk bis 4 Uhr, spätestens 4.30 Uhr beendet haben, ein wenig Schlaf täte ihm gut.

Er räumt die Küche auf und macht das Bett, damit die ganze Sache nach einem geordneten Auszug aussieht. Das dauert weniger als fünf Minuten, dann nimmt er Elkes Schlüsselbund vom Haken neben der Wohnungstür und bringt zunächst die beiden Koffer nach unten; er kann sich bei dieser Gelegenheit davon überzeugen, dass im Treppenhaus die Luft rein ist. Er legt die Koffer auf die Rückbank, der Kofferraum bleibt für Elke reserviert. Er geht zurück in die Wohnung und schleppt dann in einem gewaltigen Kraftakt die Leiche durchs Treppenhaus, über die Straße und bis zu seinem Auto. Er läuft ein letztes Mal zurück, schließt die Wohnungstür ab, nimmt den Schlüsselbund mit und schließt mit einem anderen Schlüssel die Haustür von außen ab. Dann wirft er den Schlüsselbund in Elkes Briefkasten.

Dort werden ihn Elkes Eltern finden. In der Wohnung werden sie kaum etwas Außergewöhnliches entdecken, er hat in der Diele keine Spuren hinterlassen. Das Gerangel dort ist Gott sei Dank unblutig verlaufen. Leider hat er überall in der Wohnung sowie auf dem Schlüsselbund seine Fingerabdrücke hinterlassen. Wenn es ihm jedoch gelingt, Elkes Leichnam in der Baugrube verschwinden zu lassen, wird er sich niemals im Leben wegen dieser Fingerabdrücke Sorgen machen müssen. Solange niemand denkt, Elkes Wohnung könne ein Tatort sein, werden dort keine Fingerabdrücke gesucht.

Für die Rückfahrt steckt er sich eine weitere Zigarette an und öffnet sich eine neue Flasche Bier. Diesmal schaltet er von vornherein in den leiseren dritten Gang, fährt einhändig und mit höchstens 40 km/h zurück zum Hof. Der BMW ist dennoch laut. Zum ersten Mal bereut er es, ihn frisiert zu haben. Der Wagen ist dadurch nur unwesentlich schneller geworden, dafür zu laut, um nachts unbemerkt durch das Dorf zu fahren. Hoffentlich schlafen alle tief und fest.

Die Scheune, neben der er meist parkt, liegt ein paar Meter von der Baugrube entfernt. Er stellt den Motor ab, zieht ein letztes Mal an seiner Zigarette, trinkt mit zwei großen Schlucken das Bier aus, legt die leere Flasche in den Fußraum vor dem Beifahrersitz, steigt aus und blickt sich zufrieden um, denn auf dem gesamten Hof herrscht Stille und nirgendwo brennt Licht.

Niemand hat das Auto gehört, und nun soll ihn bitteschön auch niemand graben hören. Er holt einen Spaten aus der Scheune und steigt an einer Holzleiter hinunter in die rund acht mal acht Meter große Grube, die demnächst das Kellergeschoss des Gesindehauses bilden wird. Etwa in der Mitte der Grube beginnt er zu graben.

Graben kann er, schließlich ist er Bauer. Wenn es sein muss, kann er sehr schnell graben. Nach einer halben Stunde ist das Loch so tief und groß, dass es seinen Zweck erfüllt. Er klettert die Leiter nach oben, geht zum Auto und holt zunächst die beiden Koffer. Fast hätte er sie nach unten geworfen, doch er will sein Glück nicht überstrapazieren. Hinterher gehen die Koffer auf und Elkes Kleidung verteilt sich in der ganzen Grube und er kann durch den Matsch robben und alles einsammeln. Nein, nein. Er bringt die Koffer nacheinander hinunter in die Grube und legt sie neben das Loch.

Jetzt ist Elke dran. Vorhin, im Treppenhaus, hat er sie relativ problemlos tragen können. Jetzt, nach dem intensiven Graben, gelingt es ihm nur mit größter Mühe, sie aus dem Kofferraum zu holen. Er versucht, sie an der Hüfte hochzuheben und sie gewissermaßen aus dem Kofferraum zu rollen. Das klappt einigermaßen, doch dann gleitet ihm die Leiche aus den Fingern und schlägt dumpf auf das Kopfsteinpflaster. Er sieht sich um. Nirgendwo im Anwesen gehen Lichter an. Er packt Elkes Füße und schleift sie zur Baugrube hinüber.

Er versucht erst gar nicht, die Leiche auf der Leiter in die 2,50 Meter tiefe Grube zu transportieren. Das übersteigt seine verbliebenen Kräfte bei Weitem – und gleich muss er noch das Loch zuschaufeln. Er will Elke so vorsichtig wie möglich in die Grube gleiten lassen. Zentimeter für Zentimeter zieht und schiebt er sie zum Rand der Grube, den Kopf voran. Endlich lässt er ihre Füße los und Elke rutscht an der Grubenwand nach unten, beinahe geräuschlos. Er atmet tief durch, erstmals bilden sich Schweißperlen auf seiner Stirn. Ein weiteres Mal steigt er die Leiter hinunter, zerrt die Leiche zum Loch und stopft sie hinein. Die beiden Koffer legt er darüber. Dann schaufelt er das Loch zu. Spaten für Spaten. Jetzt muss er die Stelle rasch glätten, damit sie sich möglichst wenig von der übrigen Grube unterscheidet. Ein bisschen Erde bleibt über, er verteilt sie, mehr oder weniger gleichmäßig, in der Grube. Die kleinen Haufen, die dabei entstehen, schlägt er platt. Den Rest wird der Regen erledigen, der gerade einsetzt. Endlich einmal kann man dankbar dafür sein.

Nach gut einer Stunde ist die Arbeit getan. Er ist nass vom Regen und vom Schweiß. Trotzdem reinigt er den Spaten, wenigstens notdürftig, trinkt ein letztes Bier, raucht eine letzte Zigarette und liegt gegen 4 Uhr endlich im Bett.

Doch anstatt zu schlafen, plant er sein weiteres Vorgehen. Es wäre hilfreich, einen konkreten Anlass zu benennen, warum er im Laufe der nächsten Woche, am besten direkt am Montag, für ein paar Tage fortfährt. Er muss nach Holland fahren, um dort die Briefe einzuwerfen, natürlich mit holländischen Briefmarken. Die will er in der erstbesten Stadt kaufen, einen Briefkasten finden und fertig. Das schafft er an einem Tag. Oder soll er sich eine Nacht in der Fremde gönnen? Eventuell wäre dann seine Geschichte plausibler?

Mit einem Mal fällt ihm ein, dass ein alter Schulfreund in Oldenburg wohnt. Na ja, Freund ist übertrieben. Eher jemand, den er aus der Schule kennt und den er neulich beim Klassentreffen wiedergesehen hat, Berthold Angermund. Berthold hat nach der gemeinsamen Realschulzeit in Schöppenstedt auf dem Gymnasium Schöningen sein Abitur gemacht und studiert nun in Oldenburg. Das liegt auf dem Weg nach Holland, wie praktisch!

Er hat Berthold nie besucht und Berthold würde sich extrem wundern, wenn er dort unvermittelt auf der Matte steht. Aber er hat nicht vor, tatsächlich hinzufahren, er will nur seinen Eltern einen Grund für seine Reise nennen. Ihnen eine halbwegs plausible Geschichte liefern. Seine Eltern werden vielleicht etwas anderes dahinter vermuten, womöglich eine Frauengeschichte, die er vor ihnen verheimlichen möchte. Sie würden aber niemals auf die Idee kommen, dass er mithilfe dieser Reise den Mord an Elke Marchowitz vertuschen möchte, die fortan in der Baugrube auf dem Hof vergraben liegt.

Mit diesem Gedanken sinkt er in einen kurzen, unruhigen Schlaf.

KAPITEL 21

23. Juli 2014, mittags

Helmut schloss die Haustür der Wettenstedts hinter sich, ging die Steintreppe hinunter und betrachtete für einen Moment die Baustelle für das Verkaufshaus. Dort herrschte reger Betrieb. Der Fahrmischer rangierte in der Hofeinfahrt eifrig vor und zurück; der Fahrer ließ die Reifen ordentlich quietschen und malträtierte die Bremsen. Jeden Moment dürfte der Lkw die passende Position gefunden haben und rückwärts an die Baugrube heranfahren. Dann würde unter ohrenbetäubendem Lärm und mit großer Geschwindigkeit der Beton durch das Kunststoffrohr in die Grube strömen. Man musste ihn noch glätten und härten lassen, dann wäre die Sache erledigt. Drei Bauarbeiter standen schon bereit.

Da Jochen unauffindbar blieb, überwachte sein Sohn die Arbeiten. Alexander Wettenstedt war vor ein paar Wochen aus Kanada zurückgekehrt, wo er ein Praktikum auf einer großen Farm absolviert hatte. Er würde bald der neue Herr des Hofes sein, nur wusste er nichts von seinem Glück.

Jonas hingegen wusste von seinem Glück. Er hatte den Mörder von Doris Erlemann gefunden, die 1967, mitten im Sommer der Liebe, vergewaltigt und erwürgt worden war. Jonas hatte in irgendeinem Kaff in Nordhessen Bernd Rademacher ausfindig gemacht und eine DNA-Probe von ihm bekommen. Sie stimmte fast mit jener

Probe überein, die kürzlich in Hannover analysiert worden war.

Fast.

Haargenau hätte sie mit der DNA von Bernds verstorbenem Bruder Jürgen übereingestimmt. Er hatte Doris Erlemann ermordet. Es war also genau umgekehrt gewesen: Bernd hatte seinem zurückgebliebenen Bruder Jürgen ein falsches Alibi geliefert.

Unterm Strich bedeutete dies, dass Jonas den Mörder gefunden hatte, der jedoch längst verstorben war und sich nicht mehr zu dem Fall äußern konnte. Doch Jonas hatte Beweise und darüber hinaus Bernds Aussage, der offensichtlich froh gewesen war, nach all den Jahren endlich reinen Tisch machen zu können. Wie gesagt: Jonas hatte seinen Mörder überführt.

Und Helmut? Er hatte theoretisch mehrere alte und neue Fälle auf einen Schlag gelöst und stand nichtsdestotrotz mit leeren Händen da.

Der mutmaßliche Mörder von Boris, Heinz Schrader, war seit 40 Jahren tot, ohne vorher ein Geständnis abgelegt zu haben; Beweise für seine Tat gab es genauso wenig.

Jochen Wettenstedt, der mutmaßliche Mörder von Elke, blieb spurlos verschwunden. Der von Magda beauftragte Privatdetektiv hatte keine Spur von ihm entdeckt. Das hatte Magda ihm erst vor wenigen Minuten erzählt. Sie hatten, diesmal ohne den alten Gustav, in der guten Stube gesessen und Kaffee (ohne Schuss) getrunken. Helmut hatte sich pflichtschuldigst nach Jochen erkundigt und Magda scheinbar beiläufig gefragt, ob Fritz Tiedemann am Endspielsonntag bei ihnen angeklingelt hatte, um Jochen zu besuchen.

»Nein, an dem Sonntag war niemand bei uns. Diesen Namen höre ich auch zum ersten Mal. Wer soll das denn sein und was hätte er von Jochen gewollt?«, hatte Magda gefragt und ihn damit kurz in Bedrängnis gebracht.

Er war überrascht gewesen, dass Magda der Name Tiedemann vollkommen fremd war, und er hatte deshalb ein wenig improvisieren müssen. »Ein Jugendfreund von mir – und von Jochen, der jetzt in Berlin wohnt. Er hat mich an diesem Sonntag seit Langem mal wieder besucht und bei mir übernachtet. Zwischendurch ist er eine Runde durchs Dorf gegangen, um ein paar anderen alten Freunden Hallo zu sagen, unter anderem Atze, Gregor und Jochen, wie er sagte. Als er damals zurückkam, waren schon meine Kollegen da. Wir wollten das Endspiel gucken und waren alle ziemlich aufgeregt. Ich hatte ganz vergessen, Fritz zu fragen, wen er letztlich alles besucht hat. Es ist mir erst die Tage wieder eingefallen.«

Magda hatte schweigend zugehört und anscheinend nicht bemerkt, dass er viel zu viele Worte wegen dieser Banalität verloren hatte. »Wie gesagt, dieser Fritz war an dem Tag nicht bei uns. Ich muss es wissen, ich war den ganzen Tag zu Hause und habe auf eine Nachricht von Jochen gewartet.«

Dank dieser Antwort wusste er nun endgültig, dass Fritz ihn ein weiteres Mal angelogen hatte. Vor allem bestätigte sich dadurch seine schlimmste Befürchtung: Mit großer Sicherheit war Elkes Mörder nun selbst tot; für seine Tat gab es weder Beweise, noch ein Geständnis.

Und das war keineswegs der einzige Rückschlag für Helmut: Schraders Mörderin, Renate Junker, hatte ihre Tat bekanntlich ausschließlich in einem privaten Gespräch zugegeben – und konnte somit nicht als offizielles

Geständnis gewertet werden. Beweise? Nun ja, er hatte letzten Samstag heimlich zwei Plastikbeutel, mit einem Haar beziehungsweise einer Zigarettenkippe, aus Frau Junkers Haus geschmuggelt. Nachdem er am selben Abend Elkes Tagebücher gelesen hatte, hatte er die beiden Beutel in den Müll geworfen. Das andere Verbrechen, das scheinbar zeitgleich in jener längst vergangenen Nacht verübt worden war, hatte ihn zu sehr beschäftigt. Außerdem mochte er Frau Junker, und, mein Gott, sie war 89 Jahre alt! Wer, bitte schön, wollte diese Greisin ins Gefängnis bringen? Er jedenfalls nicht.

Lisa war derselben Meinung. Er hatte es mit ihr besprochen und konnte sie schnell davon überzeugen, dass man Frau Junker ihren Kaffee mit Schnaps und ihre Menthol-Zigaretten lassen sollte, bis sie sich eines Tages vor ihrem himmlischen Richter zu verantworten hatte.

Und seine anderen Kollegen? Jonas hatte seinen Fall gelöst, er war zufrieden. Warum sollte Helmut ihn mit dieser Lappalie behelligen? Und David? David hatte Urlaub.

Blieb der mutmaßliche Mörder von Jochen Wettenstedt, falls Jochen wirklich tot war, wofür jedoch vieles sprach. Blieb also Fritz Tiedemann. Schrader hatte für sein Verbrechen gebüßt, Jochen hatte für sein Verbrechen gebüßt, Frau Junker hatte ihren Preis im Voraus gezahlt: durch den Verlust ihres Geliebten. Blieb Fritz. Fritz, immer wieder Fritz! Auch Fritz hatte seinen Preis im Voraus gezahlt: mit dem Verlust seiner Geliebten.

Doch Elke war damals Helmuts Freundin gewesen und Fritz hatte sie ihm weggenommen. Wog der Verlust das Verbrechen trotzdem auf? Er tendierte dazu, diese Frage zu verneinen. Hinzu kam, dass Fritz ihn als Leumund hatte instrumentalisieren wollen. Und ihn einmal mehr angelogen hatte. Schlimmstenfalls hatte Fritz sogar gelogen, als er behauptet hatte, sich, wie früher, bei seinem Geburtstag geirrt zu haben, bloß, um seine Geschichte plausibler klingen zu lassen. Und Fritz war erst 59!

Leider war Fritz momentan vor allem eines: unerreichbar. Helmut hatte es telefonisch beim John-Lennon-Gymnasium in Berlin versucht. Eine gut zu verstehende Frauenstimme (also wohl kaum Nora Tschirner) informierte in einer automatischen Ansage darüber, dass der Schulbetrieb aufgrund der Sommerferien zurzeit ruhte.

Mithilfe der Fahnder hatte er Fritz' Festnetznummer herausgefunden und landete dort (und das einige Male) ebenfalls bei einem Anrufbeantworter. Es war einer mit mechanischer Stimme; er konnte keine Nachricht hinterlassen. Eine registrierte Mobilnummer besaß Fritz nicht. War etwa auch Fritz verschollen? Das schien gerade in Mode zu sein.

Helmuts Blick fiel auf das Gesindehaus, das im Sommer 1974 errichtet worden war und das genau am anderen Ende des riesigen Areals stand, imposanter als die meisten Bauernhäuser des Dorfes. Das Gesindehaus wurde heutzutage ausschließlich im Frühjahr genutzt, wenn die Spargelhelfer aus Rumänien, Polen oder Bulgarien kamen.

Wenn er jemals die ganze Wahrheit herausfinden wollte, dann müsste er jetzt das Verfüllen der aktuellen Baugrube verhindern, wozu ihm ein paar Minuten blieben, da der Fahrmischer weiterhin vor und zurück rangierte. Dann müsste er allerdings ebenso das Gesindehaus abreißen und das Fundament aufbrechen lassen. Im Grunde genommen müsste er zu guter Letzt das Doppelgrab von

Boris und Pawel ausheben und ihre Skelette auf Stichverletzungen untersuchen lassen.

Wollte er das wirklich? Wollte er die Ruhe all dieser Toten stören? Wollte er tatsächlich nach den Sommerferien nach Berlin fahren, das John-Lennon-Gymnasium suchen und ein letztes Mal mit seinem früheren Freund Fritz sprechen und ihn danach verhaften?

Er konnte diese Fragen jetzt nicht beantworten. Stattdessen fiel ihm das Lied schlechthin aus dem Sommer 1974 wieder ein: *Seasons in the Sun*.

Im Sommer 1974 hatte die Sonne praktisch niemals geschienen. Für niemanden. Das galt für Elke, für Heinz Schrader, für ihn selbst, für Fritz, für Renate Junker und schon lange für Boris und Pawel. Nun schien sie wohl auch nicht mehr für Jochen Wettenstedt.

In diesem Moment fand der Fahrmischer seinen Platz an der Baugrube. Helmut beobachtete, wie sich der Lkw-Fahrer per Handzeichen mit Alexander Wettenstedt verständigte und einen Knopf drückte. Eine Sekunde später rauschte der Beton in die Baugrube, füllte die Schalung und begrub endgültig alles, was darunter liegen mochte.

»Like the seasons have all gone …«

ENDE

Weitere Krimis finden Sie auf den folgenden Seiten und im Internet:

WWW.GMEINER-SPANNUNG.DE

ALIDA LEIMBACH
Deichkrone

978-3-8392-2140-2 (Paperback)
978-3-8392-5521-6 (pdf)
978-3-8392-5520-9 (epub)

SPÄTE RACHE Eine nächtliche Landstraße in Ostfriesland: Georg Cannstetter, Leiter eines Osnabrücker Gymnasiums, fühlt sich verfolgt. In Norddeich erwartet ihn seine Geliebte vergeblich. Am nächsten Morgen findet die Polizei den toten Cannstetter in seinem manipulierten Fahrzeug. Während sich der Kreis der Verdächtigen von Kommissarin Birthe Schöndorf immer enger zieht, geschehen weitere Unglücksfälle nach dem gleichen Muster. Dem Täter dicht auf den Fersen, schwebt Birthe Schöndorf schon bald selbst in Lebensgefahr.